MIRA®

Der Preis dieses Bandes versteht sich einschließlich
der gesetzlichen Mehrwertsteuer.

Umwelthinweis:
Dieses Buch wurde auf chlor- und säurefreiem Papier gedruckt.

Heather Graham

Erntemord

Roman

Aus dem Amerikanischen von
Judith Heisig

MIRA®

MIRA® TASCHENBUCH
Band 25513
1. Auflage: August 2011

MIRA® TASCHENBÜCHER
erscheinen in der Cora Verlag GmbH & Co. KG,
Valentinskamp 24, 20350 Hamburg
Geschäftsführer: Thomas Beckmann

Titel der nordamerikanischen Originalausgabe:
Deadly Night

erschienen bei: MIRA Books, Toronto

Published by arrangement with
HARLEQUIN ENTERPRISES II B.V./S.àr.l.

Konzeption/Reihengestaltung: fredebold&partner gmbh, Köln
Umschlaggestaltung: pecher und soiron, Köln
Redaktion: Stefanie Kruschandl
Titelabbildung: pecher und soiron, Köln
Autorenfoto: © by Charles William Bush /
Harlequin Enterprises S.A., Schweiz

Satz: Buch-Werkstatt GmbH, Bad Aibling
Druck und Bindearbeiten: CPI – Ebner & Spiegel, Ulm
Printed in Germany
Dieses Buch wurde auf FSC®-zertifiziertem Papier gedruckt.
ISBN 978-3-89941-832-3

www.mira-taschenbuch.de

PROLOG

Es begann damit, dass Mary und Brad Johnstone die Messe für Übernatürliches besuchten und zufällig auf das Zelt eines Wahrsagers stießen. Keiner von beiden glaubte an diese Dinge. Dennoch sagte Brad mit einem trockenen Grinsen: „Wenn wir schon mal hier sind ... Und das hier sieht wie der Ort aus, von dem der Mann im Museum gesprochen hat."

Natürlich boten überall in Salem, Massachusetts, Wahrsager und Hellseher ihre Dienste an – vor allem jetzt, zu Halloween. Mary und Brad hatten schon diverse Spukhäuser besichtigt, Kostümläden besucht und verschiedene Einheimische kennengelernt, von Anhängern des Wicca-Kults bis zu Historikern. In einem Museum, das sich der örtlichen Geschichte verschrieben hatte, waren sie mit einem Mann ins Gespräch gekommen, der ihnen empfohlen hatte, einige Sitzungen bei verschiedenen Wahrsagern zu besuchen. Sie wären alle unterschiedlich, sagte er und gab ihnen eine Übersicht seiner Lieblingsadressen.

Wenig später hatte Mary ihre erste Sitzung in einem Laden namens Magick Mercantile gehabt. Er wurde von einem Paar überzeugter Wiccaner betrieben, Adam und Eve Llewellyn. Sie sah aus wie ein Hippie, und er trug ausschließlich Schwarz. Allerdings kaute er ständig Kaugummi, was ihn ein bisschen normaler wirken ließ. Brad bezweifelte, dass sie wirklich Adam und Eve hießen. Jeder hier schien einen Hang zur Theatralik zu haben, was durchaus sympathisch war. Eve hatte aus Marys Hand gelesen und ihr versichert, dass sie es mit ihren Tanzkünsten weit bringen würde. Als sie später darüber sprachen, waren beide sicher, dass sie Marys Beruf mit keinem Wort erwähnt hatten. „Vielleicht haben sie dich in dieser lokalen TV-Show gesehen, in der du aufgetreten bist", nahm Brad an. Jedenfalls war es ein angenehmer Blick in die Zukunft gewesen.

Aber dieser Typ jetzt ... Er war total unheimlich. Passend

zu Halloween. Er trug ein Cape und einen Turban. Er war groß, dunkelhaarig und schlank und hatte seine stechenden Augen mit Kajal und Lidschatten betont.

In seinem Zelt befand sich ein kleiner Tisch, dessen schwarzer Überwurf nur durch ein Muster aus Monden und Sternen aufgehellt wurde. In der Mitte stand eine Kristallkugel. Alles war so sorgfältig arrangiert, dass sein Zelt wie eine feste Einrichtung und nicht wie ein Stand auf einer Messe wirkte. Überall standen Skulpturen: ägyptische Götter und Göttinnen, Drachen, Dämonen und Ähnliches.

Mary fragte sofort: „Sind Sie Wiccaner? Ein Hexer oder ein Zauberer?"

Der Wahrsager lächelte dünn. „Es gibt keine Zauberer in der Wicca-Religion. Wiccaner sind einfach Wiccaner. Und nein, ich bin kein Wiccaner. Nur ein einfacher Deuter von Zeichen, ein Deuter des Mondes und der Sterne und allem, was davor war."

„Ich bin Mary Johnstone, und dies ist mein Ehemann Brad", sagte Mary. Sie stolperte fast über das Wort *Ehemann*. Es erinnerte sie daran, vor wie kurzer Zeit sie noch auf eine Scheidung zugesteuert waren.

„Und ich heiße Damien", stellte sich der Wahrsager vor.

„Können wir zusammenbleiben?", fragte Mary. „Eine Art Doppelsitzung?"

Tatsächlich war ihr ein wenig unheimlich zumute, doch sie ermahnte sich, nicht albern zu sein. Es war Halloween. Die Dinge sollten einem ein wenig Angst machen. Wie bei einem Horrorfilm. Wie gut war ein Horrorfilm, wenn man sich dabei nicht gruselte?

Sie fühlte sich dennoch merkwürdig unbehaglich. Aber alles wäre okay, wenn Brad bei ihr bliebe.

„Selbstverständlich", sagte Damien lächelnd. „Was ich sehen werde ... ist das, was ich sehe. Nehmen Sie Platz. Dort sind zwei Stühle."

Sie setzten sich an den Tisch. Brad drückte ermutigend Marys Hand. Sie sagte sich selbst, dass sie im Urlaub waren, weit weg von den Florida-Stränden ihres Zuhauses, und dass sie etwas völlig Neues taten. Sie versuchten, alte Wunden zu heilen und von vorne anzufangen. Sie würden Spaß haben.

„Und nun sehen Sie in die Kugel", sagte Damien mit überschwänglicher Geste.

Mary tat es und entschied, dass der Mann offenbar ein Meister der Effekte war. In der klaren Kristallkugel vor ihr begann, Nebel aufzusteigen. Als sie weiter hineinstarrte, glaubte sie ein Feuer zu sehen. Ein Feuer, das in Richtung eines unsichtbaren Himmels loderte. Dann verblasste das Feuer, und sie blickte auf eine trostlose Hügellandschaft mit ein paar vereinzelten dürren Bäumen mit knorrigen Ästen. Menschen waren da. Sie konnte sie nicht richtig verstehen, doch sie schienen zu singen. Plötzlich durchbrach ein Schrei den Gesang. Sie zuckte beinahe zusammen, doch dann bemerkte sie, dass Brad neben ihr saß und amüsiert grinste. Sie hatte zu viel Fantasie, das hatte er schon immer gesagt. Und sie war zu furchtsam.

Sie ermahnte sich, dass sie dabei waren, ihre Beziehung zu erneuern. Dass sie beide daran arbeiten mussten, auch wenn er derjenige war, der fremdgegangen war. Er hatte niemals sein Leben mit Brenda verbringen wollen. Sie hatte ihn nur angezogen, weil sie vorwitzig war, ihre Chancen ergriff und weil sie … etwas Nuttiges hatte. Mary konnte sich einen Moment des Grolls nicht verkneifen.

Brad liebte sie, das wusste sie. Doch er hatte sie verletzt. Aber sie wollte nicht ihre gemeinsame Zukunft ruinieren, indem sie die Vergangenheit nicht ruhen ließ. Sie wollte einiges verändern, und den Anfang machte sie, indem sie versuchte, abenteuerlustiger zu werden.

Brad hielt ihre Hand. Er war bei ihr. Sie glaubte, dass er sie liebte und dass sie es schaffen konnten.

„In der Dunkelheit und im Nebel liegen die Orte der Gefahr. Lass die Hand, die dich hält, nicht los, denn wenn der Wind bläst und die Bäume einknicken, wirst du dort den Tod finden“, sagte Damien. „Sieh in die Kugel, behalte den Kristall im Auge.“

Sie fühlte sich geradezu gezwungen, erneut hinzusehen. Wieder hörte sie Schreie und das Schluchzen tiefer Verzweiflung. Die Äste der Bäume wirkten wie knochige Finger. Es begann zu schneien, und dann …

Plötzlich starrte sie auf die Leiche einer Frau, die an einer über einen Ast geworfenen Galgenschlinge baumelte. Ein Schrei erstickte in ihrer Kehle, als der Körper direkt vor ihren Augen verweste.

„Indianer“, sagte Brad. Er klang völlig entrückt. „Sorry, amerikanische Ureinwohner.“

Es gelang ihr, den Blick von der Todesszene abzuwenden, um einen Blick auf Brad zu werfen. Er lächelte und sah offenbar etwas völlig anderes.

„Das erste Thanksgiving-Dinner“, sagte er staunend.

Sie musste hier raus.

„Sie sind wirklich gut“, sagte Brad zu Damien.

Damien lächelte und wandte sich dann Mary zu. Sie hatte den Eindruck, dass etwas Gemeines in seinem Blick lag, etwas Zügelloses und … Teuflisches.

„Berühren Sie den Kristall“, befahl Damien den beiden.

Nein. Das würde sie nicht tun.

Doch sie fühlte sich dazu gezwungen. Es war vermutlich eine Art Projektor, sagte sie sich. Ein Holograph. Das musste es sein.

Was auch immer es war und was auch immer den Zwang erzeugte – Brad fühlte es ebenfalls. Mit ihren noch immer verflochtenen Händen berührten sie die Kristallkugel.

Jetzt, da sie in seine Tiefen starrte, sah sie Maisstängel.

Reihen und Aberreihen von Mais.

Maisfelder mit Vogelscheuchen, die etwas Bedrohliches, Böses ausstrahlten.

Sah Brad die gleichen Dinge wie sie? Was auch immer er sah, er starrte wie hypnotisiert in die Kugel.

„Sie sind in Gefahr“, sagte Damien zu Brad. „Sie haben geliebt, doch Sie haben betrogen, und nun sind Sie schwach. Und weil Sie schwach sind“, nun wandte er sich Mary zu, „sind Sie leichte Beute.“ Damien hörte sich an, als ob ihm seine Rede Vergnügen bereitete. „Ihm fehlt das Selbstvertrauen, für Sie zu kämpfen, sodass Sie verloren sein werden in den Nebeln des Bösen.“

Brad erhob sich abrupt und funkelte Damien wütend an. „Was zum Teufel soll das? Man sollte Sie einsperren. Für diese Art von Unsinn sind wir nicht hergekommen.“

Damien erhob sich ebenfalls. „Es tut mir leid, dass Ihnen die Sitzung nicht zusagt, doch die Kristallkugel sagt die Wahrheit. Sie spricht, nicht ich.“

Brad warf einen Zwanziger auf den Tisch, griff nach Marys Hand und zog sie mit sich aus dem Zelt.

Zurück in der Fußgängerzone waren sie von lachenden Menschen umgeben, die sich amüsierten. Ein Gruppe Kinder stürzte laut prustend aus einem der Spukhäuser. Ein alter Mann, der dem Trubel entkommen wollte, schlüpfte in einen Coffeeshop. Eine Frau ging mit zwei kleinen Mädchen vorbei, die als Elfen verkleidet waren. Sogar die Hunde, die mitgeführt wurden, trugen Kostüme.

„Mein Fehler, dass ich den Idioten ausgesucht habe“, sagte Brad entschuldigend.

„Hey, mach dir keine Gedanken. Er glaubte offenbar, er müsse eine Show abziehen, das ist alles.“ Sie bemühte sich sehr, leichthin zu klingen. Brad war wirklich zornig, vielleicht sogar erschüttert. Merkwürdig, wie Damien in der Lage gewesen war, die Spannung zu erspüren, der sie entkommen wollten, und wie er sie direkt anvisiert hatte.

Doch jetzt hier draußen, umgeben von Freudenschreien, ruhigen Gesprächen, Albernheit und Spielen und Gelächter, schienen die Visionen in der Kristallkugel nur verblassende Bilder zu sein, nicht mehr.

„Aber ich sage dir, dieses Truthahn-Dinner sah großartig aus. Es hat mir richtig Hunger gemacht“, sagte Brad. „Ich schwöre, ich konnte den Truthahn fast riechen. Obwohl ich, wenn ich darüber nachdenke, nicht sicher bin, ob diese In… diese amerikanischen Ureinwohner sich zum Essen hinsetzen wollten. Sie hatten Beile und sahen sehr wütend aus.“

Mary lächelte. Eine Brise kam auf, die sich frisch und sauber anfühlte. Ihr war beinahe zum Lachen zumute, auch wenn sie sich Sorgen machte, weil sie kein Truthahn-Dinner gesehen hatte. Ein Holograph sollte ein Holograph sein, oder? Vielleicht hatte es zwei Projektoren gegeben. Der Typ mochte ein Widerling sein, doch seine Show war gut.

Und sie würde sich davon *nicht* beunruhigen lassen.

Dennoch konnte sie sich bei einem späten Lunch die Frage nicht verkneifen: „Brad, war das Truthahn-Dinner alles, was du gesehen hast?“

„Nun …“

Er klingt zögerlich, dachte sie und fragte sich, warum.

Schließlich fuhr er fort. „Gegen Ende … Ich weiß, das klingt jetzt verrückt, doch da war dieses Maisfeld und diese Leiche, die …“ Er blickte sie an und sagte: „Vergiss es. Es war nur eine dumme Illusion.“

„Warum warst du so wütend?“

„Weil er mich als Scheißkerl hingestellt hat“, sagte er und warf ihr einen entschuldigenden Blick zu. „Wenn Jeremy hier wäre, wüsste er, wie der Typ das durchzieht. Tatsächlich …“ Er lachte. „Ich sehe Jeremy vor mir, wie er in diese dämliche Kristallkugel starrt, dann aufsteht und herausfindet, wo Damien – oder wie auch immer der Kerl wirklich heißt – all sein Effekte-Equipment versteckt hat.“

Mary lächelte. „Er ist jetzt die meiste Zeit in New Orleans, nicht wahr?“

Jeremy Flynn war Brads Partner gewesen, als sie beide als Polizeitaucher gearbeitet hatten. Er war auch Brads Trauzeuge gewesen, und die ganze Zeit hatte er sie niemals angelogen, sondern war ebenso ihr Freund wie Brads Freund geblieben. Und Brad hatte recht. Jeremy hätte Damien als den Betrüger entlarvt, der er war.

Nach dem Lunch verkündete Mary, dass sie Lust hätte auf etwas Zeitgeschichte, weshalb sie zu einem der berühmten Friedhöfe der Stadt fuhren. Sie empfand ihn als einen betrüblichen Ort und konnte die Tränen nicht zurückhalten.

„Was ist los?“, fragte Brad.

„Nichts. Ich habe nur nachgedacht“, sagte sie.

„Lass uns wieder fahren“, sagte er. „Es ist dieser Ort, der dich traurig macht.“

Nein, es nicht wirklich der Friedhof, dachte sie. Es ist der Mann, Damien, und die Dinge, die er gesagt hat.

„Ich liebe dich, das weißt du“, sagte er.

Sie sah ihm in die Augen. „Ich weiß. Und ich liebe dich.“

Sie zitterte ein wenig; sie wusste, er fand, dass sie sich zu leicht ängstigte.

„Ich werde mir noch ein paar Grabsteine anschauen und die Inschriften lesen“, sagte sie. Sie straffte die Schultern und entfernte sich mit raschen Schritten, während sie einen Reiseführer aus ihrer Tasche zog und Brad zurief: „Ich habe etwas darüber gelesen. Der Kranz symbolisiert den Sieg im Tod, und das geflügelte Stundenglas steht für die Geschwindigkeit, mit der das Leben vergeht. Skelette und Schädel bedeuten Sterblichkeit. Diese Engel stehen für den Himmel und dieser hier für kleine Kinder.“

Brad schien Feuer gefangen zu haben. Er stand an einem der Grabsteine nur wenige Meter von ihr entfernt. „Hier ist eine zu einem Kreis gebundene Schlange. Was bedeutet das?“, fragte er.

„Ewigkeit", klärte sie ihn auf.

Er ging weiter den Pfad entlang, wobei er mehr Distanz zwischen sie legte, bis er auf einen Sarkophag stieß. Er setzt sich und sah in ihre Richtung. „Hey, meine Füße tun allmählich weh. Wie wär's, wenn wir irgendwo was trinken gehen?", schlug er vor.

„Ich glaube nicht, dass du auf dem Grab von jemandem sitzen solltest", warnte sie ihn. Neben einem der großen Bäume, die auf dem Friedhof verstreut wuchsen, schien ihr ein zerbrochener Grabstein zuzuwinken. Die Wurzeln des Baumes hatten mehrere der umliegenden Steine brechen lassen.

„Hey, geh nicht zu weit", rief Brad, der sich rücklings auf den Sarkophag legte und gen Himmel schaute. „Die Leute gehen schon. Wir wollen hier ja nicht eingeschlossen werden."

„Kein Problem", versicherte sie ihm.

Als sie auf die Grabsteine zusteuerte, spürte sie, wie die Brise auffrischte. Und sie bemerkte, dass es dämmerig wurde. Sehr rasch sogar. Und obwohl sie vorher keinerlei Anzeichen von Nebel bemerkt hatte, lag ein silbriger Schleier in der Luft.

Sie ging schneller und trat hinter den Baum, um den Grabstein, der ihre Aufmerksamkeit erregt hatte, besser betrachten zu können. Jäh blieb sie stehen.

Jemand hatte den Stein gesäubert und die Inschrift, die aus dem späten siebzehnten Jahrhundert datierte, wieder lesbar gemacht. Der Stein sah fast genauso aus wie Dutzende andere. Oben war ein Totenschädel eingemeißelt und an den Rändern Sensen und Stundengläser.

Und dann bemerkte sie den Namen.

Mary Clare Johnstone.

Ihr Name.

Genau ihr Name.

Etwas schien ihren Hals zu umklammern, und sie spürte, wie ihr Körper von Schwäche erfasst wurde. Sie fiel auf die

Knie und hielt sich mit einer Hand an dem Stein fest, als der Schwindel zunahm.

Von irgendwoher hörte sie Gelächter. Kinder, die sich amüsierten. Mütter, die nach ihnen riefen. Männer, die mit ihren Frauen sprachen.

Sie schloss die Augen und sah die Hügel und den Baum. Den Baum mit den knorrigen Ästen und der Galgenschlinge.

Und die Frau, die am Ende der Schlinge baumelte.

Um sie herum waberte wilder Nebel, und wieder hörte sie Gelächter.

Damiens Gelächter …

Sein Gesicht tauchte vor ihr auf.

Er war da. Er hatte ihre Hand gepackt, und sie standen auf einem Hügel, wo der Wind sie umwehte.

Sein Gelächter war … teuflisch.

Er konnte nicht real sein; der Hügel konnte nicht real sein. Doch sie spürte den Wind an ihren Beinen, die Erde unter ihren Füßen und die Kühle der hereinbrechenden Nacht.

„Und jetzt gehörst du mir. Zeit zum Spielen, mein Liebling", sagte Damien.

Wieder ertönte sein Gelächter, das sich mit dem Wind vermischte.

1. KAPITEL

Rowenna sah Vogelscheuchen.

Sie standen über die Maisfelder verteilt, aufgespießt auf ihren hölzernen Kreuzen, und aus der Ferne wirkten ihre Gesichter leer und angsteinflößend.

Die hochgewachsenen Getreidehalme erstreckten sich in scheinbar endlosen Reihen bis zum Horizont.

Wie Wachen standen die Vogelscheuchen in einer Linie und überragten die hohen Halme, die sich im kühlen Wind bogen.

Sie hatte das Gefühl, getragen von der Brise durch den Mais zu treiben, als sich der Nebel über das Feld legte – wie eine dunkle Decke über die Quelle von Schönheit und Licht. Sie sah von oben auf alles herab, wie eine Kamera, die langsam heranzoomte.

Sie träumte, doch sie kämpfte dagegen an, wehrte sich gegen den Albtraum, gegen das bedrohliche Geflüster in ihrem Kopf.

Licht … Sie brauchte Licht. Brauchte die herrliche Schönheit der Herbstfarben, um die herankriechende Dunkelheit zu vertreiben.

Sie würde wieder nach Hause fahren. Vielleicht war es also ganz normal, dass sie von dem Ort träumte, an dem sie aufgewachsen war. Dem Ort, an dem die Farben des Herbstes so wunderschön leuchteten, dass sie nicht in die reale Welt gehörten, sondern in das Land der Träume.

Gold und Orange, Blutrot, dunklere Rottöne, weiches Gelb – in all diesen Farben schimmerten die Bäume, die sich von den großen Granitbergen bis zum windgepeitschten Meer und den ruhigeren Häfen erstreckten, wo die Schaumkämme der Wellen den nahenden Winter ankündigten.

Doch bevor das Eis und die Kälte eines New-England-Winters Einzug hielten, kam der Herbst. Der wundervolle

Herbst mit seiner prächtigen Farbenschau. Zuerst kam das sanfte Streicheln der Brise, wie ein zarter kühler Atem auf der Wange. Und bevor diese Berührung zum frostigen Griff eisiger Finger wurde, gab es das große Mähen, die Freudenfeuer des Herbstes, die eingebrachte Ernte.

Und so erstreckten sich in ihrem Traum die endlosen Reihen der Maisfelder, wobei sich die Halme im auffrischenden Wind geradezu hypnotisch hin und her wiegten. Sie hatte die Maisfelder immer geliebt. Sie erinnerte sich, wie sie als Kind lauthals lachend hindurchgerannt war, wenn ihr Großvater mit ihr Fangen spielte.

Die Krähen waren auch immer da, mit ihren schimmernden schwarzen Flügeln und dem boshaften Gekrächze, das die Luft erfüllte. Doch mit einer Weisheit, die von Generation zu Generation weitergegeben wurde, wussten die Farmer, wie sie mit den gefräßigen Dieben fertig wurden.

Sie fertigten Vogelscheuchen und verteilten sie auf den Feldern, wobei jede Vogelscheuche ihre eigene Persönlichkeit hatte. Mrs Abels Vogelscheuche trug einen wilden, mit Nadeln gespickten Gartenhut, der jede Krähe in die Füße stach, die so unvorsichtig war, darauf zu landen. Ethan Morrisons Vogelscheuche hatte ein sich blähendes Cape an und ein fratzenhaftes, zähnefletschendes Grinsen. Die Vogelscheuche ihres Großvaters trug einen Jeans-Overall mit kariertem T-Shirt und dazu eine Schrotflinte. Auf dem weißen Haarbüschel saß ein Strohhut.

Die Kreation von Eric Rolfe war die unheimlichste – und die originellste. Sie schien am ehesten lebendig zu werden und zu sprechen, denn er hatte das Gesicht seiner Vogelscheuche aus einem Plastikschädel und Halloween-Make-up gestaltet. Riesige Augen starrten aus dem knochigen Gesicht, Augen, die per Batterieantrieb leuchteten. Außerdem trug sie einen schwarzen Gehrock, die Arme waren zur Seite ausgestreckt, und Stacheldraht ragte aus dem Kopf wie eine rasiermesserscharfe Perücke.

Einige der älteren Einwohner hatten ein Problem mit Erics Kreation. Der Puritanismus war aus der Gegend verschwunden, aber niemals wirklich gestorben. Doch Eric liebte seine Vogelscheuche, und das taten auch die Kinder.

Aber manchmal, wenn sie durch die Felder rannte und ihr Großvater ihr dicht auf den Fersen war, erstarb ihr Lachen, wenn sie zu der Vogelscheuche gelangte. Die Augen starrten sie aus ihren Höhlen an, und der Wind schien zuzunehmen, sodass er zwar nicht heulte, aber ein hohes Flüstern ertönte, in das sich Angst und Versuchung mischten. Sie hielt an und starrte die Vogelscheuche an, während die Maisstängel um sie herum rauschten. Unbehagen schlich sich in ihr Herz, eine Angst, sie könnte etwas Archaisches und Schreckliches sehen, das hier einst geschehen war. Angst, dass sie die teuflischen Motive der Verantwortlichen und den Horror jener spüren könnte, die davon betroffen waren.

Sie war aufgewachsen mit den Geschichten der örtlichen Hexenprozesse, als Menschen im Dienste ihres Gottes Mitmenschen gefoltert und zum Tode verurteilt hatten, als Kinder weinten und beschuldigten und als im Namen der Gerechtigkeit Böses verübt wurde.

Wie sollte ein leicht zu beeindruckendes Kind auf solch einem blutgetränkten Boden nicht etwas der vergangenen Qual erspüren?

Trotzdem hatten die Maisfelder sie immer wieder bezaubert, ebenso wie die aufsehenerregende Farbpalette des Herbstes.

Und nun würde sie nach Hause fahren, um diese Felder wiederzusehen. Insofern schien es nur normal, dass sie sie in diesem seltsamen Schwebezustand zwischen Schlaf und Wachen vor sich sah, dass sie durch sie hindurchlief, wie sie es einst als Kind getan hatte. Sie hörte ihr eigenes Lachen beim Laufen und wusste, dass sie bald auf Erics Vogelscheuchenmonster treffen würde. Doch sie zögerte nicht, denn sie war kein Kind mehr, sondern eine erwachsene Frau, und die Ängste der Vergangenheit konnten ihr überhaupt nichts mehr anhaben.

Doch sie irrte sich. Die Angst *war* da.

Sie sah sie jetzt in der Ferne, und eine böse Vorahnung ergriff ihr Herz, während sie darauf wartete, dass sie sie ebenfalls sah. Denn das würde sie, das wusste sie.

Rowenna wollte nicht weitergehen.

Doch sie musste.

Dann hob die Vogelscheuche ihren Kopf, und ein Schrei erstarb ihr im Hals. Die Augenhöhlen waren leer, der Kopf ein mit verfaulendem, schwarzem Fleisch bedeckter Schädel, und aus irgendeinem Grund wusste sie, dass der Kopf sie anstarrte, auch wenn nichts mehr übrig war, das an Augen erinnerte.

Was vom Mund noch übrig war, stand in einem letzten Schrei offen. Ein zerlumpter Mantel hing von dem verfaulenden Körper, durch den vereinzelt das Weiße der Knochen hervorstach, während getrocknetes Blut Mantel und Fleisch gleichermaßen befleckte. Während sie dort stand und ihr Schrei im Halse stecken blieb, wandte sich der Schädel ihr zu, als ob irgendein teuflisches Bewusstsein in ihm lebte.

Eine Krähe landete auf der Schulter der grauenhaften Gestalt und pickte an dem verfaulten Fleisch, das von der einen Wange hing.

Als der Wind auffrischte und der Himmel plötzlich erfüllt war mit prächtigen Herbstblättern, die durch die Luft flatterten, begann der Schädel zu lachen. Die ganze Zeit starrten die Augenhöhlen sie an, und plötzlich rannen rote Tränen über die zerfetzten Wangen, als ob der verfaulende Leichnam für alle Zeit in dem Feld gefangen war und Blut weinte.

Dann begannen die Finger aus Knochen und Fäulnis zu zucken und nach ihr zu greifen, während ein Reim aus ihrer Kindheit erklang.

Fürchte nicht den Sensenmann,
doch fürchte den Schnitter im Herbst,
er raubt die Seelen, lässt sie nie wieder fort.
Drum fürchte nicht den Sensenmann,
doch fürchte den Schnitter im Herbst,
raubt er die Seele einer Frau, wird sie zu Satans Braut.

Rowenna Cavanaugh schrak im Bett hoch, keuchend und von Panik erfüllt.

Sie atmete tief durch, um sich zu beruhigen. Welch ein Albtraum. Er hatte sie ziemlich mitgenommen, und das konnte sie nicht zulassen. Sie redete sich ein, dass sie einfach eingeschlafen war, während sie an zu Hause gedacht hatte, obwohl sie erst in ein paar Tagen losfahren und Halloween noch hier in New Orleans verbringen würde.

Sie vermisste ihre Heimat. Massachusetts war immer so schön zu dieser Jahreszeit. Und Salem … Salem war in vielerlei Hinsicht noch immer eine Kleinstadt. In ihrer Abwesenheit hatte man sie zur Erntekönigin gekürt. Immerhin gab ihr das etwas, worauf sie sich freuen konnte nach der anstehenden Radiodiskussion mit Jeremy Flynn. Die fand statt, um Spenden für Children's House einzuwerben, eine Wohltätigkeitsorganisation, die er hier betrieb. Außerdem würde ihr Mitwirken helfen, ihre Bücher zu verkaufen. Sie war so haltlos, seit Jonathan, der Mann, den sie hatte heiraten wollen, gestorben war. War es wirklich drei Jahre her? Von daher hatte sie sich über die Gelegenheit gefreut, von zu Hause wegzukommen. Nicht dass sie einen Vorwand gebraucht hätte, um nach New Orleans zu fahren, schließlich liebte sie die Stadt. Aber nun war sie auch bereit, nach Hause zurückzukehren, Albtraum hin oder her.

Als Kind hatten sie Spiele wie den Schnitter gespielt. Die Puritaner hatten geglaubt, dass der Teufel in den dunklen Wäldern um ihre Siedlungen wohnte und nur darauf lauerte, unvorsichtige Seelen zu stehlen. Damals hatten Aberglaube und Furcht geherrscht. Doch sie wusste es besser, egal welch einen Unsinn ihr Unterbewusstsein hervorkramte.

Und doch musste sie aufwachen, musste aufstehen, bevor sie in einen anderen Traum verfiel, der ebenso schlimm oder gar schlimmer war.

Sie lebte in der realen Welt, der Welt des Heute. Sie musste sich zusammenreißen – und irgendwie einen weiteren Tag in der Gesellschaft von Mr Jeremy Flynn überstehen.

Ach ja, Jeremy Flynn. Expolizeitaucher und nun Partner einer Privatdetektei, die er mit seinen beiden Brüdern betrieb. Intelligent, wortgewandt, charmant, gut aussehend ... und in keiner Weise von ihr angezogen. Tatsächlich schien er sie sogar abzulehnen, aber vielleicht waren es auch nur ihre Ansichten, die ihm nicht gefielen. Zugegebenermaßen verhielt er sich ihr gegenüber nie unhöflich oder feindselig. Aber natürlich würde er das auch nicht wagen, weil seine Schwägerin Kendall seit vielen Jahren eine ihrer besten Freundinnen war. Heute Abend sollte auf dem Anwesen der Flynns eine Halloweenparty stattfinden. Kendall und ihr Mann waren vor einem Jahr eingezogen und betrieben dort nun ein Gemeindetheater und richteten verschiedene Wohltätigkeitsveranstaltungen aus. Es würde eine großartige Party werden. Jeremy würde sie höflich begrüßen und dann eine Möglichkeit finden, sich den ganzen Abend in der anderen Ecke des Raumes aufzuhalten.

Mit Aidan, Kendalls Ehemann, verstand sie sich gut, und der jüngste Bruder Zach war stets freundlich.

Unglücklicherweise fühlte sie sich aber zu Jeremy hingezogen, und das seit dem ersten Moment. Das hatte sie verblüfft, weil sie seit Jonathans Tod keine Verabredungen mehr gehabt hatte. Nicht dass sie an irgendeine altmodische Trauerzeit glaubte, sie hatte einfach niemanden kennengelernt, der sie genug anzog, um mit ihm ausgehen zu wollen oder sich zumindest zu fragen, wie es wäre, wieder Sex zu haben und jemanden zu berühren. Doch bei Jeremy ertappte sie sich nur allzu oft dabei, dass sie seinen Mund betrachtete, wenn er sprach, oder seine starken Hände mit den langen Fingern und den vom Gitarrespielen verhornten Fingerkuppen. Und er war ein großartiger Musiker. Das wusste sie, weil sie ihn hatte spielen sehen.

Doch offensichtlich war er nicht an ihr interessiert, weshalb sie ihre Träume von wildem, ungezügeltem Sex mit Jeremy Flynn geheim hielt. Sie fragte sich, ob ihre geheime Fantasie illoyal gegenüber Jonathans Andenken oder einfach nur menschlich war.

Allerdings war ihr rätselhaft, wie Jeremy die Spannung und die Hitze ignorieren konnte, die zwischen ihnen bestand. Als ob sie sich nur berühren müssten, damit die Funken zwischen ihnen fliegen und die Luft vor gegenseitigem Begehren knistern würde.

Oder existierte dieses Gefühl nur in ihrer Einbildung?

Sie wusste, sie musste aufstehen und duschen, doch sie konnte nicht aufhören, an ihn zu denken. Es war nicht nur der Gedanke an Sex. Es war wie eine Sehnsucht in ihrem Herzen.

Ich bewundere dich. Ich liebe es, deine Stimme zu hören. Ich liebe die Leidenschaft in deinen Augen, wenn du über dein Anliegen sprichst. Ich würde zu gerne nur eine Stunde in einem echten Gespräch mit dir verbringen. Nicht in einer Radioshow, sondern wenn deine Aufmerksamkeit nur mir gilt, wenn du mir aufrichtig zeigst, was in dir vorgeht, was dich antreibt …

Aber das würde nicht geschehen. Es lag eine gewisse Ironie darin, dass sie schließlich jemanden gefunden hatte, der sie interessierte, dieser Mann aber nicht an ihr interessiert war. Doch so war es. Er hatte seine Meinung über sie zum Ausdruck gebracht, und sie würde sich nicht zum Narren machen, indem sie sich ihm an den Hals warf. Sie würde weiterhin höflich sein, und sie würde niemals die Freundschaft mit seiner

Schwägerin aufgeben – oder seinen Brüdern, wenn sie schon dabei war.

Sie reckte sich, seufzte und ergriff die Bettdecke, um sie zurückzuwerfen und sich dem Tag zu stellen.

Ihre Hand berührte etwas. Sie blickte sich suchend um und keuchte angesichts ihres Fundes ungläubig auf.

Ein Mais-Hülsenblatt. Ein einzelnes braunes Mais-Hülsenblatt, das sich in ihrem Laken verfangen hatte.

2. KAPITEL

„Jeremy?"

Er blickte auf und verspürte sofort einen Anflug von Ärger. Rowenna Cavanaugh. Autorin, Sprecherin und Historikerin – und Verfechterin paranormaler Phänomene. Ihre Bücher waren sehr populär, das wusste er. Sie schrieb über Orte, an denen nachgewiesenermaßen merkwürdige Dinge vorgegangen waren, verlassene Gefängnisse und Irrenhäuser, historische Schlachtfelder und so etwas. Sie bekannte sich niemals, indem sie sagte, dass Geister oder ähnliche Dinge existierten. Sie sagte nur, dass niemand das Gegenteil bewiesen hätte. Sie war in die Stadt gekommen, um als Teilnehmerin einer Diskussionsreihe über Paranormales Publicity für die Halloween-Benefizveranstaltung für Children's House zu machen. Ihre regelmäßigen Radiodiskussionen waren sehr beliebt, und der Kartenabsatz und die Spenden waren enorm angestiegen.

Doch heute sollte ihre letzte Live-Diskussion sein.

Er war stolz auf alles, was er getan hatte, um die lokale Zweigstelle von Children's House zu etablieren, einem speziellen Heim für vernachlässigte Kinder. Er hatte sich dieser Sache mit ganzem Herzen verschrieben, seit er als Polizeitaucher in Jacksonville aufgehört hatte, um gemeinsam mit seinen Brüdern als Privatdetektiv zu arbeiten. Als sie die Flynn-Plantage draußen vor der Stadt erbten, hatte ihn das ebenso in der Gegend festgehalten wie seine Wohltätigkeitsorganisation. Doch nun hatte das Treuhandvermögen eine bedeutende Summe erreicht und wurde von ortsansässigen Mitarbeitern verwaltet. Und die Plantage blühte und gedieh mit seinem älteren Bruder Aidan und seiner Schwägerin Kendall als Bewohner. Zach, ihr jüngster Bruder war bereits nach Hause gefahren, um ihr Büro in Florida zu leiten. Und was ihn anging … Er war reif, sich eine gewisse Zeit freizunehmen. Um auf die Inseln zu fahren und zu tauchen und einfach mal eine Zeit zu verbringen, die nichts mit Arbeit oder Tod zu tun hatte. Und um am Strand süße Cocktails mit Früchten zu trinken.

Ihm lag schon eine barsche Erwiderung auf der Zunge, aber er hielt sich gerade noch zurück. Er wusste nicht, warum Rowenna ihn immer sofort auf die Palme brachte.

Sie war eine atemberaubende Frau: das Haar fast pechschwarz, die Augen von einem umwerfenden Bernstein-Ton. Nicht haselnussbraun. Nicht braun. Bernstein, wie Gold, und von geradezu lächerlich dichten Wimpern beschattet. Sie war groß und schlank, hatte aber genau dort Kurven, wo Frauen Kurven haben sollten. Ihre Stimme klang leicht heiser und sinnlich und war perfekt für öffentliches Sprechen.

Zu schade, dass sie nicht im Fernsehen auftraten. Nein, Gott sei Dank waren sie nicht im Fernsehen. Niemand würde *ihn* überhaupt bemerken, noch würde man sich darum scheren, was *sie* sagte. Sie würden sich geifernd auf dem Boden wälzen und bei jedem Wort nicken.

Was hast du für ein Problem? verspottete er sich innerlich.

Ihre Diskussionen waren von verschiedenen Geschäftspartnern gesponsert worden, das Geld wanderte direkt an seine Wohltätigkeitsorganisation. Sie machten das schon seit zwei Wochen, und er hatte das Gefühl, Rowenna zumindest aus der Distanz ganz gut zu kennen. Diese Distanz war etwas, wofür er gesorgt hatte.

Vielleicht hatte es alles damit zu tun, was vor einem Jahr auf der Plantage geschehen war.

Gerüchte besagten, dass es auf dem Anwesen spukte. Zunächst hatte das den Reiz des Ortes ausgemacht. Nun hatte er es allerdings satt. Er verehrte seine Schwägerin, und niemals würde er sich mit ihr über ihren Glauben an Geister streiten oder über das, was sie draußen auf dem Familienfriedhof erlebt hatte. Doch soweit es ihn betraf, kamen die bösen Dinge auf dieser Welt nicht durch Voodoo, Mystizismus, außersinnliche Wahrnehmung oder anderen Hokuspokus ans Licht.

Er glaubte an harte Arbeit, Wissenschaft, Logik und moderne Untersuchungsmethoden. Die Arbeit von forensischen Wissenschaftlern kombiniert mit der von Polizisten, die von Tür zu Tür gingen, dazu elende Stunden der Überwachung und ein Gehirn, das darauf trainiert ist, sich in die Psyche von anderen hineinzuversetzen. Diese Mischung klärte Verbrechen auf. Ein Tatort war einfach. Ein Mörder nahm immer etwas mit und hinterließ auch immer etwas. Nicht jeder Fall wurde gelöst, doch wenn sie gelöst wurden, dann alle auf die gleiche Art und Weise. Die Verschwundenen wurden gefunden, indem man Fußspuren verfolge, Lügner entlarvte, eine Ausrede nach der anderen entkräftete, bis die nackte Wahrheit schließlich vor einem lag.

Jedes Medium hatte einfach nur verdammtes Glück – und war vermutlich klug genug, die Hinweise zu entdecken und ihnen zu folgen –, wenn es einen Mordfall aufklärte oder die Spur eines Kidnappers aufnahm.

Wenn doch nur logische Argumente die Träume bezwingen könnten, die ihn plagten. Die Bilder, die ihn im Schlaf heimsuchten, Bilder von im Wasser treibenden Leichen. Von Kindern.

Er war Polizeitaucher gewesen, und das bedeutete, dass man schlimme Dinge im Wasser fand. Und er hatte viel gefunden. Doch nichts war so wie die Kinder. Man hatte gesehen, wie der Van ins Wasser stürzte, sodass das Taucherteam schnell vor Ort war. Doch der St. Mary's River war braun, schmutzig und tief, und der Van war an der tiefsten Stelle hineingestürzt. Er hatte den Van als Erster erreicht und die Ladetür geöffnet. Die Ladung bestand aus Kindern, Waisenkinder unter der Obhut eines Paares, das nur an dem monatlichen Geld interessiert war. Jedes Kind war im Wagen festgeschnallt. Nicht mit dem Gurt gesichert, sondern *festgeschnallt*. Es waren sechs, im Alter von zwei bis zehn Jahren, und fünf von ihnen starrten blicklos in die Leere, die ihr Leben gestohlen hatte. Und dann war da noch Billy gewesen.

Billy war am Leben. Jeremy hatte mit dem Messer das Seil durchschnitten, das ihn an seinem Sitz hielt, und als Billy ihn sah, versuchte er zu lächeln. Streckte die Hand nach ihm aus. Als er Billy an Land gebracht hatte, startete er Wiederbelebungsmaßnahmen, bis die Sanitäter kamen. Er war mit Billy ins Krankenhaus gefahren. Und dann, trotz der verzweifelten Bemühungen des aufrichtig erschütterten Personals, war Billy gestorben.

Jeremy sah noch immer Billys Augen vor sich. Im Schlaf fühlte er die Hand des Jungen, die sich um seine klammerte, als er ihn von dem Van fortzog.

Das war der schlimmste der Albträume, die ihn plagten. Es waren die schlimmen Träume, die ihn zu der Entscheidung gebracht hatten, die Polizei zu verlassen und mit seinen Brüdern eine Privatdetektei zu gründen. Er war gesund; er hatte mit dem Polizeipsychologen gesprochen. Er wusste, dass Albträume einfach Albträume waren. Sie waren die Wiederholung dessen, was am Tage nicht zu ertragen war, womit der Verstand nicht fertigwurde, und nicht etwa die Heimsuchungen ruheloser Geister.

Er lebte mit ihnen.

Er versuchte nicht, sie in irgendeinen kosmischen Zusammenhang zu stellen.

Er träumte von dem lebenden Billy, der ihn aus riesigen braunen Augen ansah, und manchmal träumte er, dass er auf einem Hügel steht und Billy seine Hand hält. Vielleicht stand Billy für das Kind, das er niemals gehabt hatte – und vielleicht niemals haben würde. Vielleicht stand er für all das, was Jeremy an den Verfehlungen des überlasteten Wohlfahrtssystems erzürnte. Er wusste es nicht, und es war ihm egal. Ihn interessierte es nur noch, den übrig gebliebenen Kindern zu helfen.

Wie auch immer, sogar der Psychologe hielt es für richtig, dass er seine Zeit mit der Gründung von Einrichtungen verbrachte, um anderen bedürftigen Kindern zu helfen. Es schien zu funktionieren. Und vielleicht würden die Albträume ja eines Tages aufhören. Nicht nur für ein paar Tage, sondern für Wochen. Monate. Jahre. Vielleicht sogar für immer.

Doch die Zukunft war ungewiss und würde es bleiben, bis er sie erlebte. Er suchte nicht nach Hinweisen in Teeblättern. Er glaubte nicht, dass eine Handlinie die Richtung anzeigte, die sein Leben nehmen würde.

Er rief sich in Erinnerung, dass auch Rowenna nicht einfach behauptete, es gäbe Geister, und noch viel weniger behauptete, dass sie mit ihnen sprach. Sie wies nur auf merkwürdige Ereignisse hin, Phänomene, für die es keine genaue Erklärung gab.

Er und Rowenna waren professionelle Kombattanten, mehr nicht. Sie könnten Freunde sein, wenn er es wollte, denn offensichtlich war sie offen dafür. Man hatte sie als Ehrengäste zu mehreren Wohltätigkeitsessen geladen sowie zu diversen Cocktailpartys. Bei all diesen Gelegenheiten hatte sie viel Aufmerksamkeit auf sich gezogen. Sie war charmant, eloquent und aufgeschlossen. Sie beide teilten eine Abneigung gegen Ungerechtigkeit und setzten sich leidenschaftlich für die Rechte anderer ein. Doch irgendetwas in ihm ließ sie nicht näher an sich ran.

„Jeremy?“ Sie wiederholte seinen Namen, während sich zwischen ihren anmutigen, perfekt gebogenen Brauen eine Falte bildete.

„Entschuldigung. Sind wir auf Sendung?“

Sie nickte, als der Aufnahmeleiter in seiner Zelle den Countdown begann.

Sie stellten sich den Hörern vor und verfielen ohne Mühe in den lockeren Meinungsaustausch, für den sie hier waren und den sie bereits in so vielen Shows geliefert hatten. Sie war sehr umgänglich, wobei sie ihre Meinung vertrat, ohne ihn zu unterbrechen oder unhöflich zu werden. Er hatte den Eindruck, dass es ihre ruhige Haltung war, die sie so glaubwürdig machte. Sie musste gar nicht fanatisch sein. Sie sprach so, wie sie schrieb – sie erzählte keine Spukgeschichten, sondern berichtete von Ereignissen und ließ den Zuhörer entscheiden. Sie präsentierte die Dinge sehr gut. Er ertappte sich dabei, nahezu hypnotisiert zu lauschen und ihr manchmal fast zu glauben.

Er wiederum pries das Reale an, das Messbare, das Anfassbare, die Dinge, die man sah. Sie blickte ihn aus diesen goldenen Augen an, die spöttisch funkelten. „Erklären Sie eine Fernbedienung."

„Sie funktioniert wie ein Radio, über Frequenzen."

„Ich kann eine Frequenz nicht sehen, aber ich glaube an ihre Existenz", sagte Rowenna.

„Wollen Sie mir also sagen, dass Geister existieren, auch wenn wir sie nicht sehen?"

„Ich sage nicht, dass es so ist, doch nehmen Sie den Fall der MacDonald-Zwillinge …" Sie fuhr fort und berichtete von einem Bruder, der im Mittleren Osten verwundet wurde. Dessen eineiiger Zwillingsbruder wusste nicht nur irgendwie, dass sein Bruder verletzt war, sondern sein Bauch wies an der gleichen Stelle einen Striemen auf, an der der Bruder von einem Schrapnell getroffen worden war.

„Das ist nachgewiesen", sagte sie und blickte Jeremy an.

Er entschied, nicht direkt zu antworten. „Es ist erschreckend, wenn Menschen an Zauberei und Flüche glauben. Selbst wenn scheinbar wundersame Dinge geschehen – zum Beispiel die unerwartete Erholung von einer Krankheit –, sind andere Prinzipien am Werk. Auch wenn wir sie – ebenso wie die Frequenzen – nicht sehen können."

„Nun, Moment mal. Selbst Ärzte gestehen zu, dass eine positive Einstellung bei der Gesundung helfen kann. Der Wille zum Leben kann sehr stark sein", argumentierte sie.

Auf diese Weise fuhren sie fort, bis es Zeit für den ersten

Werbeblock war, und als sie erneut auf Sendung gingen, klingelten die Telefone unablässig.

Die meisten Anrufe waren für Rowenna.

Viele der Anrufer gaben zu, ihr Bild im Internet zu betrachten; die meisten von ihnen waren ebenso wie sie von der Idee des Übernatürlichen überzeugt.

Das war in Ordnung. Es gab auch Anrufer für ihn, die die Arbeit der Polizei lobten, die Verbrechen aufklärte und Mörder der Gerechtigkeit zuführte. Leider reagierte Rowenna bei diesen Beiträgen ebenso freundlich und stimmte jedem Anrufer zu.

Was zum Teufel hatte er für ein Problem mit ihr?

Angst?

Angst *wovor*?

Er war Single, selbstständig und über einundzwanzig. Er mochte Frauen. Er hatte auch bisher nicht wie ein Mönch gelebt. Doch noch war ihm keine Frau begegnet, mit der er sein Leben hätte teilen wollen. Eine, der er tatsächlich seine Seele und seinen Geist öffnen wollte. So vieles von dem, was er als Cop und auch jetzt als Privatdetektiv gesehen hatte, war so schrecklich. Wie zum Teufel konnte man so etwas mit jemandem teilen?

Beinahe hätte er sich laut ausgelacht für die Gedanken, die ihm da kamen. Er und Rowenna hatten noch nicht einmal ansatzweise so etwas wie ein Date gehabt. Er war ihr gegenüber nicht unhöflich, aber doch stets kühl und distanziert. Irgendetwas an ihr war zu überwältigend. Es war, als ob sie irgendwas, nun ja, *Magisches* an sich hatte. Als ob sie – so verrückt es klang – seine Seele besäße.

Sie hatte niemals versucht, ihn zu verführen. Sie war freundlich, mehr nicht. Nie schien sie die Funken zu spüren, die ihn jedes Mal wie ein elektrischer Schlag trafen.

Ihr Beitrag kam schließlich zum Ende, und sie beide lachten über ihre Differenzen. Jeremy zitierte sogar Voltaire: „Ich mag verdammen, was Sie sagen, aber ich werde mein Leben dafür einsetzen, dass Sie es sagen dürfen."

Der Aufnahmeleiter winkte ihnen zu, und der Nachrichtensprecher kam herein. Gemeinsam gingen sie in den Vorraum, wo Jeremy wie angewurzelt stehen blieb, als er eine Zeitung aufgeschlagen auf dem Kaffeetisch liegen sah.

„Was ist los?", fragte Rowenna und klang aufrichtig besorgt.

Er sah sie an. „Nichts", log er. „Mir fiel nur etwas ins Auge, das ist alles."

„Oh, ach so." Sie klang zweifelnd, doch offensichtlich wollte sie der Sache nicht weiter nachgehen. „Nun, das war sie, unsere letzte Show. Kann ich Sie zu einem Drink einladen?" Ihr Lächeln wurde breiter. „Sie wissen, nach dem heutigen Tag müssen Sie mich nie wiedersehen."

Eigentlich errötete er nie, doch nun tat er es. *Ich würde diese Einladung gerne annehmen. Ich würde gerne noch verdammt viel mehr von ihr annehmen.* Es war ihr letzter Tag, und eine Absage wäre ungehobelt.

Nur dass er heute tatsächlich andere – und viel drängendere – Sorgen hatte.

Er neigte leicht den Kopf. „Ich würde Sie wirklich gerne beim Wort nehmen, aber um der Wahrheit die Ehre zu geben … eine Freundin von mir wird vermisst, und ich bin ziemlich erpicht darauf, mehr in Erfahrung zu bringen." Er deutete auf die Zeitung.

„Ich habe meinen Laptop im Wagen", bot sie an. „Und es wird sicher irgendwo in der Nähe einen drahtlosen Anschluss geben."

Er zögerte. Er hatte das merkwürdige Gefühl, dass er an einer Kreuzung stand und eine sein Leben verändernde Entscheidung träfe, wenn er ihr Angebot annähme.

Blödsinn.

Allein um die Lächerlichkeit dieses Gedankens zu beweisen, entschied er sich, ihre Hilfe anzunehmen. Er sagte sich, dass es einfach schneller ginge, als zurück ins Hotel zu fahren, wo sein eigener Computer stand. „Okay. Danke."

Sie verabschiedeten sich von den Leuten beim Sender und gingen hinaus zu ihrem Wagen.

Er konnte schnell eine Internetverbindung herstellen und fand rasch, wonach er suchte. Sein alter Partner Brad Johnstone und seine Frau Mary hatten Urlaub in Salem, Massachusetts, gemacht, wo Mary abends auf einem historischen Friedhof einfach verschwunden war. Die Polizei hatte Brad aufgegriffen, wie er hinter den verschlossenen Friedhofstoren laut nach seiner Frau gerufen hatte. Bei der rasch eingeleiteten Suche konnten nur ihr Handy und ihre Handtasche, die auf einem alten Grab lagen, gefunden werden. In dem Artikel wurde erwähnt, dass sich das Paar entfremdet hatte und gerade versuchte, seine Ehe zu retten.

Brad kam dabei schlecht weg, man erwähnte seine Affäre.

Das Schlimmste war, dass Marys Eltern offenbar überzeugt waren, dass Brad ihre Tochter beseitigt hatte. Und irgendjemand wies darauf hin, dass Brads Polizeivergangenheit ihn vermutlich befähigte, Mary zu töten und ihren Leichnam verschwinden zu lassen, bevor er seine Show als verzweifelter Ehemann abzog.

Rowenna, die über seine Schulter hinweg mitlas, sagte: „Es tut mir leid. Das klingt nach schlechten Neuigkeiten."

„Ich habe jahrelang mit dem Mann gearbeitet und kenne auch seine Frau recht gut. Herrje, ich war bei ihrer Hochzeit dabei. Dieser Mann war über mehrere Jahre mein Partner. Sie machten eine wirklich schlechte Phase durch – sie ist eine professionelle Tänzerin und reist zu Wettbewerben. Ihr Tanzpartner ist schwul, und niemand würde behaupten, dass sie auf ihren Reisen etwas anderes täte als tanzen. Ich glaube, dass Brad sich einfach nur etwas einsam fühlte ... Wie auch immer, sie haben sich da durchgekämpft und kamen wieder zusammen.“ Er hielt inne, als ihm bewusst wurde, wie viel er ihr erzählte, obwohl sie gar nichts gefragt hatte. „Ich kenne Brad, und ich glaube nicht eine Minute daran, dass er ihr etwas tun würde. Doch wenn so etwas wie dies geschieht, geht es selten gut aus. Ich sage es nur ungern, doch die Wahrscheinlichkeit ist groß, dass sie tot ist. Und die Cops vergeuden nur ihre Zeit, wenn sie sich auf Brad konzentrieren, statt den wahren Killer zu jagen.“

Sie schüttelte traurig den Kopf.

„Das ist sehr merkwürdig“, sagte sie und sah kurz in seine Richtung. „Tut mir leid“, beantwortete sie seinen fragenden Blick. „Ich meine, die Art und Weise, wie sie verschwand, ist merkwürdig. Als ob sie sich in Luft aufgelöst hat. Ohne dass irgendjemand etwas gesehen hat. Salem ist zu Halloween wie von Sinnen. Überall sind Menschen. Es ist schwer zu glauben, dass niemand etwas mitbekommen hat.“

„Ach ja? Woher wissen Sie so viel darüber?“

Sie lächelte spöttisch. „Salem ist meine Heimatstadt. Ich bin dort geboren. Nun, nicht richtig in der Stadt – meine Gegend ist noch immer nicht eingemeindet –, aber ich bin mit den Geschichten der Hexenprozesse aufgewachsen. Wenn es die nicht gegeben hätte, wäre es ein einfaches altes Fischerstädtchen wie hundert andere.“

„Ich wusste, dass Sie aus New England stammen“, sagte er. „Ich hatte anhand ihrer PR-Biografie, die man mir in Vorbereitung auf unsere Sendungen zugeschickt hat, einfach nur angenommen, Sie kämen aus Boston.“

„Ich bin in Boston aufs College gegangen“, erwiderte sie. „Tatsächlich“, fügte sie lachend hinzu, „bin ich in vielen Städten und vielen Staaten aufs College gegangen.“ Sie lächelte selbstironisch. „Was soll ich sagen? Ich liebe Schule. Und ein Interesse führte zum anderen.“

Jeremy fuhr sich durchs Haar, während er sie ansah. „Wie viele Abschlüsse haben Sie denn, Miss Cavanaugh?“

„Zwei. In Philosophie und Kommunikationswissenschaft“, versicherte sie ihm. „Aber ich liebe Wahlpflichtfächer. Ich habe Dutzende davon. Altgriechische Legenden, Glaube und Aberglaube der Römer und jede Menge Geschichte.“ Sie blickte einen Moment zur Seite und fuhr dann fort. „Natürlich habe ich mich auch mit der Geschichte meiner eigenen Gegend beschäftigt. Damals, zur Zeit der Hexenprozesse, waren die Menschen überzeugt, dass der Teufel sein Unwesen auf der Erde trieb. Tausende wurden in Europa umgebracht. Trotz des Irrsinns wurde es hier nie so schlimm.“ Sie verzog das Gesicht. „Meine Familie lebte bereits in der Gegend, als all diese Dinge geschahen. Mein Ururur- – nun, in jedem Fall eine Menge Urs – Großvater wurde eingesperrt. Seine Familie hatte das Geld, ihn freizukaufen, sodass er überlebte. Der Punkt ist, dass die Dinge, die damals geschahen, nichts mit dem heutigen Salem zu tun haben. Die Hexen und Hexer von heute sind völlig anders.“

„Die Hexen von heute?“, wiederholte Jeremy skeptisch. „Großartig. Mary verschwindet in einer Stadt, in der es angeblich noch Hexen gibt.“

Sie schwieg eine Minute. „Sie verstehen nicht, worauf ich hinaus will. Die sogenannten Hexen von heute sind tatsächlich Wiccaner. Wicca ist eine heidnische Naturreligion. Es gibt keine Verbindung zwischen dem, was die Wiccaner heute praktizieren und dem, was die Hexen und Hexer der Vergangenheit angeblich getan haben.“

„Oh bitte, Sie glauben das doch nicht wirklich, oder?“, fragte er.

„Ich bin keine Wiccanerin, falls Sie das meinen, aber ich habe Freunde, die es sind“, erwiderte sie, wobei sie sich bemühte, ihre Verärgerung zu verbergen. „Wicca ist als Religion anerkannt, wissen Sie. Wenn ein Soldat nach Hause überführt wird, um begraben zu werden, kann auf seiner Kennmarke genauso das Pentagramm wie der Davidstern oder das Kreuz stehen.“

„Es tut mir leid", sagte Jeremy. „Es ist nur ... nun, diese Art von esoterischem Aberglauben macht die Dinge immer kompliziert."

„Das sollte es nicht. Wiccaner glauben nicht daran, etwas Schlechtes zu tun. Was auch immer man jemandem tut, wird dreifach zurückgegeben. Deshalb würde ein Wiccaner niemals jemanden verletzen, weil er es dreimal so schlimm zurückbekommen würde."

„Ja, und wenn Sie Christ sind, landen Sie in der Hölle, wenn Sie jemanden umbringen. Das hält jedoch viele Christen nicht von kaltblütigen Morden ab."

„Da gebe ich Ihnen recht", sagte sie.

Plötzlich hatte er genug von der Diskussion. „Also, wir werden hier nichts lösen können, warum fahren wir also nicht hinüber ins French Quarter?"

„Sie kommen auf mein Angebot mit dem Drink zurück?"

Das tat er. Er wusste nicht genau, warum, doch er tat es. Er mochte den Klang ihrer Stimme. Ihn interessierte, was sie zu sagen hatte. Er fühlte sich zu ihr hingezogen – herrje, jeder Mann, der nicht schwul war, würde sich zu ihr hingezogen fühlen –, obwohl er noch immer das Gefühl hatte, eine Art Grenze zwischen ihnen zu benötigen.

Nicht dass das jetzt eine Rolle spielte. Heute war's das. Sie würde nach dem heutigen Abend abreisen. Keine weiteren Debatten. Ihre Wege würden sich nicht mehr kreuzen.

„Ja, lassen Sie uns das tun", sagte er. „Ehrlich gesagt könnte ich auch eine Kleinigkeit zu essen vertragen."

Sie fuhren zu einem ruhigen Restaurant in der Royal Street, wo Rowenna Tee und Flusskrebse bestellte. Jeremy entschied sich für Jambalaya.

„Erzählen Sie weiter", bat er, nachdem man ihnen ihr Essen serviert hatte. „Ich möchte mehr über die heutigen Hexen wissen."

„Tatsächlich?", fragte sie.

„Ja, tatsächlich."

Sie hob zweifelnd eine Braue und legte dann los. „Die Hexen-Gemeinde von Salem geht auf die frühen siebziger Jahre zurück, als eine Frau namens Laurie Cabot, die heute als offizielle Hexe von Salem betrachtet wird, in die Stadt kam. Inzwischen gibt es mehrere Tausend praktizierende Wiccaner in der Gegend. Sie hätten ernste Schwierigkeiten, wenn die Puritaner von einst noch am Ruder wären. Ironischerweise verließen diese England, um nach religiöser Freiheit zu suchen, und verfolgten dann jeden, der nicht ihren Geboten folgte. Aber Wiccaner – falls es sie damals gegeben hätte – hätten den Satanismus niemals so praktiziert, wie es die Hexen von Salem getan haben sollen. Der Teufel ist ein christliches Konzept, ein gefallener Engel. Deshalb *können* Wiccaner den Teufel gar nicht anbeten und auch keinen Pakt mit Satan schließen, denn in ihrer Religion existiert er gar nicht. Das heißt nicht, dass es dort draußen keine Satanisten gibt, denn die gibt es, doch das ist eine komplett andere Philosophie."

Er blickte sie an und nickte ernst. War dies eine Vorlesung über die Ironien der Menschheit, die er wirklich brauchte? Auf gewisse Weise vielleicht ja.

Brad und Mary waren nach Salem gefahren. Mary war verschwunden. Er musste so viel wie möglich über den Ort in Erfahrung bringen, und Rowenna wusste viel darüber. Außerdem war sie schön und bezaubernd und der Duft ihres Parfums atemberaubend. Hypnotisierend. Er spürte, wie sein Puls aus dem Takt geriet.

Sie hatte niemals behauptet, Gedanken lesen zu können, doch er fühlte, dass sie seine Gedanken kannte. Dass er nämlich nicht daran glaubte, dass Hexen oder Satanisten, reale oder eingebildete, frühere oder heutige, irgendetwas mit Marys Verschwinden zu tun hatten. Dass vielmehr die Wahrscheinlichkeit groß war, dass ihr etwas Schreckliches zugestoßen war.

Außer irgendjemand dort draußen glaubte, dass er den Befehlen Satans folgte.

Sie lächelte. „Sie glauben, dass jeder, der eine alte und fast ausgestorbene Religion praktiziert, ein Idiot ist."

„Es kümmert mich nicht, ob jemand Palmen anbetet – solange er seinen Glauben nicht als Vorwand nimmt, um einen anderen zu verletzen oder zu töten", sagte er.

Sie lachte. Ihre Augen sehen dabei aus wie flüssiges Gold, dachte er. „Dann werden Sie die Wiccaner mögen. Wie ich schon sagte, sie tun nichts Böses, weil das Böse dreifach zurückkommt." Sie zuckte die Achseln. „Ich glaube nicht, dass irgendjemand die Antworten auf die Plagen dieser Welt hat. Wir alle möchten daran glauben, dass Menschen, die andere verletzen, dafür bestraft werden – in dieser Welt oder in der nächsten. Oder besser noch, jetzt *und* im Jenseits, wenn man an ein Jenseits glaubt."

„Wollen Sie damit sagen, dass Sie es nicht tun?", fragte er.

„Das tue ich definitiv." Sie schauderte leicht, als sie das sagte.

„Sie denken an etwas anderes, oder?", fragte er.

Sie blickte überrascht und grinste ihn reumütig an. „Dort wo ich herkomme, gibt es eine Legende über eine Art Schwarzen Mann. Wir nennen ihn den Schnitter. Er ist eine Kreatur des Bösen – eine Mischung aus alten heidnischen Ritualen, dem Glauben der amerikanischen Ureinwohner und natürlich dem Konzept Satans. Wenn jemand verschwindet oder es für etwas Schreckliches keine Erklärung gibt, schreiben wir es dem Schnitter zu. Er hat keine Hörner und keinen Schwanz. Tatsächlich sieht er gar nicht so schrecklich aus. Er trägt eine Krone aus Herbstblättern und einen erdfarbenen Mantel. Außerdem ist er größer als die meisten Männer. Riesig."

„Und er ist hinter jungen Frauen her?", fragte er.

„Ehrlich gesagt weiß ich nicht, wie die Legende ursprünglich begann. Die älteste Geschichte, die ich kenne, spielt vor ein paar Hundert Jahren, irgendwann nach den Hexenprozessen, als eine Reihe junger und schöner Frauen verschwand. Sie konnten den Mörder nie fassen, sodass die Kolonialisten – vermutlich beeinflusst von den einheimischen Stämmen – davon sprachen, dass der Schnitter da draußen umgehe und ihre Seelen stehle."

„Sie wollen mir damit aber nicht sagen, dass Mary von dem Schnitter entführt wurde."

„Natürlich nicht. Ich sage nur, dass es New England ist, wo eine Geschichte mit allem verbunden ist, was geschehen kann. Aber wenn Sie sich fragen, ob ich an einen realen Mörder da draußen glaube, der ebenso böse ist wie der Schnitter, dann halte ich das leider für eine Möglichkeit."

In diesem Moment klingelte sein Handy, und noch bevor er auf das Display sah, hatte er das merkwürdige Gefühl, dass es Brad sein würde.

Er war es.

Jeremy entschuldigte sich und ging nach draußen.

Rowenna spielte geistesabwesend mit dem Strohhalm in ihrem Eistee und wünschte sich, sie hätte sich rasch verabschiedet, als Jeremy den Anruf entgegennahm.

Vielleicht hatte sie einfach nur zu viel Zeit zum Nachdenken, während sie ihr Gespräch noch frisch im Kopf hatte, doch sie hatte das schreckliche Gefühl zu wissen, was passieren würde. Brad würde Jeremy um Hilfe bitten – nach allem, was sie wusste, war es Brad, der gerade angerufen hatte –, und Jeremy würde nach Salem fahren.

Sie spürte, wie ihr Herz etwas zu stark schlug, und versuchte, sich zu beruhigen. Selbst wenn er hinfuhr, würde sie ihn nicht sehen. Er mochte sie nicht, also würde er sie wohl kaum anrufen oder sie um Hilfe bitten.

Doch es *würde* damit enden, dass sie ihm wieder über den Weg lief.

Detective Joe Brentwood würde sie anrufen, und Jeremy würde große Augen machen, wenn er sie sah. Sie konnte sich seine Verärgerung nur zu gut vorstellen – und seine Einschätzung, egal ob er sie für sich behielt oder laut äußerte. „Mein Freund steckt in Schwierigkeiten, und Sie ziehen eine angebliche Hellseherin hinzu?"

„Kann ich Ihnen noch etwas bringen?"

Die Kellnerin riss Rowenna aus so tiefen Gedanken, dass sie beinahe vor Schreck aufgesprungen wäre. „Nein. Danke. Aber ich würde dann gerne zahlen."

Sobald sie bezahlt hatte, schlüpfte sie hinaus und eilte zu ihrem Wagen. Es würde ihm kaum das Herz brechen, wenn er entdeckte, dass sie fort war. Und sie wusste, dass ihm zwar ein Drittel der Flynn-Plantage gehörte, er aber nicht dort draußen wohnte, sondern in einem kleinen Privathotel auf der anderen Seite des Jackson Square.

Ihr eigenes Hotel lag nur die Royal Street hinunter, und während sie die wenigen Blocks entlangfuhr, fragte sie sich unwillkürlich, ob sie die ganzen nächsten Tage von ihm träumen würde. Paradoxerweise hoffte sie, dass er nicht in Salem auftauchte – und dass er es doch tat.

Oben in ihrem Zimmer gab es wenig zu tun. In dem Wissen, dass sie am nächsten Morgen abreisen würde, hatte sie in den letzten Tagen bereits die meisten Dinge organisiert.

Plötzlich niedergeschlagen, setzte sie sich aufs Bett und sprang fast an die Decke, als ihr Handy klingelte. Sie nahm an, dass es Jeremy war, der wissen wollte, warum sie gegangen war, ohne sich zu verabschieden.

So viel zum Thema Gedankenlesen. Es war Kendall.

„Hey!", sagte Kendall.

„Selber hey."

„Du fährst morgen ab – wolltest du nicht einmal anrufen?", fragte Kendall.

Schuldgefühle erfassten sie. Sie kannte Kendall seit Jahren. Sie hatten sich in Kendalls Laden „Tea and Tarot" kennengelernt. Kürzlich hatte sie ihn an einen Angestellten verkauft, um sich ganz auf ihre Ehe und auf das Theater zu konzentrieren, das sie schon seit dem College hatte gründen wollen.

„Ja klar, das hätte ich noch gemacht", sagte Rowenna. Es war keine Lüge. Sie hätte sich noch daran erinnert, anzurufen. Oder nicht?

„Warum kommst du nicht zum Abendessen heraus?", fragte Kendall. „Wir werden dich auch nicht zu lange wach halten."

Rowenna sah sich im Zimmer um. Sie dachte an einen Vorwand, wollte Kendall erzählen, dass sie in der Klemme steckte und noch Millionen kleine Dinge vor ihrer Abreise zu erledigen hätte, nachdem sie zwei Wochen im Hotelzimmer gewohnt hatte.

Doch das würde sie nicht tun. Kendall war immer ihre Freundin gewesen. Ja, sie war verheiratet mit Jeremys Bruder, doch das war es nicht wert, eine Freundschaft zu ruinieren.

„Ich hatte gerade einen späten Lunch", sagte Rowenna.

„Ich lasse dich auch nicht viel essen", erwiderte Kendall.

Rowenna lachte. „Sicher, darauf wette ich. Danke. Es wird sicher schön, sich ein letztes Mal zu verabschieden."

„Hey, sag so etwas nicht", protestierte Kendall.

„Tut mir leid. Ich meinte es gar nicht so. Ich meinte, bevor ich nach Hause fahre."

„Großartig."

„Weißt du, ihr könntet eigentlich zu Thanksgiving zu mir kommen", schlug Rowenna vor.

„Es wird schwer, im Moment wegzufahren. Ich habe diese Gruppe kleiner Kinder, die am Mittwoch vorher ein erstes Thanksgiving-Stück aufführen. Aber Aidan und ich werden bald mal hochkommen. Ich verspreche es. Und du kommst jetzt zu uns heraus, ja? Oder jedenfalls, wenn du gepackt hast und fertig bist. Geht dein Flug früh?"

„Nein, erst gegen Mittag."

„Großartig", sagte Kendall. „Dann schwing deinen Hintern hier rüber. Oder noch besser, Jeremy kommt zu uns, weil er etwas mit Aidan besprechen will. Da kann er dich doch mitnehmen. Ich sage ihm, dass er dich anrufen soll. Bis später."

„Nein! Nein, nein, ich nehme lieber meinen eigenen Wagen. Tatsächlich sollte ich eigentlich hierbleiben und mich um einige Dinge kümmern. Kendall?"

Rowenna begriff, dass sie ins Nirwana sprach. Kendall hatte aufgelegt.

Super. Richtig super.

Was jetzt? Sich einfach normal verhalten, das würde helfen.

Wieder klingelte das Handy. Wider besseres Wissen hoffte sie, dass Kendall noch einmal anrief, aber natürlich war dem nicht so.

Jeremy war dran.

„Ich höre, ich soll Sie abholen? Wäre es Ihnen in einer Stunde recht?"

„Das passt gut, aber ich bin nicht sicher, ob ich mitgehen soll."

„Sie müssen mitgehen. Sie haben die Rechnung bezahlt. Ich schulde Ihnen also eine Mahlzeit. Da sich aber meine Schwägerin um das Essen kümmert, muss ich es zumindest damit ausgleichen, dass ich den Chauffeur spiele. Es tut mir übrigens leid, dass mein Anruf so lange dauerte, dass Sie mir lieber den Laufpass gaben."

Sie zuckte zusammen. Nur zu gerne hätte sie ihn vor ein paar Wochen so freundlich sprechen hören.

„Also … in einer Stunde?", fragte er.

„Sicher, ja, vielen Dank."

Nachdem sie aufgelegt hatte, zögerte Rowenna einen Moment und rief dann Joe Brentwood an.

„Hey", begrüßte er sie an seinem Handy. „Kommst du noch immer morgen nach Hause? Ich hätte gerne deine Meinung zu etwas, das hier geschehen ist."

„Joe, du solltest sagen, dass du mich vermisst hast und dass du hocherfreut bist, mich morgen zu sehen."

„Ich vermisse dich und bin hocherfreut, dich morgen zu sehen. Und ich habe einen interessanten Fall für dich."

„Mit einem Mann namens Brad Johnstone und seiner verschwundenen Ehefrau Mary, richtig?", sagte sie.

„Verdammt. Du *bist* eine Hellseherin."

Sie war keine Hellseherin. Sie traf keine Menschen und empfing auch keine Botschaften von den Geistern verstorbener Angehörigen. Doch es gab Momente, in denen sie ihre Sinne offen hielt, in denen sie dachte und fühlte und eine gute Portion gesunden Menschenverstand benutzte, um Dinge aufzuklären. Vielleicht gab es in ihrem Unterbewussten irgendetwas anderes, etwas, das ihren Schlussfolgerungen den entscheidenden Vorteil gab. Doch obwohl sie über die Erfahrungen anderer mit übernatürlichen Kräften schrieb und obwohl sie die Gabe einräumte, Dinge zu erspüren, wo andere nichts spürten, würde sie sich niemals eine Hellseherin nennen. Nicht wenn – egal wie sehr Jeremy Flynn diese Wahrheit bezweifelte – sie nicht an die Existenz des Paranormalen, sondern nur an die Möglichkeit glaubte. Egal wie andere sie manchmal nannten, sie sah sich einfach nur als jemanden, der alle Sinne und sein Gehirn einsetzte, um Möglichkeiten zu erkennen und aufgrund von vorliegenden Beweisen Schlüsse zu ziehen. Und sie hatte absolut sichergestellt, dass niemals auch nur ein Hinweis auf ihre Mitarbeit in den Medien erschien.

„Nein, Joe, ich bin keine Hellseherin. Ich habe es in der Zeitung gelesen. Und ich habe einen … Freund, der auf merkwürdige Weise damit zu tun hat."

„Wie?"

„Der Typ, mit dem ich hier unten arbeite, hat früher mit Brad Johnstone gearbeitet."

„Dieser Detektiv?", fragte Joe. Wie die meisten Cops

mochte er keine Privatdetektive. Er hielt sie für Nervensägen, die die offiziellen Ermittlungen bei jedem Fall behinderten, in den sie sich einmischten.

„Ja."

Joes Schweigen drückte aus, was er dachte.

„Er ist ein anständiger Kerl, Joe."

„Ja, ja. Großartig. Nun, wir sehen uns morgen. Ach warte, du hast mich angerufen. Was ist los?"

„Der Johnstone-Fall", sagte sie trocken.

„Wenn du die Zeitung gelesen hast, weißt du, was ich weiß."

„Aber ..."

„Du kommst ja nach Hause. Ruf mich an, sobald du da bist, und wir sprechen darüber."

„Sicher."

Sie legte auf. Da ihre eigenen Eltern tot waren und sie keine Geschwister hatte, war Joe der Mensch, den sie am ehesten als ihre Familie betrachtete. Er hatte seine Frau vor zehn Jahren durch Krebs verloren, und ihr einziger Sohn, Rowennas verstorbener Verlobter, war in Übersee bei einem Militäreinsatz ums Leben gekommen.

Obwohl er Jonathans Vater war, hatte er ihr als Erster gesagt, dass sie ihr Leben weiterleben müsse. Er hatte einmal davon gesprochen, wie dankbar er sei, dass sie ihn nicht vergessen und nicht zu bald neu angefangen hatte. Doch sein Sohn sei tot und begraben und der Grabstein setze sogar Moos an, wenn er ihn nicht rechtzeitig putze. Zeit für sie, sich ein neues Leben aufzubauen.

Außerdem war er Detective im Landkreis. Ihre „Karriere" mit ihm hatte an einem kalten Winterabend begonnen, als er von einem kürzlich geschehenen Mord erzählte. Sie bat ihn, ihr den Tatort zu zeigen, und auf dem Weg dahin erzählte er ihr, was er über das Opfer wusste. Sunny Shoemaker, vierunddreißig, deprimiert, nachdem man sie bei ihrer Immobilien-Agentur gefeuert hatte, war mit ein paar mitfühlenden Kolleginnen in eine Bar gegangen. Nach ein paar Drinks ging sie nach Hause und versicherte ihren Freundinnen, dass es ihr gut ginge. Sie wurde mit einem Messer im Rücken neben dem hohen Zaun des alten Gefängnisses gefunden. Ihre Handtasche war fort, weshalb man Raub als Tatmotiv annahm. Der Gerichtsmediziner hatte ein Haar gefunden, doch das würde ihnen nichts nützen, solange sie keinen Verdächtigen hatten, mit dem sie es abgleichen konnten, und bislang gab es niemanden.

Als Rowenna dort stand und die Augen schloss, konnte sie sich vorstellen, wie es Sunny ergangen war. Sie hatte die Schritte ihres Angreifers nicht gehört, sich also auch nicht umgedreht. Und sie hatte nicht um ihre Handtasche gekämpft. Aber hätte ein Zufallsdieb nicht zuerst versucht, ihr die Handtasche zu entwinden? Handtaschenräuber stachen ihren Opfern normalerweise nicht in den Rücken, um ihnen dann die Tasche abzunehmen.

Rowenna war die Nähe zur Bar aufgefallen, einem Ort, wo die Einheimischen nach der Arbeit herumsaßen. Einer Ahnung folgend ging sie am nächsten Abend hin.

Sie wählte denselben Stuhl, auf dem laut Barkeeper auch Sunny gesessen hatte. Während sie dort saß und an einem Glas Wein nippte, beobachtete sie die Menschen um sich herum, hörte zu und versuchte erneut, sich in Sunny hineinzuversetzen. In ihrem Geist erlaubte sie einem Teil ihrer selbst, zu Sunny zu werden. Ein Manager-Typ, der mit einem anderen Mann am Tisch saß, kam zur Bar und nahm den Stuhl neben ihr. Während der Barkeeper seinen Drink mixte, witzelten sie darüber, dass er seinen Stammplatz einfach nicht aufgeben konnte und ihn sofort wieder einnehmen würde, sobald sein Kunde gegangen war. Der Mann ließ ein leeres Glas an der Bar zurück. Als der Barkeeper sich umdrehte, steckte Rowenna es rasch ein. Noch am gleichen Abend übergab sie es Joe, und so führte eine Sache zur anderen, bis Joe einen Verdächtigen hatte.

Es stellte sich heraus, dass es sich bei dem Mann um einen Broker aus Sunnys Firma handelte, der seine Partner um Geld betrogen hatte. Sunny hatte nichts davon gewusst, doch er fürchtete, dass sie etwas wusste, und war derjenige gewesen, der sie feuern ließ. Wütend hatte sie ihm an der Bar gedroht und ihm glaubhaft vorgespielt, zu wissen, was er vorhabe. Er war in Panik verfallen, hatte sich ein Messer geschnappt, das der Barkeeper nach dem Zitronenschneiden hatte liegen lassen, und war ihr gefolgt.

Danach hatte Joe entschieden, dass Rowenna eine hellseherische Gabe hätte. Das stimmte nicht, doch sie konnte ihn nicht davon überzeugen. Sie hatte ein Talent, sich in andere Menschen hineinzuversetzen, das gab sie zu, doch daran war nichts Übernatürliches. Nach dieser Sache bat er sie oft bei kniffligen Fällen um Hilfe, doch sie ließ ihn schwören, dass er sie niemals gegenüber der Presse erwähnen würde. Einige seiner Kollegen wussten, dass er sie konsultierte, doch er sagte nichts von hellseherischen Fähigkeiten, sodass sich niemand darüber Gedanken machte und alle sie mochten.

Sie hoffte, dass sie dabei helfen könnte, Jeremys Freundin aufzuspüren, auch wenn sie ahnte, wie Jeremy auf ihre Einbindung in die Untersuchungen reagieren würde.

Sie fühlte sich jämmerlich, wie ein Schoßhündchen, das nach Aufmerksamkeit japste.

Rowenna stand auf und kämmte sich das Haar, wobei sie versuchte, sich Mary Johnstone vorzustellen. Eine Frau mit einem Mann, der sie liebte, aber der sie betrogen hatte. Ein Mann, der versuchte, ihre Ehe zu retten. Jemand, den sie wirklich liebte.

Sie war ihm nicht davongelaufen. Und dies war kein dummer Streich; sie täuschte ihr Verschwinden nicht vor, um sich für seine Verfehlung zu rächen.

Sie schloss die Augen. Sie kannte den Friedhof und sah ihn vor ihrem geistigen Auge. Sie spürte die kühle Brise, die vom Meer kam und in der schon Herbst lag. Sie sah die herabgewehten Blätter in ihren wunderbaren Farben.

Während sie dort stand und zu Mary wurde, indem sie die Atmosphäre des Friedhofs und die Schönheit des Tages einsog, erschreckte sie eine Wand von reinem Schwarz, die sich über ihre Vision legte.

Und wieder sah sie die Maisfelder, die ihr in ihrem Traum so viel Angst eingejagt hatten.

Krähen krächzten, als sie durch den Mais lief. Sie war kein Kind, und sie war nicht Mary. Sie war sie selbst, eine Erwachsene, die rannte und rannte. Die die Vogelscheuchen über die Felder ragen sah und zu der Vogelscheuche lief, die ihr am meisten Angst machte.

Und da war etwas hinter ihr. Nein, es war jemand. Eine Gestalt in der Ferne, gekleidet in ein dunkles Cape, nichts anderes als Dunkelheit zwischen Schatten …

Der Schnitter.

Ein lautes Pochen ertönte an der Tür. Es kam so überraschend wie eine Sirene.

Sie riss die Augen auf, und die Maisfelder verschwanden. Sie bemerkte, dass sie zitterte und dass sie ihre feuchten Hände an den Seiten zusammengeballt hatte.

„Rowenna?“

Jeremy Flynn war da, um sie abzuholen. Und sie war froh. Nicht nur, weil sie noch eine weitere Chance hatte, Zeit mit ihm zu verbringen.

Sie hatte Angst gehabt, die Vogelscheuche in dem Maisfeld zu erreichen.

Nein, nicht Angst. Pure Panik.

3. KAPITEL

Er bemerkte Rowennas Angespanntheit sofort, als sie die Tür öffnete. Er mochte keinen übersinnlichen Knochen im Leib haben, doch er erkannte die Angestrengtheit in ihren Zügen und das verräterische Zucken an ihrem Hals. Und er registrierte die Veränderung in ihrem Ausdruck, von etwas Blassem, Verängstigtem zu einem falschen, erzwungenen Lächeln, als sie ihn begrüßte.

„Hey, hallo. Es tut mir leid, dass Sie meinetwegen herkommen mussten. Ich hätte selber rausfahren können", sagte sie. „Ich brauche nur noch … meine Handtasche. Und eine Jacke."

Sie drehte sich um, um ihre Sachen zu holen. Sie hatte ein hübsches Zimmer. Sein Blick wanderte unwillkürlich zu dem riesigen Baldachin-Bett, woraufhin er rasch seine abwegigen Gedanken zügelte. Er hatte sie schon einmal von ihrem Hotel abgeholt, für einen Gala-Auftritt. Doch da hatte er unten in der Lobby auf sie gewartet. Er fragte sich, warum er das heute nicht auch getan hatte.

Mit ihrer Handtasche und einer Jacke in der Hand stand sie da und blickte ihn an.

„Was ist los?", fragte er.

Sie leugnete nicht, dass etwas nicht stimmte. „Ich kenne den Detective, der den Fall Ihres Freundes bearbeitet", sagte sie unvermittelt.

Ihre Worte überrumpelten ihn. „Wie bitte?"

„Ich … ich wollte nur nicht, dass Sie überrascht sind, wenn Sie es herausfinden. Der ermittelnde Detective in dem Fall ist ein Mann namens Joe Brentwood. Ich kenne ihn. Er ist … ein Freund von mir."

Das war das Letzte, was er erwartet hatte. Er spürte eine neue Mauer von Misstrauen zwischen ihnen. Nicht ihr Fehler. Seiner.

„Und Sie wissen, dass er den Fall bearbeitet … Woher?“, fragte er.

„Ich habe ihn angerufen.“

„Ich verstehe.“ Er zögerte kurz. „Aber woher wussten Sie, dass Sie ihn anrufen mussten?“ Selbst für seine Ohren klang er argwöhnisch.

Sie wich seinem Blick aus. „Ich wusste, dass Sie sich Sorgen machen um ihren Freund. Ich wollte ihn fragen, ob er etwas weiß, und habe ihn deshalb angerufen. Sollen wir gehen?“

Fühlte sie sich irgendwie schuldig, oder war das seiner Einbildung zuzuschreiben?

Sie sagte nichts mehr, während sie mit dem Fahrstuhl nach unten fuhren. Der Hoteldiener wartete mit Jeremys Wagen. Jeremy ließ Rowenna einsteigen und setzte sich dann auf den Fahrersitz, bevor er das Wort ergriff. „Und was hat Ihr Freund gesagt?“

„Ehrlich?“ Sie sah ihn an.

Er hob eine Braue. „Ja?“

Sie blickte wieder nach vorn. „Er ist nicht gerade begeistert von Privatdetektiven.“

Er lachte. „Der Typ mag Hellseher und schaut auf Privatdetektive herab?“ Er stöhnte auf. „Das wird hart“, prophezeite er grimmig. „Eine Kleinstadt, Hexen, feindselige Polizisten – einfach großartig.“

Sie sah ihn nicht an, doch er bemerkte, wie sie ihre Lippen zusammenpresste. Er hätte sich die Zunge abbeißen können. Er hatte nicht so beleidigend sein wollen, er hatte einfach geredet, ohne nachzudenken, weil er eine böse Vorahnung hatte. Brad hatte am Telefon furchtbar geklungen. Er war völlig aufgelöst und brauchte dringend Hilfe. Der einzige Mensch dort, der ihm zu glauben schien, war ein örtlicher Polizist namens O'Reilly. Die Detectives – eingeschlossen Rowennas Freund – behandelten ihn alle als Verdächtigen und waren ihm gegenüber recht feindselig eingestellt.

Doch so liefen die Dinge nun einmal. Wenn eine Frau tot war oder vermisst wurde und es keinen offensichtlichen Verdächtigen gab, fiel der Verdacht immer auf den Ehemann. Es war normal, eine Sache der Statistik. Brad war ein Cop und musste das wissen. Er und Jeremy hatten die Leichen von zu vielen Frauen und Freundinnen gefunden, die mit Gewichten beschwert von ihren Männern über Bord geworfen worden waren. Von den Männern, die sie angeblich liebten. Es war reine Mathematik, die die Cops veranlasste, den Ehemann zu verdächtigen, wenn die Frau verschwand. Vor allem, wenn er sie als Letzter gesehen hatte.

„Fahren Sie hin?", fragte sie ihn.

„Ja." Er nickte. „Tut mir leid", fügte er etwas steif hinzu. Er schuldete ihr diese Entschuldigung, doch sie fiel ihm schwer.

„Joe Brentwood ist ein guter Mann", sagte sie.

„Ich bin sicher, dass er das ist."

„Ich meine es ernst. Wenn Sie mit ihm zusammenarbeiten, arbeitet er auch mit Ihnen zusammen."

Er hatte den Eindruck, dass sie selber nicht sicher war, ob dieses Versprechen gehalten würde – nicht überraschend, wenn man bedachte, wie Cops auf das reagierten, was sie als die Einmischung von Zivilisten betrachteten. Doch er sagte nur: „Das hoffe ich."

Sie schwiegen. Die Stimmung war angespannt. Er überlegte krampfhaft, was er sagen könnte, doch ihm fiel nichts ein. Merkwürdig, zuvor am Tag hatten sie ohne Pause geplaudert. Er hatte Brads Situation ausführlich dargelegt, und sie hatte ihm viel Interessantes erzählt, dem er bereitwillig gelauscht hatte. Aber jetzt ...

Danach war sie gegangen. Nach Hause. Er hatte nicht erwartet, sie jemals wiederzusehen und wieder gegen seine Reaktion auf sie ankämpfen zu müssen.

Nun folgte er ihr. War das der Unterschied, der zu dieser Distanz zwischen ihnen führte?

Die Fahrt zu der Plantage schien ewig zu dauern.

Sie wandte sich ihm zu. „Joe Brentwood war fast mein Schwiegervater“, sagte sie plötzlich, als hätte sie eine Entscheidung getroffen, die sie nun um jeden Preis verfolgen wollte. „Ich war mit seinem Sohn Jonathan verlobt. Er starb vor drei Jahren bei einem Hubschrauberabsturz in Übersee. Er war beim Militär. Joe und ich sind noch immer gute Freunde, also glauben Sie nicht, dass er ein Spinner ist oder irgendetwas anderes ist als ein guter Cop. Er ist kein Wiccaner, doch es könnte ihn nicht weniger kümmern, welcher Religion andere angehören, solange sie nur das Gesetz befolgen. Er respektiert seine Mitmenschen, außer sie brechen das Gesetz.“

Er war überrascht von ihrem Ausbruch. Denn obwohl sie die Worte recht gleichmütig ausgesprochen hatte, schienen sie dennoch ein Angriff zu sein.

„Es tut mir leid“, sagte er und hatte das Gefühl, sich verteidigen zu müssen. „Er respektiert seine Mitmenschen – solange sie keine Privatdetektive sind?“, fragte er dann.

Sie seufzte genervt, und er entschied, dass Schweigen möglicherweise klüger war als jedes Gespräch.

Schließlich erreichten sie die Flynn-Plantage. Als er zu dem großen weißen Haus aufsah, wallten Zufriedenheit und Stolz in ihm auf. Das Leben barg manche Ironie. Aidan war derjenige gewesen, der das Anwesen lieber verkaufen wollte, als eine aufwendige Restaurierung zu starten. Doch es war Aidan, der jetzt dort wohnte, gemeinsam mit Kendall. Sie hatten das verfallene Herrenhaus in eine meisterliche Schönheit verwandelt.

Das Haus ragte jetzt stolz empor, ein frischer Anstrich betonte die eleganten Konturen. Sie hatten die Vergangenheit erhalten und mit dem Gemeindetheater gleichzeitig etwas Neues und Wunderbares geschaffen.

Als sie näher kamen, bemerkte er ein Transparent an der Scheune, das eine Thanksgiving-Vorführung mit den Schulkindern der Gegend ankündigte. Er hatte Kendall bei der Arbeit erlebt. Sie schaffte es, jedes Kind einzubinden. Sein älterer Bruder Aidan hatte in ihrem Trio als skeptischer Sturkopf gegolten. Er hatte seine erste Frau bei einem Autounfall verloren, und damit schien auch jeder Optimismus in ihm gestorben zu sein. Kendall hatte das geändert. Sie war die Energie und Lebensfreude in Person, und er war dankbar für sie.

Er wünschte nur, sie hätte ihm mehr über Rowenna erzählt.

Als er in der eleganten, geschwungenen Auffahrt geparkt hatte und sie aus dem Wagen stiegen, kam Kendall lächelnd aus dem Haus. „Hallo!“ Sie umarmte Rowenna und küsste sie auf die Wange, dann tat sie das Gleiche bei ihm. „Danke, dass du Rowenna abgeholt hast“, sagte sie. „Aidan ist draußen im Scheunenbüro. Er will jetzt zwei Pferde anschaffen, hat er dir das erzählt?“ Sie lächelte kopfschüttelnd. „Ich schätze, es wird nicht schwer, einen kleinen Stall anzubauen, denn die alte Scheune nutzen wir ja für das Theater. Rowenna, komm herein. Wir können eigentlich gleich essen. Zu unserem vorerst letzten Essen in New Orleans gibt es Jambalaya.“

„Klingt großartig“, sagte Jeremy, der nicht erwähnen wollte, dass er schon zu Mittag Jambalaya gegessen hatte, und hoffte, dass Rowenna ebenfalls Stillschweigen bewahren würde. „Ich hole Aidan.“

Während er zur Scheune ging, fragte er sich, worüber die beiden Frauen miteinander sprechen mochten. Im Vorbeigehen bewunderte er erneut die Veränderungen, die Aidan und Kendall in etwas mehr als einem Jahr vollbracht hatten. Die alten Ställe waren blitzsauber, mit einer Bühne hinten im Gebäude und Klappstühlen, die an einer Seite aufgereiht waren. Wie das Haus selbst glänzten sie in neuer Farbe. Das Büro befand sich in der ehemaligen Sattelkammer. Es war neu ausgestattet worden mit einem Mahagoni-Schreibtisch, Sesseln, einem kleinen Sofa, dazu Telefon, Computer, Drucker und Fax.

„Hallo“, sagte Aidan, der bei seinem Eintreten aufsah. „Ich habe getan, worum du mich gebeten hast, und recherchiert, was an jenem Tag in Salem noch geschehen ist.“

„Und?“

Aidan schüttelte den Kopf. „Nichts Ungewöhnliches. Einige Beschwerden wegen Unzucht, die Festnahme eines betrunkenen Paars und eine Frau, die einen Laden nicht zur Schließungszeit verlassen wollte. Nichts Größeres. Wann fährst du hin?“

„Morgen. Brad ist kurz vorm Durchdrehen.“

Sein Bruder schwieg und starrte auf den Monitor.

„Was?“, fragte Jeremy mit gerunzelter Stirn.

„Ich schlage vor, dass du für jede Möglichkeit offen bleibst. Und mit jeder Möglichkeit meine ich, egal wie merkwürdig der Hinweis auch scheinen mag, folge ihm.“

„Hey, du kennst mich. Ich bin gut in meinem Job.“

„Das weiß ich. Doch du willst immer das Offensichtliche, den Vogel in der Hand, den beinharten Beweis. Ich rate dir nur, auch Dinge in Betracht zu ziehen, die … weniger beinhart sind. Folge jeder Spur, ob sie nun absurd scheint oder nicht.“

Aidan hat sich eindeutig verändert, dachte Jeremy. Herrje, er hatte eine ehemalige Tarotkarten-Leserin geheiratet, auch wenn Kendall ihm immer gesagt hatte, dass sie das nur geschauspielert hätte. Doch Kendall glaubte tatsächlich, dass die Plantage von wohlwollenden Geistern beschützt wurde. Das hatte sie schon mehrere Male gesagt, seit sie im letzten Jahre in einer Kammer unter der Familiengruft auf einen Mörder gestoßen war. Aber Aidan …

Aidan hatte ihn nach dem Tod der Eltern großgezogen. Er hatte sein eigenes Leben zurückgestellt, um sie alle drei – sich selbst, Jeremy und ihren jüngsten Bruder Zach – zusammenzuhalten. Jeremy hatte allen Respekt dieser Welt vor seinem älteren Bruder. Er liebte ihn und würde für ihn durchs Feuer gehen.

Doch Aidan war gemeinsam mit Kendall unten in dieser Krypta gewesen, und das hatte ihn ein wenig durcheinandergebracht. Zumindest was diese Geistersache anging.

Er wollte sich mit seinem Bruder nicht streiten.

Etwas an Aidan hatte sich verändert, als er seine erste Frau verloren hatte, und gerade als er es gewagt hatte, sich wieder zu verlieben, hätte er beinahe Kendall verloren.

Jeder Mensch hatte seine eigenen Dämonen und seine eigene Art, mit ihnen umzugehen. Wenn Aidan glauben wollte, dass es dort draußen mehr gab, eine freundliche Hand, die die Geschicke aus dem Grab lenkte, dann war das seine Sache.

„Sicher, Aidan. Ich verspreche es. Ich werde offen bleiben", sagte er.

Obwohl sie allein in der Küche waren, blickte Kendall über die Schulter. „Jeremy hat dir davon erzählt, oder? Von seinen Freunden oben in Salem?" Als Rowenna nickte, schauderte Kendall und fuhr fort. „Ich habe solche Angst, dass sie tot ist. Ich meine Mary Johnstone. Ich weiß, dass Jeremy sich die gleichen Sorgen macht. Er rief Aidan deswegen an und bat ihn, ein paar Dinge am Computer zu recherchieren. Jeremy ist überzeugt, dass Brad die Wahrheit sagt und nichts mit ihrem Verschwinden zu tun hat. Und warum sollte er auch nicht? Der Mann ist sein Freund und war jahrelang sein Partner. Ihr Leben hing jeweils von dem anderen ab. Die Sache ist die …" Wieder zögerte Kendall und sah über die Schulter, als ob sie befürchtete, dass ihr Mann oder Jeremy unbemerkt eingetreten wären. „Rowenna, ich weiß, wir haben noch nicht oft darüber gesprochen, aber ich glaube, dass Geister tatsächlich existieren. Ich weiß es. Und sie können uns helfen. Wir müssen es nur zulassen."

Rowenna blickte sie an und wartete, dass sie fortfuhr.

Kendall nickte. „Rowenna, du schreibst Bücher darüber,

dass es dort draußen Dinge gibt, die nicht durch Logik und Wissenschaften erklärt werden können."

„Ich weiß, aber ... Kendall, ich habe nie behauptet, dass ein Geist hereinmarschieren, sich hinsetzen und Tee trinken und über das Wetter plaudern könnte."

Frustriert entgegnete Kendall: „Das behaupte ich ja auch nicht, und das weißt du. Aber ich weiß, dass du in der Vergangenheit der Polizei bei Ermittlungen geholfen hast, und ich hoffe, du wirst ihnen auch jetzt helfen. Ich hoffe, du wirst Jeremy helfen."

Jeremy will meine Hilfe nicht. Er will auch deine nicht. Er will die kalten harten Fakten, Ma'am, und das ist alles, dachte Rowenna.

„Ich kann es versuchen", bot sie an.

„Manchmal kommen die Geister in unseren Träumen", sagte Kendall.

Träume. Reihen von Maisstängeln. Vogelscheuchen, die sie überragten. Krähen, die oben am Himmel krächzten und sich dann niederließen, um verwesendes Fleisch von einem Skelett zu picken.

„Hattest du in letzter Zeit irgendwelche merkwürdigen Träume?", fragte Kendall.

Ein kalter Schauder durchfuhr Rowenna, und sie sprang auf die Füße. „Ich glaube, da kocht etwas über", sagte sie und wusste noch während des Sprechens, wie durchsichtig das wirkte.

In dem Moment kamen Aidan und Jeremy herein. Aidan begrüßte sie mit einem Kuss und einer Umarmung und versicherte ihr, dass alle in New Orleans sie vermissen würden.

Außer Jeremy, der ihr am nächsten Tag in ihren Heimatort folgen sollte.

Nach dem Essen umarmte Kendall sie zum Abschied und flüsterte. „Hör auf deine Träume. Versprich mir, dass du auf deine Träume hören wirst."

Worte. Nur Worte, sagte sich Rowenna.

Doch sie konnte die Bilder nicht vergessen, die sie im Schlaf geplagt hatten.

Jeremy wollte Rowenna am Eingang ihres Hotels absetzen, doch er machte keine Anstalten weiterzufahren, nachdem sie ausgestiegen war und ihm fürs Mitfahren gedankt hatte.

Sie zögerte und fragte dann. „Wollen Sie mit hinaufkommen? Ich habe Kaffee und Tee, vielleicht sogar ein oder zwei Bier in der Minibar."

„Nein danke. Wir reisen morgen beide ab. Ich werde zurück in mein Hotel fahren und meine Sachen packen. Ich bin sicher, wir werden uns oben in Salem sehen. Aber noch einmal Danke für Ihre Hilfe."

Sie nickte. „Und Ihnen noch mal Danke fürs Mitnehmen."

Noch immer stand sie einfach nur da. Ebenso wie er dort saß. Er ertappte sich dabei, wie er an ihre gemeinsame Zeit dachte, all die Male, als sie dicht nebeneinander im Studio gesessen hatten und er den Duft ihres Parfums eingeatmet hatte. Er dachte an das bernsteinfarbene Licht in ihren Augen, Augen, in denen sich ein Mann verlieren konnte. Nach all den Begegnungen, bei denen er das Gefühl hatte, sich von ihr fernhalten zu müssen, wollte er ihr plötzlich nahe sein. Wollte sie berühren und spüren, ob ihre Haut so glatt war, wie sie aussah, ob ihr Haar wirklich so seidig war, wie er es sich vorstellte. Ob sie die gleiche Leidenschaft, mit der sie sprach, auch im Bett zeigte.

„Ja, sicher. Es war mir ein Vergnügen."

„Bis dann." Mit diesen Worten drehte sie sich um und betrat das Hotel.

Es ist noch nicht spät, dachte Rowenna. Drüben in der Bourbon Street würden die Bands noch stundenlang spielen.

Sie dachte daran, noch auf einen Drink und ein bisschen

Musik auszugehen, entschied sich aber dagegen. Stattdessen nahm sie eine lange Dusche und trank dann ein Bier aus der Minibar. Sie wollte schlafen – *musste* schlafen – und hatte zugleich Angst vorm Schlafen.

Kendall hatte ihr ganz ernst gesagt, dass Geister in den Träumen erschienen, und nun hatte sie Angst zu schlafen.

Sie versuchte, fernzusehen, bis sie zu müde war, um wach zu bleiben, doch gerade als sie zur Fernbedienung griff, klopfte es an der Tür. Und bevor sie antwortete, wusste sie, dass Jeremy Flynn draußen stand. Ihr Herz raste, und sie spürte, wie das Blut in ihren Kopf schoss.

Apropos Träume …

Er lehnte am Türrahmen, und einen Moment lang wirkte seine Miene sehr verletzlich. Sie fragte sich, was er hier tat. Ob er verrückt war. Dachte, dass er auf direktem Weg zurück in sein Hotel gehen sollte.

„Sie sollten die Tür nicht öffnen, ohne zu fragen, wer da ist“, sagte er.

„Ich wusste, dass Sie es sind“, erwiderte sie.

„Hellseherin?“, fragte er weich.

„Ich wusste es“, wiederholte sie.

Sie hoffte, dass er nicht reden wollte.

Wollte er nicht.

Sie zog ihn ins Zimmer. Abgesehen von dem blassen Schein, der aus dem Badezimmer fiel, hatte sie bereits alle Lichter gelöscht. Und sie war froh darum, denn auch sie wollte nicht reden. Noch wollte sie seine Miene mustern oder von ihm gemustert werden. Vor allem wollte sie nicht, dass er um Erlaubnis bat.

Nach der Dusche hatte sie einen Seidenkimono übergeworfen, den sie nun zu Boden gleiten ließ. Sie umfasste sein Gesicht mit ihren Händen, ging auf die Zehenspitzen, fand seine Lippen und küsste ihn. Sein Arme umfingen sie, stark und fest, und sein Mund öffnete sich dem ihren mit der gleichen Leidenschaft. Ihre Lippen verschmolzen, und seine Zunge stieß in ihren Mund und entfachte einen Hunger in ihr, der ebenso berauschend wie erschreckend war.

Sie hatte Angst. Was, wenn sie vergessen hatte, wie man sich liebte? War es wirklich wie beim Fahrradfahren, dass man es nicht verlernte? Konnte sie versagen? Zu unbeholfen sein …?

Er liebkoste ihren Rücken, während sein Mund mit dem ihren verschmolzen blieb, feucht und heiß. Seine Finger strichen über ihre Haut wie ein Lauffeuer. Er trat zurück. Sein dunkles kastanienbraunes Haar war zerzaust von ihren Händen. Er atmete schwer, und in seinen grauen Augen schien ein Sturm zu toben. Sie befürchtete, dass sie zu weit gegangen, zu begierig gewesen war und sich lächerlich gemacht hatte. Doch er war nur zurückgetreten, um seinen Pulli über den Kopf zu ziehen und zur Seite zu werfen. Als ihre Münder sich wieder trafen, spürte sie, wie Begierde sie ergriff, und fuhr mit der Hand instinktiv zum Hosenbund seiner Jeans, um den Knopf zu öffnen.

Die nächsten Minuten erlebte sie wie durch einen Schleier. Sie erinnerte sich an seine Hand auf ihrem Gesicht, wie seine Finger ihren Kiefer entlangfuhren und über ihre Wange strichen. Und sie erinnerte sich an seine Augen, die sie betrachteten, erinnerte sich an ihre Farbe, die Erregung darin, spürte seinen Blick fast so körperlich wie seine Finger auf ihrer Haut. Rasch entledigte er sich seiner Schuhe und der Jeans, und dann lagen sie zusammen auf dem Bett. Sie begriff, dass ihre Träume nichts weiter als ein neckisches Vorspiel gewesen waren im Vergleich zu dem echten Mann. Alles an ihm nahm sie gefangen, der bronzene Schimmer seiner Haut, die Stärke seiner Hände und ihrer zarten Berührungen, seine langen Beine, die festen Brustmuskeln … Sie hatte das Gefühl, als ob sie sich seit Ewigkeiten berührten, als ob seine Lippen überall waren. Er bewegte sich mit ungezügelter Leidenschaft, ebenso wie sie. Sie liebten sich wie im Rausch, voller Sehnsucht nach dem Höhepunkt, und hielten sich doch zurück, um diese wortlose Verständigung nicht enden zu lassen. Schließlich lag sie lange genug still, um zu spüren, wie seine Lippen und seine Zunge neckend über ihre Haut fuhren, um dann das Gewicht seines Körpers auf sich zu fühlen, während seine sturmgrauen Augen ihren Blick nicht mehr losließen und er in sie hineinstieß. Wie die allererste Berührung war diese köstliche Empfindung, wie ein heißer Wind, der ihr ganzes Wesen zu erfassen schien.

Sie bewegten sich in einer zeitlosen Choreografie, langsam und tief, dann schneller, rauschhafter, dringlicher. Sie klammerte sich an ihn, biss in seine Schulter und bedeckte seinen Hals mit Küssen. Sie spürte ihn mit einer Intensität in sich, die sie fast verrückt machte. Sie verlor sich im stürmischen Schlag ihrer Herzen, ihrem Keuchen und dem animalischen Rhythmus, der sie in Besitz genommen hatte.

Seine Finger umschlangen die ihren, umklammerten sie, und sie schloss die Augen, als der Höhepunkt durch sie hindurchfegte wie ein Sturm in der Wüste. Sie spürte, wie sich jeder Muskel seines Körpers über ihr anspannte und dann ganz weich wurde, als er ihren Namen rief und sein eigener Höhepunkt ihn erfasste. Er war bei ihr, als ihre hämmernden Herzen sich allmählich beruhigten, als sie atmete, als ob es plötzlich wieder mehr Luft in der Welt gäbe, und als das Zimmer um sie herum wieder Wirklichkeit wurde.

Als das Ticken der Uhr wieder hörbar war und ein kühler Schauer über ihre nackte Haut lief, fragte sie sich plötzlich, was sie nun sagen sollte.

Doch ihm fielen die Worte offenbar weniger schwer. Er rollte sich auf die Seite, zog sie mit einem Arm eng an sich und flüsterte sanft: „Weißt du, wie lange ich dagegen angekämpft habe?“

„Ich dachte, du findest mich nicht attraktiv“, gab sie zu.

Sie war dankbar für sein heiseres Auflachen und die Art,

wie er sie berührte und mit seinem Finger über ihren Wangenknochen strich, als bewundere er ihre Struktur. Seine jetzt grau verhangenen, leicht umwölkten Augen sahen sie an, als könne er nicht glauben, wie dumm sie gewesen war. Sie fragte sich, ob sie ihn jemals wirklich kennen würde, erkennen würde, was hinter seiner Stärke und seiner Leidenschaft lauerte, seiner Entschiedenheit, seinem Selbstvertrauen. Und dann erfasste sie sofort die Angst, dass sie zu lange raus aus dem Spiel war und zu viel hineininterpretierte in eine Nacht mit Sex, wie wunderbar der auch gewesen war, und dass er seine geheimsten Gedanken vor ihr verborgen hielt.

Doch zumindest war er nicht unhöflich. Er sprang nicht gleich auf und zog sich an, um zu gehen.

Sie war verblüfft, als er sagte: „Du machst mir verdammt viel Angst."

„Ich?"

„Du."

Weil ich … verrückt bin, fragte sie sich.

„Warum?", flüsterte sie und sah zur Seite, weil sie plötzlich Angst vor dem hatte, was sie sagen könnte.

„Weil du … du bist", sagte er. Als sie sich ihm zuwandte, lächelte er ein wenig kleinlaut, und sie entschied, es dabei zu belassen. „Und ich bin froh", fügte er hinzu, wobei er sie dichter an sich zog. „Ich kam mir wie ein Idiot vor, als ich herkam, weißt du."

„Das ist schon in Ordnung. Ich bin durchgedreht, nachdem ich die Tür geöffnet habe."

„Du drehst ziemlich gut durch", sagte er.

„Danke."

Er atmete tief durch. „Wann geht dein Flug?"

„Gegen zwölf. Und deiner?"

„Halb zwölf. Ich fliege über Chicago. Und du?"

„Charlotte. Wann kommst du an?", fragte sie.

„Halb vier. Und du?"

„Viertel vor vier."

„Möchtest du mitfahren?"

„Du musst nicht auf mich warten. Ich kann mir ein Taxi am Flughafen nehmen."

„Ich bin sicher, dass du das kannst. Aber würdest du nicht lieber mit mir mitfahren?"

„Sicher. Wenn es dir nichts ausmacht zu warten. Und du kannst ... Du brauchst mich nicht den ganzen Weg nach Hause mitzunehmen. Ich muss zwischendurch einen Stopp einlegen, um ... einen Freund zu besuchen, wenn ich ankomme."

Was für eine schlechte Lügnerin ich doch bin, dachte sie. Nicht dass sie wirklich log. Sie sagte nur nicht die ganze Wahrheit. Sie wusste, dass sie ins Stottern geraten und ihr Gesicht rot geworden war. Vielleicht würde er es in dem gedämpften Licht nicht bemerken.

„Um deinen Detective-Freund zu besuchen, nicht wahr?", fragte er mit einer kleinen Schärfe in der Stimme.

Sie wollte vorschlagen, sie miteinander bekannt zu machen, doch er sprach schon weiter. „Das ist in Ordnung. Ich muss sowieso Brad kontaktieren, sobald ich da bin."

„Dennoch würde ich gerne mitfahren", sagte sie und merkte, wie lächerlich förmlich sie klang, wenn man ihre augenblickliche Situation bedachte.

„Gut. Ich freue mich über die Gesellschaft – und die Wegbeschreibung."

Er wollte aufstehen. Zu ihrer eigenen Überraschung hielt Rowenna ihn zurück. „Du musst nicht gehen, das weißt du", flüsterte sie.

Er blickte auf sie hinunter, lächelte leicht und zuckte die Achseln. „Okay. Dann gehe ich nicht."

Er legte sich wieder hin und fand ihre Lippen.

Sich zu lieben ist einfach, dachte sie. Viel einfacher, als sie es sich vorgestellt hatte.

Viel leichter, als wieder Fahrrad zu fahren, fügte sie mit einem inneren Kichern hinzu.

Später entschlummerte sie langsam in seinen Armen. Sie war froh, dass er bei ihr war, und froh, wenn auch ein bisschen verschämt, dass sie ihn so direkt zum Bleiben bewegt hatte.

Als sie erneut die Maisfelder vor ihrem inneren Auge sah, kämpfte sie gegen das Bild an.

Nein, nein, bitte. Nicht jetzt, nicht heute Nacht ... Bitte, lass mir nur die heutige Nacht, lass mir *ihn* ...

Es war fast, als wurde ihr Gebet erhört.

Sie war nicht allein in dem Maisfeld.

Jeremy war bei ihr.

„Zeig es mir", sagte er.

„Du willst es nicht sehen", erwiderte sie, konnte jedoch die Bewegung im Traum nicht aufhalten. Sie liefen gemeinsam. Liefen durch die endlosen Reihen Mais.

Sie wusste, was sie erwartete, konnte fast schon die heimtückischen leeren Augen vor sich sehen und versuchte anzuhalten. Doch es gelang ihr nicht, sie konnte nur bettelnd in seine Augen sehen, die nun von einem dunkleren Grau waren.

Grau wie die Farbe des Himmels und mit jenem Anflug von Dunkelheit, der bald die Felder verhüllen würde.

Sie hörte die erste Krähe krächzen und wusste, dass auch sie sich zu ihnen aufschwang wie ein grausamer Schatten, der sich schwarz gegen das aufgewühlte Grau des Himmels abhob.

„Lauf", sagte er. „Lauf!"

Und so liefen sie.

„Rowenna!"

Voller Schreck fuhr sie auf. Er beugte sich über sie. Seine Augen waren dunkel vor Sorge, sein Haar zerzaust, und er stützte sich mit dem Ellenbogen ab, während er sie sanft schüttelte.

Sie starrte ihn an, und allmählich verblasste der Traum.

Verdammte Kendall, dachte sie. Auf ihre Träume hören? Oh ja, das war genau das, was sie brauchte.

„Es tut mir leid“, sagte sie laut.

„Ein Albtraum?“, fragte er.

Er wirkte besorgt und mitfühlend.

Vermutlich dachte er, dass sein erster Eindruck von ihr richtig gewesen war und er mit einem Nervenbündel geschlafen hatte.

„Ich … denke schon“, sagte sie. „Tut mir leid, dass ich dich geweckt habe.“

„Ich muss sowieso los“, erwiderte er.

Ein unerklärliches Frösteln überkam sie. Sie klammerte sich an ihn, lachte dann und zwang sich, ihn loszulassen.

„Tut mir leid. Es ist Morgen, oder?“

„Jedenfalls Morgen genug. Halb sieben ungefähr. Und ich muss noch fertig packen.“

Er stand auf, rasch und unbefangen. Aber vermutlich kannte er sich mit Nächten voller wildem, spontanen Sex aus. Sie sah zu, wie er sich anzog, und genoss den Anblick seiner breiten Schultern.

An den Seiten der Vorhänge drang Licht herein, und sie verspürte eine große Erleichterung. Aus irgendeinem Grund war ihr der Tag deutlich lieber geworden als die Nacht.

In Jeans und Pulli kam er zurück und setzte sich auf die Bettkante, um Socken und Schuhe anzuziehen. „Kann ich helfen?“, fragte er.

„Helfen?“

„Mit deinem Traum. Deinem Albtraum.“

„Ach nein. Ich erinnere mich nicht mal mehr genau“, log sie.

„Bist du sicher? Du kannst mir davon erzählen. Und ihn so verscheuchen.“

Sie zwang sich zu einem Lachen. „Nein, es geht mir gut. Versprochen.“ Das Lügen wird einfacher, was vermutlich kein gutes Zeichen ist, dachte sie.

Dennoch war sie im Moment dankbar, dass es ihr so leicht über die Lippen ging.

Er küsste sie kurz, hielt inne und küsste sie dann noch einmal tiefer.

„Wir sehen uns in Boston“, sagte er. „Ruf mich auf dem Handy an, wenn du dein Gepäck hast. Ich hole nur den Mietwagen und sammle dich dann ein.“

„Das klingt gut, danke“, sagte sie lächelnd.

Er wandte sich zum Gehen, und sie war froh, dass er kein Wort mehr über ihren Albtraum verlor.

„Schließ hinter mir ab“, sagte er an der Tür und zögerte kurz. „Und auch wenn ich sehr dankbar bin, dass du *mir* die Tür geöffnet hast, öffne sie bitte nicht wieder. Öffne überhaupt keine Tür, wenn du nicht weißt, wer davorsteht, okay?“

Sie lächelte erneut. „Ich schließe ab. Versprochen.“

Als er fort war, sprang sie aus dem Bett, schloss die Tür ab und machte dann jedes Licht im Zimmer an. *Und* den Fernseher.

Ein wenig später unter der Dusche fragte sie sich, ob es eine Möglichkeit gab, die Tür zu ihren Träumen zu schließen und zu versperren.

Nur dass …

Nur dass sie stark befürchtete, dass die Maisfelder vor ihrem inneren Auge gar kein Traum waren, sondern etwas sehr und auf schreckliche Weise Reales.

4. KAPITEL

Logan Airport war noch nie Jeremys Lieblingsflughafen gewesen, doch ausnahmsweise hatte seine Verbindung nicht nur geklappt, sein Flug war sogar zehn Minuten zu früh angekommen und jemand schien sein Gepäck prompt ausgeladen und auf das Band vor ihm gelegt zu haben. Seine goldene Kreditkarte zauberte bei der Mietwagenfirma ohne Verzögerung seinen reservierten Wagen herbei, sodass er bereits wartete, als Rowenna anrief, um zu sagen, dass sie und ihr Gepäck angekommen waren.

Ihre Richtungsanweisungen waren klar, und sie erreichten Salem mit so viel Zeit bis zu seinem vereinbarten Treffen mit Brad, dass er ihr anbot, sie nach Hause zu bringen. Sie versicherte ihm jedoch, dass Joe sie später fahren würde. Stattdessen bot sie ihm eine rasche Besichtigungstour der Sehenswürdigkeiten an.

Er wollte den Friedhof sehen. Nachdem sie ihm einige der wichtigeren verwitterten Gräber gezeigt hatte, ließ sie ihn allein dort herumwandern.

Der Friedhof befand sich im Zentrum des Touristenviertels. In der Nähe gab es ein paar Museen, und gegenüber befand sich ein Einkaufszentrum. Doch trotz der modernen Umgebung fand er den Friedhof auf faszinierende Weise authentisch.

Der Ort und vor allem die alten Grabsteine strahlten etwas Ergreifendes aus und gingen einem nah. Er blendete all die Mütter aus, die ihren Kleinkindern hinterherjagten, die Väter, die ihre Kinder ermahnten, den Toten Respekt zu zollen. Im Hintergrund hörte er den leiernden Vortrag eines Touristenführers, der offenbar zum Ende kommen wollte. Jeremy machte ihm keinen Vorwurf. Zu dieser Jahreszeit wurde es früh dunkel, und es war zweifellos an der Zeit, aufzuhören und einen Ort mit solch unheimlichen Assoziationen zu verlassen.

Vor allem jetzt.

Die Dämmerung setzte sein.

Zu sagen, sie legte sich über den Friedhof, wäre falsch. Sie schien sowohl vom Himmel als auch vom Erdboden einzufallen, ein silbriger Schleier, der zwischen den alten Steinen waberte.

Als sein Flugzeug gelandet war, hatte ihn ein schöner New-England-Herbsttag mit einer außergewöhnlichen Farbenpracht begrüßt. Die Bäume glühten in Orange- und Goldtönen von mystischer Schönheit, die wie der Ruf der Sirenen wirkte, betörend und sinnlich. Und doch bargen sie das Versprechen des kommenden Winters, der alles mit seiner weißen Kälte überdecken würde.

Jeremy stand an dem Grabstein, wo man Marys Handy und ihre Handtasche gefunden hatte. Er stellte sich vor, wie es hier an Halloween gewesen sein musste, als sich das Alte mit dem Neuen mischte, Kinder sich als Elfen herausputzten und als Monster die Straße entlanggingen. Die meisten Erwachsenen dürften ebenfalls ein Kostüm getragen haben. Doch nun war Halloween vorbei, und das Tempo und die Stimmung hatten sich ebenso verändert, wie es die Jahreszeiten taten. Hier wurde jede Jahreszeit gefeiert, nicht nur der Übergang von Sommer zu Winter, sondern auch der subtilere Übergang von Halloween zu Thanksgiving, bevor dann die Weihnachtszeit alles in ihren Glanz tauchte.

Kürbisse und Pilgerväter bildeten die Dekoration in den Fenstern, zusammen mit Füllhörnern und Bildern, auf denen Indianer und Siedler gemeinsam bei der ursprünglichen Thanksgiving-Feier saßen. Auf den nahe gelegenen Farmen war die Ernte in vollem Gange.

Wie zum Teufel konnte jemand in einer Stadt, in der es nur so vor Touristen wimmelte, einfach so verschwinden?

Wie hatte man Mary fortgeschafft, wenn man das Menschengewusel bedachte, das hier zu Halloween geherrscht haben musste? Zugegeben, es war schon dämmerig gewesen und die Lichter des Einkaufszentrums waren nicht ganz bis zum Friedhof vorgedrungen, auf dem der Abend sein Schattenreich errichtet hatte.

„Ist es nicht wunderbar?", rief Rowenna.

„Es ist ein Friedhof", erwiderte er.

„Ich meine den Herbst. Die Farben ..."

Er blickte auf und sah sie zwischen den Steinen stehen. Sie bückte sich, um einen Armvoll Blätter aufzuheben und sie in die Luft zu werfen. Sie hätte eine heidnische Göttin sein können, wie sie da mit entzückter Miene nach oben blickte, die Blätter verteilte und ihr rabenschwarzes gewelltes Haar über ihren roten Mantel wallte. Er konnte sie sich als eine Statue vorstellen – errichtet, um die Ankunft des Herbstes zu feiern, auch wenn er sich fragte, ob irgendein Künstler den Enthusiasmus einfangen könnte, mit dem sie das Leben umarmte.

Er war überrascht, als ihn ein kurzes Unbehagen überkam – als ob er Angst um sie hätte.

Angst um sie? Warum?

Er war nur ganz allgemein besorgt, entschied er. Eine Frau – eine Freundin – war dort verschwunden, wo er stand, und noch immer nicht gefunden worden. Und doch war er überrascht von dem tiefen Gefühl, das in ihm aufstieg, wenn er Rowenna betrachtete.

Auf der anderen Seite hatten ihn eine Menge Dinge überrascht, seit er Rowenna begegnet war.

Zuerst war er überrascht gewesen von seiner spontanen Abwehr ihr gegenüber. Er sah keinen Grund dafür. Er hatte niemals etwas gegen Kendall gehabt, und sie hatte als Kartenleserin gearbeitet. Aber Rowenna ... Nun, aus irgendeinem Grund war sie anders. Da war diese sofortige innere Warnung gewesen, dass er sich von ihr fernhalten sollte, weil sie ihn so faszinierte. Und jetzt ...

Nun war er mehr als andere überrascht von dem bloßen

Umstand, dass er sich hier mit ihr befand. Denn nun war mit einem Mal alles anders. Das hatte er letzte Nacht erkannt, als er von seinem Hotel direkt zu ihr gegangen war. Er hatte gewusst, wenn er dem Pfad folgte, der ihn so lockte, würde sich seine ganze Welt verändern. Er würde direkt auf eine emotionale Gefahr zusteuern, von der es kein Zurück gab.

Das hatte keine Rolle gespielt. Er war zu ihr gegangen, auch auf die Gefahr hin, dass sie ihm die Tür vor der Nase zuknallen würde.

Doch das hatte sie nicht getan.

Er betrachtete sie. Ihre Haut war zart wie Porzellan, dazu diese perfekten Gesichtszüge, deren Höhepunkt die goldenen schimmernden Augen bildeten. Ihr langer, schlanker Körper reizte ihn sogar unter dem sich bauschenden Mantel. Es war nicht nur eine rein körperliche Anziehung. Ja, sie machte ihn verrückt, aber er hatte sie auch gern. Er hatte sie *sehr* gern. Vielleicht war es einfach ein natürlicher Überlebensinstinkt gewesen, der ihn ihr gegenüber so misstrauisch hatte sein lassen. Weil er wusste, dass es ihn zerstören könnte, wenn er seinen Gefühlen nachgab. Sie konnte hervorragend diskutieren – und doch hatte er sie ausgewählt, um sich ihr in den Debatten zu stellen. Weil sie eine Herausforderung und weil sie so authentisch war. Sie hatte nicht einen Funken Überheblichkeit, und ihr Lachen war ebenso charmant wie ihre Sturheit.

Ihre Offenheit war sein Verderben. Als sie gestern Abend die Tür geöffnet und ihn hereingelassen hatte, um dann das seidige Nichts, das sie trug, fallen zu lassen und sich auf die Zehenspitzen zu stellen für einen Kuss … In der Dunkelheit des eleganten alten Schlafzimmers, in dem die Vorhänge hinter ihr im Wind raschelten, war jeder Rest von Intelligenz und Vernunft wie weggeblasen gewesen.

Und als sie später geschlafen hatten und sie begann, sich hin und her zu wälzen und inmitten ihres Traumes aufzuschreien …

Er kannte das Gefühl. So tief in einen Traum versunken zu sein, so verzweifelt zu versuchen aufzuwachen, voller Angst, dass es nicht gelänge, dass sich der Traum immer wieder und wieder bis in alle Ewigkeit abspulte, ein endloser Kreislauf der Hölle.

Seine Dienststelle hatte ihn zu einem Psychiater geschickt, doch schließlich hatte er die Einheit verlassen. Er war entschlossen gewesen, die Albträume selber zu besiegen, indem er etwas gegen das Problem tat, das sie in erster Linie verursacht hatte.

Fast zwei Jahre waren seit dem Unfall vergangen, der die Kinder getötet hatte, und der Traum holte ihn ab und an noch immer ein. Und er erinnerte sich immer daran, wenn er aufwachte.

Er hatte das Gefühl, dass Rowenna sich ebenfalls an ihren Traum erinnerte.

So viel zu ihrer Offenheit mir gegenüber, dachte er.

Die Zeit würde es zeigen.

Zeit ... Aus der Dämmerung wurde Dunkelheit. Ein Wachmann in Uniform bat jeden, den Friedhof zu verlassen. Jeremy entschied, bei Tageslicht wiederzukommen. Er würde jeden Meter des Friedhofs abgehen, jeden Grabstein untersuchen und herausfinden, ob Mary durch irgendeinen geheimen Ausgang fortgebracht worden war, wie es ihn in der Familiengruft auf der Flynn-Plantage gab. Oder ob man sie irgendwie in die Halloween-Menge hineingezogen hatte. Es wäre leicht genug gewesen. Ein Knebel im Mund, ein Kapuzenkostüm, das ihr Gesicht verbarg. So hätte man sie zu zweit wegbringen können. Ganz wie gute Freunde: Die beiden Nüchternen halfen dem Dritten, der über den Tag ein paar Gläser zu viel getrunken hatte.

„Rowenna?"

Er sah sie nicht, und Panik stieg in ihm hoch. „Rowenna!"

„Ich bin hier drüben." Sie trat hinter einem Baum hervor,

der sie vor seinem Blick verborgen hatte. „Ich wollte die Inschrift auf diesem Grabstein entziffern. Er trägt meine Initialen“, sagte sie.

Er zitterte, als er bei ihr war. „Was zum Teufel ist los mit dir?“, fragte er scharf.

Verblüfft wandte sie sich ihm zu. „Wovon sprichst du?“

„Du warst verschwunden.“

„Ich stand genau hier.“

„Du hast nicht geantwortet, als ich dich gerufen habe“, sagte er noch immer wütend. Er wusste, dass er überreagierte, aber …

Eine Frau war verschwunden – und ihr Handy und ihre Handtasche hatte man an einem Grabstein gefunden, der ihre Initialen trug.

„Ich habe geantwortet. Du hast mich nur nicht gehört.“

Sie drehte sich um und ging Richtung Ausgang. Er folgte ihr. An ihren verkrampften Schultern erkannte er, dass sie wütend war.

Das war er auch. Um Gottes willen, nach dem, was geschehen war, sollte sie darüber nachdenken, was sie tat. „Ich war beunruhigt“, sagte er kurz.

„Nun, das hier ist mein Heimspiel. Du musst nicht beunruhigt sein.“ Sie blieb so abrupt stehen, dass er fast in sie hineingelaufen wäre.

„Was?“

„Da ist Joe“, sagte sie.

„Dein Freund Joe, der Detective?“

Sie nickte. Der weißhaarige Mann in Lederjacke spazierte die Straße entlang, als hätte er keinerlei Sorgen auf der Welt. Doch er hatte Rowenna erblickt, und ein Lächeln erschien in seinem Gesicht – bis er Jeremy hinter ihr stehen sah. Das Lächeln blieb, doch es wirkte angestrengt, als ob er versuchte, nicht finster dreinzuschauen.

„Joe!“, rief Rowenna und eilte zum Tor hinaus.

„Ro!“ Der Mann trat vor und zog sie in eine feste Umarmung. Rowenna war eins siebenundsiebzig, doch neben dem Mann wirkte sie wie ein Zwerg. Jeremy streckte sich unwillkürlich, während er darauf wartete, vorgestellt zu werden.

„Willkommen daheim, Ro. Nein, warte, es muss heißen ‚Willkommen daheim, Ihre Majestät‘, nicht wahr?“, neckte er sie. Dann sah er hinüber zu Jeremy und gab sich keine Mühe, seinen abschätzenden Blick zu verbergen.

„Sie sind der Privatdetektiv, nicht?“, sagte er, noch immer Rowennas Hand haltend. Er trat einen Schritt vor.

„Ich bin privater Ermittler, ja“, bestätigte Jeremy und reichte ihm die Hand. „Jeremy Flynn. Und Sie müssen Detective Joe Brentwood sein. Freut mich, Sie kennenzulernen.“

„Johnstone ist also ein alter Freund von Ihnen“, sagte Brentwood, der die dargereichte Hand reflexartig schüttelte.

„Mein Freund und früherer Partner. Ich war einmal Polizeitaucher“, sagte Jeremy.

„Im Moment ist Ihr Freund eine tickende Zeitbombe“, sagte Brentwood.

„Ich treffe ihn heute Abend um sieben. Mal sehen, was ich tun kann.“

„Nun, Ro und ich haben ein bisschen was aufzuholen“, sagte Brentwood. „Ehrlich gesagt dachte ich“, er wandte sich ihr nachdenklich zu, „ich würde dich eher zu Gesicht bekommen.“

„Meine Schuld“, meldete sich Jeremy und strapazierte die Wahrheit ein bisschen. „Ich bat sie, mir zuerst den Friedhof zu zeigen, und dann haben wir einfach die Zeit vergessen.“

Jeremy fragte sich, was es mit den Menschen auf sich hatte. Er und Joe standen einfach nur da und sprachen höflich miteinander, doch sie beide waren voller Anspannung und unnachgiebig. Wie zwei Hähne, die um die Aufmerksamkeit einer Henne buhlten. Der ältere Mann war ihr Freund. *Er* war ihr Liebhaber. Okay, bislang war er ihr One-Night-Stand, doch er hatte nicht die Absicht, es dabei zu belassen. Doch sein Instinkt hatte ihn nicht getrogen. Wenn er sich von ihr ferngehalten hätte, würde er jetzt nicht das Gefühl haben, inmitten einer modernen Welt um sie kämpfen zu müssen, obwohl sie ihre eigenen Entscheidungen treffen konnte – und sich sogar gegen ihn entscheiden konnte.

Rowenna schien die Unruhe der beiden Männer zu spüren. Wer weiß? dachte Jeremy. Vielleicht wirkten sie tatsächlich wie zwei aufgeplusterte Hähne.

„Warum gehen wir nicht zuerst alle zusammen etwas trinken?“, schlug sie vor.

„Das wäre großartig“, sagte Jeremy lässig und starrte Joe Brentwood an.

Die erste Runde ging an ihn, weil er Freundlichkeit und Kooperationsbereitschaft zeigte.

„Das Red's ist direkt gegenüber. Es ist Bar und Grill zugleich, und ich bin halb verhungert“, sagte Joe. Es lag ein leichter Tadel in seiner Stimme, als ob er andeuten wollte, dass er und Rowenna lieber allein zum Essen gehen sollten.

„Klingt gut“, sagte Jeremy.

Sie machten es sich im Red's gemütlich, wo ihnen die Kellnerin eine Runde Getränke brachte, während Rowenna und Joe die Speisekarte studierten. Jeremy, der später mit Brad essen wollte, beugte sich vor. „Sie sagen, dass Brad eine tickende Zeitbombe ist?“

Joe ließ einen schweren Seufzer hören und schüttelte den Kopf. „Der Junge ist in schlechter Verfassung.“ Er blickte Jeremy an und zuckte die Achseln. „Vermutlich ist es gut, dass Sie hier sind. Er braucht jemanden. Die Eltern seiner Frau drohen, herzukommen, weil sie vermuten, dass er mit der ganzen Sache etwas zu tun hat. Wenn sie wirklich hier auftauchen, machen sie die Sache für ihn nur noch schlimmer.“

Jeremy nickte. Er kannte Marys Eltern und wusste, dass sie sie gedrängt hatten, die Scheidung einzureichen. Doch sie hatte sich entschieden, um ihre Ehe zu kämpfen.

„Haben Sie denn irgendwelche Erfahrung in dieser Art von Arbeit?“, fragte Joe. „Sie waren Polizeitaucher. Das ist ein großer Unterschied, ob man unter Wasser nach Dingen sucht oder auf der Erde nach Fakten.“

„Wollen Sie wissen, ob ich Vermisstenfälle und Morde bearbeitet habe? Ja“, versicherte ihm Jeremy.

„Na, dann prost. Wir scheinen es hier mit einem verdammt vertrackten Rätsel zu tun zu haben.“

„Wollen Sie mich aufklären?“, bat Jeremy.

„Es gibt vermutlich nicht viel zu erzählen, was Sie nicht schon wissen. Dave O'Reilly, ein Streifenpolizist, fand Ihren Freund Johnstone, als er auf dem Friedhof nach seiner Frau rief, vermutlich nur Sekunden, nachdem sie verschwand. Und ich muss zugeben, ich habe mich umgehört. Soweit ich weiß, scheint er die Wahrheit zu sagen darüber, wie sie den Tag verbracht haben, und auch über den Zeitpunkt des Verschwindens. Den Einzigen, den ich nicht auftreiben konnte, um die Geschichte zu bestätigen, war ein Typ, der es offenbar geschafft hat, inmitten der Messe für Übernatürliches ohne Genehmigung ein Wahrsager-Zelt aufzubauen. Er ist längst weg. Doch auch andere Leute erinnern sich an das Zelt, und einige gingen hinein, um sich die Zukunft lesen zu lassen. Wie auch immer, das spielt keine große Rolle, da die Johnstones später zusammen gesehen wurden. Tatsächlich kehrten sie genau hier zu einem späten Mittagessen ein.“

„Dann scheint es zu stimmen, dass Brad und Mary einen netten Tag miteinander hatten – und sie plötzlich verschwand“, sagte Jeremy. Er dachte daran, dass er zurückkommen musste, um hier im Restaurant Fragen zu stellen, wenn Joe Brentwood nicht dabei war.

„Es hat ganz den Anschein“, stimmte Joe zu. Seine Formulierung ließ darauf schließen, dass er Brad als Verdächtigen immer noch nicht ausgeschlossen hatte.

Jeremy bemerkte, dass ein Paar das Restaurant betreten hatte und mit breitem Lächeln auf Rowenna zeigte. Die Frau lief rasch auf sie zu und wickelte den schwarzen Schal ab, den sie um den Hals trug. „Rowenna, du bist zu Hause!"

Rowenna stand auf, umarmte die Frau und begrüßte dann den Mann, der hinter seiner Frau herkam. Joe Brentwood verdrehte die Augen. „Die Llewellyns", raunte er mit leichtem Kopfschütteln.

„Eve, Adam, wie schön, euch zu sehen." Rowenna drehte sich lächelnd um, um sie Jeremy vorzustellen. „Adam und Eve Llewellyn."

Jeremy erhob sich und schüttelte den Neuankömmlingen die Hand, während er sie musterte. Der Mann hatte blondes Haar, war groß und vielleicht ein paar Jahre älter als Rowenna. Die Frau war zierlich, und er vermutete, dass sie ihr rabenschwarzes Haar gefärbt hatte. Ihre Augen waren von einem puderigen Blau. Sie war eher niedlich als hübsch und hatte ein einladendes Lächeln. „Jeremy Flynn", stellte er sich vor.

„Hallo, schön, Sie kennenzulernen", sagte Eve und schüttelte ihm kräftig die Hand.

„Wie geht es Ihnen?", sagte Adam.

Die Frau hat einen offeneren Handschlag, dachte Jeremy, als er Adam die Hand gab.

„Adam und Eve Llewellyn also?", fragte er.

„Oh, das ist nur ein Geschäftsname", sagte Adam.

„Adam und Eve. Einprägsam", erwiderte Jeremy.

„Ich heiße tatsächlich Eve, und sein Name ist tatsächlich Adam", sagte Eve grinsend. „Aber Llewellyn ist eine Art Künstlername. Wir waren die Eidenwiesses."

„Wir haben ihn legal geändert", sagte Adam. „Hallo Joe, wie geht's?"

„Den Umständen entsprechend gut", sagte Joe und grüßte das Paar mit einem Nicken.

„Sie sind Wiccaner und betreiben einen Shop, der sich auf magisches Zubehör spezialisiert hat“, erklärte Rowenna.

Die Llewellyns sahen gerade fort, und Joe verdrehte wieder die Augen. So viel zu Rowennas Behauptung, dass Joe alle Religionen und jeden Menschen gleichermaßen respektierte. Immerhin schienen sie in dieser Sache auf der gleichen Seite zu stehen. Gut. Er würde es brauchen können.

„Ach, Rowenna, wir sind so froh, dass du zu Hause bist.“ Eve drückte Rowennas Hände, während sie zu Jeremy hinübersah. Es lag eine Frage in ihren Augen, auch wenn sie ganz beiläufig tat. „Und du hast einen Freund mitgebracht.“

„Jeremy ist ein privater Ermittler und arbeitet für Brad Johnstone“, sagte Joe kurz.

„Tatsächlich?“ Adam sah Jeremy mit neuem Interesse an. „Furchtbare Sache. Sie waren an dem Tag in unserem Laden. Sie schienen ein wirklich nettes Paar zu sein. Ich kann nicht glauben, dass er ihr etwas angetan hat.“ Als ob er seinen Worten Nachdruck verleihen wollte, blies er sein Kaugummi auf.

„Ich kann nicht glauben, dass die Leute das überhaupt nur denken.“ Als Jeremy sich die Worte sagen hörte, wusste er, wie dumm sie waren. Natürlich war es zu glauben, es war sogar Standard. In Fällen wie diesen war es unbedingt erforderlich, zuerst den Ehemann unter die Lupe zu nehmen.

Joe sah ihn leicht amüsiert an, offensichtlich froh, dass er so schnell eine Schwäche offenbart hatte.

„Sie ermitteln auch in dem Fall?“, fragte Adam.

Jeremy nickte.

„Dann haben Sie nichts gefunden, Joe?“, fragte Eve traurig.

„Ich bin froh, dass Brad einen Freund auf seiner Seite hat“, sagte Adam, als Joe nicht antwortete, und betrachtete den alten Mann, als fürchtete er, sie hätten ihn verletzt.

Joe nahm ihm diese Sorge. „Ich bin ein alter Cop, also habe ich nichts gegen Hilfe. Wenn Mr Flynn irgendwelche

Hinweise findet, die bei der Aufklärung dieses Falles helfen, werde ich mehr als dankbar sein."

Merkwürdigerweise hatte Jeremy den Eindruck, dass er das genau so meinte. Er fand es nicht leicht, aus dem Mann schlau zu werden. Fast hätte er überhört, dass Joe leise und wie zu sich selbst sagte. „Und Ro ist jetzt zu Hause."

Jeremy blickte auf die Uhr. Es war an der Zeit, sich mit Brad zu treffen. „Sie müssen mich entschuldigen, aber ich habe einen Termin drüben in der Bar des Hawthorne Hotels. Es war nett, Sie kennenzulernen", sagte er zu den Llewellyns. „Wir werden uns sicher noch sehen." Er wollte nach der Brieftasche greifen.

„Hey, lassen Sie. Ich kann es mir leisten, Sie zu seinem Bier einzuladen", sagte Joe.

„Nun, dann danke. Vielen Dank."

„Und wir sehen uns auch", versicherte Joe ihm.

„Dessen bin ich sicher", entgegnete Jeremy trocken. „Rowenna ..."

„Ich muss meine Sachen aus deinem Auto holen", erinnerte sie ihn.

Er schüttelte den Kopf. „Wenn es dir recht ist, komme ich in einer Stunde oder so zurück und hole dich ab, um dich zu dir zu fahren. Ich würde gern sehen, wo du wohnst, und mir die Gegend von jemandem zeigen lassen, der sie gut kennt."

„Ich kann Rowenna nach Hause bringen", sagte Joe.

„Ich bin sicher, dass Sie das können, aber wenn es Rowenna nichts ausmacht ...?"

Sie musterte ihn, wie er registrierte, mit leichtem Stirnrunzeln. War es nur ein One-Night-Stand gewesen? Er glaubte es nicht. Nicht mit ihr. Er war sicher, dass er sie richtig gelesen hatte. Zweifellos hatte sie Verabredungen gehabt, hatte sich in all den Jahren mit Männern getroffen, doch sie hatte sie nie an sich herangelassen, sie ihr nie nahekommen lassen.

Rowenna schenkte ihm ein kurzes Lächeln und wandte

sich dann an Joe. „Es wird wirklich das Einfachste sein, wenn Jeremy mich fährt. Auf die Art müssen wir mein Gepäck nicht hin und her laden."

„Wo werden Sie denn hier in der Stadt wohnen?", fragte Joe Jeremy geradeheraus.

„Ich habe ein altes Haus drüben in der Essex gemietet", erwiderte er und rief sich in Erinnerung, dass der alte Mann viel durchgemacht hatte. Insofern war es kein Wunder, dass er Rowenna beschützte. Herrje, er wollte es sich nicht einmal vorstellen, wie es war, einen Sohn zu verlieren. Eltern sollten ihre Kinder nicht überleben. Söhne sollten ihre Väter begraben, nicht umgekehrt.

„Ich komme nach dem Essen rüber", sagte Rowenna.

„Ich begleite sie", versprach Joe.

„Okay, dann bis später."

Als Jeremy hinausging, war er sich bewusst, dass ihm alle hinterhersahen, bis er das Restaurant verlassen hatte. Er ahnte, dass er zumindest in den nächsten zehn Minuten Hauptgesprächsthema sein würde.

Die Hotelbar, in der er Brad Johnstone treffen wollte, lag nur ein paar Blocks die ruhigen Straßen hinunter. Der Abend war klar und kühl. Straßenlampen erhellten den Weg, doch die Geschäfte waren geschlossen, und mit den Blättern des Herbstes hatte sich auch ein Gefühl der Verlassenheit über die Straße gelegt.

Das Hotel war Anfang des zwanzigsten Jahrhundert erbaut worden, doch die umliegenden Gebäude datierten bis in das späte 18. Jahrhundert zurück. Es befand sich in der Nähe des Stadtparks, wo die Pilgerväter einst ihr Vieh geweidet hatten.

Nach der Kühle der Straße empfing ihn das Hotel mit einer angenehmen Wärme. Er fand seinen Weg in die Bar, wo Brad am Tresen zusammengesackt auf einem Stuhl saß, den Kopf in den Händen vergraben.

Jeremy ging hinüber und legte ihm die Hand auf die Schulter. Als Brad aufsah, war die Hoffnung in seinen Augen so offensichtlich, dass es fast zum Fürchten war. Er stand auf und schlang seine Arme um Jeremy, um ihn fest zu umarmen. Jeremy, dem das unbehaglich war, tätschelte seinen Rücken und entzog sich dem Griff seines Freundes.

„Was nehmen Sie?“, fragte der Barkeeper.

„Ein Bier vom Fass“, bestellte Jeremy.

„Wir können uns da drüben in eine Nische setzen“, schlug Brad vor. Er griff sein Glas, das offenbar mit Bourbon gefüllt war. „Hugh“, sagte er zum Barkeeper, „dies ist mein Freund Jeremy Flynn. Er ist hier, um mir bei der Suche nach Mary zu helfen.“

„Das hoffe ich sehr“, sagte Hugh und reichte Jeremy ein Bier. Offensichtlich ist der Barkeeper auch auf Brads Seite, dachte Jeremy.

Doch das war nicht jeder. Das wurde sofort deutlich. Drei Frauen und zwei Männer saßen in der Nähe, und als er und Brad in die Nische schlüpften, bemerkte er, wie eine der Frauen die andere anstieß und ihr etwas zuflüsterte, während sie Jeremy anstarrte. Die zweite Frau schauderte sichtlich.

„Gott sei Dank bist du hier“, sagte Brad.

„Ich tue alles Menschenmögliche, um zu helfen“, versicherte Jeremy ihm. „Das weißt du. Noch immer nichts?“

„Wenn ich irgendetwas gehört hätte“, sagte Brad bedrückt, „würde die Welt es wissen.“ Er stöhnte. „Um die Wahrheit zu sagen, rechne ich jeden Moment damit, dass mir jemand die Handschellen anlegt.“

Jeremy schüttelte den Kopf. „Brad, niemand kann dich ohne Beweise verhaften, und es gibt keinen Beweis, weil du Mary niemals etwas angetan hättest. Der Punkt ist, dass niemand sich einfach in Luft auflöst. Also *wird* es irgendwo Beweise für irgendwas geben. Wir müssen sie nur aufspüren.“

„Weißt du, wie oft ich jeden einzelnen Schritt an diesem Tag durchgegangen bin?“, fragte Brad.

„Das spielt keine Rolle. Wir werden es noch einmal tun", erwiderte Jeremy.

Brad nickte niedergeschlagen.

„Ich habe solche Angst."

Das war eindeutig die Wahrheit. Seine Finger zitterten, als er sein Glas erhob. „Letzte Nacht dachte ich ... nur eine Sekunde lang ..."

„Dachtest du was? Dass du sie gesehen hättest? Oder gehört? Was?"

Brad schüttelte reuevoll den Kopf. „Ich dachte, sie ruft mich auf dem Handy an. Doch es war nicht sie, sondern ihre Mutter. Sie weinte und bettelte, ich möge ihnen Mary wiedergeben. Ich glaube, sie hatte getrunken. Dann kam Marys Vater an den Apparat und sagte, er würde mich umbringen."

„Er wird dich nicht umbringen."

Brad ignorierte den Kommentar und fuhr fort. „Er hält sie für tot. Ich kann das nicht." Er zögerte und sah Jeremy an. Seine Augen wirkten glasig, als ob er vor diesem Bourbon schon ein paar andere getrunken hätte. „Sie ist nicht tot, Jeremy. Ich glaube, das würde ich spüren. Ich weiß, dass das dumm klingt, aber ich glaube wirklich, dass ich es spüren würde. Aber sie ist ... sie ist in Gefahr. Wenn wir sie nicht bald finden, *wird* sie tot sein. Oh Gott." Der Bourbon schwappte fast über, als er das Glas diesmal nahm und die Hälfte in einem Schluck hinunterschüttete. „Jeremy, wir sind auf den Friedhof gegangen, und dann ist Mary verschwunden. Das war alles."

„Brad, es war Halloween. Dutzende von Menschen waren in der Nähe. Jemand muss etwas gesehen haben. Wir haben die Person nur noch nicht gefunden."

Brad fuhr fort, als ob er ihn nicht gehört hätte. „Jetzt weiß die ganze Welt, dass wir Probleme hatten und gerade erst wieder zusammengekommen waren. In den Zeitungen schreiben sie über mich, als wäre ich ein Monster."

„Es spielt keine Rolle, was sie in der Zeitung schreiben."

„Ach nein? Die Leute starren mich an, Jeremy."

„Reiß dich zusammen, Brad. Herrje, du bist ein Cop. Du weißt, was die Leute denken, und du weißt, dass es nicht wichtig ist. Wichtig ist, sich an jedes winzige Detail zu erinnern, jedem kleinen Hinweis nachzugehen."

Brad zuckte zusammen und nickte. „Ich weiß, und ich habe es versucht. Wir haben an alles Mögliche gedacht … Die Cops hier haben sogar mit dem Gedanken gespielt, dass Mary ihr Verschwinden vorgetäuscht hat, um es mir heimzuzahlen. Aber das hat sie nicht. So ist Mary nicht. Du kennst sie und weißt, dass sie so etwas niemals tun würde. Außerdem fanden wir auf einem Grab ihr Handy und ihre Brieftasche, in der noch ihre Kreditkarten und ihr Ausweis steckten."

„Hat man das Grab untersucht?", fragte Jeremy.

Brad schüttelte den Kopf und griff wieder nach seinem Drink. „Es wurde nicht angerührt. Jeremy, es scheint wirklich, als hätte sie sich in Luft aufgelöst."

„Ich sagte dir doch, dass sich niemand in Luft auflöst. Egal wie effizient der Kidnapper auch war, er wird Spuren hinterlassen haben. Erzähl mir erst einmal alles von diesem Tag."

Brad schüttelte den Kopf. „Du musst inzwischen schon alles gehört haben. Ich bin sicher, dass du zwei Minuten nach meinem Anruf im Internet warst."

„Ich möchte es von dir hören. Den ganzen Tag, von Anfang bis Ende."

Brad lächelte beinahe. „Mit allen Details? Wir eröffneten den Morgen mit einem wilden Sexgelage. Das ist das Beste an einem Neuanfang. Mann, der Sex ist wieder gut. War gut", fügte er mit einem Flüstern hinzu.

„Der Rest des Tages, Brad. Alles. Ihr hattet Sex. Und dann …?"

Brad nickte. Atmete tief durch. Und begann zu reden. Er hatte die Straßennamen parat, genauso wie Museen und Geschäfte. Doch er zögerte, als er zum Nachmittag kam.

„Es war dieser Damien. Ich weiß es. Er war ein echter Widerling. Er mochte Mary auf Anhieb. Ich bemerkte es daran, wie er sie ansah.“

„Dieser Typ – du sprichst von dem Wahrsager, den die Polizei noch nicht gefunden hat, oder? Der, der keine Genehmigung hatte“, sagte Jeremy.

„Irgendetwas an ihm stimmte nicht. Er war … unheimlich“, sagte Brad. „Und Mary … Mary war auch ganz verstört durch ihn.“

„Aber in dem Zelt ist nicht wirklich etwas passiert, oder?“, fragte Jeremy.

„Nein. Doch. Nein.“ Brad runzelte die Stirn in dem Bemühen, sich zu erinnern. Er schüttelte den Kopf. „Physisch gesehen nicht, aber der Typ … er sagte Dinge. Er sagte, ich sei schwach. Dass Mary in Gefahr sei. Und seine Effekte, dieses Zeug in der Kristallkugel … es war verrückt. Ich meine, man sah in der Kugel Dinge, als ob sie real seien. Es fing mit einem Truthahn an.“

„Einem Truthahn?“, wiederholte Jeremy. Er blickte zu Brads Glas. Es war leer. Er fragte sich, wie viele sein Freund schon getrunken haben mochte.

„Einem Truthahn-Dinner“, sagte Brad ungeduldig. „Ich sah es vor mir, als ob ich dabei wäre. Ich konnte es sogar riechen. Beinahe schmecken.“

Jeremy schwieg eine Minute. „Wie sah der Typ aus?“, fragte er.

Brad dachte sorgfältig nach. „Auffällig – du weißt schon, als ob es ihm Spaß machte, an Halloween besonders dramatisch aufzutreten. Er war groß, aber vielleicht lag das nur am Cape.“

„Okay, er trug ein Cape. Hautfarbe? Augenfarbe? Komm schon, Brad, du weißt, wie man jemanden beschreibt“, erinnerte ihn Jeremy.

„Er trug ein Cape *und* einen Turban. Groß, dunkel und

schlank. Doch es war schwer, sein Gesicht zu erkennen, weil er Make-up aufgetragen hatte. Du weißt schon, um die Augen herum. Vielleicht hatte er auch seine Haut getönt, ich bin nicht sicher. Aber er war da – eine Menge Leute haben ihn und das Zelt gesehen. Für die Cops ist es offenbar schwer, ihn aufzuspüren, weil es Halloween war. Die Stadt war voller Touristen, und die meisten von ihnen sind wieder nach Hause gefahren. Außerdem glauben die Cops, dass ich nur nach einem Strohhalm greife, indem ich auf diesen Typen hinweise. Mary ist ja nicht gleich nach unserer Sitzung bei ihm verschwunden. Der Punkt ist, dass sie nicht sahen, was ich in diesem Zelt gesehen habe. Sie hörten nicht, wie dieser Mann sprach. Als ob er uns kannte. Als ob er uns bedrohte."

„Du musst dich erinnern, was genau dieser Typ gesagt hat", forderte Jeremy ihn auf.

Brad ließ den Kopf hängen. Er sah aus, als würde er jeden Moment anfangen zu weinen.

„Hör zu", sagte Jeremy fest. „Ich bringe dich zu deinem Hotel und werde dich morgen um neun dort abholen. Wir werden jeden Schritt durchgehen, den ihr an dem Tag getan habt. Okay?"

Brad nickte und blicke dann zu Jeremy auf. „Sicher", sagte er teilnahmslos.

„Brad, es ist wichtig."

„Es wird nichts nützen."

„Warum nicht?"

„Weil dieser Damien weg ist, und niemand weiß, wo er sich aufhält. Aber er hat Mary entführt. Ich weiß, dass er es war."

„Brad, hat dieser Typ behauptet, besondere Kräfte zu haben? Sagte er, dass er Wiccaner sei oder so etwas?"

Brad schüttelte den Kopf. „Oh nein. Er war kein Wiccaner. Das sagte er uns gleich, als Mary danach fragte."

„Sprach er davon, dass er ein Geschäft hier in der Gegend

hat? Sagte er, wo er herkommt? Dass er zu einem Magier-Verband gehört oder so etwas?"

Brad schüttelte nur den Kopf. „Nein. Er sagte gar nichts. Aber ich weiß, was er ist." Mit grimmiger Miene hielt er inne.

„Und das wäre?", fasste Jeremy nach.

„Der Teufel", antwortete Brad todernst und sah Jeremy starr an. „Er ist der Teufel."

5. KAPITEL

Als Rowenna den Raum betrat, sah sie Jeremy allein an der Bar sitzen und gesellte sich zu ihm.

„Hallo“, sagte sie und glitt auf den Stuhl neben ihm. Sie schenkte Hugh ein strahlendes Lächeln, woraufhin er sofort herüberkam.

„Selber Hallo. Willkommen daheim. Das Übliche?“

„Genau. Danke, Hugh“, erwiderte sie.

Jeremy blickte sie mit einem feinen Lächeln an und zog eine Braue hoch. „Kennst du jeden in der Stadt?“, fragte er.

Sie zuckte die Achseln. „Ich bin hier aufgewachsen, schon vergessen?“, sagte sie. „Aber nein, ich kenne nicht jeden. Hugh ging einige Jahrgänge vor mir auf die gleiche Highschool. Er war im Hockey-Team.“

„Und du warst ein Cheerleader?“

„Nein“, sagte sie lachend. „Aber die Hälfte meiner Freundinnen.“ Sie wurde ernst. „Wo ist Brad?“

„Ich habe ihn eben gerade in sein Hotel gebracht.“

„Oh. Wie geht es ihm?“

„Nicht gut.“ Er wandte sich ihr zu. „Er ist sicher, die Antwort zu kennen, doch sie zu beweisen … Sagen wir mal, dass es nicht leicht sein wird.“

„Ach. Er weiß, wer Mary entführt hat?“

„Er sagt, es sei der Teufel gewesen.“

„Du machst Witze.“

„Ich bin todernst. Also der Teufel in menschlicher Gestalt, nehme ich an. Er ist überzeugt, dass es der Wahrsager war, bei dem sie an dem Nachmittag waren. Hast du irgendwas erfahren?“, fragte er.

„Hey, ich habe dich Joe vorgestellt. Du weißt, was ich weiß.“

„Ich dachte, er hätte dir vielleicht noch mehr erzählt.“ Jeremy blickte sie noch immer eindringlich an. „Und hey, wenn es dir unangenehm ist, mit mir gesehen zu werden, kann ich mich wie ein zufälliger Bekannter benehmen."

Sie war überrascht von seinen Worten und dann von der Tatsache, dass sie spürte, wie sie errötete. Joe hatte eindeutig feindselig auf Jeremy reagiert. Warum?

Weil Jeremy Privatermittler war? Oder weil Joe die Anziehung zwischen ihnen spürte?

Nein. Joe fand, dass sie weitermachen sollte, dass sie ein neues Leben beginnen sollte. Das hatte er oft genug gesagt.

Aber meinte er es auch so?

„Sei nicht albern", sagte sie. Sie blickte ihn offen an. „Ich tue, wofür ich mich entschieden habe", sagte sie sanft. „Ich lasse mich dabei niemals von anderen beeinflussen."

Er wandte sich wieder der Bar zu, sodass sie nicht in seinem Gesicht lesen konnte. „Dennoch werden die Menschen hier eher dir vertrauen als mir", sagte er.

„Ich weiß nicht, ob das irgendeine Rolle spielt. Eine Frau wird vermisst. Jeder hier hofft, dass man sie lebend und wohlauf findet. Sie hoffen – und beten."

„Nicht jeder", wandte er ein.

„Ach komm! Wiccaner sind nicht …"

„Ich meinte nicht Wiccaner", sagte er und blickte sie wieder an. „Ich meinte die Person, die sie entführt hat."

„Oh", sagte sie. „Natürlich." Sie durfte sich nicht so schnell provoziert fühlen.

„Erzähl mir von deinen Freunden", sagte er.

„Welchen Freunden?"

„Adam und Eve."

„Sie sind sehr nett."

„Wiccaner?"

„Ja. Und?"

„Ich bin nur neugierig."

„Sie sind nett. Auch mit ihnen bin ich zur Schule gegangen. Ich kenne beide schon ewig. Sie haben einen Laden, wo sie den üblichen Touristenkram verkaufen – und eine Menge weniger üblicher Sachen. Sie arbeiten mit vielen lokalen Künstlern und Goldschmieden zusammen."

„Wie steht's mit Pulvern und Zaubertränken? Verkaufen sie die auch?"

„Ja. Und Tee", erwiderte Rowenna, die die leichte Schärfe in seiner Stimme heraushörte.

„Tut mir leid", sagte er und setzte sein Glas ab. „Ich schätze, ich sollte dich nach Hause bringen."

„Klingt gut." Sie glitt vom Stuhl und wartete auf ihn.

Als Hugh mit der Rechnung kam, lächelte Rowenna ihn an. Er grinste zurück. „Bis bald", sagte er.

„Bis bald. Danke", sagte Jeremy. Er legte eine Hand in Rowennas Rücken und führte sie hinaus.

Die Luft draußen war herrlich frisch. Die bittere Kälte des Winters aber ließ noch auf sich warten.

Die Stadt wirkte sehr ruhig. Es schien, als wären sie die einzigen Menschen auf der Straße, als sie zu Jeremys Mietwagen schlenderten.

Er zeigte auf eines der Häuser, an denen sie vorbeikamen.

„Meine neues Domizil", sagte er.

„Oh, ein ganzes Haus?", fragte er.

„Hey, es ist Herbstsaison", sagte er. „Es war besser, das Haus zu mieten, als die lächerlich überteuerten Hotelpreise zu zahlen. Ich hatte nur Glück, es zu bekommen, weil jemand anders kurzfristig absagen musste. Wusstest du, dass sogar die Einheimischen gerne herumreisen, um die Herbstfärbung zu sehen?"

„Ja, aber sie werden bald weiter nördlich reisen", sagte sie. „Vermont, Maine."

„Es ist hübsch", gestand er zu.

„Da unten, wo du wohnst, bekommt ihr die Jahreszeiten nicht wirklich mit, oder?"

„Aber sicher. Wir haben es tödlich heiß. Dann nur heiß.

Fast kühl. Und manchmal im Schatten liegt fast so etwas wie Frost in der Luft."

Sie lachte.

„Ich übertreibe", sagte er. „Wir hatten im Norden sogar Schnee, und es gab Tage, an denen es in Nordflorida kälter war als in Chicago."

Während sie die Straße entlanggingen, dachte sie, dass sie sein Lächeln wirklich mochte. Sie wünschte, sie wären nicht nur deshalb hier, weil eine Frau vermisst wurde. Und sie fragte sich, wie es weiterginge, wenn sie ihr Haus erreicht hatten.

Am Wagen öffnete er ihr die Beifahrertür. „Danke, dass du dich von mir nach Hause bringen lässt", sagte er beiläufig.

„Nun, es ergab Sinn, und da es dir nichts ausmacht …", erwiderte sie und hoffte, dass ihr Tonfall ebenso leichthin klang.

Als sie die Stadt hinter sich ließen, bemerkte sie unwillkürlich, wie viel dunkler alles wurde. Die Küste von New England war dicht besiedelt, seit die Pilgerväter gelandet und andere ihnen gefolgt waren. Doch sie fuhren ins Landesinnere, in das Farmland. Sie erklärte Jeremy jedes Richtungsschild, damit er genau wusste, wohin sie fuhren und wie er wieder zurückkam.

„Wie weit draußen wohnst du?", fragte er.

„Jetzt? Zwanzig Minuten. Zur Rushhour? Dreißig. Und an einem Tag wie Halloween über eine Stunde."

Sie wohnte nicht so weit außerhalb der Stadt, aber die Straßenbeleuchtung wurde immer spärlicher und versiegte ganz, als sie die Maisfelder erreichten. Sie starrte auf die aufrechten Stängel, bleiche Wachen in der Nacht. So kurz vor der Ernte standen sie sehr hoch. Sie zogen verschwommen als Schatten in der Dunkelheit an ihr vorbei.

Rowenna hatte gar nicht bemerkt, wie angespannt sie war, bis sie fast zusammenzuckte, als sie Jeremys Stimme hörte.

„Hast du viel Land?"

Sie schüttelte den Kopf. „Nein, nur wenige Hektar. Aber

ich liebe das Haus, und das Landleben ist schön. Ich dachte immer daran, mir ein Pferd anzuschaffen, wenn ich nicht mehr so viel unterwegs bin."

Sollten sie die Maisfelder inzwischen nicht passiert haben? fragte sie sich. Sicher mussten sie inzwischen ihr Haus erreicht haben. Nein, sie schätzte die Entfernung falsch ein, weil die Maisfelder ihr Angst machten.

Sie ermahnte sich, nicht lächerlich zu sein. Sie wohnte draußen bei den Maisfeldern. Sie war an sie gewöhnt. Dieses Unbehagen war völlig neurotisch. Sie musste damit aufhören. Sie liebte ihr Zuhause und konnte es sich nicht leisten, wegen eines dummen Albtraums Angst davor zu haben.

„Bist du in Ordnung?", fragte er und sah sie von der Seite an.

„Alles gut. Warum?", fragte sie.

„Du siehst blass aus."

„Sei nicht albern", wehrte sie ab und hoffte, dass ihr Lachen nicht so unsicher klang, wie sie sich fühlte. „Das ist das Licht. Oder der Mangel an Licht."

Schließlich hatten sie die Maisfelder hinter sich gelassen. Natürlich befanden sie sich noch immer dort draußen. Lauerten in der Dunkelheit. Doch dort war das Haus des alten MacElroy, und die nächste Straße führte zu ihrem eigenen Zuhause.

„Bieg da drüben rechts ein", wies sie ihn an.

Als ihr Haus in Sicht kam, atmete sie scharf ein. Es war dunkel. Was es nicht sein sollte. Ginny MacElroy, die unverheiratete Tante des aktuellen Dr. MacElroy sah im Haus nach dem Rechten, wenn sie fort war, und ließ jeden Abend ein anderes Licht an.

Nur der Strahl der Frontscheinwerfer verhinderte, dass das Haus von der Nacht verschluckt wurde.

„Merkwürdig", murmelte sie.

„Was?"

„Ach, ich nehme an, da ist nur eine Glühbirne durchgebrannt“, sagte sie beiläufig.

Er blickte sie nachdenklich an, sagte aber nichts.

Rowenna stieg aus und betrat den Weg, der zu den hölzernen Stufen der Veranda führte. Das Haus versammelte eine Mixtur von Architekturstilen. Ein Teil stammte aus dem 17. Jahrhundert, ein zusätzlicher war im späten 18. Jahrhundert angebaut worden, und ein letzter stammte aus der Mitte des 19. Jahrhunderts. Sowohl die um das Haus führende Veranda als auch den Balkon im ersten Stock schmückte ein kunstvoll gedrechseltes Geländer. Sie hielt das Haus in Schuss, weil sie wusste, dass selbst an diesem Ort, wo es so viele historische Gebäude gab, das ihre einzigartig und erhaltenswert war.

Die Stufen waren ebenso alt wie der Rest des Hauses und quietschten bei jedem Schritt. Sie durchsuchte ihre große Reisehandtasche, die sie über der Schulter trug, fand ihren Schlüssel, öffnete die Tür und griff nach dem Lichtschalter. Erleichtert bemerkte sie, dass der gusseiserne Kronleuchter im Vorflur sofort aufleuchtete.

„Komm doch rein“, sagte sie zu Jeremy, der mit ihren Koffern hinter ihr stand.

Sie ging durch den Vorflur und machte das Licht im Foyer an. Es war beileibe kein großartiger Empfangsraum, sondern eher ein besserer Flur, der sich links zu dem ältesten Teil des Hauses öffnete und rechts zu dem neueren Flügel aus der Mitte des 19. Jahrhunderts. An der rechten Wand befand sich eine Treppe, die zu einem malerischen Treppenabsatz mit gusseiserner Balustrade führte. Im ersten Stock befanden sich ihr Schlafzimmer, ein Gästezimmer, das Arbeitszimmer und eine Kammer, die sie in erster Linie zur Aufbewahrung nutzte. Auch die Treppe zum Speicher befand sich in dieser Kammer. In ihm lagerte sie alle möglichen Dinge, die sie irgendwann einmal durchsehen wollte.

„Wo möchtest du die hinhaben?“, fragte Jeremy, der die

zwei Koffer in der Hand hielt. Sie waren ziemlich schwer und hatten nur knapp unter der zulässigen Gewichtsgrenze der Fluggesellschaft gelegen.

„Gleich hier ist wunderbar“, sagte sie rasch.

Er stellte das Gepäck ab, und sie beobachtete ihn, wie er das Haus musterte. Ihre Blicke trafen sich, und er grinste. „Das ist ein ziemlich großes Haus hier so einsam mitten im Nirgendwo, oder?“

„So groß ist es nun auch nicht, und außerdem habe ich Nachbarn – wir sind an ihrem Haus vorbeigefahren“, sagte sie.

„Aber du wohnst hier schon seit Jahren allein?“

„Ja. Ich wohne hier schon mein ganzes Leben, abgesehen von der Collegezeit und sehr vielen Reisen“, sagte sie. „Es ist schön, so etwas wie ein Zuhause zu haben.“

„Hast du eine Alarmanlage?“

„Nein.“

„Und auch keinen großen Hund?“

Sie lachte. „Ich hätte gerne einen großen Hund, aber er würde verhungern, da ich die Hälfte der Zeit fort bin.“

„Soll ich mich mal umsehen, ob alles in Ordnung ist?“, bot er an.

Ja!

Ihr gelang ein lässiges Achselzucken. „Sicher. Wenn du möchtest.“

Sie führte ihn durch das Haus, wobei sie ihm von der Geschichte des Gebäudes erzählte.

„Hast du hier draußen niemals Angst?“, fragte er.

„Wieso? Willst du mir etwa welche machen?“, fragte sie ihn.

Er sah sie entschuldigend an. „Nein, tut mir leid. Ich will dir keine Angst machen. Ich schätze …“ Er hielt inne, runzelte die Stirn.

„Du schätzt … was?“

„Als ich dich auf dem Friedhof nicht gesehen habe, fand ich das merkwürdigerweise beängstigender, als zu wissen, dass du in der Wildnis wohnst."

„Das ist hier wohl kaum die Wildnis", protestierte sie. Und das war sie auch nicht. In einer ruhigen Nacht konnte sie vermutlich laut genug schreien, dass die Nachbarn sie hörten. Sie wohnte zwanzig Autominuten von der Stadt entfernt. Sie wollte auf dem Land leben, doch sie wollte nicht *allein* sein.

„Kann ich dir einen Kaffee oder etwas anderes anbieten, bevor du zurückfährst?", fragte sie und ging in Richtung Küche im hinteren Teil des Hauses. Sie nahm an, dass er ihr folgen würde.

Sie *hoffte*, dass er ihr folgen würde.

Das tat er.

„Hmm, keine Milch zum Kaffee", sagte sie, während sie den Kühlschrank inspizierte.

„Ich will keinen Kaffee", sagte er und trat zu ihr. Er zog sie in seine Arme und blickte ihr in die Augen. „Möchtest du, dass ich bleibe?"

Ihr Herzschlag beschleunigte sich. Sie wollte Ja sagen und wollte zugleich nicht Ja sagen. Er sollte nicht bleiben, weil sie Angst hatte. Er sollte bleiben, weil *er* bleiben wollte, und sie war nicht sicher, ob er ihr glauben würde, wenn sie das sagte. Aber sie musste ihn fragen.

„Möchtest du bleiben?", fragte sie ernst.

In seinen Augen lag eine Zärtlichkeit, die die Dunkelheit der Nacht zu vertreiben schien. In seinen Armen zu liegen, die Wärme und Kraft seines Körpers zu spüren und wie er sie festhielt, das schien so fremd und süß, dass ihr fast schwindlig wurde.

„Du weißt, dass ich das möchte", sagte er heiser.

„Dann möchte ich eindeutig, dass du bleibst", flüsterte sie zurück.

Die nächsten Stunden verstrichen wie in einem wunderbaren Rausch. Am nächsten Morgen holten sie die Erinnerungen in der gleichen Reihenfolge ein, in der sie ihre Kleidung wiederfand. Den Pullover in der Küche, einen Schuh am Fuße der Treppe, einen anderen auf einer Stufe. Die Bluse an der Tür zu ihrem Schlafzimmer, den Rock mitten im Zimmer.

Ihre Unterwäsche immerhin hatte es bis neben das Bett geschafft.

Es war spät gewesen. Zeit, um sowieso ins Bett zu gehen, um die Dunkelheit zu genießen, um nacheinander zu tasten, um sogar über die Eile zu lachen, die sie zueinander trieb. In seinen Armen machte ihr die Dunkelheit nichts aus.

Sie dachte nicht einmal an Schatten.

Da war nur er, sein Körper, lang gestreckt und muskulös, pulsierend und warm an ihrem. Wieder staunte sie bei ihren Berührungen über das Gefühl seiner Haut unter ihren Händen und wusste, dass ihre erste gemeinsame Nacht kein flüchtiger Moment gewesen war, der in Erinnerung bleiben, aber niemals wiederholt werden sollte. Sie liebte es, wie er ihr Gesicht streichelte, als ob er jeden Zentimeter erkunden wollte, und sie liebte seine Lippen auf ihrer Haut, als ob er sie in Besitz nehmen wollte mit Küssen aus Feuer und Eis. Sie liebte den Druck seines Körpers an ihrem, die Nähe, die Spannung. Den Hunger und das Begehren und das Gefühl, dem Ziel immer näher und näher zu kommen, und doch jeden winzigen quälend schönen Schritt dahin auszukosten. Und dann war da der Rausch des Orgasmus, wie eine sengende Glut, die den Himmel in ihrem Kopf wieder und wieder erleuchtete …

Die einfache Schönheit des Gehaltenwerdens, die feuchte Wärme der Leidenschaft und sogar der Schauer des Nachbebens, der sich beruhigende Puls und Herzschlag und das Gefühl, noch immer zusammen zu sein.

Vielleicht könnte sie den Traum eine Zeit lang leben. Natürlich würde er irgendwann gehen, und dann würde sich das Wunder tatsächlich auf ihre Erinnerung beschränken.

Doch es schien töricht, sich die Zukunft auszumalen. Die würde früh genug kommen. Irgendwie musste sie lernen, dankbar zu sein für den Moment. Ihr Herz zu bewachen, aber den Moment auszukosten.

Das war leicht gesagt, aber fast unmöglich, in die Tat umzusetzen. Doch sie war so müde, dass sie mit diesem Gedanken einschlief.

Sie hörte das Krächzen einer Krähe.

Es kam aus der Dunkelheit, die sich langsam aufhellte. Der Morgen brach an. Ein bedeckter, kühler Morgen, ein Vorbote des Winters, der dem Herbst so rasch folgen würde. Doch sie war zu Hause und stand auf dem Balkon vor ihrem Schlafzimmerfenster. Sie beobachtete, wie das Tageslicht darum kämpfte, den Dunst und die Nacht zu durchdringen. Sie hörte die Krähe wieder und wieder krächzen.

Von ihrem Aussichtspunkt aus sah sie die Maisfelder.

Und sie konnte die Krähen beobachten.

Sie kreisten über dem Maisfeld.

Sie wusste, dass sie hinausgehen sollte, dass die Krähen sie riefen, um ihr zu zeigen, wo sie hingehen musste. Sie wollte sich umdrehen, um ins Haus zu gehen, doch sie konnte es nicht. Eine Krähe landete auf der Brüstung und sah sie an, wobei sie den Kopf zurückwarf, um einen weiteren grausigen Schrei auszustoßen.

Sie erhob sich von der Brüstung und schloss sich dem Schwarm an, der über irgendetwas in der Mitte des Maisfeldes kreiste. Rowenna wusste, was es war.

Aber sie wollte es nicht sehen.

„Rowenna!“

Sie wachte auf und zuckte zusammen. Seine Stimme hatte den Traum verscheucht, doch sie hatte noch immer Angst, die Augen zu öffnen.

Ein Albtraum war leicht zu erklären.

Aber zwei?

Jeremy saß an ihrer Seite. Und der Morgen brach tatsächlich an, das Licht war so dunstig wie in ihrem Traum. Sie hatten sich nicht die Mühe gemacht, die Vorhänge zuzuziehen, bevor sie ins Bett getaumelt waren, und nun kroch das dünne Licht ins Schlafzimmer.

Er hat ein schönes Gesicht, dachte sie, auch wenn ein Mann ein solches Kompliment kaum hören will. Seine Kieferpartie war ausprägt, die Nase gerade und perfekt, der Mund großzügig und breit, und sein dunkles, kastanienbraunes Haar war eine ideale Ergänzung zu seinen großen grauen Augen und den kräftigen Augenbrauen. Seine Stirn lag jetzt in Sorgenfalten. Er war bereits aufgestanden, bemerkte sie, denn er war schon angezogen.

Doch er war wieder auf dem Bett, an ihrer Seite und hielt sie fest.

„Hmm ... Guten Morgen“, flüsterte sie.

„Du hast wieder geträumt. Wieder ein Albtraum.“

„Es tut mir leid. Ich mache das nicht immer – ehrlich“, sagte sie.

„Worum geht es?“

„Wobei?“

„In deinem Traum. Wovon hast du geträumt? Ich hoffe, es sind keine Albträume von mir“, neckte er sie.

„Nein, natürlich nicht.“

„Was dann?“

„Ich erinnere mich nicht.“

„Dann hast du vielleicht doch von mir geträumt“, sagte er. „Mal ernsthaft, du erinnerst dich wirklich nicht?“

Er klingt besorgt, dachte sie, doch als sie den Kopf schüttelte, stand er nur auf und sah auf sie hinunter.

„Ich habe Kaffee gekocht“, sagte er. „Und ich habe ein paar kleine Päckchen von diesem Kaffeeweißer gefunden.“

Sie bemerkte, dass sein Haar feucht war. Offenbar hatte er

auch die Dusche gefunden. Eindeutig war er bereits eine Zeit lang auf, und sie fragte sich, wie lange er sie hatte träumen sehen, bevor er sie geweckt hatte. Sie verstand nicht, was ihn daran störte, dass sie sich an den Inhalt ihres Traumes nicht erinnerte.

Weil sie eine lausige Lügnerin war und er nicht gerne belogen wurde? Vielleicht.

Doch sie hatte das merkwürdige Gefühl, dass mehr dahintersteckte.

„Kaffee“, sagte sie, „klingt göttlich.“

Er nickte kurz und ging nach unten. Sie fragte sich unwillkürlich, ob sie irgendwas getan hatte, das ihn störte. Fanden frisch Verliebte es nicht immer geradezu unmöglich, einander zu widerstehen?

Sie duschte rasch und fand ihn abfahrbereit, als sie wenig später nach unten ging. „Ich muss Brad um neun Uhr abholen. Wir wollen jeden Schritt von jenem Tag wiederholen, um zu sehen, ob es nicht irgendetwas gibt, das uns bislang entgangen ist.“

„Gute Idee“, sagte sie und fragte sich, warum ihr plötzlich so unbehaglich war. Das Tageslicht kam durch, und dies war ihr Zuhause, um Gottes willen. Es würde ihr gut gehen.

Sie würde erst einmal auspacken. Und dann würde sie genau das tun, was sie Joe gestern versprochen hatte, als er sie vorm Hawthorne abgesetzt hatte. Sie würde in sein Büro fahren und mit ihm sprechen. Allein.

„Möchtest du mit uns zu Mittag essen?“, unterbrach Jeremy ihre Gedanken.

„Gerne, wenn euch ein später Lunch nichts ausmacht. Ich habe noch das eine oder andere zu erledigen“, erwiderte sie.

Er küsste sie, sah ihr in die Augen und lächelte. „Bis dann. Äh, du hast ein Auto, oder?“, fragte er.

Sie lachte. „Ich habe ein Auto, ja, natürlich. Es steht hinten in der Garage.“

Er umarmte sie, und sie spürte die Waffe in seinem Hosenbund. Aus irgendeinem merkwürdigen Grund durchfuhr sie ein Schreck. Sie wusste, dass er berechtigt war, eine Waffe zu tragen. Es sollte also kein Schock für sie sein.

Doch das war es.

„Um wie viel Uhr?“, fragte er.

„Wir wär’s gegen zwei?“

„Klingt gut. Wo?“

Sie nannte ein Restaurant unten am Fluss. Wenn sie Brad traf, sollten sie nicht allzu nah am Friedhof sein. Der Mann sollte seinen Lunch genießen, ohne den Ort im Blick zu haben, an dem er seine Frau zuletzt gesehen hatte.

„Dann sehen wir uns dort“, sagte Jeremy und ging.

Sie lauschte dem sich entfernenden Wagen. Dann sah sie zu ihren Koffern. Sie entschied, erst auszupacken und dann zu den MacElroys hinüberzulaufen, um sich zurückzumelden und ihnen zu sagen, dass in den nächsten Tagen vielleicht öfter ein fremder Wagen in ihrer Auffahrt stehen könnte. Danach könnte sie dann in die Stadt fahren, um Joe zu treffen.

Als sie Brads Bed and Breakfast verließen, erklärte Jeremy seinem Freund erneut, dass er den Tag von Marys Verschwinden Schritt für Schritt nachvollziehen wollte.

„Wir waren in der ganzen Stadt“, sagte Brad.

„Dann gehen wir eben durch die ganze Stadt“, erwiderte Jeremy.

Ihren ersten Halt legten sie beim Hexenmuseum von Salem ein. Brad brach fast zusammen, als er Jeremy erzählte, dass es Marys Lieblingsmuseum gewesen war. Es hatte ihr vor allem deshalb so gut gefallen, weil man dort die Historie sehr akkurat und mit wenig Theatralik nachstellte. Sie blieben für die zwanzigminütige Vorstellung, und Jeremy stimmte Mary zu. Da niemand der Angestellten aus dem Shop oder dem Empfang an jenem Tag Dienst gehabt hatte, an dem Mary verschwunden war, verließen sie das Museum direkt nach der Vorstellung.

Brad erklärte, dass sie das Peabody Essex Museum übersprungen hätten, um es sich für den nächsten Tag aufzuheben. Stattdessen hatten sie in der Mall mehrere der Spukhäuser besichtigt, die nun verschwunden waren, da man sie extra für Halloween aufgebaut hatte. Jeremy und Brad bestiegen die Straßenbahn und besuchten nacheinander das Piraten-Museum, ein Wachsmuseum und ein Monster-Museum. Dann gingen sie zu einem Museum, das auf einem Plakat anpries: Geschichte! Nur Geschichte und sonst nichts!

Kaum hatten sie das Gebäude betreten, kam ein Mann herbei, um sie zu begrüßen. Er schien Ende zwanzig, Anfang dreißig zu sein. Er hatte braunes Haar, braune Augen, trug eine Brille und war groß und schlank. Er ging direkt auf Brad zu, der ihn offensichtlich wiedererkannte. Dem Gespräch entnahm Jeremy, dass der Mann, der sich als Museumsangestellter namens Daniel Mie vorstellte, an jenem Tag mit Brad und Mary gesprochen hatte und ihm nun sagen wollte, wie leid ihm das Geschehene tue.

„Jeremy und ich waren früher Partner", erklärte Brad, nachdem Jeremy sich selbst vorgestellt hatte. „Er arbeitet jetzt als privater Ermittler und ist hier, um etwas herauszufinden."

Daniel lächelte Jeremy an. „Freut mich, das zu hören."

„Was ist denn mit Ihnen?", fragte Jeremy. „Haben Sie irgendwas Verdächtiges bemerkt, vielleicht irgendjemanden, der Mary mehr Aufmerksamkeit geschenkt hat als angemessen?"

Der Mann dachte nach und schüttelte dann langsam den Kopf. „Ich wünschte, ich hätte etwas bemerkt. Sie können sich gar nicht vorstellen, wie diese Stadt an Halloween durchdreht. Die Menschenmengen sind riesig. Ich erinnere mich nur deshalb an Brad und … und Mary, weil wir ins Gespräch kamen."

„Okay, danke", sagte Jeremy. „Aber falls Ihnen noch irgendwas einfällt …“ Er gab Daniel seine Karte. „Rufen Sie mich einfach auf dem Handy an.“

„Mache ich. Und wenn Sie Zeit haben, kommen Sie zurück und besichtigen Sie das Museum. Wir haben eine Abteilung über die heidnischen Bräuche, auf denen die heutigen Bräuche der Wiccaner beruhen, und eine weitere Ausstellung darüber, was die Puritaner damals für Hexen hielten.“

„Danke“, sagte Jeremy und wandte sich zum Gehen.

Doch Brad blieb stehen und sagte zu Daniel. „Es war dieser Wahrsager, zu dem Sie uns geschickt haben.“

Daniel blickte verwirrt. „Was? Wovon reden Sie?“

„Sie haben diesen Kerl empfohlen?“, schaltete sich Jeremy ein, und fragte sich, warum Brad das nicht früher erwähnt hatte. „Wie gut kennen Sie ihn? Ist er ein Freund von Ihnen? Wissen Sie, wo wir ihn finden können?“

„Nein, tut mir leid. Ich hatte nur einmal eine Sitzung bei ihm, die mich beeindruckt hat, deswegen empfahl ich ihn. Ich wünschte, ich könnte Ihnen helfen, aber …“

Als sie das Museum verließen, wirkte Brad weniger entmutigt als vielmehr entschlossen. „Dieser Kerl ist irgendwo da draußen. Und wenn wir ihn finden, finden wir Mary. Das weiß ich.“

Jeremy schwieg.

„Wir finden sie lebend. Ich weiß, dass ich verrückt klinge, aber ich weiß, dass sie lebt.“

„Davon gehen wir aus, Brad“, beruhigte Jeremy ihn. „Wohin als Nächstes?“

„In den Laden dort.“ Brad deutete mit dem Finger in die Richtung. „Die Besitzer heißen Adam und Eve Llewellyn, falls du das glauben kannst. Mary mochte sie sehr. Sogar *ich* mochte sie, obwohl ich sie ziemlich durchgeknallt fand. Sie sind Hexer und Hexe“, sagte er mit trockenem Lachen.

„Ich habe sie gestern Abend kennengelernt“, sagte Jeremy.

„Aber ich würde mir gern ihren Laden ansehen, und ich hätte auch nichts dagegen, noch einmal mit ihnen zu sprechen."

Als Ginny die Tür des alten MacElroy-Hauses öffnete und Rowenna sah, schrie sie vor Freude auf und umarmte sie.

Ginny war die perfekte Großtante. Der sechzigjährige Witwer Dr. Nick MacElroy war Kinderarzt. Seine Kinder waren erwachsen, doch Ginny blieb bei ihm und kümmerte sich um die Enkel, wenn sie zu Besuch kamen. Rowenna war mit seinen beiden Söhnen zur Schule gegangen. Beide hatten sich ebenfalls für den Arztberuf entschieden, praktizierten aber in Boston. Sie kamen relativ oft mit Frau und Kindern zu Besuch, und Ginny war immer entzückt, sie zu sehen.

In ihrer Kindheit hatte Rowenna Ginny geliebt. Ginny hatte immer heißen Kakao und Haferflockenkekse für jeden, der vorbeikam. Sie sah aus wie die Frau vom Weihnachtsmann, mit ihrem schneeweißen Haarknoten und einer Brille, die ihr ständig auf die Nase rutschte. Sie hatte fröhliche hellblaue Augen und war gerade mal einen Meter fünfzig groß.

„Vielen Dank, dass du nach dem Rechten gesehen hast."

„Das war mir ein Vergnügen, Liebes", sagte Ginny. „Nun, was willst du haben. Kaffee, Tee oder Kakao? Und ich habe Blaubeer-Scones, Kürbis-Muffins oder – falls du bereit bist für Lunch – Eichelkürbis mit Truthahnbrust."

Rowenna lachte. „Wir haben noch nicht Thanksgiving, Rowenna."

„Ich habe auch Schinken, wenn du magst."

„Das ist lieb, Ginny, vielen Dank. Aber ich bin heute schon mit jemandem in der Stadt zum Lunch verabredet."

„Jemandem?" Ginnys Augen leuchteten. „Sollte das ein *männlicher* Jemand sein?"

„Ja, Ginny, das ist ein männlicher Jemand. Er heißt Jeremy Flynn. Er hat ein Haus in der Stadt gemietet, aber ich möchte, dass du von ihm weißt, damit du dir keine Sorgen machst, wenn du einen fremden Mann bei mir siehst …"

„Ist er süß?"

„Eher … herb", sagte sie lächelnd.

Ginny erwiderte ihr Lächeln. „Nun, es ist an der Zeit. Ich sage Joe immer, dass er nicht so an dir kleben soll, sonst wirst du dich nie wieder für ein Date bereit fühlen."

„Joe ist ein guter Freund, Ginny, und er hat mich nie von etwas abgehalten." Sie sah auf die Uhr. „Wie auch immer, ich muss los." Sie zögerte und stellte dann doch die Frage, die ihr unter den Nägel brannte. „Ginny, warum hast du das Haus gestern Abend dunkel gelassen?"

„Wovon sprichst du? Ich habe ein Licht angelassen. Nick war am Tag zuvor sogar mit mir rübergegangen, um die Glühbirnen im Foyer auszuwechseln", sagte Ginny beunruhigt.

Ginny geht auf die Achtzig zu, dachte Rowenna. Normalerweise ist ihr Gedächtnis messerscharf. Aber vielleicht …

Rowenna wusste, dass sie selbst viele Dinge vergaß.

„Danke, Ginny", verabschiedete sie sich. „Mach dir keine Gedanken darüber. Wir sehen uns später."

„Ich kann es kaum erwarten, deinen jungen Mann kennenzulernen."

Rowenna war schon auf dem Weg zu ihrem Wagen. „Er ist nicht *mein* junger Mann, Ginny. Er ist einfach ein Freund."

„Dann kann ich es kaum erwarten, deinen Freund kennenzulernen", rief Ginny und grinste.

Wenige Minuten später fuhr Rowenna durch die Maisfelder. Obwohl es helllichter Tag war, bemühte sie sich, sie nicht anzusehen.

Ihr fiel auf, dass kein anderer Wagen in Sicht war, was sie schaudern ließ.

Sie drehte das Radio auf und trat aufs Gaspedal.

Plötzlich stotterte der Motor. Sie trat härter aufs Gas, doch der Motor erstarb, und der Wagen rollte langsam aus. Immerhin schaffte sie es, ihn auf den Seitenstreifen zu lenken.

Fluchend blickte sie auf die Tankanzeige. Sie stand auf null. Sie hätte schwören können, dass der Tank voll gewesen war, als sie nach Boston aufgebrochen war. Andererseits lag das Wochen zurück, sodass sie sich irren konnte – so wie Ginny sich zweifellos mit dem Licht geirrt hatte. Aber irgendwie glaubte sie das nicht.

„Ich weiß, dass ich vollgetankt hatte", murmelte sie.

Kein Problem. Sie war im Automobilclub. Sie musste nur anrufen, und irgendwann würde jemand zu ihr hinauskommen.

Fluchend rief sie an. Man versprach ihr, dass innerhalb einer Stunde jemand eintreffen würde. Dann rief sie Joe an und erzählte ihm, wo sie sich befand und was geschehen war. „Ich bin nur froh, dass ich früh losgefahren bin", sagte sie.

„Du musst den Tank besser im Blick behalten", sagte Joe. „Aber Gott sei Dank ist es Tag, sodass du da draußen nicht in der Dunkelheit feststeckst."

„Was kann mir in einem Maisfeld schon passieren?" Doch schon als sie die Frage aussprach, verspürte sie eine böse Vorahnung.

„Du rufst mich an, wenn dieser Typ vom Automobilclub bei dir ist, ja?"

„Mache ich", versprach sie, legte auf und blickte auf die Uhr. Es war erst zehn nach elf. Sie brauchte Jeremy nicht zu benachrichtigen, da er sie sowieso erst um zwei erwartete.

Sie legte den Kopf zurück. Doch weil ihr das einen allzu guten Ausblick auf die Maisfelder eröffnete, schloss sie die Augen.

Es nützte nichts. Sie sah noch immer nichts anderes als endlose Reihen von Mais.

Voller Ärger auf sich selbst öffnete sie die Augen, stürmte aus dem Wagen und starrte auf die Felder.

„Ihr seid nichts als ein Haufen Mais auf verdammten Kolben", sagte sie laut.

Doch während sie auf dem Seitenstreifen stand und auf die Felder starrte, die sich bis zum Horizont erstreckten, kam Wind auf.

Rowenna sah auf und erblickte Krähen.

Sie zuckte zusammen, als eine von ihnen auf der Haube ihres Wagens landete.

„Hau ab, du schwarze Pest!“, schrie sie und fuchtelte mit den Händen.

Die Krähe sah sie an, krächzte anklagend und flog fort.

Ihr Blick folgte dem Weg des Vogels in den Himmel, wo er sich seinen Gefährten anschloss. Hunderten von ihnen – zumindest schien es so. Sie kreisten über einem Ort, der nicht allzu weit von der Straße entfernt lag, vielleicht zwanzig Reihen zurück.

Sie schloss die Augen. „Nein“, flüsterte sie inbrünstig. „Ich gehe nicht.“

Doch dann öffnete sie wieder die Augen und begann, sich fluchend durch die Maisstängel zu kämpfen.

6. KAPITEL

„Jeremy, wie nett, Sie zu sehen."

Eve Llewellyn begrüßte ihn mit dem gleichen aufrichtigen Lächeln, das sie ihm auch gestern Abend geschenkt hatte.

„Und Sie ebenfalls, Brad", fügte sie hinzu und umarmte ihn. Als sie zurücktrat, blickte sie die beiden Männer ängstlich an. „Irgendwas Neues?"

„Wir hoffen, dass Sie uns weiterhelfen können", sagte Jeremy.

„Glauben Sie nicht, dass wir der Polizei schon alles gesagt haben, was wir wissen?", fragte Eve.

„Alles", wiederholte Adam.

„Ich dachte nur, dass Ihnen, wenn Sie hier zu dritt beisammen sind, vielleicht noch etwas einfällt", erwiderte Jeremy, der sich neugierig in dem Laden umsah. Porzellan-Feen baumelten von feinen Drähten, und Samtmäntel waren an Puppen dekoriert, die realistischer wirkten als viele der Wachsfiguren, die Jeremy zuvor im Museum gesehen hatte. Auf einem Regal standen kleine Fläschchen mit Zaubertränken, auf einem anderen fanden sich bunte Steine, die auf den Schildern Macht und Reichtum und alles Mögliche versprachen und nur darauf warteten, in kleine Samtsäckchen verpackt zu werden. Es gab Windspiele, Hexenpuppen, Bücher und vieles mehr. Keltische Musik spielte im Hintergrund. Einige der Regale zeigten sorgfältig arrangierte Herbstblätter, und die Kerzen, die im ganzen Laden brannten, verbreiteten den unverwechselbaren Geruch von Kürbiskuchen. Als Verbeugung vor den anstehenden Feiertagen schmückten Pilgerväter-Figuren die Regale, gemeinsam mit anderen Saisonartikeln.

„Na, dann wollen wir mal sehen", sagte Eve und sah Brad an. „Sie zwei – Sie und Ihre Frau – kamen herein und sahen sich die Lithografien dort drüben an, richtig?" Sie nickte in Richtung mehrerer gerahmter Bilder.

„Ja“, bestätigte Brad. „Mary mochte vor allem das mit der Frau, die im Mondlicht Harfe spielt, und sagte, sie hätte die Grazie einer Tänzerin.“

„Ja, ich erinnere mich, dass wir darüber sprachen“, sagte Eve.

„Dann redeten wir über Sammhein – oder was Sie Halloween nennen“, warf Adam ein, der einen Streifen Kaugummi auswickelte und in den Mund steckte.

Eve runzelte die Stirn, als ob sie sich immer detaillierter an den Tag erinnerte. „Wir sprachen darüber, wie kommerziell die Dinge geworden sind und was für eine Abzocke einige dieser neuen Spukhäuser sind. Was man dort für einen zweiminütigen Gang mit ein paar billigen 3-D-Effekten und ein paar Leuten in schlechten Masken bezahlen muss, ist empörend.“

„Und die Leute stehen Schlange, um dort ihr Geld zu lassen“, fügte Adam kopfschüttelnd hinzu.

„Wir sprachen darüber, dass wir einige schon besucht hatten“, sagte Brad. „Und dann redeten wir über die Museen, die uns gefielen.“

„Und danach über das Haus der sieben Giebel“, ergänzte Eve. „Und Sie sagten, das wollten Sie an einem anderen Tag besuchen, wenn Sie mehr Zeit hätten. Und dann las ich aus Marys Hand und sah, dass sie als Tänzerin großen Erfolg haben würde. Kaum hatte ich ihre Hand berührt, spürte ich, wie talentiert sie war, wie viel Leben …“

Eve hielt plötzlich inne, bestürzt über die Wahl ihrer Worte. *Leben*. Sie hatte *Leben* gesagt.

Nach allem, was sie wussten, war Mary tot.

„Ich glaube, wir schlugen das Red's zum Essen vor“, sagte Adam in die beklommene Stille hinein.

„Schlugen Sie auch vor, dass sie noch irgendwo anders zu einer Sitzung gehen sollten?“, fragte Jeremy.

Adam legte die Stirn in Falten. „Ich glaube, wir sprachen

darüber, wie viele Wahrsager sich zur Messe über die Mall verstreut hatten."

„Und wir sagten, dass wir uns die Messe sowieso ansehen würden", sagte Brad.

„Kennt einer von Ihnen den Kerl, den die Polizei nicht finden kann? Ein Mann namens Damien? Er hatte keine Genehmigung ..."

„Ich sah ihn einmal vor seinem Zelt", sagte Eve. Sie zögerte und sah besorgt aus. „Er ... grinste fies. Ich mochte seinen Gesichtsausdruck nicht."

„Können Sie ihn beschreiben?", fragte Jeremy.

„Groß", sagte Eve. „Dünn. Und irgendwie exotisch aussehend. Nicht nur weil er ausgerechnet einen Turban aufhatte. Ich glaube, er hatte auch die Augen geschminkt und trug vermutlich dunkles Make-up."

„Ich würde gerne verstehen, wie er die Effekte in dieser Kristallkugel hinbekommen hat", sagte Brad. „Er hat Mary wirklich Angst gemacht. Wir sahen unterschiedliche Dinge, was merkwürdig war. Ich sah zuerst Thanksgiving, und es wirkte so real, dass ich den Truthahn roch. Und ... dann wurde es hässlich, mit Menschen, die Messer zogen, als ob sie jemanden umbringen wollten. Um ehrlich zu sein, hat es mir Angst gemacht, und ich bin nun wirklich kein ängstlicher Typ. Das weißt du, Jeremy."

„Ja, das weiß ich", bestätigte Jeremy.

„Ich sage euch, es war etwas wirklich Unheimliches an diesem Typen", bekräftigte Brad.

„Vielleicht ist der Grund, warum er so schwer aufzutreiben ist, dass er die Polizei meidet", sagte Jeremy und blickte wieder zu den Llewellyns. „Um wie viel Uhr verließen Sie beide den Laden? Haben Sie an Halloween länger auf, bis Mitternacht oder so?"

„Natürlich nicht", erwiderte Eve.

„Warum nicht?", fragte Jeremy. „Ich meine, würden Sie

nicht ein Bombengeschäft machen?“

„Es geht uns nicht ausschließlich ums Geld“, sagte Eve empört.

„Das habe ich auch nicht andeuten wollen“, sagte Jeremy. „Jeder muss für sein Auskommen sorgen.“

„Wir schlossen an dem Tag sogar ein bisschen früher, weil wir uns der Prozession der Wiccaner zum Gallows Hill angeschlossen haben. Das ist eine alte Sammhein-Tradition. Ich glaube, wir haben gegen vier geschlossen, oder Adam?“, wandte sie sich fragend an ihren Ehemann.

Jeremy hatte den Eindruck, dass in ihrem Blick eine Botschaft lag. Sollte sie sich nicht daran erinnern, wann sie geschlossen hatten, ohne ihn zu fragen?

Außer sie wäre zu dieser Zeit irgendwo anders gewesen …

Als er die beiden betrachtete, fragte er sich, ob ihre Ehe im Himmel geschlossen worden war oder ob die beiden Wiccaner, wie jeder andere auch, schon einige Höhen und Tiefen in ihrer Beziehung hatten überstehen müssen.

„Wir haben um vier zugemacht, ja“, bestätigte Adam.

„Und dann?“, fragte Jeremy höflich.

„Und dann?“, wiederholte Eve. „Dann sind wir los, um uns mit den anderen zu treffen. Wie ich schon sagte, es war Sammhein. Das ist ein wichtiger Abend für uns.“

„Ich könnte mir vorstellen, dass zu so einem Anlass viele Menschen Umhänge tragen“, sagte Jeremy.

„Sicher“, stimmte Eve zu. „Oh!“, rief sie aus. „Sie glauben, dass wer auch immer Mary entführt hat – ob es nun der Wahrsager war oder jemand anderes – sich einfach nur in einen Umhang gehüllt hat und so mit der Menge verschmolzen ist.“

„Und vielleicht könnte er Mary unter dem Mantel versteckt und zum Mitgehen gezwungen haben“, sagte Brad.

Jeremy zuckte zusammen, als sein Handy klingelte.

Er entschuldigte sich kurz und stellte überrascht fest, dass Detective Joe Brentwood am anderen Ende war.

„Ich höre, Sie überprüfen Mary Johnstones Schritte am Tag ihres Verschwindens“, sagte Joe.

„Man muss irgendwo anfangen“, erwiderte Jeremy. „Aber woher wissen Sie überhaupt, was ich tue?“

Nicht, dass es ein großes Geheimnis war. Und es überraschte ihn auch nicht, dass entweder Joe sich nach ihm erkundigt hatte oder aber die Einheimischen ihm erzählt hatten, dass er Fragen stellte.

„Kleine Vögelchen überall in der Stadt, wie man es sich vorstellt“, sagte Joe.

„Dann überwachen Sie mich?“

Joe lachte. „Nein. Ich verfolge Sie nicht. Die Menschen hier vertrauen mir nur und wissen noch nicht, was sie von Ihnen zu halten haben. Wie auch immer, nennen Sie mich meinetwegen einen alten Schwarzseher, aber Rowenna wollte mich auf einen Kaffee treffen, und auf dem Weg in die Stadt ging ihr das Benzin aus.“

„Ihr ging das Benzin aus?“, fragte Jeremy ungläubig. Rowenna wirkte auf ihn nicht wie der Typ Frau, dem das Benzin ausgeht. Er hatte das Gefühl, als ob ganze Eisberge über seinen Rücken liefen.

Und Joe hielt sich für einen Schwarzseher?

„Sie sind nicht zu ihr gefahren?“

„Ich kann nicht – ich bin im Dienst. Darum rufe ich Sie an. Sie ist im Automobilclub, aber ich würde mich besser fühlen, wenn Sie zu ihr rausfahren.“ Brentwoods Ton war schroff. Jeremy konnte sich vorstellen, was es den Mann kostete, ihn um Hilfe zu bitten. Erst recht, wenn es um Rowenna ging. „Ich hätte einen Wagen rausgeschickt, aber das würde sie nur wütend machen. Tatsächlich würde ich es begrüßen, wenn Sie meinen Anruf nicht erwähnen. Sie kann es nicht leiden, wenn man glaubt, sie könne nicht für sich allein sorgen, verstehen Sie?“

„Ja, danke. Ich bin so gut wie auf dem Weg“, sagte Jeremy.

Er beendete das Gespräch und wandte sich den anderen zu. „Ich muss los“, sagte er kurz. „Brad?“

„Hier, Kumpel, ich bin dabei“, sagte Brad.

„Ist etwas passiert?“, fragte Eve unruhig.

Adam, der neben ihr stand, schaute ihn erwartungsvoll an.

„Nein, nein, nichts. Wir sehen uns bald wieder. Danke für Ihre Hilfe. Brad, wenn du willst, kannst du hier einfach auf mich warten.“

„Auf gar keinen Fall, nein. Ich habe das Gefühl, als ob ich nichts anderes tue als warten“, erwiderte Brad.

Er war nicht sicher, warum er Brad eigentlich nicht mitnehmen wollte. Und er wusste auch nicht, warum Joe so besorgt war oder warum ihn selbst die Angst gepackt hatte.

Aber er hatte keine Zeit, um mit Brad zu diskutieren. Sie würden vermutlich einfach hinausfahren und Rowenna Gesellschaft leisten, während sie auf den Kerl vom Automobilclub mit dem Benzin wartete. Natürlich könnte er zwischendurch anhalten, um selber einen Kanister Benzin abzufüllen.

Abgesehen davon, dass er kaum schnell genug zu seinem Wagen kommen konnte.

Rowenna spürte ihren Fuß in die weiche Erde einsinken, als sie die gepflasterte Straße verließ und das Maisfeld betrat.

Sie hielt inne.

Sie sah die Vogelscheuchen in der Ferne, die sich über den Reihen mit Maispflanzen erhoben. Die Stängel standen hoch, doch die Vogelscheuchen ragten noch höher hinaus.

Die Krähen kreisten als schauerliche Silhouetten vor dem herbstlichen Himmel. Ihr Krächzen war wie eine Vorwarnung.

Sie wollte nicht weitergehen, doch sie hatte das Gefühl, keine andere Wahl zu haben, um sich nicht lächerlich zu machen und sich von irrationaler Furcht beherrschen zu lassen. Sie fühlte sich gezwungen, als würde sie von den Krähen herbeigewinkt, auch wenn diese ihr Angst machten. Doch im hintersten Winkel ihres Bewusstseins sagte ihr ein Rest von Vernunft, dass sie über diesen absurden Albtraum – zweifellos eine merkwürdige freudianische Reaktion auf die Vogelscheuchenwettbewerbe ihrer Kindheit – hinwegkommen musste, wenn sie den Rest ihres Lebens nicht in Angst verbringen wollte. Sie musste direkt hineinmarschieren und den ganzen Quatsch vertreiben, der ihren Verstand bedrohte.

Weil der Verstand ihr Streiche spielte.

Sie stand genau in der ersten Reihe und sog den Geruch der Erde ein. Dies hier war echt. Sie spürte den Boden unter ihren Füßen, die Kälte in der Luft, sie sah den Himmel, wo das letzte Blau des Herbstes gegen die wachsende Macht grauer Wolken kämpfte. Eine Warnung, dass der Winter kam.

Die Maisstängel schienen sich in säuberlichen Reihen bis ins Unendliche zu erstrecken.

Hinter den hohen Halmen, die sich in der kühlen Brise beugten und wiegten, erhoben sich die Vogelscheuchen wie Wächter.

Nebel verschleierte ihre Sicht, und plötzlich war alles, was real war, verloren in einem Traum.

Sie hatte das Gefühl, durch das Maisfeld zu schweben, getragen von der Brise, während sich der Dunst über das Feld legte, das sich merkwürdig dunkel gegen das Licht des Herbsttages abhob. Von oben schaute sie auf das Feld hinunter. Sie kämpfte mit aller Macht gegen die Vision an, denn sie wollte sie auf keinen Fall gewinnen lassen.

Dies war kein Traum. Dies war *real.* Sie schwebte nicht über dem Maisfeld, sondern sie ging hinein. Ihr Wagen befand sich nur wenige Schritte hinter ihr. Jede Minute konnte jemand vom Automobilclub kommen, um ihren Tank wieder aufzufüllen, und dann würde sie wie geplant in die Stadt zu Joe fahren und sich danach mit Jeremy und seinem Freund Brad zum Lunch treffen.

Sie musste in das Maisfeld gehen und die Furcht besiegen.

Nein, sie musste in das Maisfeld gehen, weil die Krähen sie riefen, weil eine der Vogelscheuchen ziemlich nahe war. Und wenn sie nicht hinging und ihr ins Gesicht sah, dann …

Der Tag verdunkelte sich plötzlich, als eine Wolke vor die Sonne zog. Sie schauderte.

Idiotin, schalt sie sich.

Auf der anderen Seite …

Sie hasste es, wenn in den Filmen die dumme Heldin – die immer jung, wunderschön und nur leicht bekleidet war – sich allein in sichere Gefahr begab.

Rowenna hielt inne und lächelte. Sobald der Automobilclub-Typ käme, würde sie nachschauen, was dort draußen im Maisfeld los war.

Nicht, solange sie allein war.

Sie wandte sich um. Eine Krähe saß auf der Haube ihres Wagens.

Der Vogel starrte sie an, krächzte und schlug wütend mit den Flügeln, bevor er sich in die Luft erhob, davonsegelte und schließlich auf einer Vogelscheuche landete, die in der Ferne gerade noch sichtbar war. Währenddessen kreisten seine Artgenossen noch immer krächzend über dem Feld.

Sie stand bei ihrem Wagen. Sie wollte sich weder von einem Traum noch von der unheimlichen Anwesenheit der Krähen kontrollieren lassen. Sie blickte zum Ende der Straße, wo die Felder endeten und sich die ersten Gebüsche, Bäume und Behausungen zeigten. Es schien alles weit fort zu sein, doch es war tröstlich zu wissen, dass die Felder *tatsächlich* endeten, dass Menschen dort drüben wohnten, dass es dort Häuser und Bäume und keine Vogelscheuchen gab.

Gold, orange, tiefrot und gelb schimmerten die Bäume in der Ferne. Das war ihr Zuhause im Herbst, der schönsten Jahreszeit, und sie würde sich das durch nichts kaputt machen lassen. Sie schloss die Augen und dachte an die nahe gelegene

Küste, daran, wie sich die Granitfelsen über dem windgepeitschten Meer erhoben.

Die Straße blieb leer. Kein einziger Wagen fuhr vorbei.

Sie schlang schützend die Arme um ihren Körper. Sie hörte, wie der Wind auffrischte, und spürte eine scharfe Kälte in der Luft. Bald würde der Winter kommen. Doch im Moment badete sie noch in der himmlischen Schönheit des Herbstes. Um sich von ihrer verstörenden Vision abzulenken, zwang sie sich, an die Wärme der Erntedankfeuer zu denken. An lachende Menschen und heißen Apfelwein. Kürbiskuchen. Truthahn, Dressing, Cranberry-Soße, Kartoffelpüree, grüne Bohnen …

Wo zum Teufel blieb der Mann vom Automobilclub?

Als ihr Handy klingelte, erschrak sie dermaßen, dass sie es fallen ließ. Sie hob es rasch auf und meldete sich etwas atemlos.

Es war Jeremy.

„Hey“, sagte sie.

„Selber hey. Geht es dir gut?“

„Ja. Alles in Ordnung.“

„Wo bist du?“

Sie verzog das Gesicht. Sie wollte ihm ungern erzählen, dass ihr das Benzin ausgegangen war. Dass sie nicht einmal die Anzeige kontrolliert hatte, als sie losgefahren war. Wobei ihr selbst dann nichts anderes übrig geblieben wäre, als den Automobilclub anzurufen, denn sie wäre ja nicht mehr allein zur nächsten Tankstelle gekommen.

„Auf der Straße“, sagte sie. Das war zumindest nicht falsch.

Er schwieg einen Moment. Als ob er etwas wüsste. Vielleicht wusste er es tatsächlich. Sie würde darauf wetten, dass Joe ihn angerufen hatte.

„Mir ist das Benzin ausgegangen“, sagte sie tonlos.

Es wäre nicht gut, bei einer Lüge ertappt zu werden, argumentierte sie innerlich.

„Wir sind auf dem Weg und fast bei dir. Bleib einfach, wo du bist, ja? Vielleicht solltest du dich im Wagen einschließen."

„Jeremy, hier ist keine Menschenseele, so weit das Auge reicht", erwiderte sie trocken. „Und schon mal gar kein Mann vom Automobilclub", fügte sie mit einem Auflachen hinzu.

„Dennoch …"

Eine der Krähen kam plötzlich näher und stieß fast auf sie herab.

„Was zum Teufel war das?", fragte Jeremy.

„Eine Krähe", antwortete sie und konnte den Schauder nicht unterdrücken.

„Das habe ich gesehen. Genau das habe ich gesehen!", rief Brad aus und drehte sich auf dem Beifahrersitz zur Seite, um Jeremy anzuschauen.

Jeremy war überrascht vom Ausbruch seines Freundes. Jedes Mal, wenn es den Anschein hatte, dass Brad sich zusammenriss, fing er plötzlich mit etwas völlig Verrücktem an, als ob er den Verstand verloren hätte.

„In der Kristallkugel", rief Brad. Jeremy bemerkte an seinen geballten Fäusten und der angespannten Körperhaltung, dass die Aufregung seines Freundes echt war.

„Du hast Maisfelder in einer Kristallkugel gesehen?", fragte Jeremy.

Brad starrte aus dem Fenster und nickte.

„Maisfelder … und Vogelscheuchen. Nur dass es in der Kristallkugel so war, als ob ich fliegen würde und die Vogelscheuchen näher und näher kämen … Und dann war da diese eine Vogelscheuche … Es war eine Leiche …"

„Brad, was du da in der Kristallkugel gesehen hast, war nur der Trick eines Wahrsagers", sagte Jeremy sanft. Er hoffte, seinen Freund beruhigen zu können, bevor sie Rowenna trafen. Das konnte er als Letztes brauchen, dass die ehemals rationalen Menschen um ihn herum mit einem Mal an übersinnliche Mächte glaubten. „Brad, der Kerl hat mit euch gespielt", bemerkte er. „Ein einfaches Maisfeld kann dich doch nicht dermaßen aufregen."

„Sieh mal, da drüben", sagte Brad und deutete nach vorn.

Es *war* merkwürdig, musste Jeremy zugeben, als er in die angegebene Richtung blickte.

Nie zuvor hatte er so viele Krähen in der Luft kreisen sehen.

Er schaute wieder auf die Straße und konnte wenige Kilometer entfernt ein Auto erkennen. Er kannte Rowennas Wagen nicht, ging aber davon aus, dass der silberne SUV auf dem Seitenstreifen ihr gehörte.

Er trat fester aufs Gaspedal. Er konnte Rowenna jetzt gerade so erkennen und …

Und die Krähen. Erst eine und dann die andere, die um sie herum flogen, tiefer kamen und …

Was zum Teufel passierte da?

Krähen griffen nicht auf diese Weise an!

Doch diese Krähe attackierte Rowenna, indem sie direkt auf sie hinabstieß.

Verdammt, sie hätte im Wagen bleiben sollen, doch aus irgendeinem Grund war sie ausgestiegen.

Die Krähen umkreisten sie nun sehr dicht, schoben sich zwischen sie und den Wagen, sodass sie die Tür nicht öffnen konnte. Es war, als ob sie sie jagten und von der Straße ins Feld zwingen wollten.

Und dann, als er sie fast erreicht hatte, drehte sie sich um, zog den Kopf ein, um ihr Gesicht zu schützen, und rannte wild mit den Armen fuchtelnd in das Maisfeld hinein.

Es war verrückt. Sie wusste es, doch sie konnte nicht aufhören. Sobald sie sich in Bewegung setzte und vor den Krähen davonlief, wusste sie, dass sie einen Fehler beging. War der Instinkt nicht dafür da, einem beim Überleben zu helfen, anstatt sie von der Sicherheit des Autos ins Unbekannte zu führen?

Sich innerlich eine Idiotin zu schelten hilft auch nichts, dachte sie, während sie blind durch die Reihen stürmte. Die raschelnden Halme schlossen sie ein und schienen nach ihr zu greifen. Sie duckte sich immer mehr und hielt die Arme noch enger am Kopf, um sich vor den Krähen zu schützen.

Doch erst als sie auf dem Boden lag und die Erde schmeckte, begriff sie, dass die Krähen fort waren.

Langsam hob sie den Kopf gerade genug an, um den Boden um sich herum zu überblicken.

Sie hatte Angst. Sie wusste, dass die Krähen … noch immer dort waren.

Irgendwo.

Doch ihr Krächzen war verstummt, genauso wie das Flattern ihrer Flügel, das ihr während des Angriffs wie Donner in den Ohren geklungen hatte. Die ganze Welt war jetzt still. Es verstrichen einige Sekunden, bis sie die Geräusche des Tages wieder vernahm, das leichte Rauschen des Windes, das Rascheln der Halme, die sich sanft hin und her wiegten.

Langsam kam sie auf die Knie.

Sie befahl sich, nach oben zu sehen, brachte es jedoch nicht über sich.

Dann hörte sie wieder die Krähen, diesmal aber in der Ferne. Sie klangen normal, während sie hoch oben am Himmel kreisten. Ihr Krächzen war wieder das normale Geräusch, das sie schon ihr ganzes Leben kannte, und nicht mehr das hohe Kreischen, das die Vögel bei ihrer Attacke ausgestoßen hatten.

Rowenna stand auf und drehte sich um. Ganz vorsichtig hob sie den Blick. Die Krähen waren nun hinter ihr, weit weg. Ihre schwarzen Schwingen glänzten in den Sonnenstrahlen, die durch die Wolken drangen.

Dann bemerkte sie, dass sie nur wenige Meter von der Vogelscheuche entfernt war, die die Krähen umkreist hatten. Etwas in ihr weigerte sich, sie anzusehen. Sie ermahnte sich, kein Feigling zu sein und sich nicht lächerlich zu machen. Sie sollte einfach hochsehen und die irrationale Angst, die sie erfasst hatte, endgültig vertreiben.

Doch sie konnte es nicht.

Sie konnte sich nur an Eric Rolfes furchtbare Kreationen erinnern. Jene Vogelscheuchenmonster, die er damals, als sie noch jung gewesen war, für den jährlichen Vogelscheuchen-Wettbewerb erschaffen hatte. Bis er sich seinen Traum erfüllte und nach Hollywood ging, um echte Monster für Filme zu entwerfen.

Doch es waren nicht Eric Rolfes künstlerische Bemühungen, die ihr jetzt Angst machten.

Es war der Traum, den sie wieder und wieder durchlebt hatte und der sie im tödlichen Würgegriff der Angst hielt.

Sie konnte nicht hinsehen. Nicht wenn sie so viel Angst hatte, dem Horror aus ihren Träumen gleich in der Realität gegenüberzustehen.

Es ist nur eine Vogelscheuche auf dem Feld, sagte sie sich. Kein Monster, kein verfaulender Körper, den man an Latten gebunden hatte. Nur eine Vogelscheuche.

Sie atmete tief ein, atmete aus. Sagte sich, dass sie irrational war.

Und sagte sich dann das Gegenteil, denn die Angriffe der Krähen waren alles andere als rational und normal gewesen.

Doch letztlich spielte es keine Rolle, was sie sich sagte, ob sie sich für vernünftig oder unvernünftig hielt. Sie konnte sich einfach nicht überwinden, aufzuschauen. Stattdessen starrte sie auf den Boden und begann unwillkürlich zu beten.

Nein, nein, nein. Bitte, lieber Gott, lass es nicht real sein. Bitte lass es nicht real sein …

Furcht und eine böse Vorahnung erfassten sie und verwandelten ihr Blut in kaltes Eis. Sie versuchte, ihren rasenden Herzschlag zu beruhigen, indem sie sich sagte, dass Eric Rolfe und all seine Helfer inzwischen erwachsen waren. Der Wettbewerb war im Laufe der Zeit vergessen worden, und so gab es keine Kinder mehr, die ihre Freunde erschrecken wollten, indem sie Monster aus Stroh bastelten, die sich über die Maisfelder erhoben.

Was auch immer jetzt bei ihr im Maisfeld war, war nur eine Vogelscheuche und nicht mehr.

Nur eine Vogelscheuche.

Sie musste aufsehen.

Kurz bevor sie in das Feld gerannt war, hatte sie einen Wagen gesehen. Jeremy war gekommen. Sie musste aufstehen und ihn begrüßen, oder er würde glauben, dass sie wirklich den Verstand verloren hatte. Doch sie fühlte sich wie erstarrt. Vor ihrem inneren Auge konnte sie die Vogelscheuche schon sehen.

Sie würde aufschauen, und die Vogelscheuche würde den Kopf heben.

Aus ihren leeren Augenhöhlen würde sie sie böse anstarren. Der Kopf würde ein Schädel sein, mit verfaulendem, schwarzem Fleisch, das in Fetzen von den Wangenknochen hing. Und während sie hinsah, würde eine der Krähen darauf landen und an dem einst lebenden Fleisch picken.

Was von dem Mund übrig war, würde sich in einem letzten stillen Schrei öffnen. Der aufgeblähte Körper wäre von einem alten Mantel bedeckt, durch dessen Risse überall die Knochen ragten.

Und dann würde sie Gelächter hören, weil der Dämon, der die Leiche für sie in dem Maisfeld ausgestellt hatte, sie irgendwie sah und über ihren Schrecken lachen würde. Und dann würde die Leiche anfangen zu weinen, und die Tränen wären Blut, während die fauligen Knochenfinger zuckten und nach ihr griffen …

„Rowenna!“

Jeremy, dachte sie in plötzlicher Erleichterung.

Erleichtert atmete sie tief ein und lachte fast über ihre eigene Dummheit.

Dann hob sie den Kopf.

Und sah die Vogelscheuche.

Der Mund stand in einem stummen Schrei des Terrors offen. Die Augen bestanden aus eingesunkenen Höhlen, die voller Qual in die Welt zu blicken schienen. Schartige Knochen ragten aus dem von den Krähen blutig zerpickten Fleisch und aus den Rissen des Mantels, der den Körper verhüllte, den jemand hier im Feld ausgestellt hatte. Das schwarze Haar unter dem lächerlichen Strohhut wehte in der Brise, soweit es nicht in blutigen Strähnen über dem klebte, was einmal ein Gesicht gewesen war.

Sie starrte das Bild mit solch verblüfftem Entsetzen an, dass sie unwillkürlich den Mund öffnete, sich ihrer Kehle jedoch kein Schrei entrang. Ihr Blut gerann, und ihr wurde schlecht.

„Rowenna!“

Wieder Jeremys Stimme.

Und dann hörte sie eine andere Stimme, doch rief diese nicht ihren Namen, sondern stieß einen endlos schluchzenden Schrei aus. „Oh Gott! Oh Gott! Oh Gott!“

Sie drehte sich um und sah, wie Brad Johnstone auf die Knie fiel und angesichts des geschundenen Körpers zusammenbrach.

7. KAPITEL

Jeremy war wie paralysiert.

Rowenna, kreidebleich und den Mund zu einem tonlosen Schrei aufgerissen, starrte die tote Frau an.

Und dann war da Brad, zusammengebrochen auf dem Boden, schluchzend.

Und nicht zuletzt der grauenhafte Anblick der Leiche, die man in dem Feld als Vogelscheuche hergerichtet hatte.

Er holte sein Handy heraus und wählte den Notruf. Er forderte nicht nur Einsatzwagen an, sondern bat auch darum, dass man Joe Brentwood über die Lage informierte. Er rannte vorwärts, umfasste Rowennas Schultern und drehte sie zu sich herum.

„Bist du in Ordnung?“, fragte er heiser.

„Wird schon werden“, sagte sie und lächelte zaghaft. Er wandte sich um und eilte zu Brad.

Er kniete sich neben ihn und fasste seinen früheren Partner an der Schulter.

„Brad. Brad, hör mir zu.“

„Sie wäre nicht hier, wenn ich nicht wäre. Oh Gott, wie sehr sie gelitten haben muss“, schluchzte Brad, während ihm die Tränen über die Wangen rannen.

„Es ist nicht Mary“, sagte Jeremy.

„Was?“, flüsterte Brad.

„Es ist nicht Mary“, wiederholte Jeremy.

Rowenna, die inzwischen neben den beiden stand, atmete erleichtert auf. Bis jetzt hatte sie Brad Johnstone nicht gekannt und sie war Mary nie begegnet. Doch es handelte sich um seine Freunde, und ihrem mitfühlenden Blick nach zu urteilen, schien ihr das etwas zu bedeuten. Sie war von dem Anblick offensichtlich ebenso verschreckt wie er, doch er empfand unwillkürlich Dankbarkeit, dass es sich nicht um Mary handelte. Offenbar schien es Rowenna ähnlich zu gehen.

Brad vermied jeden Blick auf die Leiche. Er starrte zu Boden und hatte offensichtlich Angst, noch einmal diese Karikatur einer Vogelscheuche anzusehen.

„Nicht Mary“, sagte er wie zu sich selbst. „Woher weißt du das?“

„Das Haar, Brad“, sagte Jeremy und sah zu seinem Freund hinunter. Er hatte selbst genug von der Leiche gesehen, wusste aber, dass er sie noch einmal und dann sogar genauer würde ansehen müssen, bevor diese Sache vorbei war. Im Moment versuchte er einfach zu atmen und hoffte, dass das Bild der toten Frau sich nicht auf Dauer in sein Gehirn einbrannte. „Diese Frau hatte schwarzes Haar. Das ist nicht Mary.“

Brad blickte für einen winzigen Moment zu der Leiche, wobei sein ganzer Körper von einem heftigen Zittern geschüttelt wurde. „Es ist – es ist keine Perücke?“

„Nein.“ Jeremy atmete tief durch, um sich selbst zu beruhigen. „Und sie ist zu klein … Brad, ich schwöre dir, es ist nicht Mary.“

Zumindest muss die Frau nicht mehr leiden, dachte Jeremy. Er wusste nicht, wann sie gestorben war – diese Frage musste ein Rechtsmediziner beantworten. Aber er hoffte, dass sie erwürgt worden war, wie es das dunkel verfärbte Fleisch um ihren Hals nahelegte, bevor man ihr den geöffneten Mund aufgeschnitten hatte, was ihr Gesicht zu einer überraschten, blutigen Grimasse verzerrte.

Er hörte die Sirenen, und irgendwas in ihm entspannte sich bei dem Gedanken, dass er mit dem Schrecken nicht mehr alleine umgehen musste. Es war etwas Surreales daran, hier im Maisfeld zu stehen und die Wärme der Sonne zu spüren, die sich durch die Wolken stahl, während die sanfte Brise durch die Maishalme strich und ihr Rascheln wie das Flüstern einer uralten Sprache klang.

„Entschuldigt mich“, sagte Brad plötzlich. Mit Rowennas

Hilfe kam er auf die Füße und schaffte es ein paar Meter weiter, bevor er sich übergab.

Es war furchtbar für Jeremy, seinen Freund so zerstört zu sehen.

Rowenna hatte sich, wie er bemerkte, wieder unter Kontrolle, auch wenn sie jeden Blick in Richtung Vogelscheuche sorgfältig mied. Sie stand neben Brad und berührte ihn sanft an der Schulter, ein Zeichen, dass sie da war, falls er sie brauchte.

Kurz darauf fuhren drei Wagen direkt in das Feld hinein und hielten in Sichtweite an. Offenbar hatte man Joe erreicht, denn dieser stieg als Erster aus. Jeremy erkannte ihn durch die grünen Halme. Ein Officer in Uniform folgte ihm. Joe kämpfte sich energisch durch die Maishalme, bis er vor dem aufgespießten Körper stand und zu ihm aufsah. Entsetzen und Ungläubigkeit breiteten sich auf seinem Gesicht aus.

„Sperren Sie den Tatort ab – sofort", befahl er. Der Officer, der ganz weiß im Gesicht war, beeilte sich, den Befehl auszuführen, und rief den anderen Polizisten etwas zu, die gerade aus den anderen beiden Wagen stiegen. Wenige Sekunden später, während Joe noch immer mit zusammengepressten Lippen auf die Leiche starrte, traf ein vierter Wagen ein. Mehrere Männer stiegen aus. Dem Gerät nach zu urteilen, das sie bei sich trugen, handelte es sich um den Gerichtsmediziner und das Team der Spurensicherung. .

„Jesus, Maria und Josef!", rief der Gerichtsmediziner aus und bekreuzigte sich, als er zu der Leiche hinaufsah.

Joe schüttelte den Kopf und wandte sich schließlich ab. „Bloß nichts vermasseln", sagte er kurz. „Keine Fehler, kein Beweismaterial, das übersehen, verloren oder unbrauchbar gemacht wird, verstanden?"

Niemand antwortete, doch an ihren Gesichtern konnte man erkennen, dass seine Botschaft angekommen war. Einer der Männer von der Spurensicherung begann, Fotos zu schießen. Ein anderer stolperte ein paar Schritte weiter, um sich ebenso wie Brad zu übergeben.

Rowenna kehrte gerade zurück, als Joe sich seinen Weg zu Jeremy bahnte. Brad saß ein Stück weiter auf dem Boden, blass und zitternd. Joe warf Brad einen flüchtigen Blick zu und sah dann mit fragend erhobener Braue Jeremy an.

„Es ist nicht Mary“, sagte Jeremy leise.

„Wie zum Teufel haben Sie sie gefunden?“, fragte Joe.

Rowenna atmete zur Beruhigung tief durch und antwortete. „Ich habe sie gefunden. Mir war das Benzin ausgegangen, wie ich dir am Telefon schon erzählt habe.“ Ihre Stimme war tonlos und flach. Sie schüttelte den Kopf, als ob sie noch immer versuchte, die Ereignisse in ihrer Abfolge zu verstehen. „Ich ... ich wurde von Krähen angegriffen.“

Joe runzelte die Stirn. „Was hast du außerhalb des Wagens gemacht?“ Bevor sie antworten konnte, fuhr er fort. „Und was meinst du damit, dass du von Krähen angegriffen wurdest?“

„Ich schwöre dir, die Krähen haben mich attackiert“, sagte Rowenna. „Es war so, als ob sie ... Ich weiß nicht, als ob sie mich hier rausjagen wollten.“

„Also bist du in das Feld gerannt?“, fragte Joe unnachgiebig.

Rowenna hob verwirrt die Hände. „Ich ... ich habe versucht, ihnen zu entkommen, das ist alles.“

„Und dann hast du ... sie gefunden“, sagte Joe leise.

Rowenna nickte und schob die Hände in die Taschen ihrer leichten Jacke. Sie ist noch immer erschreckend blass, dachte Jeremy. Und sie vermeidet noch immer jeden Blick auf die Leiche, was er ihr wahrlich nicht zum Vorwurf machen konnte.

Der Wind frischte auf, und die Wolken zogen schneller über den Himmel. Einen Moment lang schien die Sonne, und es wurde fast warm.

Der Geruch des Todes, der vorher merkwürdigerweise gefehlt hatte, wurde plötzlich stechend.

Ein weiterer Polizist zog sich tiefer ins Feld zurück. Sekunden später hörte man, wie er sich erbrach. Joe seufzte und wandte sich an den Gerichtsmediziner. „Harold? Irgendwelche Ideen?“

„Sieht nach Strangulation aus“, erwiderte der Gerichtsmediziner. Er wirkte für seinen Job genau passend. Mittelgroß, mittlere Statur, ruhige blaue Augen und sorgfältig gekämmtes silbernes Haar.

Er war so weiß im Gesicht wie alle anderen.

„Das hätte ich Ihnen auch sagen können“, sagte Joe.

Ich auch, dachte Jeremy. Doch er sagte nichts, denn damit hätte er nur erreicht, die anderen gegen sich aufzubringen.

„Super, dann können Sie ja meinen Job machen“, erwiderte Harold aufbrausend. „Ich kann Ihnen nicht viel mehr sagen, bis Sie sie runtergeholt haben … und ich eine Autopsie durchführen konnte.“

„Ich möchte, dass dieses ganze Feld durchsucht wird“, sagte Joe. „Zentimeter für Zentimeter. Jenkins, wenden Sie sich an die Radiostationen. Ich möchte, dass jeder Farmer im Bezirk seine Vogelscheuchen kontrolliert.“ Er zog kurz die Brauen zusammen. „Wem gehört dieses Grundstück?“, fragte er.

„Den MacElroys“, sagte Rowenna leise. „Ich glaube, es gehört Ginny.“

„Der alten Tante von Nick MacElroy gehört dieses Feld?“, fragte Joe überrascht.

„Soweit ich weiß, geht der Ertrag von diesem Feld an sie, ja. Ihr gehört das Land. Nick gehören das Haus und einige der Felder nördlich davon“, erklärte Rowenna.

„Nun“, sagte Joe leise, als ob er mehr zu sich als zu irgendjemandem anderen spräche. „Ich würde sagen, das schließt die Möglichkeit aus, dass der Besitzer auch der Mörder ist.“ Er sah hinüber zu Jeremy und Rowenna und blickte dann Brad an, der zu ihnen trat, auch wenn er noch sehr mitgenommen aussah. „Fahrt schon mal los zum Revier. Ich werde von jedem eine Aussage brauchen. Fahrt los und fangt an zu schreiben, sobald ihr da seid. Ich brauche jedes Detail, das euch noch in Erinnerung ist."

Als ob irgendjemand den Anblick der Leiche vergessen könnte, aufgespießt im Maisfeld und als Vogelscheuche hergerichtet, dachte Jeremy.

Rowenna starrte wie betäubt in Richtung Straße. Jeremy berührte sie sanft am Arm. „Bist du in Ordnung?", fragte er. Er errötete leicht, als sie ihn mit einer stummen Frage in den Augen anschaute. Konnte irgendjemand von ihnen in Ordnung sein nach dem, was sie gerade gesehen hatten?

Sie nickte mechanisch und sah zu Brad. „Jedenfalls geht es mir besser als ihm."

Jeremy nickte. Er spielte kurz mit dem Gedanken, hierzubleiben und zu helfen, während sie seinen Wagen zurück in die Stadt fuhr. Aber er hatte die Leiche gesehen und das Feld, also würde seine Aussage in jedem Fall benötigt werden. Außerdem war Joe offensichtlich gut in seinem Job. Wenn es in dem Feld irgendetwas zu finden gab, würde Joe dafür sorgen, dass man es fand. Und es würde ihm zweifellos nicht passen, wenn Jeremy hier noch länger herumhing. Jeremys Chancen, an wichtige Informationen zu kommen, wären sicher besser, wenn er es vorsichtig anging und sich nicht dort aufdrängte, wo man ihn weder brauchte noch wollte. Außerdem hoffte er, bei der Autopsie dabei sein zu können, was bedeutete, dass er Joes Sympathien brauchte.

„Verschwindet hier", sagte Joe. Obwohl er in einem ganz normalen, ruhigen Ton gesprochen hatte, war die Bedeutung seiner Worte unmissverständlich. Sie sollten sich selbst den Gefallen tun, woanders hinzugehen.

Gemeinsam kehrten sie über die niedergetrampelten

Halme, über die so viele Menschen gelaufen waren, zur Straße zurück. Das ganze Areal um den Fundort der Leiche war schon großräumig abgesperrt worden, sodass sie sich unter dem Band durchducken mussten, als sie den Seitenstreifen erreichten.

Als sie den ersten Fuß auf den Asphalt setzte, lachte Rowenna plötzlich trocken auf.

Jeremy blickte sie fragend an. War sie nun noch durchgedreht? Nach allem, was sie durchgemacht hatte, wäre es nur zu verständlich.

„Was?", fragte er.

„Ich habe kein Benzin", sagte sie noch immer lachend und offenbar am Rande der Hysterie.

Auch er hatte dieses kleine Detail vergessen. „Gib mir deinen Autoschlüssel", sagte er. „Ich werde Joe bitten, dass einer seiner Männer den Wagen bei dir vorbeifährt, wenn er aufgetankt ist."

Sie nickte. Brad war noch immer blass und wirkte, als ob er gar nicht da sei. Er setzte sich wortlos hinten in Jeremys Mietwagen. Rowenna nahm auf dem Beifahrersitz Platz. Jeremy war zwei Minuten später zurück und versicherte sich, dass Rowenna angeschnallt war, bevor er den Motor startete und das Auto wendete, um zurück in die Stadt zu fahren.

„Sieh nur", sagte er und deutete die Straße hinunter.

Der Pick-up vom Automobilclub war endlich da, um ihr zu helfen. Sie schüttelte den Kopf. „Ich bin sicher, Joe oder einer der Cops wird die Sache erklären", sagte sie.

Jeremy nickte nur und fuhr weiter.

Er konnte den ganzen Tag und die ganze Nacht fahren, es wäre egal. Vor dem, was sie gerade gesehen hatten, gab es kein Entkommen.

Die Nachricht von der scheußlichen Entdeckung schien sich schneller zu verbreiten als Herbstlaub. Am Abend wurde in der Gegend über nichts anderes gesprochen, und sogar die überregionalen Nachrichten berichteten darüber.

Ihre Aussagen auf dem Polizeirevier hätten eine einfache Sache sein sollen, da Rowenna buchstäblich über den Leichnam gestolpert war und die anderen ihn nur auf der Suche nach ihr gefunden hatten. Dennoch nahmen sie den größten Teil des Nachmittags in Anspruch. Noch während er auf dem Revier war, wurde Jeremy von seinen beiden Brüdern angerufen, die ihm Rat und Unterstützung anboten. Beide erkundigten sich besorgt, ob er sicher sei, dass es sich bei der Leiche nicht um Mary Johnstone handele.

Er war überzeugt, dass die tote Frau nicht Mary war, doch im Moment hatte die Polizei noch keine Spur bezüglich ihrer Identität. Jeremy hoffte, dass die Suche in der nationalen Datenbank für Vermisste bald einen Treffer ergeben würde und sie keine Unbekannte blieb. Wer auch immer sie gewesen war, jemand musste sie geliebt haben, und jemand musste sie vermissen. Und diese Person verdiente es zu wissen, was mit ihr geschehen war, so schrecklich es auch sein mochte.

Um fünf Uhr verließen sie das Revier. Sie hatten nicht zu Mittag gegessen. Keiner von ihnen war hungrig gewesen.

Es war Brad, der sagte, dass sein Magen knurrte. Doch trotz seines Hungers wollte er zuerst einen Drink.

Jeremy hatte Verständnis dafür. Rowenna sagte gar nichts – sie war den ganzen Nachmittag ruhig und gedankenverloren gewesen –, doch sie schien einverstanden, sie einfach zu begleiten.

Sie gingen in ein Restaurant am Wasser, wo sie auf Sportboote blickten, die sanft im Dock schaukelten, und wo die höchste Spitze des Hauses mit den sieben Giebeln gerade noch über der Baumlinie zu erkennen war.

Brad kippte kurz hintereinander zwei Glas Whiskey hinunter, bevor sie ihr Essen bestellten. Rowenna leistete ihm bei dem ersten Gesellschaft, und auch Jeremy stellte fest, dass sein Bier innerhalb weniger Sekunden leer getrunken war.

Jetzt, in einiger Entfernung von dem Maisfeld und mit ein paar Stunden zwischen sich und der furchtbaren Entdeckung, schien die Welt allmählich wieder normal zu werden.

Jeremy hatte viel gesehen. Er hatte einst gedacht, dass es niemals einen schlimmeren Anblick als den der ertrunkenen Kinder geben könnte. Doch der heutige Tag hatte ihn eines Besseren belehrt.

Oder zumindest gab es jetzt zwei Bilder, die das Gruselkabinett in seinem Kopf füllten.

Als die Kellnerin den dritten Whiskey innerhalb von zehn Minuten brachte, legte Rowenna ihre Hand sachte auf Brads Arm. „Wir sollten dankbar sein, dass es nicht Mary ist", sagte sie weich.

Er trank, und seine Hand zitterte, als er das Glas absetzte. „Die Sache ist die", sagte er mit einer Stimme, die ganz heiser war vor Emotionen. „Die Sache ist die, dass da draußen ein irrer Killer herumläuft. Und nun ist auch Mary da draußen."

„So dürfen Sie nicht denken, Brad", sagte Rowenna und sah Jeremy an.

Er fragte sich, wie er sich jemals von ihr hatte fernhalten können. Das Mitgefühl in ihren bernsteinfarbenen Augen, wenn sie Brad anschaute, war bemerkenswert.

Doch die Art, wie sie *ihn* ansah …

Sie sah aus, als ob sie etwas sagen wollte, sich aber zurückhielt, weil sie sicher war, dass er es nicht gutheißen würde.

Er legte fragend den Kopf auf die Seite.

Sie blickte wieder zu Brad. „Ich habe … ich habe das Gefühl, dass Mary lebt", sagte sie.

Brad versuchte ein Lächeln, doch niemand hätte es wohl einen rechten Erfolg genannt. „Ach ja? Nun, ich hoffe, Sie haben recht. Ich dachte das auch, aber jetzt …" Er schüttelte den Kopf, als wollte er sagen, dass er nun nicht mehr wusste, was er denken sollte.

Ihre Miene zeigte deutlich, dass sie noch immer überlegte, was und wie viel sie sagen sollte. „Ich weiß, dass es lächerlich klingt, aber Sie können auch mit Joe Brentwood darüber reden. Ich habe manchmal … ein Gespür für Dinge. Und ich spüre, dass Mary lebt."

Jeremy konnte nicht glauben, was er da hörte. Sie glaubte tatsächlich an all diesen übernatürlichen Schwachsinn. Fast hätte er etwas gesagt, doch er besann sich rechtzeitig.

Brad rang sich diesmal ein aufrichtiges Lächeln ab und prostete ihr zu. „Ihr Wort in Gottes Ohr", sagte er und drückte ihre Hand. Er setzte sich aufrechter hin und gab ihr die Hand. „Wir wurden einander ja noch gar nicht offiziell vorgestellt. Ich bin Brad Johnstone."

„Rowenna Cavanaugh", gab sie zurück und schüttelte ihm die Hand.

„Und wo kommen Sie her?", fragte er.

„Direkt hier aus Salem. Ich bin eine Einheimische", erwiderte sie.

Brad schaffte sogar ein kleines, aber aufrichtiges Lachen, als er ihr sagte, dass sie gar keinen Akzent hätte. Sie gab zurück, dass er auch nicht gerade wie ein Südstaatler klänge. Brad erzählte ihr, dass er aus Jacksonville stamme und sie nie glauben solle, dass Florida angeblich nur aus Durchreisenden und Zugezogenen bestehe, denn seine Familie wohne schon seit dem frühen 19. Jahrhundert in der Gegend.

Es war gut, Brad wieder in einer normalen Konversation zu erleben, fand Jeremy, aber zugleich konnte er sich einer gewissen Anspannung nicht erwehren. Als ob er darauf wartete, dass eine Bombe einschlug.

Außer dass die Bombe bereits eingeschlagen hatte, in Form einer Leiche in einem Maisfeld.

Er lehnte sich im Stuhl zurück und nippte an seinem zweiten Bier. Die Suppe kam – sie hatten alle die berühmte New England Clam Chowder bestellt – und direkt danach folgte der Fisch.

In wortlosem Einverständnis hatten sie sich alle für Fisch entschieden. Weißes lockeres Fleisch, das nichts ähnelte, das einmal ein Säugetier gewesen war.

Brad und Rowenna trugen am meisten zum Gespräch bei, sprachen über dieses und jenes, wobei sie die örtliche Geschichte, Halloween, Mary oder die Leiche im Maisfeld sorgfältig vermieden. Sie hatten ihr Essen fast beendet, als Jeremy aufsah und Joe Brentwood in der Tür stehen sah.

Er sieht alt aus, dachte Jeremy, als ob er im Laufe des Tages um zehn Jahre gealtert sei. Alt, müde und ausgelaugt.

Jeremy wünschte sich, dass Joe sie nicht entdecken möge und dass Rowenna und Brad ihn nicht sahen.

Doch das war unmöglich.

Gerade als ihm der Gedanke kam, wandte sich Joe in ihre Richtung. Er fing Jeremys Blick auf, lächelte schwach und kam an ihren Tisch.

„Darf ich euch Gesellschaft leisten?“, fragte er.

Es sollte eigentlich nichts geben, was ich mir mehr wünsche, als ein Essen mit dem für Marys Fall zuständigen Detective, dachte Jeremy. Doch Logik verfing nicht immer, denn tatsächlich gab es im Moment nichts, das er sich weniger wünschte.

„Joe“, hieß Rowenna ihn willkommen. „Selbstverständlich gerne.“ Sie wollte aufstehen, doch Joe legte ihr die Hand auf die Schulter.

„Bleib sitzen, danke“, sagte er und rückte sich den vierten Stuhl zurecht. Er fuhr mit den Fingern durch sein weißes Haar. „Ein langer Tag. Ein wirklich langer, wirklich übler Tag.“

„Haben Sie irgendetwas entdeckt, das Sie uns sagen können?“, fragte Jeremy.

„Außer dass die Presse mir im Nacken sitzt? Und ich darum bete, dass die Kriminaltechniker keine Informationen rausgeben, die die Untersuchung vermasseln? Nein.“ Er blickte zu Rowenna, die ihn besorgt musterte. „Ro?“, fragte er sanft. „Was ist mit dir?“

Sie zuckte die Achseln.

Was zum Teufel will dieser Typ von ihr? fragte sich Jeremy.

„Irgendwelche Ideen?“, fragte Joe sie und runzelte die Stirn, als sein Blick zu Jeremy wanderte. „Sie hat uns in der Vergangenheit auf einige Spuren gebracht“, sagte er tonlos.

Sie glaubt, sie sei ein Medium, wollte Jeremy rufen. Ein *Medium*. Und er glaubte an gute altmodische Detektivarbeit, die Zeit brauchte und echte Beweise lieferte. Dann zwang er sich innezuhalten, um über seine Reaktion nachzudenken, und war verblüfft von seiner eigenen Überlegung. Wenn Intuition Verbrechen lösen und Leben retten könnte, wäre das großartig. Er analysierte seine eigenen Gefühle und dachte darüber nach, wie ihm die Vertrautheit zwischen Rowenna und Joe widerstrebte und wie sich ihm bei Joes Ankunft die Nackenhaare gesträubt hatten. Es würde ihn wirklich enttäuschen, wenn so etwas wie berufliche Eifersucht die Ursache sein sollte.

Doch das war es nicht, und jetzt war ihm das klar.

Er erinnerte sich an sein Unbehagen, als Joe ihn vormittags wegen Rowenna und ihrem leeren Tank angerufen hatte. War das die Art von Intuition, über die sie sprach? Nein, seine Besorgnis ergab Sinn. Er hatte nicht gewusst, dass ein Killer frei herumlief, doch er hatte gewusst, dass Mary vermisst wurde. Es ergab Sinn, sich um eine andere junge und attraktive Frau zu sorgen, die allein und verwundbar war. Andererseits hatte er nicht einmal geblinzelt, als Brad sagte, er wäre sicher, dass Mary noch lebte, weil er es spüren würde, wenn sie tot sei. Aber Mary war Brads Frau. Es war auf gewisse Weise logisch, davon auszugehen, dass zwischen ihnen eine tiefe und unerklärliche Verbindung bestand. Rowenna hingegen kannte Mary nicht. Den Sprung zu wagen, ihrer Intuition zu glauben, war also etwas ganz anderes.

Er sah Brad an. Joe Brentwood hatte seine Officer angewiesen, dafür zu sorgen, dass jeder Farmer in der Gegend seine Vogelscheuchen kontrollierte.

Weil es noch mehr tote Frauen geben konnte.

Weil eine Frau definitiv vermisst wurde.

Mary.

Jeremy konnte nur hoffen, dass Brad nicht an das Gleiche dachte.

Doch Rowenna tat es offenbar, denn sie sah ihn an, als könnte sie seine Gedanken lesen. Das zum Thema Intuition …

„Ich glaube, dass Mary noch lebt“, sagte sie weich, aber bestimmt.

„Das muss sie einfach“, stimmte Brad voller Inbrunst zu. „Wir müssen etwas tun. Die Maisfelder durchkämmen. Und nach diesem Mann suchen – nach Damien suchen.“

„Mein Sohn, jeder Gesetzeshüter in der Gegend sucht sowohl nach Ihrer Frau als auch nach diesem Damien oder wie auch immer sein echter Name sein mag. Es gibt nichts, was Sie im Moment tun können.“

„Es muss etwas geben“, sagte Brad und stand plötzlich auf.

„Brad“, mahnte Rowenna beunruhigt.

„Ich gehe nur spazieren. Ich gehe diese Straßen entlang, bis er auftaucht. Denn er *wird* auftauchen.“

Jeremy erhob sich ebenfalls. „Brad, wenn du ihn findest …“

Brad stieß einen lauten Seufzer aus. „Ich bin kein Idiot. Ich werde ihn nicht verprügeln oder so etwas. Ich bin ein Cop, erinnerst du dich?“

„Nicht hier, hier bist du das nicht“, erinnerte ihn Jeremy.

„Aber ich weiß, wie ich jemanden festhalten kann, bis ihn jemand zum Verhör holt, der hier ein Cop *ist*. Glaub mir, ich werde nicht durchdrehen wegen des Typen, das schwöre ich. Ich will nur meine Frau finden“, sagte Brad.

„Wir gehen mit Ihnen“, sagte Rowenna und stand auf.

„Ich bezahle schnell noch“, sagte Jeremy.

„Passt alle auf euch auf", sagte Joe warnend und sah Rowenna an. Sie nickte leicht, und Jeremy begriff, dass zwischen den beiden gerade eine besondere Form von Kommunikation stattgefunden hatte. Er fühlte seine Verärgerung wieder aufwallen und wusste, dass er sich davon lösen musste.

Wenn die beiden glaubten, eine Art gemeinsamer Intuition zu haben, konnte er nichts daran ändern.

Und er würde es sich nicht erlauben, dass ihm die Sicherungen durchbrannten.

Nicht wenn er auf Joe Brentwoods Sympathien angewiesen war.

Er bezahlte die Rechnung und fand Brad und Rowenna am Dock, wo sie in die Nacht hinausschauten und dem sanften Schaukeln der Boote lauschten. Eine friedliche Szenerie.

Sie gingen los, an dem Haus mit den sieben Giebeln vorbei, das nun am Abend ruhig war und in dem nur wenige Lichter brannten. Sie gingen weiter an geschlossenen Geschäften vorbei, erreichten dann die Fußgängerzone und bogen ab in Richtung Friedhof, der nun zur Nacht geschlossen war.

Doch die Mauer war nicht hoch. Ein Dreijähriger konnte sie überwinden, wenn er es wirklich wollte.

Sie schauten hinein. Die Gräber lagen still und unheimlich im Mondlicht, und Schatten schienen um die jahrhundertealten Steine zu streichen wie lebende Wesen.

Jeremy hielt inne, obwohl Rowenna und Brad weitergingen, die Arme ineinander gehakt und die Köpfe im Gespräch gesenkt.

Jeremy wusste, was ihn verblüffte: Es war die Nähe des Friedhofs zu so vielen Geschäften, wo an Halloween auch gegen Ende des Tages noch Hunderte, wenn nicht Tausende von Menschen gewesen sein mussten.

Sogar als die Dämmerung hereinbrach.

Erst recht, als die Dämmerung hereinbrach und die Halloween-Nacht begann.

Wie hatte jemand Mary von dem Friedhof verschwinden lassen? Wie konnte es sein, dass niemand etwas davon mitbekommen hatte? War sie freiwillig mitgegangen?

Was übersah er?

„Jeremy?"

Rowenna blickte zu ihm zurück, und sogar in der Dunkelheit erkannte er die Frage in ihren Augen.

„Ich komme", sagte er und holte die beiden ein. Gemeinsam gingen sie den Rest des Weges um den Friedhof herum und zurück zur Straße, wo ihm wieder auffiel, dass sich der Friedhof auf einer Anhöhe über dem Verkehr befand – sowohl dem Auto- als auch dem Fußgängerverkehr.

Auf der Flynn-Plantage hatten sie entdeckt, dass sich die Familiengräber über einem Labyrinth feuchter Tunnel befanden, die zum Fluss führten. Manchmal überschwemmt, waren sie dennoch schiffbar. Hier lag der Friedhof höher über dem Wasser, nicht unter dem Wasserspiegel wie die Gräber auf der Plantage.

Gab es hier einen ähnlich geheimen Gang unter der Erde, dessen Eingang unter einem Grabstein verborgen war?

Doch auf dem Friedhof war nichts angerührt worden. Man hatte den Ort gründlich abgesucht, und es gab kein Zeichen von Grabungen, keinen Hinweis, dass der Boden irgendwie bearbeitet worden war.

Es gab hier mehrere oberirdische Sarkophage und Mausoleen. Vielleicht bot einer oder eines von ihnen einen Weg zu einem Reich unter der Erde. Morgen würde er mit Brentwood sprechen, und egal was es kostete, er würde einen legalen Weg finden, den Friedhof auseinanderzunehmen, auch wenn er auf der Liste der nationalen historischen Schätze stand.

Morgen.

Wie viele Morgen hatten sie noch, bevor Mary tot aufgefunden wurde, als makabre Vogelscheuche in einem Feld, halb zerrissen von den Krähen und mit einem blutig aufgeschlitzten Lächeln im Gesicht?

Rowenna sah ihn wieder an, und er merkte, dass er in Gedanken stehen geblieben war. Er lächelte. „Ich komme“, sagte er erneut.

Nun allerdings hielt Brad an. Er starrte über die Mauer und wandte sich dann zu Jeremy um. „Er hat sie mitgenommen. Irgendwie hat er sie mitgenommen.“

„Wer hat sie mitgenommen, Brad?“, fragte Jeremy voller Angst vor der Antwort. Brad hatte einen Ausdruck in den Augen, als ob er wieder die Kontrolle verlöre.

„Der Teufel“, sagte Brad bestimmt.

„Brad, der Teufel stiehlt sich nicht auf Friedhöfe und entführt lebende Frauen.“

„Dieser Teufel von einem Mann. Damien. Er ist derjenige, der sie mitgenommen hat“, beharrte Brad.

„Brad, wir suchen nach ihm. Doch selbst wenn wir ihn finden, hat er sich vielleicht keiner anderen Sache schuldig gemacht, als ohne Genehmigung Schmierentheater zu spielen und angeblich die Zukunft vorherzusagen“, sagte Jeremy geduldig.

Doch Brad schüttelte todernst den Kopf. „Er ist der Teufel in Menschengestalt, Jeremy, das sage ich dir. Du verstehst das nicht. Ich habe es in der Kristallkugel gesehen.“

„Brad“, sagte Jeremy. „Wer auch immer der Mann ist, er kennt einige gute Zaubertricks, das ist alles. Er zeigte dir ein Bild eines Truthahn-Essens, und deine Einbildung hat den Rest erledigt.“

Brad schüttelte den Kopf in heftigem Widerspruch.

Die Art, wie Rowenna Brad ansah, mit einer fragend erhobenen Augenbraue, störte Jeremy.

„Das Bild in der Kristallkugel änderte sich“, sagte sie weich.

„Rowenna“, warnte er und starrte sie an, wobei er innerlich hinzufügte: *Bitte, um Gottes willen, ermutige ihn nicht. Lass dich nicht in seine Wahnvorstellungen hineinziehen, bestätige ihn nicht in seinem Glauben, dass der Teufel auf die*

Erde gekommen ist, um seine Frau zu entführen.

„Das Bild änderte sich. Ich sah Maisfelder. Reihen um Reihen von Mais, und ... er bedrohte mich. Ich *weiß*, dass der Mann mich bedrohte. Ich sah die Maisfelder, und ich sah noch etwas."

Die Straße schien auf einmal totenstill zu sein. Selbst der Wind hatte offenbar nachgelassen, damit Brads Worte besser zu verstehen waren.

„Was hast du gesehen?", fragte Jeremy schließlich tonlos.

„Das Böse. Ich sah das pure Böse", sagte Brad.

Plötzlich wurde die Luft von einem unheimlichen klagenden Schrei zerrissen, als ob ein Wolf laut und leidend aufheulte.

Außer dass es hier keine Wölfe gab. Nicht mehr. Seit über hundert Jahren nicht mehr.

Es war ein Husky, redete Jeremy sich ein. Jemand in der Gegend hatte einen Hund, und dieser Hund hatte den Mond angeheult, der jetzt sogar noch höher am Himmel stieg.

„Du kannst das Böse nicht gesehen haben, Brad, es ist etwas Abstraktes", sagte Jeremy.

„Nein. Ich sah das Böse", beharrte Brad. „Der Mann war böse, und ich sah das Böse in den Schatten, in der Dunkelheit, in dem Mais. Es ist eine tödliche Ernte des Bösen, das ist es", sagte Brad.

Wieder heulte der Hund.

„Zeit, dich zurück zu deinem Zimmer zu bringen, Brad", sagte Jeremy.

„Ich muss weitersuchen. Ich muss Mary finden", entgegnete Brad.

„Es ist schon in Ordnung", sagte Rowenna. Sie nahm sein Gesicht in ihre Hände und starrte ihm in die Augen. „Es ist in Ordnung, Brad, wirklich. Wir wissen jetzt alle von der Gefahr in den Maisfeldern. Und jeder sucht nach Mary. Es wird ihr gut gehen."

„Woher wollen Sie das wissen?“, fragte Brad gequält.

„Weil ich die Maisfelder in meinen Träumen gesehen habe. Ich habe die Vogelscheuchen gesehen. Und Mary ist keine von ihnen“, sagte sie sehr weich.

Sie wandte sich von Brad ab und senkte den Kopf. Doch Jeremy sah, wie sich ihre Lippen bewegten.

Und er hatte den Eindruck, dass sie zwei Worte flüsterte.

„Noch nicht.“

8. KAPITEL

Es beunruhigte Rowenna mehr, als sie zugeben wollte, dass Brad Johnstone die Maisfelder in der Kristallkugel gesehen hatte. Der Kristallkugel von dem Mann, den niemand kannte und der unauffindbar war.

„Klingt das gut?“, fragte Jeremy.

„Entschuldige, was bitte?“ Seine Stimme riss Rowenna aus ihren Gedanken.

Sie hatten Brad gerade in seinem Bed und Breakfast abgesetzt, und er hatte geschworen, dass er die Tür hinter sich abschließen und in seinem Zimmer bleiben würde, bis es hell wurde. Nun standen sie und Jeremy allein auf dem Gehweg, umgeben von der stillen Dunkelheit.

„Ich sagte, wir können einfach bei mir hier in der Stadt bleiben.“

„Oh. Ich … ich kann nicht. Ich muss nach Hause.“

„Warum?“, fragte Jeremy herausfordernd.

Sie schaute ihn unter leicht erhobenen Augenbrauen an. Er würde sich nicht so leicht abwimmeln lassen, so viel stand mal fest. Er wirkte mit einem Mal lächerlich groß, sogar grimmig, und sie wusste nicht, warum. Nichts an ihm hatte sich verändert. Er trug noch die gleiche Jacke und die gleichen Jeans, die er schon den ganzen Tag über anhatte, und schaute sie einfach an. Doch sein Ton war bestimmt, und sie dachte daran, dass er mal Polizist gewesen war und eine Diskussion mit ihm nicht leicht sein würde.

Sie könnte ihm einfach sagen, er solle sich zum Teufel scheren.

Zumindest, wenn sie scharf darauf war, eine Beziehung zu beenden, nach der sie sich sehnte.

„Jeremy, ich habe nicht einmal eine Zahnbürste oder so etwas dabei.“

„Wir finden schon einen Mini-Markt oder eine 24-Stunden-Apotheke, wenn das deine größten Bedenken sind."

„Ich muss einfach nach Hause", sagte sie.

„Dein Zuhause ist draußen auf dem Land, und es ist spät. Und was noch mehr zählt: Ich glaube, wir beide haben heute genug von Maisfeldern."

Sie hätte entschiedener widersprechen müssen, doch dazu fehlte ihr die Energie.

Nachdem sie ihre Sturheit überwunden hatte, war sie sogar froh über seinen Vorschlag. Sie war inzwischen ernsthaft beunruhigt und wollte heute Nacht wirklich keine Maisfelder mehr sehen – genau genommen nie wieder. Sie hatte von diesen Feldern geträumt. Hatte von den Vogelscheuchen geträumt und dass sie Tote waren.

Und nun war eine von ihnen es tatsächlich.

Doch was sie wirklich erschreckte, war die lauernde Furcht, dass eine weitere Leiche dort draußen den Krähen dargeboten wurde, bevor dies alles vorüber war.

„Also gut, aber ich brauche noch immer eine Zahnbürste. Und ich habe noch nie von einem Mann gehört, der mit einer Extra-Zahnbürste reist", sagte sie und rang sich ein schwaches Lächeln ab.

Er erwiderte das Lächeln. „Na los, besorgen wir dir das, was du noch brauchst."

Immerhin will er mich bei sich haben, dachte sie.

Vielleicht gab es noch Hoffnung für sie.

Was für ein Gedanke angesichts der Tatsache, dass sie früher am Tag eine Leiche gefunden hatte und Mary noch immer vermisst wurde.

Und dass Brad in einer Kristallkugel Maisfelder gesehen hatte. Maisfelder wie jenes, in der man die Leiche so grausam ausgestellt hatte.

Maisfelder wie jene, die sie in ihren Träumen sah.

Sie schwieg, während sie zum Wagen gingen.

Es würde nur Schaden anrichten, wenn sie ihm von den

Träumen erzählte. Er hatte ziemlich deutlich gemacht, dass er nicht daran glaubte, dass Träume – oder irgendetwas anderes – die Zukunft vorhersagen konnten.

Sie stiegen in seinen Mietwagen und erreichten innerhalb von fünf Minuten eine Tankstelle mit Mini-Shop. Rowenna ging hinein, um das Notwendigste zu kaufen, während er tankte. Als sie sich anstellte, um zu bezahlen, sprach eine korpulente Frau vor ihr gerade mit dem älteren Mann hinter der Kasse. Sie hatte die Stimme gesenkt, offenbar sprachen sie über die Leiche, die Rowenna gefunden hatte.

„Sie haben sie nicht identifizieren können, aber sie ist nicht die Frau aus der Zeitung. Es ist grausig, einfach nur grausig. Aber …“ Sie senkte die Stimme noch weiter, sodass Rowenna angestrengt lauschen musste, um sie zu verstehen. „Aber ich habe gehört, dass es schon vorher passiert ist.“

„Wann?“, fragte der alte Mann. „Ich lebe schon seit langer Zeit in der Gegend, und ich kann mich nicht erinnern, so etwas gehört zu haben.“

„Nun, es ist schon mal passiert, das kann ich Ihnen sagen.“ Die Frau schnaufte verächtlich. „Das liegt alles an diesen hochnäsigen Wiccanern“, erklärte.

Obwohl sie keine Wiccanerin war, verspürte Rowenna Empörung. „Wiccaner praktizieren keine Menschenopferrituale“, sagte sie, bevor sic sich eines Besseren besinnen konnte.

Die Frau drehte sich zu ihr um und schien an Leibesumfang zu gewinnen wie ein aufgeblähter Kugelfisch. „Sind *Sie* eine von *denen*?“, wollte sie wissen.

Rowenna war müde, und die Ereignisse des Tages lasteten auf ihr. „Nein“, sagte sie und fügte hinzu: „Nein, ich bin Satanistin. Wir beten den Teufel an, aber normalerweise opfern wir Ziegen, nur gelegentlich mal einen Hund oder eine Katze. Versuche, dem Meister zu huldigen, aber halte dich an die Gesetze. Sie wissen ja, wie das ist.“

Der Frau fiel die Kinnlade herunter.

Dann spürte Rowenna jemanden in ihrem Rücken. Jeremy. Er warf einen Geldschein auf den Tresen, der für mehr als ihre Zahnbürste und das Deo reichte. Dann zog er sie mit zur Tür, während er sich bei der Frau entschuldigte. „Sie hat ihre Medikamente nicht genommen, Ma'am. Es tut mir leid. Bitte entschuldigen Sie uns."

Draußen wirbelte er zu ihr herum. „Was zum Teufel hast du dir dabei gedacht?", wollte er wissen, und in seinen umwölkten Augen tobte ein Sturm.

„Sie war einfach so ignorant. Wenn sie weiter so redet, zettelt sie noch eine Panik oder einen Lynchmob an oder so", erwiderte Rowenna. Oh Gott, sie war so eine Idiotin. Warum versuchte sie überhaupt, sich zu verteidigen?

„Setz dich in den Wagen. Bevor ein Lynch-Mob dich erwischt", befahl er.

Rowenna senkte den Kopf, biss sich auf die Lippe und gehorchte.

Sie sah während der Fahrt stur geradeaus, spürte aber die strafenden Blicke, die er ihr zuwarf, während er zurück zu seinem gemieteten Haus fuhr.

Schließlich bog er in die Auffahrt ein. Als sie aus dem Wagen stieg, wurde ihr die Stille der Nacht unbehaglich bewusst.

Es schien, als wenn sie die Dunkelheit *fühlen* könnte.

Als sie zur Hintertür gingen, bemerkte sie, dass er sie noch immer im Auge behielt.

„Ich kann auch nach Hause fahren, weißt du", sagte sie weich, als er den Schlüssel ins Schloss steckte. „Ich kann mir einfach ein Taxi nehmen."

Er stand auf der Veranda und schaute sie an. „Großartig. Du tust etwas Dummes, ich werde wütend – und das war's. Du willst nach Hause."

„Wenn es dich so wütend macht, sollte ich vielleicht wirklich besser nach Hause fahren", entgegnete sie.

„Nein, du solltest akzeptieren, dass du vorsichtig sein

musst. Du kannst den Leuten nicht so etwas vor den Kopf knallen. Warum kannst du nicht einfach zugeben, dass du im Unrecht warst, und versprechen, dass du nicht noch einmal so durchdrehen wirst?“, sagte er in noch immer scharfem Ton. „Das wäre viel besser, als fortzulaufen, meinst du nicht auch?“

Fortzulaufen? Von ihm? War es das, was sie versuchte? Endlich hatte sie das gefunden, wonach sie sich gesehnt hatte. Sie hatte jahrelang auf jemanden gewartet, in den sie sich verlieben konnte, und nun …

Sie starrte ihn an. „Okay, es war dumm. Aber sie hat mich so genervt! Es waren vermutlich Menschen wie sie, die vor Jahrhunderten all diese angeblichen Hexen umgebracht haben. Ihr zuzuhören hat mich denken lassen, dass wir es vielleicht noch nicht sonderlich weit gebracht haben und …“

Ihre Stimme verebbte.

„Wir sollten vermutlich hineingehen“, schlug er vor. „Anstatt den Nachbarn ein Spektakel zu bieten.“

Sie war erleichtert, dass sein Ärger schließlich verrauchte und sogar ein amüsiertes Lächeln seine Lippen umspielte.

„Gute Idee“, sagte sie und folgte ihm die Stufen hoch.

Eine Lampe brannte im Esszimmer und warf ein sanftes Licht auf die alte rückwärtige Veranda, durch die sie eintraten. Sie sah ihm in die Augen, die fragend und frustriert zugleich blickten, wie ein warmer Strom von Silber und Sturm, und sie konnte nicht anders. Sie lächelte nur und küsste ihn. Sie ließ die Tüte mit ihrer neuen Zahnbürste fallen und die Handtasche zu Boden gleiten und schlüpfte in seine Arme. Sie schloss die Augen. Es war ein entsetzlicher Tag gewesen. Sie wollte nicht an das schreckliche Ende denken, das jene unbekannte Frau genommen hatte. Das Böse in der Welt konnte jeden zu jeder Zeit treffen, doch sie durfte sich den Gedanken daran nicht erlauben, durfte nicht Opfer der Visionen werden, die sie im Hinterkopf mit sich herumtrug.

Sie rang darum, das Wunder dieses Moments festzuhalten, das köstliche Gefühl seines warmen, lebendigen Körpers, der sich an sie drängte, und das süße, erfahrene Necken seines Kusses, der heiß und feucht die intime Leidenschaft ihres letzten Beisammenseins wachrief. Sie lösten sich voneinander und blickten einander an. Ein Lächeln umspielte seine Lippen, und das einzelne Grübchen in seiner Wange vertiefte sich. Sie drückte sich an ihn und war glücklich, gehalten zu werden und seine große starke Hand zu fühlen, die ihren Hinterkopf streichelte. An seiner Brust spürte sie durch die Jacke und das Hemd seinen Herzschlag, und als er ihr Kinn hob, war sie froh, seine Lippen wieder zu fühlen, den neckischen und lockenden Tanz seiner Zunge.

Und dann glitten seine Hände von ihrem Gesicht zu ihrer Kleidung. Zuerst entledigten sie sich ihrer Jacken. Der Rest folgte, als sie in Richtung Treppe steuerten, die zum Schlafzimmer führte. Doch sie erreichten die Treppe nicht, sondern landeten stattdessen irgendwie auf dem Sofa.

Es gibt Dinge, die ich inzwischen schon so gut an ihm kenne, dachte sie, während die Leidenschaft sie gemeinsam dem Höhepunkt entgegentrieb. Dinge, die sie liebte. Die Art, wie er zur gleichen Zeit unbeholfen, lustvoll und unglaublich sexy sein konnte. Oder sein Duft, dezent und einzigartig; der Klang seines Lachens, die Art, wie sein Lächeln verschwand, wenn er sie ansah und die Leidenschaft ihn übermannte. Sie konnte dem Sturm in seinen Augen nicht widerstehen, die wie kalter Stahl brennen konnten. Sie liebte die Art, wie er sie hielt, wie er sich in ihr bewegte, als ob das Überleben der Welt von ihrem Höhepunkt abhing. Sie liebte es, wie er sie, nachdem ihr Begehren gestillt war, für einige Sekunden festhielt, als wäre sie das kostbarste Wesen auf Erden. So hielt er sie jetzt und lachte, als er sich umschaute und das Chaos betrachtete, das sie in ihrem Taumel zur Couch hinterlassen hatten.

Er löschte die Lichter, während sie die Kleidungsstücke einsammelte. Dann gingen sie nach oben, wo sie sich erneut liebten. Als sie später still und ineinander verschlungen dalagen und der Schlaf sie zu übermannen drohte, blinzelte sie in schneller Folge, um wach zu bleiben.

Sie fürchtete den Schlaf. Fürchtete zu träumen.

Natürlich musste sie irgendwann schlafen. Das wusste sie. Dennoch kämpfte sie stundenlang dagegen an, bis der unausweichliche Schlaf gewann.

Als sie erwachte, lag es nicht an einem Albtraum.

Etwas in dem Zimmer hatte sie geweckt, und sie wusste nicht, was.

Das kleine Kolonialhaus mit seinen viktorianischen Verzierungen war sehr charmant. Sie hatte es noch nicht vollständig gesehen, doch das Bett war angenehm, nicht zu hart, nicht zu weich, und die schwere Bettdecke war wunderbar kuschelig. Die alten Mahagoni-Möbel waren zu einem warmen, einladenden Hellbraun verblasst. Was also beunruhigte sie?

Sie war sicher, dass Jeremy die Tür hinter ihnen abgeschlossen hatte. Er war ein ehemaliger Cop. In der Beziehung war er vorsichtig.

Doch sie hatte das Gefühl, als ob noch jemand bei ihnen wäre.

Sie starrte an die Decke, weil sie Angst hatte, woanders hinzusehen, und tastete mit der Hand nach Jeremy. Sie merkte, dass sie allein im Bett lag.

Wo war er?

Dann hörte sie ihn. Er sagte etwas, doch sie war nicht sicher, was.

Sie rappelte sich zum Sitzen auf, während sich ihre Augen an die Dunkelheit gewöhnten.

Er stand am Fußende und hatte den einen Arm ausgestreckt, als legte er ihn jemandem auf die Schulter. Doch da war niemand. Wieder sagte er etwas, leise und beruhigend. „Es kommt alles in Ordnung. Ich werde dich nicht verlassen. Du wirst wieder ganz in Ordnung kommen."

Sie starrte ihn an, starr vor Angst. Es war niemand mit ihnen im Raum, Jeremy sprach mit der Luft.

Und doch …

Eine Gänsehaut erfasste sie. Ihr war eiskalt.

Nein. Die *Luft* war eiskalt. Frostig.

Das bilde ich mir ein, sagte sie sich. Es war Herbst, und zweifellos war die Temperatur draußen gefallen, während die Heizung im Haus vermutlich noch nicht angestellt war, aber es war unmöglich, dass hier drin Minustemperaturen herrschten.

Sie griff nach den Decken und fragte sich, ob sie ihn ansprechen sollte, ihn aufschrecken sollte aus welchem Szenario auch immer.

Schließlich fand sie den Mut, etwas zu sagen.

„Jeremy?"

Er schien sie nicht zu hören. Aber schließlich hatte sie kaum ein Flüstern herausgebracht.

Er lächelte sanft, während er auf seinen imaginären Freund hinuntersah. „Es ist in Ordnung, Kumpel, ich bin hier. Ich sagte dir doch, dass ich dich nicht loslassen werde, dass ich bei dir bleibe bis zum Ende."

„Jeremy!"

Dieses Mal sagte sie seinen Namen lauter als beabsichtigt. Vielleicht weil sie so verschreckt war von der Kälte, die ihr bis ins Mark fuhr.

Sein Arm fiel herab, und er wandte sich ihr zu. Er blinzelte und lächelte.

„Geht es dir gut?", fragte er.

„Mir geht's gut", erwiderte sie rasch. „Aber du … du warst …"

Er ging zurück ins Bett und beugte sich vielsagend über sie. „Ich war …"

Mit gerunzelter Stirn verstummte er.

„Jeremy, du warst …"

„Ich habe dich aufgeweckt, nicht wahr? Es tut mir leid. Ich

schätze, ich bin aufgestanden, um etwas zu trinken. Ich kann mich nie an die Heizungsluft hier oben gewöhnen. Sie macht mich immer durstig", sagte er.

Sie begriff, dass er keine Erinnerung daran hatte, dass er am Fußende gestanden und mit jemandem gesprochen hatte, der nicht da war.

„Verdammt, bist du kalt", sagte er plötzlich, erhob sich von ihr und zog sie eng an sich. „Eine aus dem Norden", neckte er sie.

„Es … geht mir gut. Wirklich." Dankbar für seine Wärme, schmiegte sie sich an ihn. Sie wusste, dass es ihr nicht gut ging. Sie fror noch immer. Es dauerte viele Minuten, bis das Frösteln nachließ. Die ganze Zeit hielt er sie fest an sich gedrückt.

„Träumst du nachts?", fragte sie ihn schließlich.

Seine Hände, die ihren Rücken liebkosten, hielten inne. „Jedermann träumt", erwiderte er.

„Sicher. Erinnerst du dich manchmal an deine Träume?"

„Ja, manchmal. Jeder tut das." Er löste sich von ihr, stand auf und griff nach seinem Morgenmantel auf dem Stuhl. „Ich hole jetzt das Wasser. Möchtest du auch etwas?"

„Gerne", sagte sie.

Sie hörte seine Schritte auf der Treppe und sah sich in dem leeren Zimmer um.

Rowenna wollte hier nicht allein sein – vielleicht weil sie nicht vollständig überzeugt war, wirklich alleine zu sein. Sie sprang auf, schlüpfte in sein zur Seite geworfenes Hemd und lief ihm die Treppe hinunter hinterher.

Sie bemerkte ein schwaches graues Licht, das durch die Vorhänge im Eingangsbereich fiel, und begriff, dass es Morgen war. Sehr früher Morgen.

Doch es war Morgen, und dafür war sie dankbar.

Jeremy betrachtete Rowenna über den Küchentisch hinweg, die ihren Kaffee trank und ihn ebenfalls ansah. Offensichtlich war er nicht der Einzige, der sich Sorgen machte.

Der Anruf von Joe Brentwood hatte ihn überrascht. Er hatte erwartet, sich anstrengen zu müssen, um Brentwood davon zu überzeugen, dass er in die Ermittlungen mit einbezogen werden sollte. Stattdessen hatte ihn Brentwood am Morgen angerufen, nur wenige Minuten nachdem Rowenna nach unten gekommen war und sie entschieden hatten, Kaffee zu machen.

„Harold fängt gleich als Erstes mit der Autopsie an", sagte Joe ohne Vorrede. „Ich gebe Ihnen die Adresse. Seien Sie um Punkt sieben da." Dann wies er Jeremy an, sich um Rowennas Sicherheit zu kümmern, und legte auf.

Jeremy war gern in Rowennas Gesellschaft, doch nach ihrer Erfahrung mit dem Auffinden der Leiche glaubte er nicht, dass sie bei der eigentlichen Autopsie dabei sein sollte. Es hatte nichts mit ihrem Geschlecht zu tun, denn seiner Erfahrung nach waren Gerichtsmedizinerinnen ebenso ruhig, gründlich und effizient wie ihre männlichen Kollegen. Ganz zu schweigen davon, dass er gesehen hatte, wie Cops, die einen Meter neunzig groß und zweihundert Pfund schwer waren, beim ersten Schnitt des Skalpells grün wurden und in Ohnmacht fielen. Es lag einfach nur daran, dass er im Laufe seiner Karriere mehreren Autopsien beigewohnt hatte und alles Geld dieser Welt darauf verwetten würde, dass sie noch keine einzige erlebt hatte.

Er legte das Handy zur Seite und wandte sich ihr zu. „Ich muss mich beeilen. Das war Joe. Er bat mich, bei der Autopsie dabei zu sein."

„Tatsächlich?", fragte sie und lächelte. „Ich hatte nicht den Eindruck, dass er dich sehr mag."

„Oh, danke, wie nett."

„Hey, ich sagte nicht, dass *ich* dich nicht mag. Er ist nur vorsichtig, vermute ich. Er ist ein guter Polizist."

„Das glaube ich dir aufs Wort."

„Er kümmert sich. Er hat sich immer gekümmert. Er kennt die Menschen, und er mag sie – wenn er sie näher kennt. Er glaubt außerdem an das Recht. Du weißt schon, zusammen mit der Wahrheit und dem amerikanischen Traum und all dem."

„Na, dann weiß ich ja Bescheid. Hör zu, warte hier, bis ich wieder zurück bin, okay? Ich möchte nicht, dass du allein nach Hause fährst."

„Klar, kein Problem. Ich trage gerne dieselben Sachen zwei Tage hintereinander."

Er sah ihr in die Augen. Sie hatten eine solch ungewöhnliche Farbe. Wie Gold, das sich schimmernd gegen ihre dunklen, glatten Haare abhob. Ihre Gesichtszügen waren ebenfalls schön, ihre Nase gerade und klein, aber nicht zu klein, ihr Mund wohlgeformt und großzügig, die Wangenknochen hoch, die Brauen fein und geschwungen. Er umfasste ihr Kinn und genoss die Weichheit ihrer Haut in seiner Hand.

„Wir können später jederzeit hinausfahren und einige deiner Sachen holen. Findest du nicht, dass es sinnvoller ist, hier in der Stadt zu bleiben? Nahe bei Brad – und bei deinem Freund Joe. Das macht es einfacher für dich und ihn, das zu tun ... was ihr bei eurem Voodoo eben tut", sagte er und versuchte, es leichthin klingen zu lassen.

Sie errötete und wollte sich abwenden, doch er hielt sie fest.

„Alles, was ich für die Polizei tue, basiert auf Logik, weißt du."

„Sicher tut es das", entgegnete er skeptisch.

„Ich meine es ernst. Ich versetze mich in die Rolle der Opfer. Ich versuche, alles über sie herauszufinden, um dann nachzuvollziehen zu können, was sie dachten, was sie fühlten. Ich bin kein Cop. Ich mache nur Vorschläge, die auf dem beruhen, was ich fühle, wenn ich mich in jene Person hineinversetze. Und manchmal erweisen sich meine Vorschläge eben als gut."

„Warum gehst du während meiner Abwesenheit nicht in die Stadt und kaufst dir etwas zum Anziehen? Du scheinst dir ja große Sorgen darum zu machen, auch wenn deine Jeans für mich okay aussehen." Er musste zugeben, dass das ein ganz plumper Versuch gewesen war, das Thema zu wechseln.

Sie verzog das Gesicht. „Jeremy, ich habe mit diesen Jeans im Dreck gelegen."

„Okay, das ist ein Argument. Dann lauf die Straße hinunter und kauf dir etwas anderes."

„Sie verkaufen dort unten wirklich hübsche Wiccaner-Kleider", neckte sie.

„Ich bin sicher, dass du wunderbar darin aussehen würdest." Jeremy weigerte sich, den Köder zu schlucken. „Ich gehe nach oben, um zu duschen. Wir sehen uns, bevor ich losfahre, aber bitte versprich mir, dass du in der Stadt bleibst und auf mich wartest. Fahr nicht ohne mich hinaus."

„Ist in Ordnung. Ich bleibe in der Gegend. Ich will sowieso in die Bibliothek und vielleicht auch ins Museum. Ruf mich einfach an, wenn du zurück bist."

Sie ging nach ihm unter die Dusche, und als er unten die Schlüssel samt einer Nachricht auf den Tresen legen wollte, kam sie angezogen und fertig gemacht nach unten.

„Ich sterbe vor Hunger", verkündete sie. „Ich werde rasch frühstücken gehen."

Er gab ihr die Schlüssel, und sie bedankte sich.

„Soll ich dich irgendwo absetzen?", fragte er.

Sie lachte. „Machst du Witze? Ich muss ein paar Blocks gehen, und es ist schön draußen."

„Es ist kalt."

Rowenna lachte erneut. „Du hältst *das* für kalt? Dann haben Sie noch nicht viel erlebt, Mister."

Selbst in Jeans, Stiefeln, einem Pullover und einer Jeansjacke sieht sie elegant und würdevoll aus, dachte er, während er ihr nachschaute und dann den Wagen aus der Ausfahrt lenkte.

Jeremy wusste nicht recht, warum, doch die Normalität der Menschen, die in der Gerichtsmedizin arbeiteten, überraschte ihn immer wieder. Die Empfangsdame, eine kecke Mittzwanzigerin, hatte ebenso wenig ein Problem, die Lebenden zu begrüßen, wie sich in Räumen aufzuhalten, in denen Leichen in unterschiedlichen Stadien der Verwesung aufbewahrt wurden.

Sie brachte ihn nach hinten und stellte ihm „Harold" beziehungsweise Dr. Albright vor, einen von acht Pathologen, die hier arbeiteten. Harold und sein Assistent hatten die Arbeit an der Leiche der unbekannten Frau bereits aufgenommen, und Joe Brentwood stand steif daneben und sah zu.

Es dauerte lange. Die Tote war nach ihrer Ankunft geröntgt worden, man hatte ihre Kleidung untersucht und bereits Blutproben genommen. All das erfuhr Jeremy von Dr. Albright, der in ein Mikrofon sprach, das über der Leiche von der Decke hing. Auf diese Weise konnte er während der Arbeit die Ergebnisse diktieren. Er identifizierte die Leiche als die einer jungen Frau zwischen siebzehn und dreiunddreißig Jahren, etwa einen Meter und sechzig groß und hundertzwanzig Pfund schwer. Ihr Genick war gebrochen. Sehr wahrscheinlich war das nach Eintritt des Todes passiert, als der Kopf durch das Aufknüpfen des Körpers an dem Vogelscheuchengerüst nach vorne gefallen war. Die Todesursache schien Strangulation zu sein; an Hals und Nacken waren starke Würgemale zu erkennen. Bisher hatte man hauptsächlich organische Spuren an der Leiche sicherstellen können, wie Schmutz und Gräser, Insekten und andere noch unbekannte Substanzen.

Der Verwesungsgeruch war stark, selbst in dem kalten Autopsieraum. Joe deutete auf einen Edelstahltisch an einer Wand – ein wortloser Vorschlag, dass Jeremy eine Maske aufsetzen möge.

Jeremy nahm das Angebot nur zu gerne an.

Es war fast unmöglich, sich zu distanzieren. So wie Joe stand er nur wenige Meter von der Leiche entfernt und versuchte die Vorstellung zu vermeiden, dass das verwesende Fleisch und die hervorstehenden Knochen auf dem Tisch einst gelebt, geatmet, gelacht hatten.

Es wurden weitere Fotos gemacht, doch Jeremy war sicher, dass sie nicht zur Identifizierung aufgenommen wurden.

Dafür war ihr Gesicht zu verstümmelt.

Allerdings nicht durch den Mörder, wie er bald feststellte. Abgesehen von der roten Schnittwunde quer durch ihren Mund stammten die Verletzungen in ihrem Gesicht von den Raubvögeln und Insekten, die sich an ihr gütlich getan hatten, solange sie auf dem Feld gehangen hatte.

Sie hatte kurz vor dem Tod Geschlechtsverkehr gehabt, und die Verletzungen an den Genitalien wiesen darauf hin, dass es sich um eine Vergewaltigung gehandelt hatte. Dr. Albright schätzte den Zeitpunkt des Todes auf etwa eine Woche vor Entdeckung der Leiche. Sie schien bis zu ihrem Tod weder schlecht ernährt noch dehydriert gewesen zu sein.

Die Stimme des Pathologen wurde zu einem Summen in Jeremys Kopf.

Der Arzt nahm den Y-Schnitt vor, um die inneren Organe untersuchen zu können, sodass die Leiche noch weniger als Mensch erkennbar war.

Das Herz hatte eine normale Größe, zweihundertsiebzig Gramm. Gehirn ebenfalls normal, dreihundert Gramm. Die Lungen normal, die linke dreihundertsiebzig Gramm, die rechte vierhundert.

Die Nieren beide normal, die linke einhundertdreißig Gramm.

Bauchspeicheldrüse, Milz, Leber …

Gewebeproben wurden entnommen, um sie später zu untersuchen. Der Assistent entfernte Insektenlarven aus dem Fleisch, und Jeremy wusste, dass sie für die exakte Bestimmung des Todeszeitpunkts wichtig sein würden.

Ihm fiel ein dumpfes Brummen auf, das fast unterging im

Plätschern des Wassers, mit dem der Autopsietisch die ganze Zeit sauber gehalten wurde. Er drehte sich um und bemerkte einen Computer am Tisch nebenan. Auf dem Bildschirm sah er einen blicklosen, von verfaulendem Fleisch bedeckten Schädel – der Schädel von der Frau auf dem Tisch. Daneben errechnete ein Programm ein Diagramm nach dem nächsten, und während er weiter hinschaute, wurde ihr Gesicht langsam aufgebaut, obwohl sie drei Meter daneben als Tote lag. Des Lebens beraubt, wurde es ihr dennoch wiedergegeben.

Als der Doktor zur Seite trat und sein Assistent den Körper zunähte, erschien ein menschliches Gesicht auf dem Bildschirm. Statistik und mathematische Berechnungen hatten sie wieder zusammengefügt, so präzise wie ein chirurgischer Faden.

Sie war hübsch gewesen.

Jung und hübsch.

Aber nicht so hübsch wie Mary.

Oder so schön wie Rowenna.

Aber die tote Frau war definitiv attraktiv genug gewesen, um Aufmerksamkeit auf sich zu ziehen. Es überraschte ihn, wie erleichtert er war, dass er sich nicht geirrt hatte. Dass der Tod keine so grausame Arbeit verrichtet hatte, dass sein Schwur, es handele sich nicht um Mary, sich nicht als falsch erwies. Diese Frau war tatsächlich kleiner. Dunkelhaarig, kurvig, vermutlich lach- und flirtbereit. Lebensfroh.

Während der Autopsie und selbst bei der Beschreibung der Verletzungen, die kaum schlimmer sein konnten, war ihm nicht schlecht geworden.

Doch ihr Gesicht zu sehen, zu wissen, wie sie lebend ausgesehen hatte …

„Es ist erstaunlich, nicht wahr?“, sagte Joe zwischen zusammengebissenen Zähnen.

Jeremy war froh, dass er nicht zusammenzuckte, als die Stimme des Polizisten ihn aus seinen Gedanken riss.

„Das hier wird heute Abend in den Zeitungen und den Nachrichten veröffentlicht, richtig?“, fragte Jeremy.

Joe nickte grimmig. „Sie wissen hoffentlich, dass wir absichtlich eine Menge Details zurückhalten.“

„Ich würde niemals einen Fall mit der Presse diskutieren.“

„Wir haben nichts von dem aufgeschlitzten Mund erwähnt. Außerdem bat ich meine Männer, nichts davon zu sagen, dass die Leiche als Vogelscheuche hergerichtet aufgefunden wurde. Allerdings ist diese Information doch irgendwie nach draußen gedrungen.“

Jeremy sah ihn fest an. „Nicht durch mich.“

Joe zuckte die Achseln. „Ich sage nicht, dass es irgendwas mit Ihnen zu tun hat. Es waren einfach zu viele Menschen am Tatort. Irgendjemand hat geplaudert. Aber ich hoffe, wir können die Sache mit dem Mund geheim halten. Das wird vermutlich irgendwie symbolisch sein, meinen Sie nicht auch?“

„Könnte ich mir vorstellen, ja.“

„Kommen Sie, machen wir, dass wir hier rauskommen“, sagte Joe. „Harold …“

„Ja, ja, ja. Ich rufe Sie an, sobald ich etwas habe“, versprach der Gerichtsmediziner.

Er nickte Jeremy zu, der als Erwiderung den Kopf neigte. „Danke, dass ich dabei sein durfte.“

Harold Albright, dessen Augen hinter den Vergrößerungsgläsern, die er trug, riesig wirkten, sagte: „Ich war froh, Sie hier zu haben. Wenn Sie mich fragen, ist es gut, einen Außenseiter mit den richtigen Referenzen als Zeugen dabeizuhaben.“

Joe legte Jeremy sogar freundschaftlich eine Hand auf die Schulter, als sie hinausgingen und sich von Miss Immer-Fröhlich verabschiedeten.

Draußen auf dem Parkplatz atmete Joe Brentwood tief ein und schüttelte den Kopf. „Ich werde mich nie an den Geruch des Todes gewöhnen.“

„Kein Mensch sollte das“, sagte Jeremy.

Joe musterte ihn und nickte. „Harold trägt nie eine Maske. Er sagt, er könne Zyankali und anderes riechen. Ihm macht es nichts aus, was er da tut – ihn ärgert es nur, wenn er keine Antwort bekommt. Wir werden alle sterben, sagt er. Als Menschen verdienen wir es zu sterben. Nun ja, für die meisten von uns stimmt das wohl." Er hielt inne, kratzte sich am Kinn und fragte: „Und? Haben Sie irgendwelche Vorschläge?"

„Sie kennen diesen Ort besser als ich."

„Und Sie kennen Ihren Freund Brad besser als ich", konterte Joe.

„Sie können nicht wirklich glauben, dass er Mary etwas angetan hat", sagte Jeremy.

Joe lächelte grimmig. „Das ist der Unterschied zwischen uns. Ich *kann* es glauben. Ich bin nicht mit ihm befreundet."

Jeremy schüttelte den Kopf. „Er ist überzeugt, dass der Wahrsager, bei dem sie an dem Nachmittag waren, dieser Damien, den niemand finden kann, dass der schuldig ist. Das ist zu diesem Zeitpunkt eine ebenso gute Theorie wie jede andere. Brad sagt, er hätte in der Kristallkugel des Mannes Maisfelder gesehen. Er sagt, er hat sich bedroht gefühlt, als ob der Typ ihm zeigen wollte, dass er übermächtig ist, dass er Menschen umbringen kann. Und das alles hätte etwas mit den Maisfeldern zu tun.

Joe musterte ihn wieder. „Was meinen Sie?"

„Ich denke, der Kerl könnte schuldig sein. Zumindest müssen wir ihn finden und befragen."

„Glauben Sie wirklich, dass er Brad die Maisfelder in einer Kristallkugel gezeigt hat?"

Jeremy musterte Brentwood und fragte sich, ob der Mann ihn irgendwie in eine Falle locken wollte.

„Ich bin sicher, dass es alle möglichen Tricks gibt, um jemanden glauben zu lassen, dass er etwas Bestimmtes in einer Kristallkugel sieht."

Brentwood sah zur Seite und schüttelte den Kopf. „Johnstone muss entsetzliche Angst haben, dass wir seine Frau in ... derselben Position finden."

„Rowenna hat ihm gesagt, dass sie überzeugt ist, Mary gehe es gut. Er scheint ihr zu glauben."

„Und Sie nicht?", fragte Joe.

Jeremy hob die Hände. „Wie kann sie das wissen?", fragte er zurück.

Joe zuckte die Achseln. „Ich weiß es nicht. Aber bei Rowenna ist es so, dass sie es auf die eine oder andere Art irgendwie weiß. Wie auch immer, sagen Sie Ihrem Kumpel, er soll in der Gegend bleiben. Vermutlich braucht er den Hinweis gar nicht. Sicher ist er entschlossen, nirgendwo hinzugehen, bevor er seine Frau gefunden hat."

„Er liebt sie."

Brentwood sah skeptisch drein. „Das sehen die Eltern etwas anders." Er schüttelte den Kopf. „Ich muss sie anrufen, sobald ich wieder im Büro bin. Ansonsten stehen sie gleich wieder bei mir vor der Tür. Die Eltern in der Nähe zu haben ist selten eine Hilfe."

„Ich kann mit ihnen sprechen, wenn Sie möchten. Ich kenne sie", bot Jeremy an.

Joe sah hinauf zum Himmel. Er war grau, und die Sonnenstrahlen brachen nur gelegentlich durch die Wolken. „Danke, aber ich kümmere mich lieber selbst darum. Sie scheinen zu glauben, dass Ihr Freund ein betrügerischer Fremdgänger ist."

„Sie hatten ihre Probleme."

„Davon habe ich gehört."

„Sie haben sie gelöst. Aus diesem Grund kamen sie her. Sie haben sich ein paar Tage freigenommen, um wieder zueinanderzufinden."

„Es gibt einen guten Weg, seine Eheprobleme aus der Welt zu schaffen – indem man seinen Partner umbringt", sagte Joe.

Jeremy spürte, dass er Brad verteidigen wollte, doch er zwang sich, ruhig und rational zu argumentieren. „Ein Ehemann, der seine Frau loswerden will, zieht normalerweise nicht los und sucht sich eine Frau, die er zuerst abschlachtet."

„Warum nicht? Dann sieht es nach einem Serienkiller aus", schlug Joe vor.

„Der Gerichtsmediziner sagt, sie ist schon eine Woche tot", sagte Jeremy.

„Ich schätze, sie starb ein paar Tage, bevor Mary Johnstone verschwand", sagte Joe.

„Und Brad war vor jenem Tag nicht einmal in der Gegend", argumentierte Jeremy.

„Ich gebe zu, dass das Timing im Zweifel für ihn spricht", erwiderte Joe.

„Sie suchen nach einem Einheimischen, nach jemandem, der die Straßen und Felder und auch die Leute hier kennt. Sie haben keine Ahnung, wer Ihre Unbekannte sein mag, aber ich gehe jede Wette ein, dass sie nicht von hier ist. Und auch Mary ist eine Fremde. Sie haben es mit einem unglaublich cleveren, gut organisierten Mörder zu tun."

„Einem Psychopathen", murmelte Joe.

„Einem Soziopathen", korrigierte Jeremy. „Einem klugen Soziopathen. Sicher, das Maisfeld war als Tatort durch die Umstände, wie die Leiche gefunden wurde, verunreinigt, aber dieser Typ wusste, was er tat. Er brachte die Leiche zu einer Zeit dorthin, als die Halme hoch standen, und er wusste, dass sie wahrscheinlich nicht gefunden werden würde, bevor sie halb verwest und kaum zu identifizieren wäre."

„Sie glauben, ich muss nach einem durchgeknallten Farmer suchen?", fragte Joe und meinte es offensichtlich nur halb ernst.

„Vielleicht."

Während ihres Gesprächs blickte Jeremy über die belebte Straße hinüber zum Stadtpark.

Ein älteres Paar ging dort Hand in Hand entlang. Beide sahen einander auf eine Art an, die sein Herz berührte. Herrje, sie mochten sich erst gestern Abend in einer Bar kennengelernt haben. Doch so, wie sie einander anschauten, würde er sein Leben darauf verwetten, dass sie seit vielen Jahren zusammen waren, in guten wie in schlechten Zeiten. Wahrscheinlich hatten sie Kinder aufgezogen und hatten nun Enkel, die ihr Leben auf den Kopf stellten, wenn sie zu Besuch waren. Doch sie fühlten sich offenbar auch zu zweit wohl und nutzten ihre goldenen Jahre, um die schwindende Sonne des Herbstes und die Farben der Blätter zu genießen.

Er beneidete sie. Die Ruhe, mit der sie dahinschlenderten. Das Lächeln, das sie einander zuwarfen. Die Freude, die ihnen der Tag bereitete, und der Umstand, dass ihr Leben zweifellos gut und erfüllt war.

Als die Ampel an der Ecke grün wurde, fuhren Autos vor ihm vorbei, und als er wieder hinsah, war das Paar verschwunden.

Jemand anders stand nun dort.

Ein Junge.

Ein Junge von vielleicht zehn Jahren, mit kaum zu bändigendem dunklen Haar und ernsten Augen.

Billy.

Er starrte Jeremy feierlich an und hob die Hand in einer freundschaftlichen, fast tröstenden Geste.

Ein Wagen fuhr vorüber.

Jeremy blinzelte.

Der Junge war fort.

9. KAPITEL

Als Einheimische kannte Rowenna Dutzende Orte, wo sie frühstücken konnte, auch wenn die wichtigsten Touristenattraktionen nicht vor neun oder zehn Uhr öffnen würden.

Sie entschied sich für das Red's. Während sie dort saß, kamen Adam und Eve herein. Sie lächelte, als sie sie erblickte. Viele Menschen erwarteten, dass Wiccaner jeden Tag lange schwarze Mäntel trugen – was sie zugegebenermaßen manchmal auch taten –, doch das war keinesfalls ihr üblicher Aufzug. Heute trug Eve viel Silber – silberne Armreifen, silberne Füllhörner als Ohrringe, außerdem ihr gutes Pentagramm und verschiedene Silberketten um den Hals. Sie hatte einen langen Wollrock in einem tiefen Grün an und einen dazu passenden Pullover.

Adam trug wie gewöhnlich Jeans und ein Flanellhemd.

Rowenna wollte sie auf sich aufmerksam machen, zögerte aber.

Die beiden schienen in einen Streit vertieft zu sein.

Sie beobachtete, wie Adam die Lippen zusammenpresste, als sie von der Empfangsdame an einen Tisch gesetzt wurden. Als er die Karte aufnahm, dachte sie, es wäre ein guter Moment, um hinüberzugehen und Hallo zu sagen. Aber gerade da beugte sich Eve zu ihrem Mann vor und sagte etwas mit leiser, aber ihrem Gesichtsausdruck nach zu urteilen nichtsdestotrotz hitziger Stimme. Er antwortete mit ruhiger Heftigkeit, seine Körpersprache verriet seinen Ärger.

Rowenna lehnte sich zurück und nahm die Zeitschrift auf, die sie auf dem Weg gekauft hatte, ein Lokalmagazin über Veranstaltungen im Großraum Salem. Nicht dass es wichtig war; sie tat nur so, als ob sie las, tat so, als sähe sie ihre guten Freunde nicht, die in einen hitzigen Streit verwickelt waren. Sie versuchten sich nichts anmerken zu lassen, da Salem in vielerlei Hinsicht eine ziemlich kleine Stadt war und niemand gerne der Gegenstand von Gerüchten war. Doch sie kannte sie gut genug, um zu wissen, dass sie wegen irgendetwas wütend aufeinander waren.

Als die Kellnerin kam, bestellte sie Kaffee, Saft und ein Omelette. Während sie ihren Kaffee trank, vertiefte sie sich in einen Artikel über Hammond Castle im nahe gelegenen Gloucester und den Mann, der es gebaut hatte, John Hays Hammond jr. Die örtlichen Legenden besagten, dass in dem Schloss die Geister jener toten Menschen spukten, an denen Hammond – ähnlich wie der fiktionale Dr. Frankenstein – vermutlich Experimente durchgeführt hatte. Er war Erfinder gewesen, hatte nach Thomas Edison die meisten Patente und war als „Vater der Fernbedienung“ bekannt. Ob er nun tatsächlich an Leichen experimentiert hatte oder nicht, war nicht zu klären, zumindest laut dem Verfasser des Artikels.

„Guten Morgen.“

Rowenna war so gefangen von dem Artikel, dass sie zusammenzuckte und aufsah. Eve stand vor ihrem Tisch und lächelte so freundlich, als ob alles in bester Ordnung wäre.

„Selber Guten Morgen.“

„Seit wann bist du hier?“, fragte Eve.

„Vielleicht seit zehn Minuten. Ich bin nicht sicher. Ich habe gelesen.“

„Hast du uns nicht reinkommen sehen?“

Rowenna log nicht – jedenfalls nicht richtig. Sie sagte: „Ich war wirklich in diese Geschichte vertieft.“

„Nun, willst du uns nicht Gesellschaft leisten? Nimm deinen Kaffee, gib der Kellnerin Bescheid und komm zu uns rüber.“

„Sicher, mache ich gerne“, sagte Rowenna, die sowieso keine andere Wahl hatte.

Sie versuchte ihr Unbehagen, dass sie Zeugin ihres Streits geworden war, vor ihrer Freundin zu verbergen, als sie ihr zum Tisch folgte.

„Hallo, Ro“, sagte Adam und erhob sich.

„Adam“, begrüßte sie ihn und ließ sich von ihm auf die Wange küssen, während die Kellnerin ihr Essen brachte.

„Was liest du da?“, fragte er, als er die Zeitschrift unter ihrem Arm erblickte.

„Einen Artikel über Hammond Castle. Wusstet ihr, dass es dort spukt?“, fragte sie.

„Natürlich spukt es dort“, sagte Eve.

„Er hat mit Leichen experimentiert, weißt du“, fügte Adam hinzu.

„Vergiss das“, sagte Eve grimmig. „Wir haben jetzt unsere eigene Leiche, die uns beschäftigt.“

„Sie ist nicht *unsere* Leiche“, sagte Adam gereizt.

Eve starrte Rowenna an. „Ich kann nicht glauben, dass du sie gefunden hast“, sagte sie entsetzt.

Großartig. Die Neuigkeiten hatten sich also verbreitet. Rowenna fragte sich, ob das von nun an alles war, was die Leute dachten, wenn sie sie sahen: Dort ist die Frau, die die Leiche im Maisfeld gefunden hat.

„Woher weißt du, dass ich sie gefunden habe?“, fragte sie.

„Guckst du kein Fernsehen?“, gab Eve zurück.

„Oder liest du nicht die Zeitung?“, fügte Adam hinzu.

„Oder das kleine Ding namens Internet?“, sagte Eve.

„Ach“, erwiderte Rowenna nur.

„Es muss schrecklich gewesen sein“, sagte Eve.

„Das war es“, stimmte Rowenna zu.

Adam beugte sich zu ihr vor und fragte leise: „Hat er sie wirklich an einen Pfahl gebunden und sie dort draußen im Maisfeld gelassen?“

Rowenna blickte auf ihr Omelette und schob den Teller beiseite. Ihr Appetit war wie weggeblasen.

„Ja“, bestätigte sie ausdruckslos.

„Glaubst du wirklich, dass es eine Art Ritualmord war?“, fragte Adam.

Rowenna schüttelte den Kopf. „Es sah eher nach einem kranken Irren aus, der eine Frau brutal umgebracht hat", sagte sie. „Hört zu, Leute, das war keine besonders schöne Erfahrung, also wenn es euch nichts ausmacht ..."

„Tut mir leid", entschuldigte sich Adam rasch.

„Ich hoffe nur, dass dieser Verrückte nicht Mary Johnstone hat", sagte Eve düster und blickte Rowenna direkt an.

Hörte ich da eine gewisse Schärfe in ihrer Stimme? fragte sich Rowenna. Oder bilde ich mir die Dinge nur ein, weil ich noch immer aufgewühlt bin von gestern?

Adams Hände lagen auf dem Tisch, angespannt und verknotet. „Wollen wir es hoffen", stimmte er leise zu. Doch er war nervös. Die Schlagader an seinem Hals pulsierte.

„Ist irgendwas nicht in Ordnung?", fragte Rowenna.

„Nicht in Ordnung?", wiederholte Adam verständnislos und fragte dann. „Wo ist dein Freund?"

„Jeremy?", erwiderte Rowenna.

„Hast du sonst noch einen Freund mit nach Hause gebracht?", fragte Eve neckisch.

„Er ist ... unterwegs. Er ist hier, um Brad zu helfen. Sie waren mal Partner", erwiderte Rowenna.

„Brad ist noch immer Taucher bei der Polizei von Jax", sagte Adam. „Wir haben uns ein wenig unterhalten", erklärte er Rowenna. „Ich mochte ihn."

„Und seine Frau", sagte Eve mit leicht giftigem Unterton.

„Ich hoffe, sie finden sie. Sie war schön und wirklich sehr nett. Man sah jedem ihrer Schritte an, dass sie Tänzerin war", sagt Adam, der die überraschende und fast unverhohlene Eifersucht seiner Frau ignorierte.

„Tänzerin *ist*", sagte Rowenna.

„Ist", korrigierte sich Adam. „Selbstverständlich."

„Glaubst du wirklich, es besteht Hoffnung, dass sie noch lebt?", fragte Eve, und ihre Besorgnis klang echt.

Eve mochte eifersüchtig sein auf die Frau, dachte Rowenna,

doch sie würde ihr niemals etwas Schlechtes wünschen.

„Ich glaube aus tiefstem Herzen, dass sie am Leben ist", sagte Rowenna.

„Intuition?", fragte Adam.

Rowenna zuckte die Achseln.

„Deine Intuition ist gut", sagte Eve. „Was hast du eigentlich heute in der Stadt vor? Du bist ja ziemlich früh reingekommen."

Rowenna erklärte nicht, warum sie so früh da war. Es war ihr egal, ob die anderen wussten, dass sie mit Jeremy Flynn schlief – aber sie wollte die Nachricht auch nicht ausposaunen. „Ich will einige Sachen nachsehen. Aber bis die Bücherei öffnet, werde ich ein wenig spazieren gehen." Sie erhob sich. „Ich sehe euch später. Ich komm nachher mal in eurem Laden vorbei, um mir was zum Anziehen zu kaufen."

„Du hast dein Frühstück nicht gegessen", sagte Adam.

Nein, das hatte sie nicht. Doch wenn sie ihnen erklären würde, warum, würden die beiden sich nur schlecht fühlen. Also griff sie zu einer Notlüge.

„Ich schätze, ich war einfach nicht hungrig. Kein Grund zur Sorge, wenn es in dieser Stadt eines gibt, dann ausreichend Cafés, in denen ich etwas zu essen bekommen kann", sagte sie. Sie winkte noch einmal und ging zum Tresen, um ihr Frühstück und auch die Rechnung ihrer Freunde zu bezahlen. Dann verließ sie das Lokal.

Die Sonne stand inzwischen höher, und die Luft war kühl und klar. Es war ein schöner Tag.

Sie ging in Richtung des Peabody Essex Museums, von dem sie wusste, dass es geöffnet hatte, und verbrachte einige Zeit damit, in der Geschichte der Stadt zu stöbern. Im Lesesaal gab es genügend Bücher über die Vergangenheit, aber sie wurde ruhelos, als sie nicht fand, was sie suchte – obwohl sie selber nicht genau wusste, was das war. Sie verließ das Museum und holte sich einen Kaffee in einem örtlichen Coffeeshop. Dann schlenderte sie ziellos herum. Ihre Gedanken wanderten zu dem Artikel über Hammond Castle und von dort zu der Spuk-Vergangenheit der ganzen Gegend.

Die Legende vom Schnitter.

War da irgendetwas Wahres dran?

Sie war nicht sicher, ob sie das wissen wollte.

Rowenna entschied, als Nächstes ins Eastern Massachusetts Museum of History zu gehen, ein kleines Privatmuseum, das im Ort einfach als Historisches Museum bekannt war.

Sie eilte den Gehweg entlang und bog in die Straße ein, in der sich das Museum befand. Sobald sie um die Ecke war, erblickte sie das große Plakat, auf dem stand: Geschichte! Nur Geschichte, und sonst nichts!

Merkwürdigerweise gehörte das Museum Geschäftsmännern aus einem anderen Bundesstaat, doch ihr Freund Daniel war der Manager und hatte sein Personal aus Vollzeit- und Teilzeitmitarbeitern zusammengestellt, die die Gegend ebenso kannten und liebten wie ihre Geschichte und Legenden.

Enttäuscht stellte sie fest, dass Daniel keinen Dienst hatte, doch June Eagle war da, eine Studentin vom Salem College. Sie saß hinter dem Empfangstresen und las eine Zeitschrift.

„Hallo, Rowenna, ich hörte, dass du wieder daheim bist." June legte ihr Klatschmagazin weg und stand auf. Sie ging um den Tresen herum, um Rowenna zur Begrüßung zu umarmen. Ihre Augen funkelten. „Ich habe gehört, dass du dieses Jahr die Erntekönigin bist."

„Die Belohnung dafür, dass man hier geboren wurde", sagte Rowenna, die die Umarmung erwiderte.

„Ich glaube, es ist mehr als das. Ich glaube, du bist wirklich unsere Königin", neckte June. „Was führt dich her?", fragte sie. Dann verblasste ihr Lächeln. „Oh. Es geht um die Leiche im Maisfeld, oder? Es tut mir so leid, dass du sie gefunden hast. Ich kann kaum glauben, dass so etwas in dieser Gegend geschieht. Ich meine, in der Nähe von Boston vielleicht, aber hier …?"

„Es gibt keine Maisfelder, die näher an Boston liegen", sagte Rowenna.

„Stimmt. Aber es macht mir Angst." June schauderte. „Also ... womit kann ich dir helfen?"

„Ich möchte einige der alten Legenden überprüfen – vor allem die vom Schnitter", entgegnete Rowenna.

„Okay. Warte einen Moment, und ich hole dir den Schlüssel zur Bibliothek", sagte June.

Rowenna fühlte sich geehrt. Nur wenigen Privilegierten wurden die Schlüssel zur Bibliothek ausgehändigt.

June griff in eine Schublade und fand den Schlüssel, den sie Rowenna übergab. „Ruf mich an, wenn du irgendetwas brauchst", sagte sie. „Morgens ist es zu dieser Jahreszeit ziemlich ruhig. Die Leute kommen offenbar lieber nachmittags. Wie auch immer, ich sollte für meinen Kurs über Literatur des Altertums lernen, aber ich habe keine Lust. Ich bin einfach hier und stürze mich in die neuesten Heldentaten von Britney und Brangelina."

„Na, dann los", sagte Rowenna und machte sich auf in Richtung Bibliothek.

Wie in so vielen kleinen Museen wurden die unterschiedlichen Abteilungen durch halbhohe Wände und schwere Vorhänge voneinander abgetrennt. Die Bibliothek befand sich im hinteren Teil des Gebäudes. Rowenna erfreute sich auf dem Weg dorthin an den Exponaten.

Der erste Bereich war den Puritanern gewidmet und stellte dar, wie sie allmählich Fuß fassten in ihrem neuen Land. Eines der Gemälde zeigte, wie sie eine Stadt bauten, während sich die Einheimischen versteckten. Sie kannten die Gegend als Naumkeag. Und auch wenn das erste Thanksgiving für die Siedler in Plymouth ein Fest der Freundschaft gewesen sein mochte, verstanden die Puritaner zur Zeit der Besiedlung Salems langsam, dass es viele verschiedene Stämme gab und einige von ihnen kriegerisch eingestellt waren. Viele der Siedler sahen in den Einheimischen Heiden, Brüder des Teufels. Und dessen Werk fürchteten sie mehr als alles andere.

Sie ging weiter zu der Ausstellung über die Hexenprozesse, die nicht nur die Situation in der Neuen Welt, sondern auch in Europa und dem Rest der christlichen Welt veranschaulichte. Hexenbräuche waren illegal, doch das Problem bestand darin, dass man nichts dergleichen getan haben musste, um angeklagt zu werden. Angst, Einbildung, sogar Eifersucht genügte als Motiv völlig. Es war schwer nachzuvollziehen, wie ganze Gesellschaften sich der daraus resultierenden Hysterie ergaben und glaubten, darin ihr Heil zu finden. Doch Salems traurige Geschichte war Beweis genug, dass so etwas geschehen konnte.

Hinter der Hexenprozess-Ausstellung und noch vor der Bibliothek fand sie, was sie unbewusst gesucht hatte. Die Nachwirkungen der Hexenverfolgung.

Zuerst waren da Gemälde und begleitende Erklärungen zu der Art und Weise, wie der Skandal geendet hatte. Man hatte die Frau des Gouverneurs beschuldigt, einen Aufruhr angezettelt zu haben. Und vielleicht waren die Menschen es auch leid gewesen, dass so viele gute Leute sterben mussten. Doch als die Hexenfurcht endete, erwachten neue Ängste.

Und der Schnitter war geboren.

Sie war schon ein Dutzend Mal in dem Museum gewesen, doch diesmal studierte sie den Ausstellungsbereich zum Schnitter gründlich. Er wurde als groß dargestellt, mit einem wehenden dunklen Cape und einer Kopfbedeckung aus Herbstblättern. Obwohl er ein Mensch war, war er größer und breiter als die meisten Männer. Ein Gemälde von einem lokalen Künstler aus dem frühen 18. Jahrhundert hing hinter dem Modell im Ausstellungskasten. Auf dem Gemälde war das Cape des Schnitters mit Herbstblättern geschmückt, die zu seiner Kopfbedeckung passten. Seine Arme hatte er gen Himmel erhoben, während er mitten in einem Feld stand.

Einem Maisfeld.

Die Reihen der Maishalme waren grün und saftig, voll des Versprechens auf Nahrung für den kommenden Winter.

Um ihn herum kauerten, halb verborgen im Nebel, Frauen und Mädchen. Sie waren nackt, doch sehr geschmackvoll dargestellt. Sie duckten sich, die Arme keusch vor der Brust verschränkt, und versteckten sich unter ihrem langen Haar. Auch sie trugen Herbstblätter als Kopfbedeckung.

Ein weiteres Gemälde im nächsten Ausstellungskasten zeigte ebenfalls den Schnitter in seinem dunklen Cape und mit der Krone aus Herbstblättern. Diesmal stand er über einer einsamen jungen Frau, die flehend vor ihm kniete. Der Schnitter hatte eine Sense in der Hand, und die Szene hatte etwas Unheilvolles. Die Ernte bedeutete den Menschen viel, doch das Bild deutete an, dass der Schnitter für den Ertrag der Felder im Gegenzug Blut verlangte. Das war ein alter Glaube, der sich in der ganzen heidnischen Geschichte fand.

Rowenna hielt inne, um eines der Erklärungsschilder zu lesen. Die Winter in den späten zwanziger Jahren des 18. Jahrhunderts waren hart gewesen, und viele Familien waren nicht in der Lage, all ihre Kinder zu ernähren. Einige dieser hungernden Kinder „verschwanden“, was den Glauben nährte, dass der Schnitter nachts umging und seine Schuld eintrieb.

Sie ging weiter und rieb sich wärmend die Arme, als sei die Temperatur im Raum gefallen.

Die Puppen in dem nächsten Raum waren Wachsfiguren, die man realen Personen nachgebildet hatte – echten Mördern, die jeder auf seine Weise so berüchtigt waren wie der Schnitter.

Der erste trug einen stählernen Brustpanzer und einen Helm aus der Mitte des 18. Jahrhunderts. Es handelte sich um Andrew Cunningham, der in den Kolonien des Mordes und der Vergewaltigung mehrerer junger Frauen beschuldigt worden war. Er wurde angeklagt und schuldig gesprochen, konnte jedoch vor seiner Hinrichtung entkommen. Neben ihm stand eine weitere Wachsfigur – mit gespenstisch realistischen Augen –, die die Uniform der Roger's Rangers trug, einer britischen Einheit im Amerikanischen Unabhängigkeitskrieg. Der Mann hieß Victor Milton und war ebenfalls des Mordes verdächtigt – und niemals festgenommen worden. Er hatte für die Briten gekämpft. Vielleicht hatte der Hass der Menschen ihn zum Mörder gestempelt, so wie Hass, Gier und Eifersucht die Menschen einst „Hexe!" hatten rufen lassen.

Es gab noch zwei weitere Figuren im Raum. Die erste trug den dunkelblauen Mantel eines Offiziers der Unionstruppen. Der Mann hieß David Fine, und als seine Einheit die Gegend verließ, entdeckte man in den Wäldern die verwesenden Leichen von drei jungen Frauen. Die letzte Figur trug einen Anzug, der fast zeitgenössisch wirkte. Es handelte sich um Hank Brisbin, der 1920 gehängt worden war. Kurz vor seinem Tod hatte er verkündet, dass er für immer leben werde, dass er bereits Hunderte von Jahren lebte und niemals sterben würde.

Der Galgen hatte seine Rede abgeschnitten.

„Du hast Angst, dass es wieder geschieht, nicht wahr?"

Rowenna war so vertieft in die Figuren, dass sie bei dem Klang der Stimme erschrocken aufschrie. Ihr Herz klopfte bis zum Hals.

„Es tut mir leid. Oh, Rowenna, es tut mir so leid!"

Es war nur ihr Freund Daniel.

„Dan! Du darfst dich nicht einfach so an Leute heranschleichen."

Er sah so bekümmert aus, dass sie lachen musste und sagte: „*Mir* tut es leid." Sie eilte zu ihm und umarmte ihn rasch. „Ich bin nur ... nervös. Ich schätze, die ganze Gemeinde ist nervös."

Er lächelte. „Ich schwöre dir, ich wollte mich wirklich nicht anschleichen."

Sie lachte. „Ich war nur in Gedanken."

„Ja. Unheimlich, nicht wahr?", sagte Daniel und seufzte leise. „Sie wissen noch immer nicht, wer sie war, oder?"

„Soweit ich weiß, nicht", erwiderte Rowenna.

Er schüttelte den Kopf. „Es ist so schrecklich. Ich schätze, wir sollten zumindest dankbar sein, dass es nicht Mary Johnstone war."

„Du hast Mary getroffen, oder?", fragte Rowenna.

Er nickte traurig. „Oh ja. Ich riet ihnen, sich die Zukunft lesen zu lassen und in jedem Fall den Friedhof aufzusuchen. Ich war es auch, der ihnen Damien empfohlen hat."

„Dan!", sagte Rowenna. „Du darfst dir keine Vorwürfe machen."

„Tue ich nicht. Wirklich. Es ist nur ... Ich versuche mich an jenen Tag zu erinnern. Sie waren beide so nett, weißt du? Sie kamen nicht rein und fragten, ob wir irgendwelche Knochen aus Hexengräbern oder Borke vom Galgenbaum hätten. Und sie benahmen sich nicht so ... verdammt makaber, wie das so viele Leute an Halloween tun."

„Ich weiß, was du meinst", sagte sie.

„Ich fühle mich einfach nur schlecht deswegen. Ich denke immer, da muss doch etwas gewesen sein ..." Er verstummte. „June sagte, du bist wegen der Bibliothek hier?"

„Ich will nur mehr über die Vergangenheit herausfinden, über den Schnitter."

Er lächelte fragend. „Die Vergangenheit? Du glaubst, dass es wirklich einen Schnitter gab und er nun wieder erwacht ist?"

„Natürlich nicht", entgegnete sie rasch. Zu rasch? fragte sie sich. Wen wollte sie überzeugen?

„Sondern ...?"

„Ich frage mich, ob sich da draußen vielleicht ein Irrer herumtreibt, der *glaubt*, der Schnitter zu sein. Ich meine, sieh dir eure Ausstellung an. Dieser Typ", sie deutete auf die modernste Figur. „Hank Brisbin. Er behauptete im Sterben, dass er für immer leben würde."

Daniel lachte. „Ja – und die Worte blieben ihm im Halse stecken."

„Aber er *glaubte,* mehr zu sein als ein Mensch. Die Welt ist voll von Spinnern." Sie wandte die Augen von Brisbin ab, als ob sie den Anblick nicht mehr ertragen könnte. „Wie auch immer, es war nur eine Idee."

„Wer weiß? Vielleicht ist da draußen tatsächlich jemand verrückt." Daniel hielt inne und verzog das Gesicht. „Natürlich ist der, der diese Frau getötet hat, sowieso verrückt. Aber vielleicht ist er total verrückt. Du weißt schon, er will mit einem Mord davonkommen. Er entledigt sich seiner Frau oder seiner Freundin und lässt es wie ein krankes Ritual aussehen, damit er nicht verdächtigt wird."

„Das ist weit hergeholt", sagte Rowenna. „Ich glaube einfach nicht, dass hier jemand seine Frau oder seine Freundin umgebracht hat."

„Warum nicht?"

„Mary Johnstone. Sie wird noch immer vermisst."

„Okay, aber vielleicht – nur vielleicht – wird sie aus einem anderen Grund vermisst."

„Du meinst, dass sie absichtlich verschwunden ist, um ihrem Mann, der sie betrogen hatte, eins auszuwischen?", fragte sie.

Er zuckte die Achseln. „Hat man schon mal gehört."

Rowenna schüttelte den Kopf. „Mary ist Polizistenfrau – sie weiß, dass man sie anklagen würde."

„Weswegen? Sie ist erwachsen. Sie kann verschwinden, wann sie will."

„Ich bin ziemlich sicher, dass sie irgendwas finden würden, was sie ihr vorwerfen könnten – damit sie wenigstens die Kosten der Ermittlung tragen muss oder so etwas. Aber das ist nicht der Punkt. Ihre Handtasche und ihr Handy wurden auf dem Grab gefunden. All ihre Kreditkarten, ihre Bankkarte und ihr Geld“, erklärte Rowenna. „Ich habe sie nie kennengelernt, aber soweit ich weiß, liebte sie ihren Mann, und außerdem hatte sie eine wunderbare Karriere als Tänzerin. Warum sollte sie fortlaufen?“

„Du hast vermutlich recht. Ich hoffe nur, sie finden sie, bevor … Nun, ich hoffe einfach, sie finden sie wohlauf.“

„Das tue ich auch.“

Dan grinste plötzlich. „Und was passiert da zwischen dir und diesem neuen Kerl, von dem ich höre?“

Sie errötete. Sie hatte die Frage nicht erwartet, erst recht nicht inmitten eines ernsten Gesprächs.

„Hm, na ja, ich habe in New Orleans mit ihm gearbeitet. Er ist ein Privatermittler.“

„Hast du mit ihm an einem Fall gearbeitet?“, fragte Daniel mit leuchtenden Augen.

„Nein, nein. Wir waren nur zusammen in einer Radio-Talkshow. Eine von diesen „Ein Thema – zwei Meinungen“-Sendungen. Er war dabei, um Spenden für ein Kinderheim zu sammeln, ein Ort für verwaiste und missbrauchte Kinder. Die Show bot die Möglichkeit, seinem Anliegen Publicity zu verschaffen. Die Leute hören gerne Streitgespräche, erst recht, wenn es ein bisschen hitziger zugeht.“

Daniel lachte. „Dann hast du dich tagsüber mit dem Typ gestritten und bist ihm nachts nähergekommen?“

„So ungefähr“, erwiderte sie und errötete erneut.

„Und Joe ist einverstanden damit?“, fragte er.

„Joe hat mir die ganze Zeit gepredigt, ich solle wieder anfangen zu leben“, sagte sie.

„Es muss ihn dennoch ein bisschen schmerzen, meinst du nicht?“

„Ich glaube, Joe ist mein Freund, und ich werde ihm nicht aus dem Weg gehen. Und ich muss zugeben, ich habe mir mehr Sorgen darüber gemacht, dass er Privatermittler für eine wahre Plage hält. Aber er und Jeremy scheinen ganz gut miteinander auszukommen."

„Gut. Das freut mich für dich. Es ist schön zu wissen, dass sich alles für dich fügt."

„Wir sind nicht verlobt oder so etwas. Wir treffen uns, das ist alles. Ich weiß nicht, wohin uns das führen wird."

„Weiß irgendjemand von uns, wohin es uns führt?", fragte er mit gleichmütigem Achselzucken.

Sie lachte. „Ich weiß zumindest, wohin es mich jetzt führen wird. In die Bibliothek. Willst du mitkommen?"

„Aber sicher. Komm mit."

Sie gingen durch mehrere Ausstellungsräume, die der Zeit des Amerikanischen Unabhängigkeitskrieges gewidmet waren, dem Krieg von 1812 und den Tagen der Walfänger und großen Segelboote.

Es gab einen Raum, in dem es um Piraten ging, ein anderer konzentrierte sich auf Laurie Cabot, die nicht nur den heutigen Wicca-Glauben nach Salem gebracht hatte, sondern auch den Touristenboom, der nun so entscheidend zur Wirtschaft der Gegend beitrug.

Zuletzt erreichten sie die Bibliothek, in die nur Professoren und ernsthafte Studenten hineindurften. Rowenna wusste, dass sie Daniels Lieblingsstück im ganzen Museum war. Er ließ die Collegestudenten gern an den Ausstellungsstücken arbeiten – sie waren künstlerisch alle begabter als er, hatte er ihr einmal gestanden –, doch die Bibliothek war seine Domäne. Er war ein unersättlicher Leser, und er hatte hier ein Regalbrett mit seinen persönlichen Büchern für die wenigen Momente, in denen er nicht mit seiner Forschungsarbeit beschäftigt war oder mit antiken Büchern und Manuskripten, die das Museum gekauft oder von Bewohnern der Gegend geschenkt bekommen hatte.

Sie sah sich seine persönliche Sammlung an, weil sie dachte, dass sie sich später vielleicht etwas ausleihen könnte.

Rowenna wollte nicht in Jeremys Haus zurück, bevor sie etwas zur Ablenkung gefunden hatte.

„Du liebst Bücher“, sagte sie laut.

„Ja, alles“, stimmte er fröhlich zu.

Das war unübersehbar. Er hatte zwei Regale mit Klassikern, darunter Poe, Shakespeare, Dickens, Defoe. Als Nächstes kam zeitgenössische Belletristik mit alphabetisch sortierten Bereichen für Fantasy, Science Fiction, Mystery und Thriller sowie Horror. Ein wenig verblüfft stellte sie fest, dass er auch Liebesromane und Erotika besaß.

„Lach nicht“, sagte er.

Sie lachte nicht, doch sie konnte ein Lächeln nicht unterdrücken. „Hey, ein gutes Buch ist ein gutes Buch.“

„Ich lese sowohl um des Wissens als auch um der Unterhaltung willen.“ Er grinste. „Ich muss dir sagen, dass mich mein Wissen um sogenannte Frauenromane sehr beliebt macht, wenn ich abends mit einer Frau ausgehe. Und anders als diese Machotypen, die auf meine Buchauswahl herabschauen, weiß ich, was Frauen im Schlafzimmer wollen.“

„Gut für dich.“ Rowenna grinste amüsiert. Ihr Lächeln verblasste, als sie sich an die Leiche erinnerte, die sie gefunden hatte, und daran, dass Mary Johnstone noch immer vermisst wurde. „Ich fühle mich schuldig, dass ich mich amüsiere, weißt du?“, sagte sie zu Daniel.

„Ja, ich weiß“, erwiderte Daniel mit heiserer Stimme. Er schüttelte frustriert den Kopf. „Ich wünschte wirklich, ich könnte helfen.“

„Nun, lass uns sehen, was wir hier finden“, sagte Rowenna. „Darf ich hoffen, dass es einen Bereich über den Schnitter gibt?“

„Machst du Witze?“, fragte er. „Ich habe eine Abteilung für alles.“

„Du bist mehr als pedantisch“, neckte sie ihn.

„Darauf kannst du wetten“, entgegnete er grinsend. „Zu

deiner Linken, hinter dem Schreibtisch, hinter dem verglasten Buchkasten. Ich vertraue dir sogar einen unserer wahren Schätze an. Es wurde 1730 von einem Mann namens Ethan Forrester geschrieben."

„Okay, dann lass uns nach Epochen gehen", sagte sie, als er ihr ehrfürchtig das Buch reichte. Sie nahm es mit dem gleichen Respekt entgegen.

„Kein Kaffee oder irgendetwas anderes zu essen oder zu trinken, solange wir hier drin sind", sagte er ernst.

„Ich würde nicht einmal daran denken", versicherte sie ihm.

Eine Zeit lang lasen sie schweigend. Daniel beendete ein Buch, runzelte die Stirn und griff sich ein anderes.

Rowenna vertiefte sich in Ethan Forster's *Der Weg des Teufels*.

Man hatte Forrester in jenen Tagen vermutlich für einen Vordenker gehalten. Natürlich hatte er den Vorteil der rückblickenden Einsicht. Er schaute auf die Hexenhysterie zurück als ein Mann, der zur Zeit der Hinrichtungen ein Kind gewesen war und alles mit eigenen Augen angesehen hatte, wenn auch mit Kinderaugen.

Er schrieb über die Entbehrungen in Salem zu der Zeit, als die Hysterie begann, die eiserne Kälte des Winters und die heillose Langeweile, unter der die Kinder jener Zeit litten. Die Gesellschaft war streng, es gab kaum Raum zu atmen. Von den Mädchen erwartete man, dass sie Hausarbeiten verrichteten und beteten.

Forresters Buch war weitschweifig, doch es fesselte. Er schilderte die Menschen auf eine Art, die sie sehr echt wirken ließ, und notierte, dass Giles Corey – ein Mann, der zwischen Steinen zu Tode gequetscht wurde, weil er sich weder schuldig noch nicht schuldig bekennen wollte – gegen seine eigene Frau ausgesagt hatte, die daraufhin hingerichtet wurde. Er schrieb über John Proctor, der sein Dienstmädchen Mercy Warren tüchtig verprügelte, was ihre Hysterie vertrieb – bis die anderen Mädchen sie in die Finger bekamen und ihre Nachbarin wieder als „Hexe!“ beschimpften.

Dann schrieb er über die Nachwirkungen, wie die schamvolle Zeit weniger mit einem Knall als mit einem Winseln endete. Massachusetts war damals britische Kolonie gewesen, und die Machthabenden suchten im Mutterland nach Rat. In jenen Tagen dauerte die Korrespondenz sehr lange, weil die Fragen und die darauf folgende Antwort den Atlantik per Boot überqueren mussten. Und da die Frau des Gouverneurs beschuldigt worden war, konnte der ganze Irrsinn nicht mit einem Wort gestoppt werden. Doch schließlich fanden die Hinrichtungen ein Ende, auch wenn einige der Verurteilten weiter im Gefängnis verkümmerten, bis die Prozesse allmählich ein unangenehmes Gesprächsthema wurden. Als ein anderes Jahrhundert anbrach, begannen schließlich viele, ihre Fehler zu bereuen.

Doch es hatte so viel Angst geherrscht in jenen Tagen. Die kalten, feindseligen Eingeborenen – sogar feindselige Nachbarn.

Und das war die Bühne, die damals der Schnitter betreten hatte.

Vielleicht war er schon die ganze Zeit da gewesen, anfangs nur unbeachtet, weil die gesamte Öffentlichkeit sich auf die Verfolgung der Hexen konzentriert hatte, jener Frauen, die angeblich mit dem Teufel im Bunde waren. Und doch war mitten in dem Hexen-Wahnsinn ein junges Mädchen verschwunden. Ihre Freunde glaubten, sie hätte einen Weg gefunden, die Gegend zu verlassen, bevor man sie beschuldigen konnte. Ihre Feinde waren sicher, dass sie vor der Gerechtigkeit geflohen war.

Sie wurde niemals gefunden. Vielleicht war sie tatsächlich irgendwo anders hingegangen, hatte ihren Namen geändert und keine Spur ihrer Existenz hinterlassen.

Doch mit dem Beginn des achtzehnten Jahrhunderts gab es immer mehr Vermisstenfälle. Und dann wurden Knochen – menschliche Knochen – in einem Maisfeld gefunden.

Rowenna starrte auf das Gelesene und keuchte auf.

„Was?“, fragte Daniel.

„Im achtzehnten Jahrhundert hat man Knochen in einem Maisfeld gefunden!“, rief sie aus und blickte ihn an. „Warum habe ich nie davon gehört? Ich muss mehr darüber lesen.“

Er legte sein Buch beiseite und stellte sich hinter sie. Rowenna las laut vor.

„‚Das Fleisch war bis auf die Knochen weggepickt, und sie hatte kein Blut mehr. Kratzer auf dem Schädel wiesen darauf hin, dass Vögel ihr die Augen ausgepickt hatten. Andere Raubtiere und Aasfresser hatten sich ebenfalls bedient, sodass die armen Knochen völlig verstreut gefunden wurden. Niemand wurde der Gerechtigkeit zugeführt, um für den Mord zu büßen, noch geschah dies in den folgenden Jahren. Erst nach dem Verschwinden von Annie Rigby in den zwanziger Jahren gab es einen Verdächtigen. Die Leute tuschelten von einem Schnitter. Manchmal sagten sie, dass er schwarz sei, denn es war die Rasse und Hautfarbe der armen Tituba, die sie in den Augen der Leute zur Hexe stempelten. Sie stammte aus einem fremden Land und löste auf diese Weise die Hexen-Hysterie aus, die das Zeitalter der Dunkelheit nach sich zog. Aber diese Tage waren nun vorüber. Man konnte keinen Hexen mehr die Schuld geben. Da behaupteten sie, es sei der Teufel selbst in der Gestalt des Schnitters. Doch Annie Rigby war in der Gesellschaft eines Mannes gesehen worden, und als man seine Hütte stürmte, lachte er zwar über die Anschuldigung der Hexerei, doch er erzählte seinen Anklägern, dass er tatsächlich den Allerheiligsten anbete und dass der Allerheiligste niemand anderes sei als Satan selbst. Vor Gericht sagte Andrew Cunningham, dass er der Fleisch gewordene Teufel sei, dass der Teufel mit ihm in seinem Körper zusammenwohne und dass er seine Schuld einfordere. Man aß, man überlebte, weil man dem Teufel seinen Teil gab. Also wurde Andrew Cunningham – der auch behauptete, Satan in Menschengestalt zu sein – zum Tod durch den Strick verurteilt, doch am Tage der geplanten Hinrichtung konnte man ihn nicht finden. Tatsächlich durchsuchten sie den gesamten Kerker – denselben Kerker unter dem Büro des Sheriffs, wo keine drei Jahrzehnte früher so viele ihr Schicksal erwartet hatten, jene Grube voller Abwässer und Ratten, der nie zuvor jemand entronnen war. Cunningham war fort, und die Menschen hatten große Angst – nicht davor, dass er wieder zwischen ihnen leben könne, sondern davor, dass der Teufel frei herumlief. In ihrer Wut zerrten sie seine alte Haushälterin aus dem Haus und hängten sie, schließlich lautete das Sprichwort, dass der Teufel eine Magd braucht.‘“

Daniel lugte über ihre Schulter und sah, dass sie das Ende der Seite erreicht hatte. „Ist das alles?“, fragte er.

Rowenna blätterte um und starrte auf die nächste Seite. Dort stand nur ein Satz, der das Kapitel beendete.

Sie sah zu ihm auf und las dann weiter.

„‚Der Schnitter wird wiederkehren.‘“

10. KAPITEL

Gegen Mittag saß Jeremy mit Joe Brentwood in der Bar des Hawthorne Hotels. Gemeinsam gingen sie jede Vermisstenmeldung aus dem Nordosten durch, eine zeitraubende Angelegenheit.

Er war überrascht gewesen, dass Joe ihn mehr oder weniger entgegenkommend an jedem Aspekt der Ermittlung teilhaben ließ. Als er ihm dafür dankte und nach dem Warum fragte, hatte Brentwood nur die Achseln gezuckt und gesagt: „Mein alter Herr hat mir immer geraten: Halte deine Freunde nah und deine Feinde noch näher."

„Aber ich bin nicht Ihr Feind", hatte Jeremy erwiderte.

„Das ist noch nicht entschieden."

Jeremy hatte es vorgezogen, sich darüber nicht zu streiten.

Auf jeden Fall schien Joe zu glauben, dass Jeremys Fähigkeiten und Erfahrungen bei den Ermittlungen hilfreich sein konnten – Ermittlungen, die der Suche nach der Nadel im Heuhaufen glichen, bei der man nicht wusste, ob die Nadel überhaupt existierte.

Also waren sie die Daten durchgegangen und hatten ihre Arbeit nur kurz unterbrochen, um ihren Hunger mit einem Burger und Mineralwasser in der Bar zu stillen.

Die verschiedenen staatlichen und nationalen Behörden hatten mit der Zeit gelernt, bei der Verfolgung von Kidnappern, Vergewaltigern und Mördern zusammenzuarbeiten. Den Schlüssel dazu lieferten ausgefeilte Datenbanken, die Informationen aus dem gesamten Land zusammenführten. Was allerdings zur Folge hatte, dass sie fast bis zum Hals in Informationen versanken.

Sie hatten ihre Suche in Richtung Süden bis New Jersey, westlich bis Pittsburgh und nördlich bis an die kanadische Grenze ausgeweitet. Wenn sie innerhalb dieses Gebiets ihre Unbekannte nicht identifizieren konnten, mussten sie die Suche noch weiter ausdehnen. Doch Halloween war nicht wie Thanksgiving oder Weihnachten. Es war kein Fest, zu dem die Leute zu ihrer Familie oder weit wegfuhren, weil sie freihatten. Da ihre Unbekannte offenbar nicht aus der Gegend stammte, musste sie höchstwahrscheinlich aus der weiteren Umgebung kommen.

Sie war ungefähr einen Meter sechzig groß, fünfundfünfzig Kilo schwer und in einem guten körperlichen Zustand gewesen. Ihr Alter wurde auf irgendwo zwischen siebzehn und fünfunddreißig Jahre geschätzt. Die Augenfarbe konnte nicht mehr bestimmt werden, da sie keine Augen mehr gehabt hatte, doch ihr Haar war dunkelbraun bis schwarz gewesen.

„Hier“, sagte Joe und deutete auf ein Blatt. „Lily Arnold, zuletzt bei ihren Eltern gesehen am 28. Oktober. Ging mit einem neuen Kerl aus.“ Er wirkte zufrieden mit seiner Entdeckung, doch dann fluchte er leise. „Doch nichts. Hier ist ein handschriftlicher Nachtrag. Die Mutter rief an, dass sie von ihr gehört hätte – sie hat ihren Job gekündigt und ist nach Toronto gegangen.“

Computer bekamen nicht alles mit.

„Was ist mit dieser Frau?“, fragte Jeremy und las vor. „Dinah Green aus Boston. Die körperliche Beschreibung passt auf sie, und sie ist am 27. Oktober nicht zur Arbeit erschienen. Sie hatte davor Urlaub gehabt und ihren Kollegen erzählt, dass sie die Küste hinauffahren wollte. Als sie auch am darauffolgenden Tag nicht erschien und nicht ans Telefon ging, hat ihr Chef sie vermisst gemeldet. Sie lebte allein, und ihre Wohnung war bei der Überprüfung durch die örtliche Polizei leer und sah unberührt aus. Die Befragung der Freunde und Nachbarn hat ergeben, dass sie ihrer direkten Nachbarin, einer Clare Faith, zugesagt hatte, zu deren Halloween-Feier zurück zu sein. Doch das war sie nicht. Clare hat daraufhin ebenfalls die Polizei benachrichtigt. Dinah ist noch immer nicht aufgetaucht und hat weder ihre Miete für November noch andere Rechnungen bezahlt. Niemand hat von ihr gehört, und ihr Handy wurde seit dem 19. Oktober nicht mehr benutzt."

Joe nahm Jeremy das Blatt aus der Hand und studierte es stirnrunzelnd.

„Viel mehr steht hier nicht", murmelte er. „Was ist mit der Familie des Mädchens? Sie verschwindet einfach von der Bildfläche, und es scheint niemanden zu geben, der sich um sie sorgt."

„Clare Faith scheint es getan zu haben. Und ihre Kollegen."

Joe schüttelte den Kopf. „Da müssen doch Eltern irgendwo da draußen sein. Herrje, ich verstehe es nicht. Ich meine, Kinder werden erwachsen, aber man investiert ein ganzes Leben in sie – halten die Menschen nicht wenigstens Kontakt mit ihren Kindern? Aber wer weiß, vielleicht ist sie auch einfach von zu Hause fortgegangen und hat ihre Eltern vergessen, die sie ebenfalls vergessen wollten. Wenn man sich distanziert, tut es vermutlich nicht so weh, wenn etwas schiefgeht."

Jeremy blieb für einen Moment verlegen still, dann sagte er. „Es tut mir leid wegen Ihres Sohnes, Joe."

Joe nickte und senkte kurz den Blick. „Herrje, mir tun Ihre Eltern leid. Drei Jungs – und alle arbeiten auf die eine oder andere Weise als Gesetzeshüter. Sie müssen sich ja ständig Sorgen machen."

„Meine Eltern sind tot." Offenbar hatte Joe nur seine derzeitigen Lebensumstände überprüft. „Vielleicht gilt das auch für die Eltern von Dinah Green."

Eine Minute lang starrte Joe ihn an. Dann erschien ein reuiges Lächeln auf seinem Gesicht. „Nun, das tut mir leid für euch Jungs."

„Wir sind damit klargekommen. Sie waren großartig, solange sie bei uns waren. Wir haben die Erinnerungen."

„Erinnerungen. Ja, meine Erinnerungen sind alle gut", sagte Joe und lächelte wehmütig. Plötzlich runzelte er die

Stirn. „Warum haben Sie so urplötzlich aufgehört? Nach meinen Quellen – und ja, sogar wir Landeier haben so etwas – haben Sie Männer aufgespürt, die in einer sechssitzigen Cessna umgekommen waren, eine Frau, die man angekettet an einen Zementblock in den Kanal geworfen hatte, und ein Paar, das nach einem Unfall in einem frisierten Dragster sechs Meter tief ins Wasser gefallen war. Sie haben sogar mehrere Leben gerettet. Was also hat Sie das Handtuch werfen lassen?"

„Die Kinder", sagte Jeremy.

„Die Kinder?", echote Joe.

„Ein Van voll mit Pflegekindern."

„Weil sie tot waren?"

„Weil eines von ihnen es nicht war. Und weil ich zwei Minuten zu spät war, um ihn zu retten", sagte Jeremy tonlos.

Weil er in meinen Träumen am Leben ist.

Nicht dass er das zugeben würde.

Doch Joe musterte ihn noch immer neugierig. Jeremy war nicht sicher, warum er wollte, dass der Mann gut über ihn dachte; er musste niemandem etwas beweisen.

Doch Joes gute Meinung bedeutete ihm etwas.

Weil Joe Rowenna etwas bedeutete?

Er wollte nicht darüber nachdenken.

„Man lernt in diesem Geschäft, dass man nicht jeden retten kann – und man darf sich deswegen keine Vorwürfe machen", sagte Joe schließlich.

„Ich mache mir keine Vorwürfe. Die mache ich dem, der sie verdient hat: dem idiotischen Pflegevater, der getrunken hatte und dann in diesen Kanal steuerte. Aber das hilft nichts. Ich machte mir keine Vorwürfe. Ich war nur bereit zu gehen. Wie auch immer, mir gefällt es, was ich jetzt tue. Mit meinen Brüdern zu arbeiten … Wir sind ein gutes Team. Und ich mag die Flexibilität. Brad braucht mich, und ich kann hier sein. Funktioniert alles."

Joe nickte langsam und sah ihn noch immer unverwandt

an. Jeremy hatte keine Ahnung, was er sah, doch der Blick des älteren Mannes war zu durchdringend, um tröstend zu sein.

Außerdem waren sie vom Thema abgekommen, und er war sicher, dass Joe Brentwood auf die Lösung des Falls ebenso erpicht war wie er. Er tippte auf das Blatt, das Joe in der Hand hielt, und fragte: „Was zeigen die Kreditkartenabrechnungen?"

Joe überflog das Geschriebene. „Am achtzehnten Oktober checkte sie in einem Hotel in Saugus ein, genau die Straße hinunter. Checkte am Halloween-Morgen aus ... Nein, Moment. Ihre Abreise war für den 26. geplant, sodass sie automatisch ausgecheckt wurde. Sie hatte nichts im Zimmer zurückgelassen, also hatte das Hotelpersonal keinen Grund, ein Problem zu vermuten. Am zwanzigsten Oktober hob sie an einem Geldautomaten ein paar Hundert Dollar ab. Da scheint sie zum letzten Mal ihre Karte benutzt zu haben."

„Was ist mit ihrem Wagen?", fragte Jeremy, und Joe übergab ihm den Zettel.

Jeremys Augen überflogen die Seite, während Joe ihn musterte. Er fand, was er suchte, und wandte sich wieder Joe zu. „Er wurde verlassen neben der I-95 nach Norden gefunden, südlich der Grenze zu Maine. Man hat ihn am ersten November abgeschleppt, aber die Behörden wissen nicht, wie lange er schon da stand. Gemeldet wurde er am Tag zuvor von einem Highway-Polizisten, der ihn dort schon mindestens seit zwei Tagen gesehen hatte."

„Ich glaube, damit könnten wir etwas haben", sagte Joe. Er holte sein Handy heraus und wählte eine Nummer. Er teilte einem der Hilfssheriffs Dinah Greens Namen mit und wies ihn knapp an, dass er jede verfügbare Information aus Boston anfordern und die zahnärztlichen Unterlagen sofort an Doc Harold weiterleiten solle. Er wollte möglichst aktuelle Bilder, und seine Männer sollten die Bars und Geschäfte der Gegend abklappern, ob jemand sie gesehen hatte, und wenn ja, wann und mit wem. Dann klappte er das Handy zu. „Noch irgendwas? Irgendjemand?", fragte er. „Ich habe zwar das Gefühl, dass Sie unsere Unbekannte gefunden haben, aber für den Fall, dass sie es nicht ist ..."

Sie verbrachten weitere zwanzig Minuten damit, den Rest der Vermisstenmeldungen durchzugehen, und am Ende legte Jeremy drei beiseite. „Zu diesen passt die Beschreibung, aber sonst nicht viel. Da ist ein Mädchen von Princeton, das offenbar einen Riesenstreit mit seinem Freund gehabt hatte. Aber laut der Polizei in New Jersey hat sie bei einer Zweigstelle ihrer Bank in New Hampshire persönlich Geld abgehoben. Und hier ist eine Frau aus New York City, die, wie sich herausstellte, mit ihrem Freund zusammen abgehauen ist – die Mutter hat es später gemeldet. Sie sagte, sie kann den Freund nicht leiden. Er sei Italiener, vermutlich in der Mafia, und habe ihre Tochter auf eine Karibikinsel entführt."

„Sie machen Witze. Er ist Italiener und muss deshalb bei der Mafia sein?", fragte Joe empört.

„Die Mutter mag ihn nicht. Sie muss irgendwas Negatives finden", entgegnete er ruhig und wandte sich wieder den Papieren zu. „Hier ist noch eine, die es sein könnte – Charlene Nottaway. Sie verließ New York und wollte zu einer Hütte in Maine, doch dort ist sie noch nicht aufgetaucht. Sie verließ die Stadt in der letzten Oktoberwoche und hat seitdem keine Kreditkarte benutzt." Er sah zu Joe hoch. „Sie ist achtunddreißig. Ein bisschen älter, als der Gerichtsmediziner unsere Leiche aus dem Maisfeld schätzt."

„Ja. Ich denke, es wird das erste Mädchen sein, aber ich werde über diese auch Erkundigungen einziehen", sagte Joe grimmig.

Plötzlich runzelte er die Stirn und sah Jeremy argwöhnisch an. „Wo ist Rowenna?"

„Sie wollte einige Nachforschungen anstellen", erwiderte Jeremy.

„In der Stadt?“, fragte Joe scharf.

„Ja.“

„Sie ist nicht alleine reingefahren, oder?“, wollte Joe wissen.

Jeremy schüttelte den Kopf. „Nein.“ Er zögerte einen Moment. Rowenna war nicht Joe Brentwoods Tochter. Sie war über einundzwanzig. Ihr Leben gehörte ihr. Warum also fühlte er sich wie ein College-Junge, der mit seinem Mädchen zu lange ausgeblieben war? „Sie ist bei mir in der Stadt geblieben. Ich habe ein Haus drüben in der Essex Street gemietet.“

„Ich verstehe.“ Joe sah ihn an und seufzte. „Die Sache ist die, ich wollte immer, dass sie ein neues Leben beginnt. Ich wollte nur nicht, dass es ein Leben mit einem Cop oder einem Soldaten ist“, sagte Joe. „Und ich glaube nicht, dass Ihr Beruf so viel sicherer ist.“

Jeremy blickte hinab auf die Überreste seines Hamburgers. Gut durch. Normalerweise mochte er das Fleisch blutig. Allerdings nicht nach einer Autopsie. Er war ein Fleischesser und hatte keine Absichten, Vegetarier zu werden. Doch die Überreste eines Menschen zu sehen war dem Genuss von blutigem Fleisch nicht gerade zuträglich.

Er sah Joe an. „Es gibt keine Garantien im Leben“, sagte er.

„Nein. Es gibt keine Garantien. Aber es gibt Statistiken. Und die Statistiken für Soldaten und Cops sind nicht gut – ebenso für jeden, der sich mit Verbrechern anlegt. Warum spielen Sie nicht einfach nur Gitarre?“

Jeremy lachte. „Ich bin nicht gut genug, um damit Geld zu verdienen.“

„Da hab ich aber ganz anderes gehört.“

„Steht das in der Akte, die Sie über mich angelegt haben?“

Joe grinste nur.

„Ich spiele gern, verstehen Sie mich nicht falsch. Aber ich mag die Ermittlungen und die Arbeit mit meinen Brüdern lieber. Darin steckt echte Befriedigung. Für mich ist das wichtig. Und, das darf ich anmerken, Sie machen mir nicht gerade den Eindruck, als würden Sie vorzeitig in den Ruhestand gehen."

Joe schwieg eine Zeit lang. „Nun, ich habe sowieso das Gefühl, auf gestundete Zeit zu leben, wenn Ihnen das was sagt. Frau und Sohn, beide tot. Ich habe Freunde, und ich bin kein Selbstmörder-Typ. Aber meine Arbeit ist jetzt mein Leben."

„Es ist nicht wirklich ein Leben, wenn Sie nicht irgendeine Art von Bedeutung darin finden", sagte Jeremy.

Joe schüttelte den Kopf und wechselte das Thema. „Ich mache mir Sorgen um sie."

Er brauchte nicht zu sagen, von wem er sprach. Jeremy wusste, dass er Rowenna meinte.

„Sie machen sich Sorgen um sie – aber gleichzeitig suchen Sie sie auf, damit sie Ihnen in möglicherweise gefährlichen Situationen hilft", erinnerte ihn Jeremy.

„Sie wird sowieso in diese Dinge hineingezogen, ob nun mit mir oder ohne mich", sagte Joe. „Die Sache ist die: Ich würde mich für sie erschießen lassen. Fragt sich, was Sie tun würden?"

Er meinte es ernst. Todernst.

Jeremy lächelte. „Das ist ein Teil der Ausbildung, wissen Sie. Nicht nur, weil sie mir am Herzen liegt, aber Sie kennen den Drill. Schützen und dienen. Schützen. Immer an vorderster Front sein, bereit, sich die Kugel einzufangen."

Joe nickte und stand dann ungeduldig auf. „Es ist ... Sie müssen vorsichtig mit ihr sein. Wirklich vorsichtig."

„Weil sie ... vorschnell handelt?", fragte Jeremy.

„Weil man nie genau weiß, was sie sieht", erwiderte Joe. Er nahm die Rechnung, die die Kellnerin mit dem Essen gebracht hatte. „Sie haben mein Essen gestern Abend übernommen. Ich übernehme den Lunch. Ich rufe Sie an, wenn ich etwas habe." Er nahm die Akten und ging nach draußen. Jeremy sah ihm hinterher und griff dann nach dem Telefon.

Zu seinem Unmut bemerkte er, dass Joes Worte ihn unruhig gemacht hatten.

Doch Rowenna meldete sich beim zweiten Klingeln.

„Jeremy?"

„Ja, ich bin's. Wo bist du?"

„Beim Lunch mit meinem Freund Dan vom Historischen Museum. Ich war den ganzen Morgen dort und habe alles Mögliche herausgefunden."

„Ach ja?"

„Jeremy, jahrhundertelang wurden Männer verhaftet, weil sie angeblich der Schnitter waren."

„Nun, ich weiß nicht, wer der Schnitter ist, doch ich weiß, dass zwanzig Menschen als Hexen oder Hexer hingerichtet wurden, und keiner von ihnen war es", erwiderte er. „Ich sehe nicht, was die Vergangenheit mit der heutigen Leiche im Feld zu tun hat."

„Der Schnitter ist eine örtliche Legende – ich erzähle dir später von ihm. Aber ich glaube, unser Täter ist verrückt und denkt, dass er die Wiedergeburt des Schnitters ist oder so etwas", sagte sie.

„Na ja, unser Täter ist auf die eine oder andere Art definitiv verrückt. So wie die Leiche herausgeputzt war, wette ich darauf, dass er die Gegend und ihre Legenden in- und auswendig kennt."

„Du musst dir die Recherchen wirklich ansehen", sagte Rowenna. „Ehrlich, ich bin sicher, dass ich da einer Sache auf der Spur bin."

„Selbst wenn das der Fall sein sollte", sagte Jeremy, „ist er dennoch aus Fleisch und Blut, sehr gefährlich – und irgendwo da draußen." Er stand unwillkürlich auf. „Wo bist du genau? Ich komme dort hin."

Sie gab ihm die Adresse einer kleinen Sushi-Bar jenseits der Hauptstraße. Es war nah genug, dass er laufen konnte. Er nahm die Abkürzung durch die Fußgängerzone und sah sich die Stelle an, wo Damien sein Zelt aufgestellt hatte. Angenommen, er war derjenige, der Mary entführt hatte, wie hatte er es abgebaut? Irgendwie musste er seinen Laden geschlossen und sein Zelt verstaut haben, bevor er Mary draußen auf dem Friedhof wegzauberte. Laut Brad war es dort menschenleer gewesen, was bedeutete, dass niemand etwas beobachtet hatte.

Als er an den Geschäften vorbeiging, bemerkte er Rowennas Freunde Adam und Eve Llewellyn, die das Schaufenster umdekorierten. Sie schienen sich zu streiten, während sie glänzenden purpurroten Stoff ausbreiteten, um welche Waren auch immer darauf zu präsentieren. Eve blickte scheinbar instinktiv auf und erkannte ihn. Der düstere Gesichtsausdruck verschwand, als habe er nie existiert. Sie lächelte breit und winkte, dann stieß sie Adam den Ellbogen in die Seite, der daraufhin ebenfalls lächelte und winkte. Das ist interessant, dachte Jeremy. Adam hatte ihn nicht gesehen und weiter gestritten. Die Anspannung in seinen Gesichtszügen verriet seinen Ärger. Aber genau wie Eve zauberte er sofort ein Lächeln auf sein Gesicht und winkte, als sei er überglücklich.

Da es keine Alternative gab, lächelte Jeremy auch und winkte zurück.

Eve stieg aus dem Schaufenster und erreichte die Tür, bevor er weitergehen konnte.

„Wo ist Rowenna?“, fragte sie.

„Beim Lunch mit David“, sagte er.

„Lunch? Wo?“, fragte Eve.

„Irgendeine Sushi-Bar jenseits der Hauptstraße.“

„Asaki“, sagte Eve wissend. „Warten Sie auf mich. Ich sterbe vor Hunger und sage Adam nur, dass er die Stellung halten soll.“

Bevor er etwas erwidern konnte, eilte sie zurück in den Laden.

Durch das Fenster sah er Adam finster dreinschauen und etwas entgegnen.

Eve ignorierte es und kam herausgelaufen. Sie trug ein langes schwarzes Cape und lächelte, als hätte sie keinerlei Sorgen. Ihm schien es, dass sie allzu sehr lächelte.

„Gehen wir?“ Sie hängte sich bei ihm ein. „Mögen Sie Sushi?“, fragte sie fröhlich.

„Sicher. Ich mag fast alles. Allerdings habe ich schon gegessen. Ich will Rowenna nur abholen“, sagte er. „Sie war drüben im Museum und hat etwas recherchiert über den Schnitter.“

Eve lachte, was ihm ebenso bemüht schien wie ihr Lächeln. „Nun, ich bin sicher, sie freut sich, Sie zu sehen. Dan ist ein netter Kerl, aber er kann ein wenig düster sein. Sie haben vermutlich den ganzen Morgen über ihre Nasen tief in alte Bücher gesteckt. Wie sie glauben können, dass ein Blick in die Vergangenheit bei der Aufklärung eines heutigen Mordes helfen kann …“ Ihre Worte verklangen, und sie hielt schaudernd inne. „Weiß man schon, wer die Frau ist oder woher sie kam?“

„Die Ermittlungen laufen noch“, sagte Jeremy. Aber ich habe eine ziemlich gute Ahnung, fügte er innerlich hinzu.

Eve schauderte erneut und verstärkte den Griff um seinen Arm, als sie schnellen Schrittes weitergingen. „Es ist so schrecklich“, sagte sie. „Ich meine, man liest von solchen Dingen, doch sie geschehen woanders. Oder sie sind furchtbar, aber ergeben eine Art von … Sinn. Eine Frau tötet ihren Ehemann, der sie misshandelt. Ein Drogendealer erschießt einen rivalisierenden Drogendealer. Aber das hier – das macht mir Gänsehaut.“

„Hoffentlich werden sie den Täter bald fassen“, sagte Jeremy.

„Sie wissen, dass es ein Mann war?“, fragte Eve.

„Sie wurde vergewaltigt, was definitiv auf einen Mann schließen lässt“, erwiderte er. Sie waren alle davon ausgegangen, dass es sich bei dem Mörder um einen Mann handelte, doch man hatte kein Sperma finden können. Das konnte auf ein Kondom hindeuten, aber es war auch möglich, dass man sie mit einem Gegenstand sexuell missbraucht hatte, auch wenn es keine ungewöhnlichen Verletzungen gab, die diese Theorie stützen würden. Eindeutig ein sehr organisierter Mörder, doch jeder Mörder machte irgendwann einen Fehler.

Auch dieser Mörder würde das tun.

Allerdings hatte Jeremy das dumpfe Gefühl, dass, wenn sie ihn nicht rechtzeitig fanden, sein nächstes Opfer Mary sein würde.

„Wie schlägt sich Ihr Freund?“, fragte Eve, als könnte sie seine Gedanken lesen.

„Ich habe ihn heute noch nicht gesehen. Ich werde ihn später treffen“, erwiderte Jeremy.

Kurz darauf öffneten sie die Tür zum Restaurant. Rowenna und Daniel saßen in ein Gespräch vertieft in einer Nische hinten im Raum. Sie sieht wunderschön aus, dachte Jeremy. Als sie ihn erblickte, trat ein so freudiges Lächeln auf ihr Gesicht, dass er es einfach erwidern musste. Er fragte sich, wie sie so leicht in sein Leben und sein Herz hatte einziehen können. Mit jemandem zu diskutieren war eine Sache, Anziehung eine andere, und Sex – sogar großartiger Sex – war noch eine andere. Sie hatte alles drei und noch viel mehr. Vielleicht hatte er sich deshalb so lange von ihr ferngehalten, weil er geahnt hatte, dass sie seine Welt mit einem einzigen Lächeln erschüttern konnte.

Daniel wandte sich um, erblickte sie und gestikulierte einladend. Sie geben ein merkwürdiges Paar ab, dachte Jeremy. Dan sah aus wie der typische Professor mit seinem leicht zerzausten Haar und der Brille. Er trug sogar ein Tweedjackett mit Lederflicken an den Ellenbogen.

Im Gegensatz dazu bot Rowenna ein Bild des Lebens. Ihre Wangen waren leicht gerötet, und selbst im Sitzen schien sie vor Energie und Leben zu sprühen.

Eve fügte der Ungleichheit des Bildes einen weiteren Aspekt zu. In ihrem wehenden Cape und mit den baumelnden

Ohrringen in Pentagramm-Form war sie die Inkarnation einer Salem-Hexe.

„Ich hoffe, es macht euch nichts aus, dass ich in euren Lunch reinplatze", sagte Eve. „Ich sah Jeremy vorbeigehen und habe ihn einfach angesprochen. Als ich hörte, wo er hinwollte, habe ich mich ihm aufgedrängt", erklärte sie, setzte sich und griff ohne Hemmungen nach einem Stück California Roll von Rowennas Teller.

„Ich freue mich immer, dich zu sehen", sagte die.

Daniel sah zu Jeremy hoch und verdrehte die Augen. Jeremy hatte den Eindruck, dass Dan und Eve nur deshalb miteinander auskamen, weil sie beide mit Rowenna befreundet waren. Denn ansonsten hatten sie nicht wirklich viel gemeinsam. Daniels Liebe zur Geschichte und zu Büchern schien mit Eves freigeistiger Lebenseinstellung offenbar in Konflikt zu stehen.

Er verspürte plötzlich Sorge um Rowennas Sicherheit, obwohl er sah, dass sie gut aufgehoben war und das ohne Zweifel auch bleiben würde, solange sie mit ihren Freunden zusammen war. Tatsächlich gab es keinen Grund, davon auszugehen, dass sie sich in größerer Gefahr befand als irgendeine andere junge Frau auf den Straßen von Salem.

Das war es, was ein Lächeln bewirken konnte, dachte er. Es konnte einen Mann so um den Verstand bringen, dass er sich um eine Frau sorgte, einfach weil sie eine Frau war. Nein, wenn er ehrlich war, musste er zugeben, dass es um mehr ging. Es lag daran, dass sie sich in seine Welt drängte, in sein Leben, so wie er es kannte. Was für ein Idiot er doch war. In New Orleans war es ihm irgendwie gelungen, ihr aus dem Weg zu gehen, obwohl sie sich täglich gesehen hatten, doch jetzt …

In diesem Moment riss Daniel ihn aus seinen Gedanken, indem er ihm die Hand zur Begrüßung reichte. „Wir haben heute Morgen ein paar interessante Dinge gelesen", sagte er.

„Rowenna hat am Telefon schon so etwas angedeutet",

sagte Jeremy, der sich neben Dan in die Nische setzte, da Eve bereits neben Rowenna saß und eifrig in ihrem Sushi herumstocherte.

„Erinnert mich bitte daran, dass ich außer Haus bestellen muss“, sagte sie. „Ich habe Adam versprochen, dass ich ihm etwas mitbringe.“

„Was ist mit Ihnen?“, wandte sich Daniel höflich an Jeremy. „Sind Sie hungrig?“

Jeremy lachte. „Nein. Ich habe gerade gegessen, aber diese Rollen sehen gut aus.“ Er ging davon aus, dass sie erst essen sollten, bevor sie ernsthaft miteinander sprachen. Und da er wusste, dass kein legendärer Mörder von den Toten auferstanden war, um Frauen zu ermorden, hielt er es durchaus für möglich, dass jemand ein tödliches Spiel spielte, das auf der Vergangenheit beruhte.

Als die Kellnerin kam, bestellte Eve rasch. „Edamame, bitte, einen Salat mit Ingwer-Dressing, eine Drachenrolle und eine Miso-Suppe. Und bitte das Gleiche noch mal zum Mitnehmen, ja? Vielen Dank.“

Nach ihrer Bestellung wirkte Eve äußerst fröhlich. Die einfachen Dinge im Leben, dachte Jeremy.

Die Rollen sahen wirklich gut aus, und Meeresfrüchte und Fisch schienen nicht so … *tot* zu sein, wie sein Hamburger es gewesen war.

Jeremy entschied sich für zwei Rollen, eine mit Thunfisch und eine mit Lachs.

„Die Dekoration für Thanksgiving geht großartig voran“, sagte Eve, als die Kellnerin mit zwei weiteren Wassergläsern, einer weiteren Teekanne und kleinen Schälchen kam. „Und dann werden wir alles für Weihnachten ausstaffieren.“

„Weihnachten?“, neckte Daniel. „Aber du bist Wiccanerin.“

„Und wir haben unsere eigenen Feiertage. Aber anders als einige Menschen, die ich kenne, respektiere ich jeden Glauben.

Wir führen Dinge für Wiccaner, für Christen oder für jene, die an Mohammed, Buddha oder Konfuzius glauben. Wir haben sogar Kunden, die Kwanzaa feiern. Oh“, fügte sie hinzu und nickte Jeremy wissend zu, „wir haben sogar ein paar Sachen für Menschen, die an Voodoo glauben.“

Offenbar wusste sie weder, dass er nicht aus New Orleans stammte, noch dass nicht jeder in der Stadt Voodoo praktizierte.

„Ach ja?“, fragte Daniel mit amüsiertem Grinsen. „Hängen deshalb diese scheußlichen Masken an der Wand?“

Eve verzog das Gesicht. „Ich kann sie nicht ausstehen“, gab sie zu.

„Aber du verkaufst sie“, sagte Daniel.

„Was für Masken?“, fragte Rowenna.

„Wir haben sie heute Morgen gerade ausgepackt“, sagte Eve. „Ich habe so viele schöne Dinge – aber Adam hat entschieden, dass wir diese Masken kaufen müssten. Sie stammen von einem ortsansässigen Künstler. Na ja, ein Typ, der hier aufgewachsen ist und dann mit Spezialeffekten beim Film Karriere gemacht hat, bis er sich entschied, wieder nach Hause zu kommen. Sein Name ist Eric Rolfe.“

„Eric? Ich erinnere mich an Eric“, sagte Rowenna und sah Jeremy an. „Er war ein paar Jahrgänge vor mir auf der Highschool. Er wollte schon immer Spezialeffekte machen, sogar als Kind. Er stellte immer die grausigsten Vogelscheuchen her.“ Sie wirkte beunruhigt. „Tatsächlich … waren seine Vogelscheuchen fast so beängstigend wie eine wirkliche Leiche.“

Jeremy wusste, dass er diesen Eric Rolfe sofort überprüfen musste.

„Dann ist er also kürzlich wieder hergezogen?“, fragte Jeremy.

„Ja, vor ein paar Wochen. Aber kommen Sie jetzt bloß nicht auf die Idee, dass er ein irrer Killer ist“, sagte Eve und machte eine abwehrende Handbewegung. „Auch wenn er einem wirklich Angst einjagen kann ...“, fügte sie hinzu.

„Inwiefern?“, fragte Jeremy.

Rowenna lachte. „Er ist fast zwei Meter groß und war schon damals in der Highschool kräftig gebaut. Doch er ist ein wirklich netter Typ, einer, der keiner Fliege etwas zuleide tun kann. Ich habe gehört, dass eine Highschool-Klasse vor ein paar Jahren nach Kalifornien gefahren ist, wo er an irgendeinem Monsterfilm gearbeitet hat. Er führte die Kinder durch seine Werkstatt, zeigte ihnen den Set – er war wirklich nett. Ich freue mich, ihn wiederzusehen. Ich wusste nicht, dass er zurück ist.“

„Was hat es mit seinen Masken auf sich?“, wandte sich Jeremy an Eve.

„Eric hat sich immer dafür interessiert, was die Leute antreibt“, erklärte sie. „Er fand es psychologisch gesehen sehr faszinierend, dass die Puritaner an Hexen glaubten und tatsächlich auch, dass Menschen einen Pakt mit dem Teufel schließen konnten und all diese Dinge. Jetzt hat er also eine Reihe künstlerischer Masken hergestellt, die darstellen sollen, wie sich die Puritaner den Teufel vorstellten. Und ich sage euch, die sind gruselig wie die Hölle. Adam hat darauf bestanden, dass wir sie führen.“

Hatten sie sich deshalb gestritten? fragte sich Jeremy.

Sie seufzte. „Zumindest ist es mir gelungen, sie hinten im Laden zu verstecken. Oh, etwas Erfreuliches ... Ro, erinnerst du dich an Angie Peterson? Sie designt wunderschönen Silberschmuck – sie hat ihre Ausbildung in New York gemacht – und kommt jetzt ebenfalls nach Hause.“

Während sich die beiden Frauen über Angies Leben und ihre Kunst unterhielten, wandte sich Daniel an Jeremy und sagte: „Wir haben einen Hinweis auf eine Leiche gefunden, die vor fast dreihundert Jahren in einem Maisfeld entdeckt wurde.“

„Rowenna sagte etwas von mehreren Jahrhunderten“, sagte Jeremy.

„Ich denke, es könnte wichtig sein, meinen Sie nicht?", fragte Daniel und gab ihm einen kurzen Überblick über den Schnitter und die dazugehörige Geschichte, die sie entdeckt hatten.

„Möglich. Es sieht jedenfalls danach aus, als ob der Mörder aus der Gegend stammt und diese Legende vom Schnitter kennt", stimmte Jeremy zu. „Außerdem", fügte er hinzu, „wer auch immer dies getan hat, kennt offenbar die örtlichen Felder und weiß, wann die Straßen wenig befahren sind, sodass er hinausgehen und seine ‚Vogelscheuche' aufstellen konnte."

„Aus der Gegend?" Eve wich die Farbe aus dem Gesicht. „Ich kenne fast jeden hier in der Umgebung", sagte sie. „Aber ich kenne keine irren Mörder, vielen Dank."

Offenbar beunruhigt von ihrer Blässe, blickte Rowenna die Freundin besorgt an.

„Tut mir leid", sagte Eve zu allen am Tisch. „Es ist nur – es ist nur so verstörend."

„Natürlich ist es das", sagte Rowenna ruhig.

Alle schwiegen.

Im nächsten Moment erschien der Kellner mit der Miso-Suppe und dem Salat.

Eve machte sich sofort über ihre Suppe her, als gäbe es nichts Wichtigeres auf der Welt.

„Hast du Angst?", fragte Daniel sie leise.

Mit dem Löffel auf halbem Wege zu ihrem Mund hielt sie inne und sah auf. „Ich? Warum sollte ich Angst haben?"

Doch die hatte sie offensichtlich.

„Sie sollten beide Angst haben", sagte Jeremy unverblümt. Daniel starrte ihn überrascht an, sodass er seine Worte erklärte. „Ich meine nicht verrückt vor Angst. Ich meine aufmerksam und vorsichtig. Eine Frau ist tot. Eine andere wird vermisst. Ich hoffe, es entsteht keine Panik, aber Sie sollten besonders wachsam sein, ja."

Rowenna starrte ihn mit gerunzelter Stirn an.

„Rowenna, wo ist dein Wagen jetzt?“, fragte Jeremy.

„Bei der Polizei“, erwiderte sie mit abwesendem Blick. Sie machte sich Sorgen um Eve, das konnte er sehen.

„Wie sind deine Pläne für heute Nachmittag?“, fragte Jeremy.

„Ich wollte mit Dan zurück ins Museum und noch einiges nachlesen“, sagte sie.

„Gut. Bleib da, bis ich dich abhole, okay?“, fragte Jeremy.

„Hey, du hast gesagt, du würdest noch im Laden vorbeikommen“, sagte Eve gekränkt.

„Okay, ich komme im Laden vorbei und gehe dann ins Museum“, sagte Rowenna. „Warum? Wo willst du hin?“, fragte sie Jeremy.

„Ich muss ein paar Besorgungen machen, und ich wollte nach Brad sehen“, entgegnete er.

Das Sushi kam, doch Eve, die vorher so hungrig gewesen war, schien kaum etwas hinunterzubekommen.

Das Gespräch versandete.

Daniel versuchte es wieder anzuheizen. „Hey, mir fällt gerade ein, dass wir uns ja in königlicher Gesellschaft befinden.“

„Oh, stimmt ja“, sagte Eve lächelnd. „Rowenna ist die diesjährige Erntekönigin.“

„Und was bedeutet es, Erntekönigin zu sein?“, fragte Jeremy.

„An Thanksgiving gibt es eine Parade“, erklärte Daniel. „Ein bisschen albern vielleicht. Viele der örtlichen Geschäfte kreieren Festwagen. Die sind toll – Kunststudenten von den örtlichen Colleges arbeiten bei der Gestaltung mit. Sie haben so die Möglichkeit, sich einen Namen zu machen, und manchmal landen sie sogar im Fernsehen. Normalerweise haben wir um die zwanzig Festwagen. Es ist nicht wie die Parade von Macy’s oder so, aber es macht Spaß. Wir starten draußen …“

Er brach abrupt ab und starrte die beiden Frauen ihm gegenüber an.

„Wir starten draußen in den Maisfeldern“, sagte Rowenna mit erzwungener Fröhlichkeit. „Die Königin sitzt auf einem großen Heuwagen, der von vier Pferden gezogen wird. Die Route ist nur ein paar Meilen lang. Direkt danach beginnt die Ernte. So war es jedenfalls lange Zeit. Inzwischen hat sie meist schon angefangen. Heute geht es nur noch um Spaß, aber ich glaube, früher war das von größerer Bedeutung.“

„Es ist Teil eines heidnischen Rituals“, sagte Eve.

„Da ist nichts Heidnisches dran“, protestierte Daniel.

„Doch, das ist es“, beharrte Eve. „Es ist eine Art, sich für die Ernte zu bedanken. Nach dem heidnischen Glauben war die Erntekönigin wie die Gottheit Mutter Erde, die ihre Gaben mit allen teilt.“

„Nun, was auch immer es bedeutet hat, heute geht es einfach nur um den Spaß“, mischte sich Rowenna ein, um den Streit zu beenden. „Die örtlichen Farmer – und auch die Leute, die entlang der Route wohnen – bauen Fruchtstände auf, servieren heißen Cider, und abends findet an einem der Colleges ein Dinner mit anschließendem Tanz statt. Es wird dir gefallen“, versicherte sie Jeremy.

Er lächelte, war davon jedoch nicht so überzeugt, wie er vorgab. Alles, was mit dem Wort Ernte zu tun hatte, schien in diesen Tagen verdächtig, als ob allein das Wort eine Aura des Bösen verbreitete.

„Und es gibt keinen Erntekönig?“, fragte er.

„Der Erntekönig wird beim Dinner gewählt“, klärte Eve ihn auf. „Stellen Sie sich Rowenna als Königin Elizabeth I. vor, die ihren König unter ihren Höflingen auswählt. Und das Dinner wird wirklich großartig, das verspreche ich. Ich gehöre zum Dekorationskomitee.“

„Bin ich eingeladen?“, fragte Jeremy.

„Selbstverständlich. Jeder kann kommen.“ Rowenna lächelte, als wollte sie sagen, dass er sowieso eingeladen wäre.

Jeremy blickte auf die Uhr und erhob sich. „Ich hole dich

dann beim Museum ab“, sagte er zu Rowenna. „Ich muss jetzt los.“

Sie nickte. „Klingt gut.“

Als er zur Tür ging, sah er, wie die Kellnerin Eve ihre Außer-Haus-Bestellung brachte. Er fragte sich erneut, worüber sie und Adam gestritten hatten. Verheiratete Paare zanken sich, sagte er sich. So war das Leben. Dennoch war etwas Seltsames daran, wie sie ihren Streit zu verbergen suchten. Vielleicht steckte ihre Ehe in ernsthaften Schwierigkeiten, und sie wollten nicht, dass jemand davon erfuhr.

Er bezahlte die Rechnung und eilte hinaus.

Jeremy war sicher, dass Joe ihn anrufen würde, sobald er etwas zu berichten hätte, doch in der Zwischenzeit wollte er ein paar Besuche machen und konnte es kaum erwarten.

Zum Beispiel wollte er den MacElroys einen Besuch abstatten. In dem Farmhaus beim Maisfeld.

Die MacElroys waren Rowennas nächste Nachbarn – auch wenn „nächste“ hier auf dem Land etwas anderes bedeutete als in der Stadt –, und ihnen gehörte das Maisfeld, auf dem man die Leiche gefunden hatte. Die Polizei hatte sie zweifellos schon benachrichtigt und alle möglichen Fragen gestellt.

Doch er wollte selber ein paar Antworten hören.

Allerdings hatte er nun einen neuen Plan. Er wollte Eric Rolfe finden.

Er war erst ein paar Schritte auf dem Gehsteig, als er jemanden seinen Namen rufen hörte. Er wandte sich um und sah Rowenna aus dem Restaurant auf ihn zulaufen.

Sie blieb beklommen vor ihm stehen, mit einem zaghaften Lächeln im Gesicht.

„Was ist?“, fragte er. „Stimmt etwas nicht?“

Er bemerkte, dass er sie bei den Schultern gepackt hielt, und lockerte seinen Griff.

Sie schüttelte den Kopf. Ihr Lächeln wurde breiter, ihre Augen schillerten.

„Nein, ich machte mir nur Sorgen um dich", sagte sie.

„Um mich? Warum?"

„Ich … ich wollte mich nur vergewissern, dass du okay bist. Letzte Nacht … letzte Nacht schienst du ein bisschen ruhelos", sagte sie. „Und dann bist du heute Morgen zu der Autopsie dieser armen Frau gegangen."

„Es war nicht meine erste Autopsie", sagte er.

„Ich bin sicher, dass es furchtbar gewesen sein muss."

„Es *war* furchtbar. Mord ist immer furchtbar. Und aus diesem Grund muss der Kerl aufgehalten werden." Er schauderte. „Und deshalb muss Mary gefunden werden."

„Du glaubst, dass derselbe Täter sie entführt hat", sagte Rowenna und meinte das nicht als Frage.

„Ich will es nicht glauben, aber … ja. Er muss gefunden werden. Und aufgehalten."

Er lockerte seinen Griff um ihre Schultern erneut. Er wusste nicht, warum, aber er hatte das Gefühl, dass die Angst ihn selbst fest im Griff hatte.

„Bitte, sei vorsichtig da draußen. Bleib immer mit Freunden zusammen und spaziere nicht im Dunkeln herum", sagte er. „Versprich es mir."

„Ich verspreche es", versicherte sie und strich ihm über die Wange. „Du auch", flüsterte sie. „Sei du auch vorsichtig."

Er grinste. „Ich bin immer vorsichtig. Und ich trage eine Waffe."

„Ich schätze, das ist gut", sagte sie zweifelnd und fügte dann hinzu: „Denn ich bin sicher, dass du sie zu benutzen weißt."

„Man sollte keine tragen, wenn man nicht weiß, wie man damit umzugehen hat", erwiderte er.

„Ich habe Pfefferspray bei mir und keine Angst, es einzusetzen", sagte sie.

„Es geht darum, gar nicht erst in eine Situation zu geraten, in der du das tun musst."

„Habe ich nicht vor, versprochen."

„Dann los. Geh wieder zu deinen Freunden. Ich treffe dich später im Museum."

Sie nickte und drehte sich um. Er sah ihr nach, bis sie im Restaurant verschwand. Dann blickte er auf die Uhr. Er musste sich beeilen. In New England wurde es im Herbst früh dunkel, und er wollte ein paar Dinge erledigen, bevor es dämmrig wurde – und bevor das Museum schloss.

Falls er es heute Nachmittag nicht schaffte, würde er das Farmhaus auf morgen verschieben.

Doch er würde Eric Rolfe finden.

Den Mann, der kürzlich in die Gegend zurückgekehrt war.

Den Mann, der einst die gruseligsten Vogelscheuchen gebastelt hatte.

Und der nun Bilder des Teufels schuf.

11. KAPITEL

Rowenna stand an der Tür und sah Jeremy in der Ferne verschwinden.

Er erinnerte sich tatsächlich nicht, wie er letzte Nacht am Fuße des Bettes gestanden hatte, nackt und schlafend, und mit jemandem gesprochen hatte, der nicht da war.

Zum Glück würde er sie im Museum abholen, sodass sie nicht alleine in das Haus zurückkehren musste.

Sie fragte sich, warum sie so viel Angst hatte wegen etwas, das so einfach zu sein schien. Wenn sie vor etwas Angst haben sollte, dann vor dem Umstand, dass sich ein Killer auf der Straße herumtrieb, der seinen Opfern schreckliche Dinge antat. Und sie *hatte* Angst, natürlich, aber sie würde klug sein und in der Gesellschaft ihrer Freunde bleiben.

Und dann waren da die Träume. Sie fürchtete ihre eigenen Träume.

Da brauchte sie sich wirklich nicht auch noch um Jeremys zu kümmern.

Doch ihre eigenen Träume waren etwas, dem sie nachgehen musste. Denn dort hatte sie zum ersten Mal die Leiche im Maisfeld gesehen. Und wenn sie herausbekam, wie sie auf das zugreifen konnte, was sie im Unterbewusstsein sah …

„Fertig?“

Sie drehte sich um. Die anderen waren zu ihr an die Tür gekommen.

„Hast du dich von deinem besonderen Freund noch einmal extra verabschiedet?“, zog Eve sie auf.

„Was ist los? Sind wir wieder in der Highschool?“, wollte Rowenna wissen. „Vergiss nicht, dass er hier ist, weil eine Freundin von ihm vermisst wird.“

„Daran möchte ich gar nicht denken“, sagte Eve. „Ich möchte den Herbst genießen und ein bisschen fröhlich sein. Wir können uns nicht jeden Todesfall zu Herzen nehmen, oder wir werden verrückt. Klingt das herzlos?“

Daniel sah sie abweisend an. „Wie wäre es denn damit, Rowenna diese abstoßenden Masken in eurem Laden zu zeigen? Das ist doch ein fröhlicher Gedanke für dich.“

Eve warf ihm einen eisigen Blick zu, hob das Kinn und rauschte dann mit ihrer Außer-Haus-Bestellung davon.

Die beiden anderen grinsten und folgten.

Eve ist fleißig gewesen, oder besser gesagt, Eve und Adam sind fleißig gewesen, dachte Rowenna. Das Schaufenster sah verlockend aus: ganz in majestätischem Purpur ausgeschlagen, mit einer schillernden Auslage von Silberschmuck und saisonalen Dekorationsartikeln. Bunte Blätter lagen wie zufällig auf dem purpurfarbenen Stoff verstreut, und auf das Thanksgivingfest und die Ernte abgestimmte Produkte waren gefällig arrangiert.

Als sie eintraten, erklangen leise Glocken über der Tür. Adam sah auf und begrüßte sie, dann wandte er sich wieder seinem Kunden zu, dem er offensichtlich gerade eine von Erics schaurigen Masken zeigte.

„Igitt“, flüsterte Eve. „Kommt mit nach hinten und seht euch die anderen an.“

Als sie am Tresen vorbeigingen, stellte Eve die Tüte mit Adams Lunch neben ihn und ging dann voran in den hinteren Teil des Ladens.

Und da waren sie.

Aus Holz geschnitzt, waren die meisten Masken noch mit verschiedenen Materialen geschmückt. Die eine blickte aus Glasaugen mit einer solchen Bösartigkeit, dass es einem tatsächlich Angst machte. Eine andere trug Hörner aus abgeworfenen Hirschgeweihen. Eine weitere zierten offenbar echte Ziegenhörner. Einige Masken waren bemalt, doch die reinen Holzmasken schienen Rowenna am unheimlichsten. Sie wirkten wie dunkle Figuren, die die Fantasie in den natürlichen Astlöchern von Bäumen sah.

„Fantastisch, nicht wahr?“

Sie wirbelte herum. Adam stand hinter ihnen und schien mit sich ebenso zufrieden wie mit den Masken.

Eve verzog das Gesicht.

„Hey, das hier ist ein Geschäft, und wir haben soeben mit der einen Maske einen guten Profit gemacht", verteidigte sich Adam. Als Eve nichts erwiderte, wandte er sich Daniel zu. „Was denkst du?", fragte er.

„Ich finde sie bemerkenswert."

„Rowenna?", fragte Adam.

„Sie sind ... nun, sie *sind* Kunst", sagte sie lau.

„Hey, Rowenna", sagte Eve, „komm mal mit ins Hinterzimmer. Ich habe gerade tolle Seidenblusen bekommen, die ich dir zeigen will."

Rowenna blickte Adam an, der die Augen verdrehte. Sie lächelte schwach und folgte Eve.

Rowenna zeigte sich gebührend begeistert von den Blusen und entschied, zwei zu kaufen, doch das war offenbar nicht der Grund, warum Eve sie zur Seite genommen hatte.

„Ro, ich habe wirklich Angst", sagte sie.

„Du musst nur vorsichtig sein", erwiderte Rowenna.

Eve schüttelte den Kopf. „Das ist es nicht. Es ist Adam!"

„Adam?"

„Er hat diesen schrecklichen Fimmel. Vor einem Monat oder so war ein Typ hier, der sich darüber ausließ, dass er es nicht verstehen könne, wie ein Mann Wiccaner sein wollte, wenn bei denen doch Frauen in allen Dingen das Sagen hätten und die Männer zu Schoßhündchen degradiert würden. Er war dumm – der Typ wusste überhaupt nichts über den Glauben der Wiccaner und ihre Gebräuche. Doch danach bestand Adam darauf, dass wir unseren Horizont erweitern. Womit ich einverstanden bin – wirklich. Aber dann fing er an, sich mit Satanismus zu beschäftigen. Als ob wir nicht schon die ganze Zeit gegen das Missverständnis ankämpfen, dass Wicca und Satanismus eine Sache sind ... Ich hasse es einfach, was er tut. Es ist, als ob er plötzlich beweisen müsste, dass er ein Mann ist. Und er macht sich ständig aus dem Laden davon – deshalb habe ich mich heute entschieden, ohne ihn zum Lunch zu gehen. Rowenna, kann er eine Midlife-Crisis haben, obwohl er noch nicht einmal dreißig ist?“

Rowenna kämpfte gegen die Versuchung an zu lachen. Ihre Freundin war so ernst.

„Ich bin sicher, dass er das überwindet, Eve. Ehrlich“, sagte sie.

„Er macht mir Sorgen“, sagte Eve.

„Warum? Ist da noch etwas?“, fragte Rowenna.

Einen Moment lang hatte sie das Gefühl, dass Eve noch etwas sagen wollte, doch dann schüttelte ihre Freundin nur unglücklich den Kopf.

„Komm schon, ihr zwei seid schon jahrelang zusammen. Das wird sich einrenken“, sagte Rowenna.

„Ich nehme es an. Ich meine, ich bin nicht so weit, einen Anwalt oder so was anzurufen, aber ...“ Ihre Worte versandeten, und plötzlich umarmte sie Rowenna. „Danke. Danke, dass du zurück bist, dass du niemals urteilst und dass du meine Freundin bist.“

„Natürlich bin ich deine Freundin.“

„Hey, Ro!“, rief Daniel. „Bist du so weit, zurück ins Museum zu gehen?“

„Ich komme“, sagte sie und grinste Eve an. „Bist du bereit, der Welt wieder entgegenzutreten?“

Eve nickte und ging dann vor Rowenna hinaus in den Laden. „Wie ist das Essen?“, fragte sie Adam, der hinter dem Tresen stand und das Essen vor sich ausgebreitet hatte.

„Köstlich, danke“, sagte er.

Rowennas Handy klingelte, und als sie es aus der Handtasche nahm, erkannte sie die Nummer. Die Privatnummer von Joe Brentwood.

„Hallo, Joe“, begrüßte sie ihn.

„Hallo. Was machst du?“, fragte er.

„Ich bin gerade im Geschäft der Llewellyns“, sagte sie. „Ich wollte rüber ins Geschichtsmuseum. Dan und ich haben dort ein paar interessante Dinge gefunden.“

„Großartig. Dann sehe ich dich da in Kürze.“

„Okay“, sagte sie und wollte gerade auflegen, als er weitersprach.

„Wir haben die Frau aus dem Maisfeld identifiziert“, sagte er.

„Ach?“

„Dinah Green aus Boston.“ Er hielt einen Moment inne. „Ich habe es Jeremy gesagt. In Kürze werden wir Bilder haben zum Herumzeigen. Wir müssen Zeugen finden, die sie hier in der Gegend gesehen haben.“

„Ja, sicher.“

„Wir sehen uns gleich.“

Sie klappte ihr Handy zu und bemerkte, dass Adam, Eve und Daniel sie alle gespannt anstarrten. „Sie haben die Frau aus dem Maisfeld identifiziert“, sagte sie.

Sie warteten.

„Bitte sag, dass wir sie nicht kannten“, sagte Eve.

Rowenna schüttelte den Kopf. „Ich denke nicht. Sie hieß Dinah Green. Sie war aus Boston.“

Sie konnte Eve vor Erleichterung laut ausatmen hören.

„Den Namen habe ich nie gehört“, sagte sie.

„Ich bin sicher, dass die Polizei bald mit einem Bild hier ist, um zu überprüfen, ob sie hier im Laden war“, sagte Rowenna. Sie dachte eine Sekunde nach und grinste dann. „Wartet. Ich *weiß*, dass die Polizei – und vermutlich auch Jeremy – bald mit einem Bild hier ist.“

„Ich weiß, dass er sich in dieser Sache sehr engagiert, weil Brad sein Freund ist“, sagte Eve. „Aber es ist doch noch immer möglich, dass der Mord und Mary Johnstones Verschwinden nichts miteinander zu tun haben, oder?“

„Es ist möglich. Ich hoffe sogar, dass sie nichts miteinander zu tun haben“, erwiderte Rowenna.

„Ich muss zurück“, sagte Daniel mit einem Blick auf die Uhr. „Ich mache mir Sorgen, dass ich den Leseraum nicht abgeschlossen habe.“

Er klang so ernst, dass Rowenna sich abwandte, um ihr Grinsen zu verbergen. Sie glaubte nicht, dass es besonders viele Menschen gab, die jeden Morgen Pläne schmiedeten, wie sie in seinen Leseraum gelangen könnten. „Okay. Gib mir noch zwei Sekunden. Ich möchte nur etwas anderes zum Anziehen kaufen. Ich muss aus diesen dreckigen Jeans raus.“

Das waren die richtigen Worte. Eve drehte förmlich auf und verpasste ihr ein völlig neues Outfit. Rowenna war nicht sicher, dass BH und Höschen mit den aufgedruckten Totenschädeln ihren Geschmack trafen, doch sie waren bequem und hochwertig, und sie konnte nicht wählerisch sein. Sie suchte sich noch ein weiteres Unterwäsche-Set aus – dieses war mit Engeln bedruckt –, falls sie auch heute Nacht nicht nach Hause fahren sollte.

Schließlich gingen sie und Daniel zum Museum, um die Sicherheit der Bücher zu überprüfen.

Zum Glück machte es ihm nichts aus, wenn sie ein Lesezeichen an den Stellen einlegte, die sie der Polizei und Jeremy vorlegen wollte.

Sie las gerade über den dritten berüchtigten Mörder aus der Ausstellung, als Joe eintraf. Er plauderte eine Minute mit Daniel, doch es war klar, dass er unter Zeitdruck stand. Als er Rowenna bat, mit ihm hinauszugehen, warf sie Daniel rasch einen entschuldigenden Blick zu und folgte Joe.

„Irgendwas Interessantes in all diesen alten Büchern gefunden?“, fragte Joe.

„Da könnte etwas sein“, sagte sie und erklärte rasch, worauf sie gestoßen war.

„Was hältst du von Brad Johnstones Behauptung, er habe Maisfelder in der Kristallkugel gesehen? Macht er zu viel Wirbel um diesen Damien?"

Sie hielt inne. Leute gingen vorbei, betrachteten die Schaufenster und genossen den Tag. Sie blickte Joe direkt in die Augen, atmete tief ein und fing an. „Ich habe Träume von Maisfeldern. Es fing direkt vor Halloween an. Ich sehe sie so wie damals, als ich klein war, vor vielleicht zwanzig Jahren. Erinnerst du dich, als die Stadt noch Wettbewerbe für die beste Vogelscheuche veranstaltete? Eric Rolfe bastelte immer die gruseligste. In meinem Traum nähere ich mich einer seiner Vogelscheuchen, aber ich weiß, dass es keine Vogelscheuche sein wird, sondern dass sie real sein wird. Und wenn ich dort ankomme, ist es eine verfaulende Leiche, so wie … so wie die, die ich gefunden habe."

Er blickte sie beeindruckt an.

„Du hast nicht zufällig geträumt, wie der Mörder aussah, oder?", fragte er. Sein Tonfall war trocken, doch es schwang eine merkwürdige Hoffnung darin.

„Ach komm, Joe, wenn ich irgendeine Ahnung hätte, hätte ich es dir sofort erzählt."

„Ja, ich weiß", sagte er müde.

„Ich weiß nicht, warum, aber ich habe das Gefühl, dass es wichtig ist, sich über die Vergangenheit zu informieren. Ich meine jenseits des Offensichtlichen – dass jemand Dinge nachspielt, die zuvor geschehen sind."

„Wir müssen zurück zu dem Feld", sagte er.

„Wir?", fragte sie argwöhnisch.

„Die Leute von der Spurensicherung haben alles durchkämmt. Harold und sein Laborpersonal haben alles gefunden, was die Leiche und ihre Kleidung uns sagen können. Außer einigen Krähenfedern haben wir nichts, und ich kann schwerlich eine Krähe verhaften." Joe klang genervt. „Ich habe eine Art Verdächtigen, einen Typ namens Damien. Natürlich hat ihn niemand in der Nähe des Friedhofs bemerkt, niemand sah ihn in die Stadt kommen oder wieder gehen, ganz zu schweigen davon, dass niemand weiß, wer zum Teufel er eigentlich ist und wo man ihn finden kann. Immerhin wissen wir jetzt, wer das Opfer ist. Ich lasse gerade Flugblätter verteilen; mit etwas Glück werden wir also bald wissen, ob sie einige Zeit in der Stadt verbracht hat. Ich kann nur beten, dass uns jemand auf eine Spur bringt, denn im Moment habe ich nur einen unsichtbaren Mann und ein paar Vögel. Und natürlich Mary Johnstones Mann, doch wenn man davon ausgeht, dass seine Frau und Dinah Green Opfer desselben Verbrechers sind, scheint er doch allmählich von jedem Verdacht befreit." Er hielt einen Moment inne. „Ich muss die Eltern anrufen und ihnen sagen, dass ihr Schwiegersohn vermutlich ebenso unschuldig ist wie sie. Ich weiß, es wird nicht leicht sein, aber in der Zwischenzeit wäre ich froh, wenn du mich hinaus zum Maisfeld begleiten würdest."

„Was glaubst du denn, was ich finden kann, das all eure Techniker übersehen haben?", fragte sie. Sie wusste, dass sie ablehnend klang, doch sie konnte nicht anders. Sie wollte nicht zurück zu dem Maisfeld. Niemals.

„Ich weiß nicht, was du mit der dir eigenen speziellen Logik finden wirst", sagte er. „Aber ich hoffe ganz sicher, dass du etwas findest."

„Wann?", fragte sie und spürte, wie ein Anflug von Fatalismus sie ergriff.

„Jetzt", sagte er ernst.

Jeremy war froh, dass es ihm gelungen war, sich mit Joe Brentwood gut zu stellen, denn Brentwoods Akzeptanz schien ihm Zugang zu allen Informationen zu geben, die er brauchte.

Auf dem Weg zu seinem Wagen holte er das Handy heraus und rief Brentwood an, doch der nahm nicht ab. Ein Anruf beim Revier verband ihn mit Detective Ivy Sinclair, die ihm die Adresse von Eric Rolfe gab. Er bedankte sich für die Hilfe und fuhr stadtauswärts auf genau jener Straße, die zum Haus der MacElroys führte, vorbei an Rowennas Haus und dann ein bisschen weiter und nach links zum Besitz von Eric Rolfe.

Offenbar war Eric Rolfe kein Mann, der seinen Erfolg zur Schau stellen musste.

Das alte Farmhaus brauchte dringend einen Anstrich, und der Vorgarten war voll mit allerlei Krempel – Holz, Metallabfälle, Stein und Marmor –, der ungeordnet auf dem Boden verstreut lag oder auf einer Reihe nicht zusammenpassender kaputter Stühle. Außerdem standen Farbdosen im Garten, Plastikeimer, die mit etwas gefüllt waren, das wie Schutt aussah; daneben lag ein Haufen von Stoffen.

Rolfe saß in einem Sessel und schliff ein langes Stück Holz. Er sah neugierig auf, als Jeremy mit seinem Mietwagen in die Einfahrt fuhr, und nickte freundlich zur Begrüßung.

„Hallo", sagte Rolfe einfach. Er war ein großer Mann, wie Rowenna es gesagt hatte, hatte aber im Laufe der Jahre an Gewicht verloren, sodass man ihn wohl kaum noch als kräftig bezeichnen konnte, auch wenn seine nackten Arme unter den aufgekrempelten Ärmeln eines alten grauen Pullovers sehr muskulös waren. Er hatte langes hellblondes Haar, doch sein Vollbart war mit Rot durchsetzt. Er lächelte erneut unter all dem Haar und sagte: „Hey, kann ich etwas für Sie tun?"

Jeremy schlenderte auf ihn zu und stellte sich vor.

„Unten vom Big Easy, nicht wahr?", fragte Rolfe höflich.

„Erst kürzlich", sagte Jeremy. „Mir war nicht klar, dass das allgemein bekannt ist."

Rolfe grinste breit. „Ich weiß alles über Sie. Salem ist eine ziemlich kleine Welt." Er wedelte mit der Hand in Richtung Stadt. „Nett, Sie kennenzulernen. Was verschafft mir die Ehre, dass Sie hier herausgefahren sind?"

„Dinah Green", sagte Jeremy unverblümt.

Der andere runzelte leicht die Stirn und schien nachzudenken. Dann schüttelte er den Kopf. „Nein, ich weiß nicht, wer das ist. Sollte ich das?"

„Sie ist die Frau, deren Leiche im Maisfeld gefunden wurde."

Rolfe lächelte verhalten. „Ich verstehe. Und weil ich Teufelsmasken herstelle und in der Nähe des Maisfeldes wohne …"

„Und gerade zurückgekehrt sind, nachdem Sie eine lange Zeit woanders gelebt haben", fügte Jeremy gleichmütig hinzu.

„Ich habe kein Alibi. Ich lebe allein", sagte Rolfe.

„Das sind ziemlich bizarre Masken, die Sie da fertigen", wechselte Jeremy das Thema.

Rolf nickte. „Ja, ich war auch ein ziemlich bizarres Kind. Ich liebte schon immer das Kino. Haben Sie je „American Werewolf" gesehen? Das war für mich der Auslöser. Sie vergaben in jenem Jahr einen neuen Oscar für Special Effects, weil er so gut war."

„Ich habe ihn gesehen", sagte Jeremy. „Mir hat er gefallen."

„Wollen Sie reinkommen? Möchten Sie ein Bier oder etwas anderes?", fragte Rolfe.

„Gerne."

„Ich habe diese Frau nicht umgebracht, wissen Sie", sagte Rolfe. „Ich bin ein Künstler – ein Liebhaber, aber kein Kämpfer. Aber ich schätze, ich verstehe, warum Sie mich als Verdächtigen von der Liste streichen müssen."

Er stand von seinem kaputten Sessel auf und ging voran zu der wackeligen Veranda.

„Ich schätze, Sie fragen sich, warum ich in Hollywood so eine Karriere gemacht habe und dann so eine heruntergekommene Hütte besitze", sagte Rolfe, nachdem er ihn vor einer zerbrochenen Stufe gewarnt hatte.

„Ich finde das einen interessanten Widerspruch", gab Jeremy zu.

Noch mehr interessierte ihn allerdings, dass sich das Haus

drinnen überraschend anders präsentierte. Es war aufgeräumt und sauber, mit einem typischen Wohnzimmer zur einen Seite des Eingangs und einem langen Flur, der nach rechts abging und zu den anderen Räumen führte. Das Wohnzimmer verfügte über neue Ledermöbel, moderne Tische und machte einen sehr gepflegten Eindruck. Viel wohnlicher, als das Äußere es vermuten ließ.

„Als ich zurückkam, habe ich ein paar neue Sachen gekauft", erklärte Eric. „Ich war seit etwa fünf Jahren nicht mehr zu Hause gewesen. Mein Vater starb, und meine Mutter zog nach Florida. Ich habe eine Schwester in Las Vegas. Kein drängender Anlass zurückzukehren, außer dass es das Zuhause ist, wissen Sie? Ich habe den Herbst immer geliebt. Wie auch immer, wenn Sie in fünf Jahren nicht nach dem Rechten sehen, gehen die Dinge zum Teufel, vor allem in New England. Das Wetter fordert seinen Tribut." Er ging weiter durch das Haus. Jeremy bemerkte, dass er zwar schlank war, aber gut in Form. Er hatte kräftige Hände, gezeichnet von seiner Arbeit. Auf dem Esstisch ausgebreitete Papiere zeugten von seinem Können in Design und Elektronik, doch es schien offensichtlich, dass er ein praktisch veranlagter Mensch war, der seine Visionen gerne zum Leben erweckte – manchmal im wahrsten Sinne des Wortes.

„Light-Bier oder normales?", fragte er Jeremy.

„Egal", entgegnete Jeremy.

Rolfe nahm zwei Büchsen Bier aus dem Kühlschrank. Eine gab er Jeremy, bevor er die eigene öffnete. „Sie sind also mit Ro hier, hm?" Er grinste.

„Ich habe Rowenna in New Orleans kennengelernt und musste zufällig hier hoch, als sie nach Hause fuhr", sagte Jeremy.

Rolfe musterte Jeremy. „Nun, es ist schön, sie mit jemandem zu sehen, und nach allem, was ich höre, sind Sie ein verlässlicher Typ. Die Hälfte der Jungs in der Schule war verrückt nach ihr, doch sie liebte von Anfang an Jon Brentwood. Es war schwer, ihn dafür zu hassen, obwohl viele von uns es versuchten. Merkwürdige Sache, dass er Soldat wurde. Er war immer derjenige, der einen Streit schlichtete. Der nie das Gefühl hatte, jemandem etwas beweisen zu müssen. Er wurde höllisch aufgezogen in der Schule, weil sein Vater ein Cop war und so. Wenn wir im Jungenzimmer rauchten oder uns davonstahlen, um Hasch zu probieren, hänselten wir ihn immer damit, dass er uns wahrscheinlich bei seinem Dad abliefern würde." Er nahm einen großen Schluck Bier und schüttelte den Kopf. „Aber er hat nie jemanden verpfiffen. Von all den Jungs, die diese Welt nicht so bald hätten verlassen sollen, steht Jon Brentwood ganz oben auf der Liste."

„Seinen Vater muss es hart getroffen haben", sagte Jeremy. „Und Rowenna."

„Ja. Ja. Ich war nicht hier – habe es zur Beerdigung nicht geschafft. Aber es muss hart gewesen sein. Nach Jons Tod hat Joe Rowenna geradezu adoptiert. Ihre Familie war tot, sein einziges Kind war tot, und sie wäre sowieso seine Schwiegertochter geworden. Ich schätze, das ergab sich einfach so." Er versuchte erst gar nicht zu verbergen, dass er Jeremy musterte. „Was hält denn Joe von Ihnen?"

„Wir scheinen miteinander klarzukommen."

„Gut. Ich bin froh zu hören, dass Rowenna endlich weiterlebt. Man kann die Toten nicht wiedererwecken, das ist nun einmal so. Trotzdem war es merkwürdig, wieder zurückzukehren. Dieser Ort ist in so vielerlei Beziehung der gleiche geblieben. Ziemlich anders als …"

„Als …"

Eric Rolfe lachte. „Hollywood. Nach Salem zurückzukehren … das ist, als ob man einen riesengroßen Schritt in die Vergangenheit macht. Man wird direkt zurück in all diesen alten Kram geführt, in die alten Gebräuche, diese alten ‚Hexen sind blöd'-Sprüche oder ‚Zeigt keine Hexen auf Besen, das ist solch ein Klischee.‘ Mir persönlich sind die Hexen, ob vergangene oder heutige, lieber als diese Pilgerväter. Herrje, diese Typen waren vielleicht verkorkst.“ Er zuckte die Achseln und grinste. „Aber sie hinterließen einiges, was einem Künstler als ideale Grundlage dient.“

„Wie Ihre Masken? Wo bekommen Sie die Bilder her, nach denen Sie sie anfertigen?“, fragte Jeremy.

„Aus dem Internet. Ich habe einen ganzen Haufen ausgedruckt. Falls Sie sie haben möchten und denken, dass es ihnen irgendwie weiterhilft.“

„Oh ja, Danke.“ Jeremy fragte sich, ob der Kerl wirklich unschuldig war oder auf geniale Weise so tat, als hätte er nichts zu verbergen.

Rolfe ging zum Buchregal im Wohnzimmer, hinter dem ledernen Fernsehsessel, vor dem ein moderner Flachbildfernseher stand. Er wühlte in einer Mappe herum und gab das ganze Ding dann Jeremy. „Nehmen Sie es. Ich bin mit den Masken fertig. Ich arbeite jetzt an einem Weihnachtsmonster für einen Film, der in Vancouver im Januar starten soll.“

„Dann bleiben Sie nicht in der Stadt?“

„Es ist mein Zuhause. Ich schätze, ich werde immer wieder zurückkehren. Merkwürdige Sache mit den Leuten aus New England – wir gehen, wir kommen zurück. Ich denke, es ist die Anziehung der Herbstfarben“, sagte er.

„Wann sind Sie wieder zurückgekommen?“, fragte Jeremy.

Eric Rolfe dachte einen Moment nach. „Ich bin quer durchs Land gefahren. Allein, nur mit meinen Hörbüchern und CDs. Hielt mal hier, mal da … Ich glaube, ich bin am Siebzehnten angekommen.“ Er lächelte leicht. „Genau rechtzeitig, um den Mord zu begehen, richtig?“

„Das Timing passt“, entgegnete Jeremy gelassen.

Eric schüttelte den Kopf. „Dann bin ich eindeutig Ihr Mann. Ich muss es getan haben.“

„Haben Sie Halloween in der Stadt verbracht?“

„Ja, habe ich. Und um Himmels willen, fragen Sie mich bitte nicht, ob ich irgendwas Merkwürdiges gesehen habe", sagte Rolfe und verdrehte die Augen. „Es war Halloween in Salem. Es wäre ein Wunder gewesen, wenn ich *nicht* irgendetwas Merkwürdiges gesehen hätte."

„Ich wollte Sie fragen, ob Sie zufällig einen Wahrsager namens Damien getroffen haben."

Das hatte er.

Dessen war Jeremy sich sicher.

Irgendwas war in den Augen des anderen kurz aufgeblitzt.

Eric Rolfe hatte den Mann nicht nur gesehen. Jeremy hatte irgendeinen Nerv getroffen.

„Ja, ich habe ihn gesehen."

„Kannten Sie ihn?"

„Nein …", sagte Rolfe zögernd. „Nein … ich denke nicht."

„Okay, das ist eine wichtige Frage", sagte Jeremy.

„Nun, der Typ lockte da draußen gerade Kunden an, als ich vorbeikam. Ich war auf dem Weg zu Eve und Adam und schaute nur so herum. Beobachtete die Kinder in ihren Kostümen, bewunderte die Schaufenster – und sah natürlich auf die billigen Effekte herab, die manche Leute so einsetzen –, als ich in den Typ fast hineinlief."

„Und dann?"

„Dann trat ich zurück und entschuldigte mich oder so was. Aber der Kerl starrte mich an, als ob …"

Rolfe hielt inne. Er schien tief in Gedanken versunken zu sein, als ob er versuchte, sich an das Geschehene genau zu erinnern. Plötzlich starrte er Jeremy an. „Er sah mich an, als würde er mich kennen. Und für den Bruchteil einer Sekunde war es so, als ob er dachte, dass *ich ihn* ebenfalls kennen könnte. Ich hätte mich nicht einmal ansatzweise daran erinnert, wenn Sie mich nicht danach gefragt hätten. Er lachte und bot an, er könne mir die Zukunft vorhersagen. Er sagte …"

Rolf brach plötzlich ab.

„Was?“, drängte Jeremy.

„Er sagte, er könne mir die Geheimnisse der Maisfelder zeigen. Der *Maisfelder.*“

Er starrte Jeremy an, als wäre er selbst verblüfft.

„Und dann?“

„Dann sagte ich etwas davon, dass ich eine Verabredung hätte und weitermüsse, weil dieser Typ mir ehrlich gesagt Gänsehaut machte.“

„Was hat er getan? Irgendwas …“

„Er lachte nur und sagte, ich würde es bedauern“, sagte Rolfe. Er wirkte nachdenklich und zuckte dann die Achseln – als wollte er unangenehme Erinnerungen abschütteln. „Wer weiß? Könnte einfach Zufall sein. Oder vielleicht kannte er mich und wusste, dass ich früher Vogelscheuchen kreiert habe. Was meinen Sie? Glauben Sie, dass er mich kannte?“

„Vermutlich“, erwiderte Jeremy. Eric Rolfe sagte entweder die Wahrheit, oder er hatte in Hollywood ziemlich viel über das Schauspielen gelernt.

„Glauben Sie, dass der Typ der Mörder ist?“, fragte Rolfe plötzlich.

„Ich weiß nicht. Niemand kann ihn finden.“

Rolfe schüttelte nachdenklich den Kopf und zog ein finsteres Gesicht. „Ich schwöre, ich habe ihn nicht erkannt … Andererseits trug er einen Turban. Und Make-up. Einen Bart – einen falschen Bart, das kann ich Ihnen versichern. Es ist, als versuche man Santa Claus zu erkennen, wissen Sie?“

Jeremy holte seine Karte aus der Tasche. „Wenn Ihnen noch irgendwas dazu einfällt …“

„Ja, ja, dann rufe ich Sie an.“

Jeremy lachte. „Wenn Sie Fakten haben, rufen Sie die Cops an. Aber wenn Ihnen irgendwas einfällt, dessen Sie sich nicht ganz sicher sind, dann rufen Sie mich an.“

„Ist mir ein Vergnügen. Wie geht es übrigens Ro?“

„Gut.“

„Gut?“, echote Rolfe zweifelnd.

„Wundervoll“, sagte Jeremy.

Rolfes Grinsen wurde breiter. „Richten Sie ihr meine Grüße aus. Ich kann es kaum erwarten, sie wiederzusehen.“

„Ich bin sicher, Sie bekommen sie bald zu Gesicht. Und Sie wissen, ich bin hier, um einem Freund zu helfen.“

„Brad Johnstone“, sagte Eric.

„Haben Sie ihn kennengelernt?“, fragte Jeremy.

Rolfe schüttelte den Kopf. „Nein, habe ich nicht. Aber ich lese Zeitung, und die ganze Stadt spricht darüber. Oder sprach darüber.“ Er seufzte. „So ist der Lauf der Welt. Eine Leiche schlägt eine vermisste Frau.“ Eric schwieg einen Moment. „Aber ich habe ihn an Halloween gesehen. Ihn und seine Frau.“

„Wo?“

„Sie gingen Händchen haltend auf den Friedhof.“

„Sie sahen sie hineingehen, sahen Mary aber nicht herauskommen?“

„Ich habe ihnen nicht hinterhergeschnüffelt, sondern bin einfach nur zufällig in dem Moment die Straße hinuntergegangen“, sagte Rolfe müde und ungeduldig. „Man konnte sie nicht übersehen, denn sie waren schön. Das musste ich zugeben. Ich dachte, sie würden die perfekte Eröffnungsszene für einen Horrorfilm abgeben. Das schöne Paar, die einsetzende Dämmerung, die alten Grabsteine. Ich sah sie hineingehen und bin weitergegangen.“

„Niemand hat etwas gesehen“, murmelte Jeremy.

„Herrje, es war Halloween. So ziemlich alles könnte passiert sein, und niemand hätte sich etwas dabei gedacht“, sagte Rolfe.

Er stand auf und verließ die Küche. Jeremy hatte keine Wahl, als ihm zur Eingangstür zu folgen.

Doch auf dem Weg hielt Eric im Wohnzimmer plötzlich inne und starrte auf sein Bücherregal.

„Wissen Sie, ich habe zu meiner Zeit einige makabre Make-ups gemacht. Ich habe eine wunderschöne Frau aussehen lassen wie ein altes Weib und den Frauenschwarm des Monats wie eine dreitausend Jahre alte Mumie. Ich habe Menschen wie Bäume aussehen lassen, wie Ziegen, Hunde, Bären und was weiß ich. Und doch ..."

„Und doch?"

Eric Rolfe wandte sich um und blickte Jeremy an. „Und doch ist da immer etwas mit den Augen, egal was Sie tun – sogar bei Kontaktlinsen. Ich kann jemanden in seiner Maske dennoch an seinen Augen wiedererkennen." Er zögerte einen Moment. „Und das ist es, was mich jetzt so wahnsinnig beunruhigt. Es waren seine Augen. Von diesem Damien. Er starrte mich an ... und ich hatte das Gefühl, ihn zu kennen und nicht zu mögen, was ich kannte. Da war etwas in der Art, wie er mich ansah."

„Was war mit seiner Stimme?", fragte Jeremy.

Eric wirkte überrascht von der Frage.

„Ich weiß nicht."

„Na ja, wie klang er?"

Rolfe dachte nach. „Er hatte keinen ausgeprägten Akzent, aber ... er klang vielleicht ein bisschen britisch. Er hatte definitiv keinen Bostoner Akzent. Er sprach recht formell, korrekt. Ich weiß nicht. Ich bin eher der visuelle Typ. Tut mir leid."

„Stimmen sagen auch viel aus. Wenn Sie ihn erneut hören würden, würden Sie die Stimme erkennen?"

„Vielleicht. Vielleicht auch nicht."

„Nun, tun Sie mir einen Gefallen. Denken Sie weiter darüber nach", sagte Jeremy.

„Sicher. Heißt das, dass ich nicht mehr verdächtig bin?", fragte Rolfe. Sein Ton war leicht ironisch, offenbar kannte er die Antwort.

„Noch nicht", entgegnete Jeremy.

Rolfe brachte ihn zur Tür, und Jeremy trat hinaus. Er war fast beim Wagen, als Rolfe ihm etwas zurief und er sich umdrehte.

„Wenn ich ihn sehen könnte, dann vielleicht. Ich sage Ihnen, selbst mit den Kontaktlinsen war da etwas in seinen Augen. Etwas, das ich *kannte*. Und ich glaube wirklich – vielmehr befürchte ich es –, dass *er mich* kannte."

12. KAPITEL

Es war Tag und noch immer relativ hell. Die Dunkelheit würde frühestens in einer Stunde einsetzen.

Außerdem, dachte Rowenna, bin ich nicht allein. Joe war bei ihr.

Und die Leiche war fort. Der Mais, nur wenige Tage vor der Ernte, ragte hoch in den Himmel, obwohl so viele Menschen über ihn hinübergetrampelt waren. Mutter Natur beschützte ihre Lieben. Die Erde mochte nicht unendlich sein, aber sie würde noch Millionen Jahre weiterexistieren, selbst wenn die Menschheit das nicht tat. Ihr entsprang das Leben: Organismen, die so winzig waren, dass man sie nicht sehen konnte, andere so riesig wie Elefanten oder Wale, wieder andere so egoistisch wie die Menschen.

Doch all ihre Kreaturen kehrten zu ihr zurück, wurden am Ende wieder Teil von ihr.

Und sie akzeptierte sie alle, so wie sie das Blut akzeptiert hatte, das aus Dinah Green geflossen war.

Rowenna spürte die Kraft des Bodens und den raschelnden wachsenden Mais.

Vielleicht spürte sogar der Mais, dass seine Zeit gekommen war.

Sie versuchte, das Gefühl von Schrecken und Endgültigkeit abzuschütteln, das sie hier in dem weiten Feld ergriffen hatte. Sie versuchte sich einzureden, dass der reiche Duft der Natur lieblich war und die Brise sie umschmeichelte.

Es spielte keine Rolle. Nichts konnte ihre Meinung ändern.

Sie wollte nicht hier sein.

Joe stand nur wenige Meter von ihr entfernt. „Nun?“, fragte er sanft.

Sie schüttelte den Kopf. „Ich weiß nicht, was du glaubst, was ich tun kann. Die Spurensicherung hat schon alles abgesucht. Was sollte ich hier finden, das sie nicht gefunden haben?"

„Was *fühlst* du?", fragte er.

„Joe, ich habe dir gesagt, dass ich mich nur in die Rolle des Opfers versetzen und dann logisch denken kann."

„Okay, dann denk logisch."

„Glaubst du, dass sie hier getötet wurde?"

Er nickte.

„Wo wurde sie gefunden? Genau?", fragte Rowenna.

Er deutete auf einen Punkt in ihrer Nähe. Sie fühlte sich wie eine Idiotin. Die Natur nahm, was ihr gebührte, doch direkt neben ihr befand sich eine nummerierte Markierung, und wenn sie nach unten gesehen hätte, hätte sie den tief in den Boden geschlagenen Pflock gesehen.

Joe kam zu ihr und reichte ihr ein Farbbild von Dinah Greens Führerschein.

Die Frau war hübsch gewesen. Haar: dunkelbraun, fast schwarz. Augen: braun. Größe: einen Meter und zweiundsechzig groß. Sie hatte sich für den Fotografen beim Verkehrsamt ein schüchternes Lächeln abgerungen. Sie wirkte wie eine Frau, die das Leben noch vor sich hatte und es kaum erwarten konnte, hinauszukommen.

Die Brise frischte auf, oder zumindest schien es so. Rowenna sah auf, als sie durch ihr Haar fuhr. Die Sonne hatte einen merkwürdig trüben Schleier, der immer tiefer sank. Es würde viel zu früh dunkel werden.

Rowenna schloss die Augen und verlor sich in den Bildern und Gefühlen, die in ihr aufstiegen.

Sie glaubte, jemanden betteln zu hören. Eine weibliche Stimme voller Angst und – erstaunlicherweise – Hoffnung. Das menschliche Herz hofft bis zuletzt, gegen alle Vernunft.

Rowenna verzog das Gesicht, als sie von weit weg einen Schrei hörte, wie die Erinnerung an eine vergangene Zeit.

Und dann ein schreckliches Lachen. Das grausame Lachen eines Mannes.

Es gab einen Kampf, und wieder ertönte die Stimme der Frau.

„Ich werde gut sein, ich schwöre es."

Und ein Mann, der sprach. Eine tiefe Stimme, in der Unerbittlichkeit mitschwang.

„Es ist zu spät."

Und dann wieder ein Kampf. Stöhnen.

Ein weiterer Schrei. Diesmal erstickt, voller Agonie.

Und dann …

Und dann begriff sie alles – was er tat, wo er es tat, sogar bis zu einem gewissen Grad, *warum* er es tat. Und sie war entsetzt.

Plötzlich rang Rowenna nach Luft, umklammerte mit den Händen ihren Hals, als wollte sie einen Angreifer abwehren. Sie fiel auf die Knie und wusste, dass seine Hände um den Hals der Frau lagen, fühlte sie um *ihren* Hals, seine Stärke … brutal und unmöglich abzuwehren.

Sie hörte ein Knacken, als ein winziger Knochen hinten im Hals brach …

„Ro!"

Joe war an ihrer Seite, schüttelte sie und zog sie auf die Füße.

Sie blinzelte mehrmals.

Über der Sonne, deren Strahlen sanft auf ihr ruhten, lag nicht länger der gespenstische Schleier.

„Ro, bist du in Ordnung?"

Joe ist besorgt, dachte sie, doch gleichzeitig schien es ihm kein bisschen leidzutun, was er sie gerade hatte durchmachen lassen.

„Ja, mir geht's gut", sagte sie. Und das tat es. Die Sonne war warm. Die Brise sanft. Das Leben normal.

„Was hast du gesehen?"

„Ich *sehe* keine Dinge", flüsterte sie und wusste nicht genau, ob ihr Widerspruch ihm oder ihr selbst galt. Denn dieses Mal hatten ihre Empfindungen sie weit jenseits der letzten Momente des Opfers und direkt in das verdrehte Bewusstsein eines Killers geführt.

„Was hast du gefühlt?“, drängte Joe.

„Okay, logisch betrachtet, sieht meine Theorie wie folgt aus: Er entführt sein Opfer. Er hat einen Ort, wo er sie hinbringt, einen Ort, an dem er sie gefangen halten kann, ohne Angst haben zu müssen, gesehen zu werden. Ich bezweifle, dass dieser Ort in der Stadt ist, außer er hat einen schalldichten Raum. Und ich habe ein Gefühl von Dunkelheit. Als ob er die Dunkelheit als Strategie einsetzt, um seinen Opfern Angst einzujagen. Er hält sie am Leben, macht sie zu seinem Spielzeug, außer ...“

„Außer?“ Joes Hände lagen auf ihrer Schulter, er starrte sie eindringlich an.

Sie sah zu ihm auf. Sein Griff war so fest, dass sie fast protestiert hätte, weil er ihr blaue Flecken zufügte. Er war ein starker Mann und verbrachte noch immer viel Zeit beim Krafttraining, dessen Folgen sie nun zu spüren bekam. Doch er war so begierig und schien so verzweifelt, dass sie es sich verkniff.

„Außer dass sie das Spiel auf seine Weise spielen muss. Sie muss Angst haben, aber ... sie muss begreifen, dass er allmächtig ist. Sie muss ihn anbeten. Und wenn sie etwas gegen ihn tut, wenn sie versucht zu entkommen, dann muss sie den Preis dafür zahlen.“

Seine Finger spannten sich erneut an.

„Ro, kannst du ihn sehen? Denk nach, Rowenna. Konzentrier dich. Kannst du sein Gesicht sehen?“

Da *war* ein Bild in ihrem Geist. Etwas ...

„Ro?“

Sie schüttelte den Kopf. „Nein, ich kann sein Gesicht nicht sehen. Weißt du, *was* ich sehe? Eine von diesen hässlichen Teufelsmasken, die Adam und Eve verkaufen.“ Sie verzog das

Gesicht, als seine Finger noch fester zudrückten. „Joe, lass los. Du tust mir weh."

Bei dem plötzlichen Hupen eines Autos zuckten beide zusammen. Joe ließ sie mit einem entschuldigenden Blick los und trat zurück. Sie hörten eine Wagentür zuschlagen. Wenige Sekunden später marschierte Jeremy durch den Mais auf sie zu, ohne die Halme zu beachten, durch die er sich auf dem Weg zu ihnen zwängte.

Seine Miene war angespannt vor Sorge, als er gut einen Meter vor ihnen anhielt und Rowenna anstarrte. Sie bemerkte, dass seine Hände zu Fäusten geballt waren.

„Jeremy", begrüßte sie ihn. „Hallo."

„Was zum Teufel tust du hier draußen?", wollte er wissen.

„Sie ist mit mir hier", sagte Joe.

„Du solltest beim Museum sein", sagte Jeremy anklagend und ignorierte den älteren Mann völlig. „Ich konnte es nicht glauben, als Dan sagte, dass du hier draußen wärst."

„Ich sagte, sie ist mit mir hier", wiederholte Joe.

„Du bist nicht sicher, wenn du hier draußen in den Maisfeldern rumläufst", regte sich Jeremy auf. „Du sagtest, du würdest im Museum warten."

„Jeremy. Ich bin mit Joe hier", sagte sie besänftigend und fragte sich, wo seine Wut herkam.

Er wandte sich mit blitzenden Augen von ihr zu Joe, als nehme er ihn zum ersten Mal wahr.

„Warum haben Sie sie hier rausgebracht?", wollte er wissen.

„Hey, regen Sie sich ab. Ich bin hier zu Hause, dies ist mein Revier. Ich vertrete das Gesetz, und Ro ist hier, um mir zu helfen. Ich kenne sie praktisch ihr ganzes Leben lang – und Sie sind erst seit Kurzem mit ihr befreundet. Oder was auch immer", fügte er finster hinzu. „Also rasten Sie hier nicht aus, mein Sohn. Wenn irgendjemand hier nicht hingehört, dann sind Sie es."

Jeremy gab nicht klein bei. Er stand breitbeinig da, die Arme vor der Brust verschränkt. „Es ist schon fast Abend. Sie mögen ein großer starker Polizist sein und vielleicht ein Superschütze, aber wenn es hier erst einmal dunkel wird ... Joe, dieser Killer ist ein cleverer Typ, vielleicht sogar ein Magier. Polizist oder nicht, Rowenna ist nicht sicher hier draußen."

„Es ist helllichter Tag", entgegnete Joe.

„Es ist halb vier Uhr, und die Dämmerung kommt früh."

„Entschuldigt mich, alle beide", schnappte Rowenna und ging an Joe vorbei, um sich vor Jeremy aufzubauen. „Ich wollte gerade zurück zum Museum. Ich hätte dich dort getroffen, wie geplant. Joe und ich machen diese Art von Arbeit schon lange. Und übrigens, er *ist* ein Superschütze."

„Superschütze – oder Superspinner?", ereiferte sich Jeremy und sah an ihr vorbei zu Joe. „Sie dürfen sie nicht auf diese Art benutzen – es ist gefährlich. Sie werden den Mörder glauben machen, dass sie *wirklich* Dinge sieht. Und dann nimmt er sie ins Visier, macht sie zu seinem nächsten Opfer."

„Aber ich kann helfen!", rief Rowenna. Sie blickte mit bebenden Nasenflügeln von einem zum anderen. Sie hatte plötzlich ein Bild vor Augen, wie sie beide mit den Füßen aufstampften und wie zwei wütende Bullen aufeinander losgingen.

„Hört beide auf. Jeremy, der Mörder wird gar nichts glauben, weil er nicht einmal weiß, dass ich existiere – Joe und ich sind alleine hierhergefahren. Ich weiß, dass du dich um mich sorgst, und dafür bin ich dankbar. Außerdem bin ich aber auch zurechnungsfähig, volljährig und mehr als in der Lage, auf mich selbst aufzupassen." Bebend – ob vor Wut oder Angst, wusste sie selber nicht – ging sie an ihm vorbei Richtung Straße.

Sie hörte, wie sich die Männer hinter ihr raschelnd einen Weg durch die Halme bahnten.

Jeremy ergriff zuerst das Wort. „Warte! Ich bringe dich zurück in die Stadt!"

„Hey, sie ist mit mir hier rausgefahren", sagte Joe entschieden.

Sie wirbelte herum. „Schert euch zum Teufel! Ihr benehmt euch wie zwei Fünfjährige. Ich trampe."

Noch während sie sprach, wusste sie sehr wohl, dass sie keinerlei Absicht hatte, per Anhalter zu fahren. Dazu war ihr Selbsterhaltungstrieb doch zu stark.

„Nein, nein, warte. Fahr mit Joe zurück, und ich folge euch", sagte Jeremy, der zu ihr aufschloss.

„Nein. Ist schon okay. Fahr mit Flynn, und *ich* folge", sagte Joe.

„Sehen Sie, es spielt keine Rolle", sagte Jeremy. „Vielleicht habe ich überreagiert, aber kommen Sie, Joe. Sie hätten ebenfalls überreagiert, wenn sie erfahren hätten, dass Rowenna und ich am Tatort eines solchen Blutbades wären ... Erst recht nach dem heutigen Morgen."

„Ja, vermutlich", murmelte Joe. „Hey, war das eine Entschuldigung?"

„Ich entschuldige mich dafür, mich wie ein Idiot aufgeführt zu haben. Aber ich denke noch immer, dass sie nicht hier draußen sein sollte", sagte Jeremy.

Joe ignorierte das, wandte sich Rowenna zu und fragte: „Ihr zwei fahrt zurück zum Museum, oder?"

„Ja", erwiderte sie.

Doch als sie Jeremy zur Bestätigung ansah, wirkte er zögerlich.

„Tut mir leid, ich fahre zurück zum Museum", sagte Rowenna zu Joe.

„Ich treffe dich dort gegen fünf", sagte Jeremy. „Joe, Sie kümmern sich darum, dass sie sicher dort hinkommt, nicht wahr?"

„Darauf können Sie wetten", versprach Joe ihm.

Jeremy ging kurz zu ihr und sah ihr in die Augen, bevor er ihr einen Kuss auf die Wange gab. Dann nickte er Joe zu und eilte zu seinem Wagen.

Rowenna blickte ihm verwirrt nach und hatte plötzlich das Gefühl, dass die letzten Minuten ein Streit um des Streites willen gewesen waren, eine Art bizarres männliches Bindungsritual, für das sie nur den Vorwand geliefert hatte.

Joe holte sie am Seitenstreifen der Straße ein und ging mit ihr zu seinem Wagen.

„Das war merkwürdig", sagte sie, während sie auf dem Beifahrersitz Platz nahm.

„Nicht wirklich", entgegnete er. Er blickte kurz in den Rückspiegel, bevor er auf die Straße fuhr.

„Doch, das war es", versicherte sie. „Erst drehte er fast durch aus Sorge um mich, und dann scheint er mich auf der Stelle vergessen zu haben."

Joe grinste nur und blickte sie an. „Er war in Panik, als du nicht dort warst, wo du hättest sein sollen. Jetzt weiß er, dass du in Sicherheit bist, und er hat noch irgendeinen anderen Termin."

„Höre ich richtig? Du verteidigst ihn?", fragte sie erstaunt.

Er zuckte die Achseln. „Der Junge ist okay", sagte er.

Sie lachte. „Er ist kein Junge."

„Herrje, wenn du so alt bist wie ich", sagte Joe, „dann ist er ein Junge. So wie du ein Mädchen bist. Belassen wir's dabei, okay?"

Sie schwieg und starrte aus dem Fenster, an dem die Maisfelder vorbeizogen. Nach einer Weile sah sie zu ihm. „Ich schätze, du hast eine Ahnung, wo er hinwill?"

Joe grinste. „Logische Vermutung?"

„Logische Vermutung."

„Er wird zu den MacElroys fahren. Er will Ginny und Doc MacElroy persönlich kennenlernen."

Rowenna lehnte sich zurück und dachte daran, wie lächerlich es war, dass die kleine Ginny MacElroy etwas, das mehr als fünf Kilo wog, durch ein Maisfeld zerren sollte.

Aber da war ja noch Doc MacElroy. Sie war mit seinen

Kindern zur Schule gegangen, und MacElroy selbst hätte besser nach Beverly Hills als nach Salem gepasst. Er war schlank, gebräunt und hatte volles silberweißes Haar. Seine Augen leuchteten so blau wie der Himmel, und er war immer ein gut aussehender Mann gewesen.

Dr. MacElroy ein Mörder? Nein, niemals. Sie erinnerte sich, wie er ihr Witze von Teddybären und Barbie-Puppen erzählt hatte, um sie von der Spritze abzulenken, wenn sie eine bekommen musste. Sie erinnerte sich, wie er ihr bei der Beerdigung ihrer Eltern sagte, dass er immer für sie da wäre, wenn sie ihn bräuchte. Sie konnte ihn sich vorstellen, wie er eine seiner Enkelinnen in die Höhe hielt und sie vor Vergnügen kicherte, wenn er sie herumschwang.

Nein. Niemals war er ein Killer.

Joe sah sie von der Seite an. „MacElroy war an Halloween nicht in der Stadt."

„Oh", erwiderte sie.

„Ein Ärztekongress in Orlando", erklärte er.

Sie lächelte voller Erleichterung, dass ihr Vertrauen bestätigt wurde.

„Weißt du, ich bin sicher, dass er rausgefahren ist, um Eric Rolfe zu befragen", sagte Joe. „Er rief im Revier an und bat um die Adresse. Nun … das ist ein merkwürdiger Kerl."

Rowenna blickte Joe missbilligend an. „Er ist nicht merkwürdig, er ist ein Künstler."

„Findest du nicht, dass unser Mörder auch ein ‚Künstler' ist?"

Sie schüttelte den Kopf. Ja, sie verstand, warum Joe sich eher Eric Rolfe als sadistischen Mörder vorstellen konnte als den freundlichen Dr. MacElroy. Doch beide erschienen ihr als Verdächtige gleichermaßen unwahrscheinlich.

„Ich muss zugeben, dass ich Eric seit der Highschool nicht mehr gesehen habe", sagte sie, „aber er war ein netter Typ."

„Er war merkwürdig. Nur weil er einen Ort gefunden

hat, wo Merkwürdigsein im Trend liegt, ändert das nichts daran, dass er ein merkwürdiges Kind war, das einige wirklich fiese Vogelscheuchen gebaut hat, und dann zu einem ziemlich merkwürdigen Erwachsenen heranwuchs", sagte Joe fest.

„Joe Brentwood, das ist genau die Haltung, die Eric dazu brachte, in den Westen zu gehen. Das und die Tatsache, dass er dort seine Talente einsetzen konnte, um viel Geld zu verdienen", wies sie ihn zurecht.

Er blickte zu ihr. „Wir wissen beide, dass es jemand aus der Gegend getan hat", sagte er. „Als du dort eben nachgespürt hast, wusstest du es. Sein Ziel sind Fremde. Er nimmt sie gefangen. Er weiß, wo er sie zur Schau stellt. Er kennt die Gegend."

Sie fühlte sich beklommen. Joe glaubte offensichtlich, dass er Eric Rolfe im Auge behalten musste, was einfach lächerlich war. Eric war nur … Eric.

Auf der anderen Seite …

Wie gut kannte sie ihn wirklich? Sie hatte ihn jahrelang nicht gesehen. Wie gut kannte man überhaupt jemand anderen?

Sie sah zu Joe hinüber. Sie glaubte, ihn zu kennen. Glaubte ihn gut zu kennen. Und doch hatte er sie gerade eben erst überrascht, indem er Jeremy Flynn verteidigt hatte.

Sie hatten den Stadtrand erreicht, und Rowenna nahm mit seltsamer Erleichterung wahr, dass die Straßenlaternen bereits leuchteten, obwohl es noch relativ früh war. Die Häuser, an denen sie vorbeifuhren, waren schön, sahen aber ein wenig unentschieden aus. Überall sah man Gartenschmuck rund um die Pilgerväter sowie mit Kürbissen beladene Holzwagen. Das leuchtende Orange strahlte mit den Herbstblättern um die Wette. Doch einige Leute hatten auch schon ihre glitzernde Weihnachtsdekoration angebracht. Ein Haus protzte sogar mit einem gigantischen Weihnachtsmann samt Schlitten auf dem Dach.

„Können wir nicht erst einen Feiertag hinter uns bringen, bevor wir den nächsten anfangen?“, klagte Joe. „Ehrlich. Können wir nicht einfach Thanksgiving feiern, ohne es mit Weihnachten zu verwechseln? Es ist ein guter alter amerikanischer Feiertag, der seine Beachtung verdient hat.“

„So amerikanisch wie Apfelkuchen?“, schlug Rowenna lächelnd vor.

„Ja. Apfelkuchen“, stimmte Joe zu, während er auf den Bordstein vorm Museum fuhr. „Pass auf dich auf, hörst du? Ich möchte nicht, dass Jeremy mich wie ein Verrückter jagt.“ Er grinste, doch dann wurde seine Miene wieder ernst. „Und danke.“

„Gern geschehen, Joe. Bis später.“

Als sie aus dem Wagen stieg und die paar Stufen zum Museum hochging, bemerkte Rowenna, dass es rasch Abend wurde, als ob die Dunkelheit vom Himmel herunterrasen würde.

Sie eilte zum Tor.

Ein Plakat hing am Schwarzen Brett draußen, ein Plakat mit zwei Fotos. Als sie gegangen war, hatte es noch nicht dort gehangen. Sie war sicher, dass dieses Plakat in der ganzen Stadt verteilt worden war. Unter den Bildern, die die zwei Frauen als Dinah Green und Mary Johnstone auswiesen, stand:

Wir bitten um Ihre Hilfe. Wenn Sie eine dieser Frauen gesehen haben, kontaktierten Sie bitte das Polizeirevier Salem unter 555-TIPS. Dinah Greens Spur verliert sich am 20. Oktober. Mary Johnstone wird seit dem Halloween-Abend vermisst. Wenn Sie eine dieser Frauen gesehen haben, vor allem in Gesellschaft einer verdächtigen Person, melden Sie sich bitte und helfen Sie.

Rowenna starrte unwillkürlich auf das Foto von Dinah Green. Wieder überkam sie das Gefühl, als ob die Brise um sie herum plötzlich auffrischte und sie in ihren Wirbel zog. Sie hörte ein Flüstern.

Die Frau, die voller Verzweiflung weinte.

Der Mann, kalt wie Eis, rücksichtslos, gnadenlos. Unaufhaltsam.

Sie blinzelte, als eine merkwürdige Kälte sie überkam und sich ihr äußeres Gesichtsfeld bewölkte. Die Dunkelheit hüllte sie ein, und die Luft roch nach Erde und Land, als ob sie noch immer im Maisfeld stünde.

Als sie einen Schritt zurücktrat, fand sie ihr Gleichgewicht wieder.

Arme Dinah. Sie war tot und in schrecklicher Angst gestorben.

Und Mary befand sich noch immer irgendwo dort draußen, in der Gewalt desselben berechnenden Killers. Rowenna war überzeugt, dass sie noch lebte, auch wenn sie keine logische Erklärung für ihre Gewissheit hatte.

Der Killer spielte mit seinen Opfern. Sie waren Spielzeug für ihn. Er war ein Gott, und sie mussten ihn anbeten. Er war König. Der Erntekönig. Und sie mussten niederknien und sich dem König willig und voller Liebe darbieten.

Sie konzentrierte sich auf das Bild von Mary Johnstone. Sie war eine bildschöne Frau mit einem Lachen in den Augen. Der Fotograf hatte in ihren Gesichtszügen und ihrem vollen, großzügigen Lächeln etwas Freundliches, Liebliches eingefangen. Rowenna wusste, dass sie verletzt worden war, doch sie hatte verziehen, weil sie ihren Mann liebte.

Das Gefühl des Wirbels übermannte sie erneut, zusammen mit der diffusen Dunkelheit. Sie war da, und sie war es doch nicht. Sie hörte erneut Stimmen und wusste, dass sie Mary Johnstone hörte, dass sie fühlte, was Mary gefühlt hatte – allerdings als sie glücklich war und nicht jetzt. Sie lachte und ließ ihre Hand in Brads Hand gleiten, ein Zeichen des Vertrauens, das sie ihm schenkte.

Sie war Mary, oder sie war in Marys Kopf, und sie ging die Straße entlang und dann ins Museum.

„Da bist du ja."

Erschrocken fuhr sie zusammen. Dan stand vor ihr.

„Ich wollte dich schon verloren geben und für heute aufhören", sagte er.

„Ist es schon fünf?", fragte Rowenna. Das konnte nicht sein. Sie war sicher, dass es nicht einmal halb fünf gewesen war, als Joe sie abgesetzt hatte.

Stand sie hier schon seit einer halben Stunde und starrte die Bilder an?

„Es ist fünf", bestätigte Daniel.

Ihr Handy klingelte. Sie warf ihm einen entschuldigenden Blick zu und meldete sich rasch, als sie Jeremys Nummer erkannte.

„Es tut mir leid. Ich verspäte mich. Aber ich bin schon fast in der Stadt."

„Das ist kein Problem."

„Du bist beim Museum, oder?", fragte er mit einem Hauch von Skepsis.

„Ja."

„Ich habe uns um sechs Uhr mit Brad für einen Drink im Hawthorne Hotel verabredet."

„Okay, ich werde dort sein."

„Bist du allein?"

„Ich stehe hier mit Dan."

„Okay, gut."

„Hast du noch irgendwas gefunden?", fragte sie Daniel, nachdem sie das Gespräch beendet hatte.

Er grinste. „Nun, ich weiß nicht, ob die Cops das so sehen werden. Sie sind ziemlich interessiert am Hier und Jetzt. Aber ich glaube, dass du recht hast und jemand die Vergangenheit nachspielt, auch wenn die Cops an den Einzelheiten nicht interessiert sind."

„Ich bin interessiert."

„Das bist du, nicht wahr?", sagte er, und seine Miene wurde traurig, als er die Bilder auf dem Plakat betrachtete. „Weißt du, ich habe sie gesehen, in der Bar im Hawthorne. Ich habe die Polizei angerufen und ihnen alles erzählt, was ich konnte."

Rowenna war überrascht.

„Hast du gesehen, mit wem sie dort war?"

Zu ihrer Verblüffung nickte er. „Ich habe ihn der Polizei beschrieben, und ich wette, ich bin nicht der Einzige, der eine Beschreibung abliefern kann. Es war dort voll an dem Abend, sodass irgendjemand anders sich ebenfalls an ihn erinnern muss."

„War der Typ … aus der Gegend?", fragte Rowenna.

„Ich habe ihn nie zuvor gesehen, aber das heißt nicht, dass er nicht aus der Gegend stammt."

„Wie hat er ausgesehen? Hast du ihn je wiedergesehen? Vielleicht an dem Tag, an dem Mary Johnstone verschwand?", fragte sie unruhig.

„Ich wünschte, ich könnte das sagen, aber nein. Er war groß, gut aussehend. Kräftig gebaut, als ob er viel draußen ist und körperlich arbeitet. Ich hatte den Eindruck, dass er Arbeiter war. Ich weiß nicht – Mechaniker, Bauarbeiter, irgend so was. Er hatte diese Bad-Boy-Attitüde, schätze ich."

„Blond, dunkel, weiß, schwarz, Hispano, Asiate … Was?", fragte sie.

„Blond, weiß", erwiderte Daniel. „Hoffentlich veröffentlichen sie ein Phantombild. Jemand wird ihn erkennen, und sie kriegen ihn. Bald, hoffe ich. Solange Mary noch lebt."

Sie nickte und lächelte ihn vorsichtig an. „Ich bin froh, dass du ebenfalls glaubst, dass sie noch lebt. Brad glaubt es natürlich, aber das muss er auch, um nicht verrückt zu werden. Doch ich habe den Eindruck, die meisten halten sie für tot. Vor allem jetzt, da Dinah Green …" Sie konnte sich nicht überwinden weiterzusprechen. Das Bild vor ihrem inneren Auge war schlimm genug, ohne es in Wort zu fassen.

Er strich ihr über die Wange. „Ich glaube, du denkst, dass sie lebt, weil du das möchtest“, sagte er weich.

„Das ist nicht wahr. Ich glaube es wirklich.“

„Du bist ein gutes Mädchen“, sagte er. „Aber wirst du auch eine gute Königin sein?“, fügte er neckisch hinzu, um die Stimmung aufzuheitern.

Sie zuckte die Achseln. „Es ist schwierig, ausgerechnet jetzt an eine Feier zu denken.“

„Ja, aber ... so dreht sich die Welt nun mal. Alles geht weiter. Die Jahreszeiten werden immer kommen und gehen. Natürlich nur, bis wir den Planeten in die Luft jagen“, sagte er düster. „Nun ja, es war ein langer Tag, und der morgige wird noch länger. Ich nehme an, wir sehen uns morgen?“

„Ja, aber warte! Ich möchte hören, was du herausgefunden hast.“

Er wedelte unwirsch mit der Hand. „Nichts Großartiges. Ich erzähle es dir morgen, okay?“

„Sicher, danke.“

Er runzelte die Stirn. „Hey, kommst du allein zurecht? Soll ich dich irgendwo hinbringen?“

„Nein, nein, ich muss nur die Straße hinauf.“

„Nun, pass auf dich auf.“

„Ich bleibe auf den Hauptstraßen und gehe nur ein paar Blocks. Es ist alles bestens.“

Er winkte zum Abschied und ging die Straße hinunter. Sie sah ihm nach und zögerte, weil ihr der Gedanke kam, dass sie ihn um seine Begleitung hätte bitten sollen. Sie überlegte, ob sie ihn zurückrufen sollte. Doch sie würde wirklich nur einige Blocks weit gehen, und das auf belebten Gehsteigen. Und sie konnte es nicht zulassen, dass Jeremy und Joe ihr Angst machten vor der Stadt, in der sie ihr ganzes Leben verbracht hatte.

Als sie um die Ecke bog, sah sie, dass Adam und Eve noch nicht geschlossen hatten. Tatsächlich befanden sich noch mehrere Kunden im Laden.

Sie bemerkte, dass Eve eine Ecke des Schaufensters für das Plakat der Polizei reserviert hatte.

Rowenna zwang sich, nicht auf die Bilder zu schauen; sie verstand noch immer nicht, wie sie vor dem Museum so viel Zeit mit ihrem Anblick hatte verlieren können. Sie hatte nicht versucht, sich in sie hineinzuversetzen, um zu erspüren, wo sie waren oder was geschehen war, doch irgendwie hatte ihr Geist von selbst diese Kanäle gesucht.

Vielleicht *sollte* sie versuchen, zu erspüren, wo Mary war, wenn sie noch lebte.

Wie lange noch?

Ein Gefühl der Dringlichkeit nagte an ihr. Wenn sie nur eine Art magisches Fenster oder eine echte Kristallkugel hätte, oder wenn sie wenigstens in eine Trance fallen könnte, um die Wahrheit aufzudecken. Doch das konnte sie nicht. Trotz der Art, wie sie sich zuvor gefühlt hatte, und trotz der Dinge, die sie gesehen hatte, hatte sie nur die Logik.

Sie konnte sich nur in sie hineinversetzen, zu ihnen werden.

Doch das war beängstigend und schmerzhaft. Und sie konnte es nicht jetzt tun, nicht hier und nicht allein.

Sie wollte gerade weitergehen, als Eve sie erblickte, ihr zuwinkte und nach draußen kam, wo sie Rowenna ein besorgtes Lächeln schenkte.

„Was machst du allein hier draußen? Du fährst doch nicht allein nach Hause und bleibst dort in dem großen alten Haus, oder?"

„Ich bleibe in der Stadt bei Jeremy", sagte Rowenna. „Ich bin gerade auf dem Weg, um mich mit ihm zu treffen."

„Geschickter Schachzug", zog Eve sie auf.

„Eve!"

„Ach komm, sei nicht eingeschnappt. Ich weiß doch, dass du nicht mit jemandem schlafen würdest, nur weil du nicht nach Hause möchtest. Vor allem nicht mit ihm. Ich meine, ich würde ohne jeden Extra-Anreiz mit ihm schlafen. Warte, das klingt nicht ganz richtig."

„Als ob du Adam jemals betrügen würdest."

„Ich bin verheiratet, nicht tot", sagte Eve empört. „Zumindest darf ich gucken." Doch sie blickte zurück in den Laden und runzelte die Stirn.

Rowenna hatte den Eindruck, dass es mehr als nur ein Streit über ihre Ware gewesen sein musste, der zum Zerwürfnis zwischen Adam und Eve geführt hatte.

„Oh Gott!", sagte Eve plötzlich und wurde bleich.

„Was?"

„Ich sagte gerade, ich bin nicht tot. Und diese arme Frau ... Oh Gott, Ro – sie ist bei uns im Laden gewesen. Sie war nur hier, um sich zu amüsieren, und jetzt ... jetzt ist sie tot."

„Dan hat mir erzählt, er habe sie auch gesehen."

„Sie war nett, so wie Mary ... Sie kam herein und kaufte etwas Schmuck." Eve hielt mit unglücklichem Gesicht inne und schüttelte dann den Kopf. „Sie erzählte, dass sie in Boston lebt und seit Ewigkeiten nicht mehr hier oben war. Sie ist wegen der Herbstfärbung hergekommen ... und hier gestorben."

Eve wirkte kummervoll, als ob sie gleich weinen würde.

Rowenna umarmte sie. Es gab nichts zu sagen.

Eve machte sich los. „Hey, beeil dich. Triff dich mit deinem Kerl."

„Bist du in Ordnung?"

„Aber sicher", antwortete Eve.

„Okay, dann geh rein und schließ ab", sagte Rowenna.

Eve sah noch immer beunruhigt aus.

„Eve, ist noch etwas nicht in Ordnung?", fragte Rowenna besorgt. Sie wollte nicht zu spät in der Bar aufkreuzen und Jeremy in Panik versetzen, aber sie wollte ihre Freundin, die so verloren wirkte, auch nicht so stehen lassen.

„Nein."

„Eve?"

Eve lachte. „Nein. Wirklich." Sie schaute zur Seite, als ob sie ihre Gefühle verbergen wollte. „Jedenfalls nichts, was du wieder richten könntest. Also triff dich mit Jeremy und lass dich unterwegs nicht von Fremden ansprechen."

„Ja, Mama. Wir sehen uns morgen, okay?"

Eve atmete tief durch, nickte dann und zog sich in den Laden zurück. Rowenna winkte und ging weiter die Straße entlang.

Die anderen Geschäfte waren geschlossen. Es schien unmöglich, doch innerhalb von Minuten hatten sich die Straßen geleert.

Die kühle Herbstbrise blies plötzlich kräftiger. Blätter wirbelten vom Pflaster auf und wehten vor ihre Füße. Sie ging schneller.

Ein merkwürdiges Brummen drang an ihre Ohren, und sie blickte auf. Eine Straßenlaterne flackerte, brummte erneut, leuchtete einen kurzen Moment hell auf und erlosch.

Ein völlig natürlicher Vorgang, sagte sie sich.

Es gab noch immer jede Menge Licht.

Doch wo Licht war, gab es auch Schatten.

Während sie rasch vorwärts eilte, sah sie auf das Pflaster zu ihren Füßen und wäre beim Anblick eines Schattens vor ihr fast zur Seite gesprungen.

Aber natürlich war er da! Es war ihr eigener Schatten.

Sie lauschte ihren Schritten und fragte sich, ob sie ein leichtes Echo vernahm oder ob ihr jemand folgte und versuchte, seinen Schritt dem ihren anzupassen.

Der Wind frischte erneut auf, und die Blätter tanzten in einem kleinen Zyklon vor ihr herum, bevor sie ihr mit einem trockenen Rascheln, das sich wie anklagendes Geflüster anhörte, vor die Füße fielen.

Der Schatten wuchs, als ob sie größer und breiter würde. Als ob sich ein Berg hinter ihr auftürmte, massiv und dunkel.

Nein, es war kein Berg, es hatte einen Umriss.

Wie ein Mann, ein Mann in einem Cape, der den Tiefen der Erde entstieg.

Ihre Einbildung nahm überhand, und obwohl sie wusste, wie lächerlich das war, lief sie noch schneller.

Das Echo ihrer Schritte schien ein wenig zu spät zu kommen.

Wie ein Puls, ein Herzschlag, der aus dem Rhythmus geraten war.

Furcht ergriff sie plötzlich. Irgendwie war das Etwas, das den Schatten warf, nicht länger hinter ihr, sondern vor ihr.

Sie wandte sich um und rannte. Rannte in die nächste Seitenstraße hinein, obwohl sie wusste, dass sie vom Geschäftsviertel fort und zu der weniger bevölkerten Seite der Innenstadt getrieben wurde.

Ihr Verfolger machte sich nicht länger die Mühe, sich zu verbergen. Sie *wurde* verfolgt.

Jedes Geschäft, jedes Restaurant, an dem sie vorbeilief, war geschlossen und dunkel.

Die Schritte, die ihr nun folgten, waren laut und schnell und nur zu real. Sie wusste, dass sie zu einem Menschen gehören mussten, doch es fühlte sich so an, als würde sie von etwas Übermenschlichem verfolgt, etwas, das von dem Bösen flüsterte.

Wo waren nur alle?

Es war Herbstsaison, um Himmels willen.

Ein als Salz-und-Pfeffer-Streuer dienendes Pilgerväter-Paar lächelte ihr wohlwollend aus einem Schaufenster zu, während sie daran vorbeilief. Als Nächstes kam ein historisches Gebäude, das für die Öffentlichkeit gesperrt war. Das Hexendenkmal befand sich gegenüber auf der anderen Straßenseite.

Und der Friedhof.

Merkwürdigerweise stand das Tor offen, aber warum das Schicksal infrage stellen?

Nach dem, was dort geschehen war, erschien es verrückt, doch sie kannte den Friedhof so gut, dass sie quer darüberflitzen konnte, immer in der Hoffnung, dass ihr Verfolger die Orientierung verlor, vielleicht sogar über einen der alten Grabsteine stolperte, während sie zur anderen Seite hinausrannte.

Mit keinem anderen Ort, wo sie hinkonnte, und dem immer näher kommenden Verfolger hinter sich raste sie durch das Tor und an den alten Grabmalen und zerbrochenen Steinen vorbei bis zur anderen Seite, wo sie plötzlich stehen blieb.

Das Böse war nicht länger hinter ihr.

Es war vor ihr.

Sie stand mucksmäuschenstill. Die kläglichen Steine zu ihrer Rechten markierten die Gräber kleiner Kinder, links lagen zerbrochene Steine, vor ihr stand ein Sarkophag.

Und ihr wurde bewusst, dass jemand oder etwas sie irgendwie zu diesem Punkt getrieben und sie dann umkreist hatte, um ihr den Weg abzuschneiden und sie hierzubehalten.

Worte erklangen in ihrem Geist.

„Komm näher, näher, verneige dich vor mir, komm …"

Es war in ihrem Kopf. Es lockte sie. Es ließ sie an einen Hügel denken, wo man Macht und Vergeltung, Leben und Tod fand.

„Ehre mich. Bete mich an …"

Die Dunkelheit verdichtete sich, nahm Form und Gestalt an wie etwas Lebendiges.

Direkt hinter den Kindergräbern befand sich ein Grabstein, und inmitten der dichten Finsternis glühte die Inschrift rot auf – rot wie die Farbe des Blutes …

Blutrote Farbe, die den Namen der Verstorbenen buchstabierte.

Rowenna Eileen Donahue.

13. KAPITEL

Brad wartete an der Bar auf Jeremy.

Mit dem Finger fuhr er an seinem Bierglas auf und ab, offenbar fasziniert von dem Beschlag, der sich gebildet hatte. Immerhin wirkte er ruhig und kontrolliert.

„Irgendwas Neues?", fragte er hoffnungsvoll, als Jeremy sich auf den Barhocker neben ihn gleiten ließ.

„Nicht wirklich, aber ich hatte einige interessante Gespräche", erwiderte Jeremy. „Wie geht es dir?"

Brad nickte ernst. Jeremy sah ihm an, dass er nüchtern war; das Bier schien sein erstes zu sein. „Ich habe eine Kopie des Polizei-Flugblatts bekommen – du weißt schon, das mit den Bildern von Dinah Green und Mary." Seine Stimme wurde heiser. „Ich konnte einfach nicht den ganzen Tag herumsitzen, deswegen bin ich Richtung Norden gefahren und habe in jeder Stadt angehalten und den Leuten das Flugblatt gezeigt. Alle waren mitfühlend, doch niemand hat eine von beiden gesehen."

Jeremy wusste bereits, dass keine der beiden Frauen sich jemals nördlich dieser Gegend aufgehalten hatte. Er wusste, dass ihrer beider Spur hier endete. Aber Brad hatte recht, er musste etwas tun. Und es war immer ein Fehler, sich bei den Ermittlungen auf das Bekannte zu verlassen, ohne alle anderen Möglichkeiten zu eliminieren.

„Was war denn mit deinen Gesprächen?", fragte Brad.

Der Barkeeper kam mit einem Bier für Jeremy. Es war derselbe Typ, der auch zuvor Dienst gehabt hatte, Hugh. Mitte dreißig, mit ausgehendem Haar, stämmig und freundlich. „Hallo, nett, Sie wiederzusehen", sagte er.

Jeremy nickte und dankte für das Bier.

„Dann weißt du also, dass sie genau hier drin war?", fragte Brad, bevor Jeremy seine frühere Frage beantworten konnte. „Dinah Green? Sieht so aus, als ob die halbe Stadt sie hier mit einem Kerl gesehen hat. Großer, breiter Mann."

Der Barkeeper hatte sich nicht weit entfernt und kam jetzt zurück zu ihnen. Er blickte Jeremy an, beugte sich über die Bar und sagte in vertraulichem Ton: „Ich habe sie bedient. Ich habe Dinah Green bedient. Hat Brad Ihnen das erzählt? Sie trank einen Cosmos und er Whiskey pur."

„Dann müssen Sie in der Lage gewesen sein, ihn den Cops zu beschreiben."

„Ja. Sie haben direkt einen Phantomzeichner rübergeschickt, aber das werden sie alles gar nicht brauchen. Ich hatte etwas viel Besseres, was ich den Cops geben konnte", sagte er selbstzufrieden.

„Den Kreditkartenbeleg des Typen?", fragte Jeremy.

Hugh sah enttäuscht aus, und Jeremy tat es sofort leid, dass er vorgegriffen hatte.

„Ja. Woher wissen ... Ach ja. Das ist ja Ihr Beruf", sagte Hugh.

„Die Sache ist die", schaltete sich Brad ein, „und ich weiß nicht, ob es ein gutes oder ein schlechtes Zeichen ist, aber wenn dieser Typ ..."

„Sein Name ist Tim Richardson", sagte Hugh. „Adresse in Little Italy in Boston."

„Ich frage mich, ob sie einander aus Boston kannten", sagte Jeremy.

„Die Sache ist die: Niemand hier hat Tim Richardson an Halloween gesehen", sagte Brad und fuhr dann voller Hoffnung fort. „Also vielleicht ... vielleicht ist Mary irgendwo sicher." Ein gequälter Ausdruck erschien in seinem Gesicht. „Aber wo ist sie dann? Und warum? Mary würde nicht absichtlich verschwinden. Das weiß ich. Aber nach der Entdeckung von Dinah Greens Leiche glaubt die Polizei, dass wir nur ihren Mörder finden müssen und dann auch Mary haben. Doch wenn die zwei Fälle nicht in Zusammenhang stehen, verlieren wir nur wertvolle Zeit, in der wir nach Mary suchen müssten, solange sie noch am Leben ist. Und sie *ist* noch am Leben. Sie *muss* es sein."

„Brad“, sagte Jeremy und legte dem Freund eine Hand auf die Schulter, „nur weil Dinah Green mit dem Typ hier an der Bar war, heißt das noch nicht, dass er sie getötet hat.“

„Es war das letzte Mal, dass sie gesehen wurde“, erwiderte Brad störrisch.

„Und er war mit ihr hier“, fügte Hugh hinzu.

Jeremy musterte Hugh. „Sind sie zusammen fortgegangen?“, fragte er.

Hugh überlegte und wurde rot. „Ich weiß es nicht“, gab er zu.

„Sie saßen beide an der Bar, richtig?“, fragte Jeremy.

„Ja, aber es wurde an dem Abend ziemlich schnell voll. Es endete damit, dass ich auch an einigen Tischen bediente. Der Typ hatte seine Rechnung bezahlt, und die beiden sprachen noch miteinander, als ... ich ein Kalbschnitzel servierte. Ja, dort drüben, an Tisch zwei. Ich sah, dass die Kellnerinnen sich die Hacken abliefen, und einer der Küchenjungen stellt das Essen raus an die Bar, wenn es so voll ist. Deshalb sprang ich ein. Insofern habe ich sie tatsächlich nicht fortgehen sehen.“

„Vielleicht hat jemand anders sie gesehen“, sagte Jeremy. „Haben die Cops die Belege von jenem Abend mitgenommen?“

„Hey, wir sprechen von einem Abend vor Wochen – die Belege sind alle schon beim Steuerberater“, sagte Hugh.

„Wie haben Sie dann die Information an die Polizei geben können?“, fragte Jeremy.

„Der Computer.“

„Würden Sie mir eine Liste der Belege von diesem Abend ausdrucken? Nicht jetzt, ich weiß, dass Sie arbeiten, aber später? Ich kann sie morgen Vormittag abholen.“

„Sicher.“ Hugh schien erfreut über die Bitte. Dann blickte er an Jeremy und Brad vorbei zur Tür, und ein Lächeln erschien auf seinem Gesicht. „Hallo, Eric. Schön, dich zu sehen.“

Jeremy drehte sich um und sah Eric Rolfe in die Bar kommen. Er war allein, und obwohl er nur Jeans, ein T-Shirt und eine Baumwolljacke trug, wirkte er wie ein Mann, der sich für den Abend extra geduscht und rasiert hatte. Bis auf ein Herbstblatt, das aus seinem linken Stiefel lugte.

Brad schien weder Hughs Begrüßung noch Erics Eintreten bemerkt zu haben.

Er starrte mürrisch in sein Bier.

„Morgen", sagte er düster. „Immer gibt es etwas, um das wir uns morgen kümmern." Er sah Jeremy an. „Es führt zu nichts. Wie viele Morgen wird Mary noch erleben?"

Jeremy Gedanken wanderten zu dem Mann, den Hugh mit Dinah gesehen hatte, auch wenn er nicht wusste, ob sie mit oder ohne ihn gegangen war.

Boston war nicht weit weg. Der Mann konnte ihr Mörder sein. Nur weil Hugh ihn an Halloween nicht gesehen hatte, hieß das nicht, dass er nicht in der Stadt gewesen war.

Wer auch immer Dinah Green getötet hatte, lief noch frei herum.

Mary wurde noch vermisst.

Und Rowenna war noch nicht hier.

Jeremy erhob sich plötzlich, verabschiedete sich von Brad und nickte Eric zu, wobei er im Vorbeigehen noch einmal zu dem aus seinem Stiefel lugenden Blatt blickte.

Dusche, Rasur und dann ein Spaziergang im Wald? Das glaubte er nicht.

Er wollte den Mann packen, ihn durchschütteln und anschreien, wo zum Teufel er Mary Johnstone versteckt hielt. Doch er beherrschte sich. Bis er mehr hatte als ein merkwürdiges Gefühl und ein verirrtes Blatt, musste er sich zurückhalten. Unterdessen machte er sich Sorgen um Rowenna und wollte so schnell wie möglich hinaus, um den kürzesten Weg von der Bar zum Museum zu nehmen.

„Nein." Es war nur ein protestierendes Flüstern. Sie stand zu stark unter Schock, um mehr herauszubringen.

Das war ihr Name.

Auf einem Grabstein.

Und dort war ein Schatten auf dem Friedhof, der sie verhöhnte, der sie rief.

Nein. Es geschah alles nur in ihrem Geist.

Es war nichts als die Macht der Suggestion, nichts Reales, es waren nur ihre Ängste, die von ihrem eigenen verräterischen Geist zum Leben erweckt wurden.

Als ob ihre Fähigkeiten, wenn sie sich in ein Opfer hineinversetzte und dem Geschehenen nachspürte, wenn sie Logik und Intuition einsetzte, um ihre Vorstellungskraft anzukurbeln, als ob diese Fähigkeiten sich plötzlich alle nach innen richteten und ein Monster erschufen aus allen Ängsten, die sie verfolgten. Wahrnehmung war Wahrheit und Realität, also musste sie jetzt ihre Wahrnehmung ändern, um dieses Schattenmonster zu bekämpfen.

Sie war Hunderte Male auf dem Friedhof gewesen. Ihr Name stand auf keinem Grabstein. Und sie würde niemandes Opfer sein, nicht einmal wenn der Teufel selbst aus der Hölle gestiegen war, um sie zu finden.

„Nein", sagte sie laut und entschieden, während sie in den dunklen Friedhof starrte.

Er war leer. Niemand war dort, nicht einmal ein Schatten.

Sie blickte zurück auf den Stein, wo sie ihren Namen so deutlich in Blut geschrieben gesehen hatte.

Da war nichts.

Der Mond kam hinter einer Wolke hervor und erhellte die Dunkelheit, die vor wenigen Momenten noch so greifbar erschienen war. Im silbrigen Licht erkannte sie Herbstblätter auf dem Boden, und als sie den Grabstein untersuchte, war die Inschrift zu verwittert, um sie zu entziffern, geschweige denn ihren Namen dort zu lesen. Der Wind frischte leicht auf. Sie schaute sich um. Auf dem Friedhof befand sich niemand – weder ein Mensch noch ein Geist.

Plötzlich hörte sie, wie ihr Name von einer realen, besorgt klingenden Stimme gerufen wurde.

„Rowenna?"

Sie wirbelte herum.

„Hey, Rowenna, ist alles in Ordnung mit dir?"

Adam Llewellyn stand am Tor – das jetzt geschlossen war, wie sie bemerkte, doch über diese Merkwürdigkeit würde sie nicht weiter nachdenken. Er schien Angst zu haben, sich nachts auf den Friedhof zu wagen. Er starrte sie an, als ob sie den Verstand verloren hätte.

Hatte sie das?

Während sie ihn anblickte, ging ein Paar Hand in Hand die Straße entlang und sprach über das Restaurant, in das sie gehen wollten.

Ein Wagen fuhr vorbei, die Scheinwerfer durchschnitten die Dunkelheit.

Es war ein Abend wie jeder andere auch.

Ein Mann führte am Wachsmuseum entlang einen kläffenden Pekinesen aus. Großer Typ, kleiner Hund.

„Ro?", fragte Adam erneut.

Sie straffte die Schultern, eilte in seine Richtung und sprang leichtfüßig über die niedrige Mauer.

„Adam, hallo. Bist du mir gefolgt?", fragte sie und musterte ihn. Es war nur Adam, derselbe Adam, den sie seit Jahren kannte.

Hatte er sie gerade vor ihrer eigenen Einbildung gerettet – oder vor jemandem oder etwas anderem? Oder hatte er irgendetwas mit dem zu tun, was ihr gerade zugestoßen war? Sofort verwarf sie den Gedanken. Nichts konnte lächerlicher sein.

„Ich habe versucht, dich einzuholen", entgegnete er und sah sie noch immer eindringlich an.

„Hast du irgendjemand anderen gesehen?", fragte sie, und obwohl sie sich bemühte, ruhig und abgeklärt zu klingen, wusste sie, dass eine leichte Hysterie in ihrer Stimme mitschwang.

Ihre Frage schien ihn zu beunruhigen, und er dachte eine Zeit darüber nach. „Na ja, Libby Marston schloss gerade ihren Laden, doch die Straßen waren ziemlich ruhig." Er zuckte die Achseln. „Es tut mir leid, wenn ich dir Angst eingejagt habe", sagte er. „Ro, nach allem, was passiert ist, warum bist du über die Mauer geklettert, um in der Nacht auf den Friedhof zu laufen?"

„Ich bin nicht über die Mauer geklettert. Ich bin durch das Tor gegangen. Es stand offen."

Er senkte den Kopf, doch sie bemerkte seinen skeptischen Gesichtsausdruck. Er glaubte nicht, dass das Tor offen gestanden hatte. Man mochte hier keine Leichenfledderer – Leute, die es für cool hielten, sich nachts bei den Toten herumzutreiben.

Es ist nur Adam, sagte sie sich. Der Mann ihrer guten Freundin, ihr Freund.

Und während sie hier mit ihm stand und sie sich unterhielten, während die Autos im Hintergrund vorbeifuhren und Spaziergänger vorbeischlenderten, fühlte sich der ganze Abend unwirklich an.

Und doch, ebenso wie die Bücher im Museum, gab er einen Denkanstoß.

„Egal", sagte sie. „Ich dachte nur, ich hätte … jemanden gesehen."

„Auf dem Friedhof? Abends?"

„Warum bist du mir gefolgt? Brauchst du etwas von mir?", fragte sie. „Denn du hast mir Angst eingejagt."

„Ich wollte dich nicht erschrecken. Tut mir leid." Er schüttelte den Kopf. „Ro, wenn du glaubst, dass du verfolgt wirst, ist die Flucht auf einen dunklen Friedhof keine gute Idee. Erst recht nicht, wenn auf eben diesem Friedhof Mary Johnstone verschwunden ist."

Rowenna öffnete den Mund, um etwas zu erwidern, besann sich aber eines Besseren. Wie konnte sie erklären, dass ihr die Dummheit dieser Idee bewusst gewesen war, sie aber von etwas oder jemandem hierher *gejagt* worden war?

Sie würde nie in der Lage sein, es zu erklären. Sie verstand es ja nicht einmal selbst.

„Wie auch immer. Hey, ich muss los, um Jeremy zu treffen. Begleitest du mich?“ Sie hasste das Beben in ihrer Stimme, doch sie konnte es nicht unterdrücken. Sie hatte Angst.

„Sicher“, erwiderte er.

„Warte – wo ist Eve?“

„Im Laden. Sie packt einen Karton mit Thanksgiving-Deko aus. Hast du Interesse an einem Soßenlöffel, der wie ein Pilgervater geformt ist?“ Als sie lachend den Kopf schüttelte, fügte er hinzu. „Oder wie ein Indianer?“

„Aber lass sie dort nicht allein zurück, okay?“, sagte Rowenna, plötzlich wieder ernst.

„Keine Sorge, das mache ich nicht. Jetzt komm. Ich begleite dich“, sagte er.

Sie freute sich über seine Gesellschaft. „Warum bist du mir gefolgt?“, wollte sie wissen, während sie in Richtung Hotel gingen.

„Ich mache mir Sorgen um Eve“, gestand er.

„Was?“, fragte sie verblüfft. Eve machte sich Sorgen um Adam, und nun machte *er* sich Sorgen um *sie*? „Warum?“

„Ich weiß nicht, was in letzter Zeit mit ihr los ist. Nur weil ich die Masken von Eric Rolfe für unglaublich halte und finde, dass wir Bücher über Alistair Crowley und Satanismus führen sollten, glaubt sie, dass ich irgendwie böse werde. Ich verstehe es nicht. Eve und ich haben immer unsere Ideen geteilt, haben über alles gesprochen, was uns interessierte. Und jetzt … jetzt scheint sie sich in eine alte Frau mit einer Denkweise direkt aus dem siebzehnten Jahrhundert verwandelt zu haben.“ Adam runzelte die Stirn und sah aufrichtig verwundert aus. „Sie sagt immer wieder, wie sehr ich sie beunruhige.“

„Hast du ihr Anlass zur Beunruhigung gegeben?“

„Nein“, erwiderte Adam entschieden. „Aber inzwischen streiten wir nur noch. Und manchmal sieht sie mich an, als wäre ich kein Mensch mehr. Letzte Nacht, als ich sie angefasst habe, ist sie zusammengezuckt. Ich weiß nicht. Ich liebe meine Frau, das tue ich wirklich. Ich liebe sie, seit wir Kinder waren.“

Rowenna grinste. „Und ich mag euch beide, das weißt du. Aber es klingt so, als solltet ihr zwei vielleicht zu einer Paarberatung gehen.“

„Ja, vielleicht“, seufzte er. „Aber wenn sie mit dir über mich spricht, lass sie bitte wissen, wie sehr ich sie liebe.“

„Natürlich“, versprach sie ihm.

Adam war stehen geblieben. Sie befanden sich an der Straßenecke, das Hotel lag auf der gegenüberliegenden Straßenseite.

„Ich bleibe hier stehen, bis du drinnen bist, dann gehe ich zurück zu Eve“, sagte er.

„Danke“, sagte sie. „Aber … es ist schon okay. Sie haben einen Türsteher draußen. Alles in Ordnung. Du kannst los.“

„Ich bleibe hier, bis du drinnen bist“, wiederholte er. „Also vergeude keine Zeit mit Streiten.“

Das Licht veränderte sich, und ein Wagen hielt direkt vor ihr, ein weiterer dahinter. Plötzlich schienen überall Menschen zu sein.

Einige standen sogar vor einem der Hotelfenster und lasen das Plakat, das in der ganzen Stadt verteilt war.

Die Geräusche des Lebens umfingen sie überall.

Rowenna war verlegen. Die Angst, die sie zuvor durch die Dunkelheit hatte laufen lassen, erschien ihr nun albern und nur ein Fluch ihrer lebhaften Einbildungskraft.

Sie straffte die Schultern, strich das Haar zurück und ging über die Straße. Als sie die Tür zur Bar erreichte, kam Jeremy mit besorgter Miene herausgestürmt. Kaum dass er sie sah, entspannte sich sein Gesicht.

Er nahm sie bei den Schultern und zog sie für einen Moment eng an sich. Sie roch das Leder seiner Jacke, spürte die Spannung in seinem Körper und hatte ein bisschen das Gefühl, dahinzuschmelzen. Es war zu gut. Zu gut, um wahr zu sein …

Nein, es war furchtbar. Er war nur hier, weil seine Freundin verschwunden und eine andere Frau tot war.

Dennoch, er war groß, gut aussehend, verlässlich und vor allem real. Also lächelte sie und entschloss sich, ihm niemals davon zu erzählen, dass sie sich von einem teuflischen Schatten verfolgt gefühlt hatte und vor ihm auf den Friedhof geflüchtet war. Er würde es nicht verstehen. Er *konnte* es nicht verstehen. Die Wirklichkeit war real für ihn. Einbildungen dagegen fand er … verdächtig.

Dennoch schlafwandelte er und sprach mit Menschen, die es nur in seinen Träumen gab.

„Tut mir leid, ich habe mir Sorgen gemacht, als du nicht aufgetaucht bist", sagte er.

Sie lächelte und behielt dieses Lächeln krampfhaft im Gesicht.

Sie wusste, dass sie ihm lieber die Wahrheit sagen sollte, auch wenn er sie lächerlich fände. Und vielleicht würde er das ja gar nicht. Vielleicht würde er die Straßen durchkämmen und nachforschen wollen, wer sie verfolgt haben könnte.

Doch es war zu spät. Falls irgendjemand sie wirklich gejagt hatte – wenn es nicht nur eine Kombination aus Dunkelheit, der defekten Straßenlaterne und ihren Albträumen gewesen war –, dann war er längst fort.

Saß vielleicht schon in einer Bar und trank ein Bier.

„Tut mir leid", erklärte sie ihm. „Adam und Eve machten gerade zu und kamen auf einen Plausch heraus. Ich wusste, dass du dir Sorgen machen würdest. Ich hätte mich ein bisschen schneller losreißen sollen."

Er hielt ihr die Tür auf, und sie trat ein. Sie erkannte Eric

Rolfe sofort – er war jetzt dünner, aber eindeutig noch immer der gleiche Eric, den sie von der Highschool kannte. Sie lief hinüber, um ihn zu begrüßen. Er erkannte sie ebenfalls, stand auf und umarmte sie herzlich. Dann trat er einen Schritt zurück, und sie bemerkte, wie er über ihre Schulter schaute.

Zu Jeremy.

„Dein Freund hält mich für einen Mörder. Er mag meine Masken nicht", flüsterte er.

Rowenna blickt Jeremy an. Für Außenstehende sah er lässig aus, einfach ein Mann, der mit ein paar Freunden auf einen Drink aus war, doch sie kannte ihn bereits zu gut, um sich täuschen zu lassen. Sie konnte die Anspannung, die von ihm ausging, fast schon mit Händen greifen. Sie begriff, dass er Eric tatsächlich nicht traute.

Sie wollte ihm sagen, dass sie Eric schon von Kindesbeinen an kannte.

Auf der anderen Seite war sie hier aufgewachsen. Sie kannte viele Einheimische von Kindesbeinen an.

Und der Mörder ist auch ein Einheimischer, dachte sie. Sie schauderte.

Jeremys Handy klingelte. Er winkte ihr entschuldigend zu und entschwand durch eine Seitentür in die Hotellobby.

Eric folgte Jeremy mit dem Blick und sah dann Rowenna an. „Großartiges Timing von mir, nicht wahr? Ich komme mit meinen Masken ausgerechnet dann nach Hause, wenn eine Frau ermordet und in dem Maisfeld neben meinem Haus aufgespießt wird. Aber komm. Du kennst mich. Wie kann man mich für einen Mörder halten?"

„Eric, ich bin ziemlich sicher, dass die Polizei mit vielen Leuten spricht", sagte sie. „Und Jeremy ist ein guter Kerl. Wirklich."

Er verdrehte die Augen und grinste. „Er sieht gut aus, das will ich dir zugestehen."

Sie lachte.

„Ihr zwei seid ein Paar?"

„Ja." Sie spürte, wie sie errötete. Wie lächerlich …

„Gut. Er wirkt wie ein Beschützer. Keine schlechte Sache bei all dem, was hier gerade passiert. Ich wette, er ist ein guter Schütze", sagte er.

„Das ist er, und außerdem spielt er Gitarre", sagte Rowenna.

Eric lachte. „Tut mir leid, das finde ich gerade schwer vorstellbar. Er ist ein ziemlich Furcht einflößender Typ, wenn du es genau wissen willst." Er senkte die Stimme. „Nicht so wie ich. Ich brauchte damals in der Highschool meine Vogelscheuchen, weil mich die meisten Jungs für schwul hielten. Ich musste ihnen irgendwie Angst einjagen."

„Und wie geht es dir jetzt?", fragte sie ihn lächelnd. „Ich habe dich seit Ewigkeiten nicht mehr gesehen. Behandelt Hollywood dich gut?"

Er lachte. „Das tut es tatsächlich. Ich bin einer der führenden Männer für Special Effects. Ich werde wirklich gut dafür bezahlt, gruselig sein zu dürfen." Er grinste. „Nicht dass ich die fünfzig Dollar nicht achte, die ich damals für die beste Vogelscheuche oder so gewonnen habe. Wie steht's mit dir? Ich habe deinen Namen auf der Bestsellerliste gesehen. Wir haben es beide geschafft. Cool, oder?"

Sie lächelte. „Na ja, es gibt die Highschool, und dann gibt es das wirkliche Leben."

„So ist es", sagte er und machte eine einladende Handbewegung. „Nimm Platz. Ich werde die künstlerische Seite deines Freundes überprüfen."

„Oh Eric, ich glaube nicht …"

„Setz dich."

Er zog einen Stuhl für sie vor, und sie blickte ihm nach, als er zu der Band hinüberging, die sich gerade bereit machte, und auf den Keyboarder deutete.

Sie sah sich nach Jeremy um, doch er war noch nicht wieder aufgetaucht. Brad saß an der Bar und sprach mit Hugh.

Sie stand auf und ging hinüber zur Bar. „Brad, wie geht es Ihnen?“, fragte sie ihn.

„Ganz okay“, sagte er, doch er klang nicht so.

„Hallo, Hugh“, begrüßte sie den Barkeeper lächelnd.

„Hallo, Ro“, erwiderte Hugh und entfernte sich, um einen anderen Kunden zu bedienen.

Brad beugte sich vor und flüsterte ihr etwas zu, das sie jedoch nicht verstand.

„Was?“

„Ist er ein Hexer?“

„Hugh?“

„Ja.“

„Nein.“

„Wissen Sie was?“

„Was?“

„Hier geht etwas wirklich Verrücktes vor sich. Das meine ich ernst. Und ich sage das nicht nur, weil ich betrunken bin. Denn das bin ich nicht. Betrunken, meine ich. Die Sache ist nämlich …“

„Die Sache ist nämlich was?“, fragte sie.

Brad blickte düster. „Jeremy glaubt mir nicht. Das weiß ich.“

„Wovon reden Sie, Brad?“, fragte sie. „Was glaubt Jeremy nicht?“

„Satan“, sagte er ernst.

„Was?“

„Der Teufel. Der Teufel ist hier. Ich sage Ihnen, die Puritaner waren nicht verrückt. Der Teufel lebt, und er ist hier.“ Er sah sich im Raum um und blickte dann wieder zu ihr. „Er könnte hier unter uns sein und mit uns trinken, genau jetzt“, sagte er todernst.

„… der Nachname ist Richardson“, sagte Joe am anderen Ende des Telefons. „Es hat keine Probleme gegeben. Er war nicht verschwunden und hat sich auch nicht versteckt. Die Polizei von Boston hat ihn festgenommen, als er von seiner Schicht kam – er ist Bauarbeiter. Er behauptet natürlich, dass er unschuldig ist, dass er keine Ahnung habe, wovon sie sprächen, und dass es nicht verboten sei, zu flirten und einem Mädchen einen Drink auszugeben."

Jeremy war froh, dass er von der Bar in die Hotellobby gegangen war. Zum einen war es in der Bar so laut, dass er nichts verstanden hätte, zum anderen wollte er nicht belauscht werden.

„Hat er schon einen Anwalt? Sie können ihn nicht lange festhalten, wenn sie ihn nicht anklagen können."

„Sie können ihn über Nacht dabehalten. Natürlich ist er über sein verfassungsmäßiges Recht, sich einen Anwalt zu nehmen, aufgeklärt worden, aber er scheint zu glauben, dass das wie ein Schuldeingeständnis wirkt", erklärte Joe. „Also treffen wir uns gleich morgen früh und fahren gemeinsam nach Boston, um ihn in die Zange zu nehmen?"

Jeremy war überrascht, dass Joe ihn offenbar als Partner angenommen hatte, doch er wollte einem geschenkten Gaul nicht ins Maul schauen. Vielleicht war es nur Joes Art, ihn unter Beobachtung zu halten.

„Ja, gerne", sagte Jeremy. „Aber noch mal zur Sicherheit: Dieser Typ gibt zu, den Tag in Salem mit Dinah Green verbracht zu haben?"

„Ja. Er hat ihr Bild sofort erkannt. Aber er leugnet, irgendetwas darüber zu wissen, was ihr zugestoßen sein könnte."

„Er könnte die Wahrheit sagen."

„Die meisten Mörder lügen", erwiderte Joe. „Herrje, er war den Großteil des Tages mit der Frau zusammen. Wir haben diesen Kreditkartenbeleg aus der Bar."

„Ja, aber ..."

„Er hat kein Alibi für Halloween. Boston ist nur einen Katzensprung entfernt. Seine Schicht ist um Viertel nach drei zu Ende. Er hätte locker rechtzeitig in Salem sein können, um Mary zu entführen", sagte Joe.

Das stimmte wohl. Jeremy glaubte nur nicht, dass es so war. Warum nicht? fragte er sich selbst. Es gab keinen Grund, abgesehen von seinem Bauchgefühl, das ihm sagte, dass der Mörder aus der Gegend kam.

Nein, es gab eine Art Indiz: die Maisfelder. Niemand außer einem Einheimischen konnte die Maisfelder gut genug kennen, um dieses Vogelscheuchen-Szenario aufzubauen. So einfach und logisch war das.

Wenn Tim Richardson es nur *wäre*. Dann könnten sie Mary – vielleicht – lebend finden. Sie könnten allen die Angst nehmen, und er könnte damit aufhören, sich Rowennas Freunde vorzunehmen und zu überlegen, wer von ihnen ein Mörder sein mochte.

„Bis morgen", sagte Joe wieder.

„Bis dahin. Danke."

Er legte auf und war unsicher, warum es ihn nicht stärker reizte, nach Boston zu fahren, um einen möglichen Mörder zu verhören.

Er kannte die Antwort.

Er wollte sie nicht verlassen.

Warum nicht?

Auch die Antwort kannte er.

Weil Rowenna in Gefahr sein könnte.

Er überlegte, ob er Joe zurückrufen und bitten sollte, das Verhör ohne ihn zu führen, doch bevor er wählen konnte, klingelte sein Handy erneut. Er sah auf die Nummer und lächelte.

„Hallo, Bruderherz."

„Zach, schön, von dir zu hören", sagte Jeremy.

„Ja? Das hoffe ich doch. Ich sprach gerade mit Aidan. Wir haben die Nachrichten gesehen – und von der Leiche in dem Feld gehört."

„Da läuft ein wirklich Irrer herum“, sagte Jeremy.

„Sieht ganz danach aus. Kein Hinweis auf Mary, was?“

„Noch nicht. Ich habe das Gefühl – ich *denke*, dass der Mörder von hier ist, und schätze, wir werden unsere Liste der Verdächtigen bald einengen können.“

„Wir?“

„Der Detective für den Fall, Joe Brentwood, und ich. Er lässt mich an jedem Schritt teilhaben. Das ist ein wahrer Segen.“ Er zögerte und zuckte die Achseln, auch wenn sein Bruder das genauso wenig sehen konnte wie sein Lächeln. „Er hört mir sogar zu.“

„Großartig“, sagte Zach. „Hör zu, ich kann hochkommen, wenn du das möchtest.“

„Oh ja!“, rief Jeremy. Mit Zach vor Ort würde er sich nicht ständig sorgen, weil er Rowenna im Stich ließ. Er könnte mit Joe am Morgen nach Boston fahren. Rowenna würde den Tag mit Freunden oder Brad verbringen, und Zach würde sicher einen Flug kriegen, der ihn bis morgen Abend hierherbrächte.

„Du kannst mich auf den neuesten Stand bringen, wenn ich da bin“, sagte Zach.

„Ich werde dich bitten, als Bodyguard zu fungieren, wenn es dir nichts ausmacht.“

Er hörte das leise Glucksen seines Bruders. „Solange ich Bodyguard einer schönen Frau mit schwarzen Haaren und bernsteinfarbenen Augen bin, ist das kein Problem“, versicherte Zach ihm.

Jeremy grinste. „Großartig. Komm so schnell wie möglich her.“

Er legt auf und lehnte sich gegen die Wand. Er vertraute niemandem so sehr wie seinem Bruder. Er konnte Joe morgen früh mit gutem Gewissen begleiten. Schließlich wären sie ja auch nur ein paar Stunden fort.

Noch immer lächelnd blickte er auf …

… und seine Miene gefror.

Ein Junge stand an der gegenüberliegenden Wand neben dem Empfangstresen.

Er war etwa zehn, hatte braune Augen und zerzaustes braunes Haar. Er trug Jeans und ein T-Shirt.

„Billy", flüsterte Jeremy.

Der Junge starrte ihn ernst an, ein zögerndes Lächeln umspielte seine Mundwinkel.

In dem Moment, als Jeremy einen Schritt zur Seite trat, um zu dem Jungen zu gelangen, ging ein stämmiger Mann an ihm vorbei. Dann blockierten ein vom Pagen geschobener Gepäckwagen und ein junges Paar seinen Weg.

Als Jeremy wieder freie Sicht hatte, war der Junge nicht mehr da.

Jeremy ging zur Eingangstür und trat hinaus auf die Straße. Er sah in alle Richtungen. Es waren viele Menschen unterwegs, die den milden Herbstabend genossen.

Doch nirgends eine Spur des Jungen.

Leise fluchend lief er die Straße hinunter zur nächsten Ecke.

Eine Touristenkutsche, die von einem Pferd gezogen und von einer hübschen Frau mit rotblondem Haar gelenkt wurde, rumpelte vorbei. Ein Bestattungswagen verließ das Leichenschauhaus die Straße hinunter. Die Mitglieder einer Highschoolband kamen von einem Ausflug zurück; sie wurden von je zwei Aufsichtspersonen vorne und hinten begleitet.

Das Leben ging offensichtlich weiter, doch niemand nahm die Sicherheit in diesen Tagen auf die leichte Schulter.

Er ging um das Hotel herum, über den Parkplatz und lief die Straße mit ihrem baumgesäumten Mittelstreifen hinunter. Es war dunkel, und außer ein paar Menschen, die Hunde ausführten, war niemand zu sehen.

Erst recht kein Junge.

Er wandte sich um und ging zurück in die Lobby, wo er nachdenklich zu den Fahrstühlen blickte.

Er sagte sich selbst, dass er einfach nur einen Jungen gesehen hatte, der Billy ähnelte und der hinauf auf sein Zimmer gefahren war. Er straffte die Schultern und ermahnte sich, dass er nichts mehr für Billy tun konnte. Hingegen war es gut möglich, dass Mary noch lebte, was bedeutete, dass er für *sie* etwas tun konnte. Er rief sich außerdem in Erinnerung, dass Rowenna und Brad an der Bar auf ihn warteten.

Er straffte beim Betreten der Bar erneut die Schultern, als könne er damit die Erinnerung an jenen Jungen abschütteln, bei dem er versagt hatte.

14. KAPITEL

Rowenna war erleichtert, als Jeremy wieder in die Bar kam. Sie wollte so gerne helfen, fand es aber schwierig, Brads Theorie vom Teufel mehr Glauben zu schenken, als Jeremy es getan hatte. Sie hatte versucht, ihn zu überreden, etwas zu essen zu bestellen, um ihn von seinen düsteren Gedanken abzulenken. Doch er hatte nur gesagt, dass er keinen Hunger habe.

Er war Jeremys Freund, und Jeremy würde zweifellos besser mit ihm klarkommen als sie. Sie wollte es nicht zugeben, aber ...

Er hatte ihr furchtbare Angst eingejagt.

„Wer war das?", fragte sie Jeremy, sobald er wieder bei ihr war. Im gleichen Moment kam ihr der Gedanke, dass der Anruf privat gewesen sein könnte. Sie gehörte nicht zu seinem Leben, und er hätte jedes Recht, ihr zu sagen, dass sie das nichts anginge.

Doch er antwortete sofort, wobei er gedankenverloren und ein bisschen abgelenkt wirkte. „Das war Joe", sagte er. „Zuerst."

Sie neigte abwartend den Kopf.

Auch Brad war munter geworden und horchte auf.

„Sie haben den Typ gefunden, der mit Dinah Green hier in der Bar war. Er ist in Boston festgenommen worden."

„Oh, mein Gott, hat er etwas gesagt?", wollte Brad wissen. „Hat er Mary?"

„Er behauptet, er sei Halloween nicht hier gewesen, sondern hätte den Abend mit einer Prostituierten in Boston verbracht. Sie halten ihn fest, und ich fahre gleich morgen früh mit Joe hin, um mit ihm zu sprechen."

„Ich komme mit", sagte Brad.

„Nein, das tust du nicht. Du bist emotional zu beteiligt, um dabei zu sein, Brad", sagte Jeremy ebenso mitfühlend wie entschieden. „Ich bin froh, dass Joe mich mitkommen lässt, und du weißt, dass ich alle wichtigen Fragen stellen werde." Er zögerte. „Außerdem bin ich ziemlich sicher, dass er nicht unser Mann ist", sagte er. „Aber das müssen wir eindeutig nachweisen, damit wir herausbekommen, was *tatsächlich* geschehen ist."

Rowenna sah ihn verwundert an. „Woher weißt du, dass er es nicht getan hat?", fragte sie. „Wie kannst du so sicher sein?" Ihr wäre nichts lieber, als dass sich irgendein Typ aus Boston als Mörder entpuppte. Sie hasste den Gedanken, dass jemand, den sie kannte, den sie vielleicht sogar gut kannte, der gesuchte Psychopath sein könnte.

„Zum einen hat unser Mörder eine zu gute Ortskenntnis. Und zum anderen ... es ist ein Bauchgefühl, und das habe ich zu lange ignoriert", sagte er. Er blickte zu der Band und zu Eric Rolfe, der mit dem Keyboarder sprach. „Wir müssen nach einem Einheimischen suchen, jemandem, der weiß, wem welches Land gehört, wer es bestellt und was damit passiert. Ginny MacElroy mag das Land gehören, doch sie läuft nicht auf ihren Feldern herum, um sich zu vergewissern, dass ihr Mais gut wächst. Das überlässt sie den Farmern, und ich bezweifle, dass die täglich nachsehen, als ob ihr Leben von jedem einzelnen Halm abhinge."

„Diese Maisfelder", sagte Brad und sah sie ernst an. „Ich durchsuche jedes einzelne dieser verdammten Maisfelder, wenn ich das muss."

„Brad, jeder, der irgendwas mit diesen Feldern zu tun hat, wurde alarmiert. Sie durchsuchen die Felder seit Tagen", beruhigte Jeremy ihn. „Und sie haben keine ... Spur gefunden."

Keine weitere Leiche. Das hatte er sagen wollen, dachte Rowenna. Marys Leiche.

„Ich werde noch verrückt", sagte Brad. „Ich kann es nicht aushalten. Nicht zu wissen, wo sie ist, wie es ihr geht, zu glauben, dass sie noch lebt – und zu wissen, dass jeder Moment, in dem nichts geschieht, sie dem Tode näher bringt."

Er tat Rowenna entsetzlich leid.

„Das ist immer die härteste Aufgabe“, sagte Jeremy. „Das weißt du. Das Warten. Denk an die Stunden, die wir zusammen herumgesessen haben, Tauchanzug an, Tauchanzug aus, warten. Hier tauchen, dort tauchen. Und am nächsten Tag haben wir es ein Stück weiter draußen probiert. Oder für die Kollegen auf der Straße ist es die Überwachung eines Hauses, in dem ein Pädophiler wohnt. Ihn beobachten. Und dann wird man verrückt vor Langeweile und dem ganzen Rumsitzen und dem vielen Kaffee und der Anstrengung, sich wach zu halten. Und dann bekommt man seine Gelegenheit. Wir machen alles richtig, Brad. Wir halten uns an den Plan, wir schließen alles aus, was wir ausschließen können, wir folgen jedem Hinweis – und wir werden sie finden.“

Brad sah Jeremy an und nickte, als ob er versuchte, ihm zu glauben.

In dem Moment tauchte Eric hinter Jeremy auf und legte ihm eine Hand auf die Schulter. Jeremy drehte sich um, und Brad folgte seinem Blick. Eric schien nicht zu bemerken, wie sich Brads Augen bei seinem Anblick verfinsterten.

„Ich höre, er stellt Teufelsmasken her“, flüsterte Brad Rowenna zu.

„Ja, er stellt Masken her. Entspannen Sie sich, Brad“, flüsterte Rowenna zurück.

„Mr Flynn“, sagte Eric. „Ich hörte, dass Sie ein großartiger Gitarrist sind. Die Band hier bittet Sie, mitzuspielen.“

Einen Moment lag ein leerer, abweisender Ausdruck in Jeremys Augen. Er drehte sich zu Rowenna um – als ob es *mein* Fehler ist, dachte sie. Dann veränderte sich seine Miene, und sie begriff, dass sie ihn mittlerweile gut genug kannte, um zu wissen, was ihm durch den Kopf ging: dass es nicht schaden könnte, sich mit den Einheimischen gut zu stellen.

Selbst mit den Einheimischen von seiner Verdächtigenliste – oder vielleicht *besonders* mit diesen.

Er ging zur Band hinüber, sprach eine Minute mit ihnen

und nahm eine Reservegitarre entgegen.

Er spielt wirklich gut, dachte Rowenna und erinnerte sich an die Male, die sie ihn mit einer Band in der Bourbon Street in New Orleans gesehen hatte.

Sie hatte sich gefragt, ob er eine Frau mit der gleichen Virtuosität und der gleichen Zärtlichkeit behandelte wie seine Gitarre.

Und nun wusste sie es.

„Scheiße“, entfuhr es Eric. „Er kann ja wirklich spielen.“

„Selbstverständlich kann er spielen“, sagte Brad empört. Dann sah er Eric an und lachte. „Sie haben gehofft, er würde sich zum Narren machen.“

„Nein!“, protestierte Eric. „Na ja, okay … ja, stimmt.“

Er entfernte sich, ging näher zur Bühne. Rowenna fühlte Brads Blick auf sich.

„Wann werden wir sie finden? Werden wir sie bald finden?“, fragte er angespannt.

Sie spürte, wie ihr die Röte in die Wangen stieg. „Brad, ich weiß nicht, was Sie glauben, was ich Ihnen sagen kann.“

„Ich glaube, Sie wissen Dinge“, sagte er. „Sie haben mir gesagt, ich solle die Hoffnung nicht aufgeben. Sie sagten, dass sie noch lebt.“

„Und ich glaube, dass sie noch lebt.“

„Aber wir müssen sie rasch finden.“

„Ja“, stimmte sie zu.

Er griff nach ihrer Hand. „Wenn es irgendetwas gibt, das Sie tun können, dann bitte, ich flehe Sie an, dann tun Sie es.“

„Das werde ich, Brad. Sie wissen, dass ich das werde.“

Seine Dringlichkeit übertrug sich auf sie, und sie spürte, wie Angst in ihr hochstieg. Zeit war von äußerster Wichtigkeit. Und sie hatte tatsächlich das Gefühl, etwas tun zu können. Sie wollte es nur nicht tun.

Die Antwort lag auf dem Friedhof. Davon war sie völlig überzeugt.

Gerade als ihr der Gedanke kam, betraten Adam und Eve das Restaurant. Ausnahmsweise stritten sie nicht miteinander.

Daniel kam kurz nach ihnen herein und sagte etwas zu ihnen, woraufhin sie sich zu dritt an einen Tisch setzten. Sie war überrascht. Obwohl sie sich lange kannten, bestand eigentlich keine große Freundschaft zwischen den dreien. Daniel ließ das Paar gerne spüren, dass er sie für „gefallene Katholiken" hielt, die sich dem heidnischen Glauben zugewandt hatten, um damit Geld zu machen.

Er sah auf und erblickte sie an der Bar, winkte und sah sich dann um. Er schien überrascht, Jeremy mit der Band spielen zu sehen, und lenkte Adams und Eves Aufmerksamkeit auf die Musiker.

Eve grinste, sah dann zu Rowenna hinüber und hob den Daumen. Kurz darauf erblickte Daniel Eric und ging zu ihm. Sie unterhielten sich kurz, woraufhin Daniel auf den Tisch deutete, an dem er mit Adam und Eve saß. Eric zuckte die Achseln und ging mit ihm hinüber zu der Gruppe.

Weitere Menschen kamen herein. Einige gingen direkt zur Bar, um einen Drink zu bestellen, andere setzten sich an die Tische und studierten die Speisekarte.

Als Rowenna Ginny und Dr. MacElroy eintreten sah, fiel sie fast vom Barhocker. Es schien, als rotteten sich alle zusammen, um den Horror zu vergessen, der ihre einst so sichere kleine Stadt heimgesucht hatte. Sie hatte Dr. MacElroy lange nicht mehr gesehen, weshalb sie sich bei Brad kurz entschuldigte und hinüber zu dem Tisch ging, an dem er und Ginny inzwischen Platz genommen hatten.

„Rowenna, wie nett, dich zu sehen." Ginny strahlte sie an.

„Rowenna, hallo." Dr. MacElroy hatte sich gerade erst gesetzt, doch er erhob sich lächelnd. Er hieß Nick mit Vornamen, doch er war schon zu Kinderzeiten ihr Arzt gewesen, und sie brachte es nicht über sich, ihn anders als mit Doc oder Dr. MacElroy anzureden.

Er begrüßte sie mit einer großväterlichen Umarmung, hielt sie dann ein Stück von sich weg und musterte sie, als ob sie noch immer ein Kind und seit dem letzten Mal vielleicht gewachsen wäre. „Du siehst so wunderhübsch aus wie immer. Ginny sagt, es geht dir gut."

„Sehr gut, danke."

Doc MacElroy war schlank und würdevoll. Sein dünner werdendes Haar war weiß, und seine Augen leuchteten so blau wie die von Ginny. Er bot ihr einen Stuhl an, und sie hockte sich auf die Kante, wobei sie erklärte, dass sie nur eine Sekunde bleiben könne, da sie mit Freunden hier sei.

„Abscheuliche Geschichte, das. Sehr abscheuliche Geschichte", sagte Dr. MacElroy und schüttelte traurig den Kopf. „Bist du sicher, dass du in Ordnung bist? Ginny sagte, du hättest die Leiche dieser armen Frau gefunden."

„Es geht mir gut. Wirklich."

„Dein junger Mann war heute bei mir", erzählte Ginny mit einem Funkeln in den Augen. „Er war auf dem Weg hinaus zu Eric und hielt bei der Gelegenheit auch bei mir. Er wusste, dass ich nicht draußen im Mais herumgelaufen bin, doch er hatte gehofft, dass ich vielleicht etwas gehört oder einen Wagen oder überhaupt etwas Ungewöhnliches gesehen habe. Aber ich fürchte, ich bin eine Stubenhockerin und bekomme nie groß mit, was außerhalb des Hauses geschieht."

„Sie guckt Gameshows im Fernsehen bei voller Lautstärke", sagte Dr. MacElroy liebevoll. „Natürlich bekommt sie da nie etwas mit."

„Aber *mir* gehört das Land. Vater hat es mir hinterlassen", sorgte sich Ginny.

„Ginny, bitte, das darf dich nicht beunruhigen", sagte Rowenna.

„Sie regt sich seitdem die ganze Zeit auf, na ja, du weißt ja. Deswegen dachte ich, dass ein nettes Abendessen eine schöne Abwechslung wäre", sagte Dr. MacElroy und sah sich im

Raum um. „Ich sehe hier heute Abend die Hälfte meiner Patienten – natürlich sind sie jetzt alle erwachsen. Die Zeit fliegt", fügte er leise hinzu.

„Und wenn man bedenkt, dass ich so etwas noch erleben muss", sagte Ginny. „Man fragt sich, wo es mit dieser Welt noch mal hingeht."

„Ginny, schreckliche Dinge können überall geschehen", erwiderte Rowenna. Schließlich, dachte sie ironisch, zählen die Hexenprozesse mit Sicherheit als schreckliche Dinge.

„Zumindest wird das Erntedankfest die Menschen bald davon ablenken", sagte Ginny. „Ich helfe dieses Jahr bei den Kostümen aus und habe dir ein wunderschönes Kleid genäht." Sie runzelte die Stirn. „Du solltest bald vorbeikommen. Das Fest fängt in ein paar Tagen an."

„Natürlich. Übermorgen, wäre das recht?" Rowenna wollte sich am folgenden Tag noch einmal ihrer Recherche widmen.

Ginny nickte. „Solange ich noch Zeit für Änderungen habe, passt mir jeder Termin."

Dr. MacElroy nickte in Richtung Band. „Ist das dein junger Mann, der dort Gitarre spielt, Rowenna?"

Sie lächelte. Es wirkte so merkwürdig, wenn Jeremy als „ihr" junger Mann bezeichnet wurde.

„Das ist Jeremy Flynn, ja", erwiderte Rowenna. „So, ich habe Brad lange genug an der Bar allein gelassen. Ich gehe mal besser zurück."

„Sicher. Schön, dich wieder zu Hause zu sehen", sagte Dr. MacElroy.

„Und es ist schön, dich außer Haus zu sehen", sagte Rowenna zu Ginny.

„Wir waren vor gar nicht langer Zeit aus. An Halloween." Sie runzelte plötzlich die Stirn. „Das war der Abend, an dem diese arme Frau verschwand. Dein Freund muss ja Höllenqualen leiden und sich fragen, ob man sie auch in einem Maisfeld finden wird. Oh!"

Sie brach ab und starrte entsetzt vor sich hin. Rowenna drehte sich um, um zu sehen, was Ginny irritiert haben könnte, doch sie erblickte nur eine Säule.

„Ginny, was ist los?", fragte Dr. MacElroy besorgt. Offenbar war er ebenso verblüfft wie Rowenna.

Ginny starrte von einem zum anderen. „Lichter. Ich habe Lichter gesehen."

Rowenna und Dr. MacElroy tauschten besorgte Blicke.

„Ach, hört auf damit, ihr beiden! Ich bin nicht senil geworden. Es fiel mir nur gerade ein, als wir hier über die Frau sprachen. Ich habe nichts gehört, aber in jener Nacht wachte ich auf und sah hinaus in nordwestlicher Richtung, und ich schwöre, dort draußen waren wacklige Lichter wie von einem Ufo."

„Ginny, dort draußen ist nur Brachland", mahnte Dr. MacElroy.

Ginny wandte sich Rowenna zu. „Sieh zu, dass du diesem jungen Mann von dir davon erzählst. Er hat gesagt, es wäre wichtig, dass ich ihm alles erzähle – wirklich alles –, was mir einfällt."

„Natürlich mache ich das, Ginny. Danke", sagte Rowenna.

Sie verließ die beiden und blieb auf ihrem Weg zurück zur Bar kurz am Tisch von Adam, Eve und Daniel stehen. Eve küsste sie auf die Wange und sagte: „Er ist wirklich gut", wobei sie mit dem Kopf in Jeremys Richtung deutete.

„Ein richtiger Rockstar", sagte Adam lächelnd und fragte dann: „Was hattest du für einen Eindruck von Ginny?"

„Gut, warum?"

Adam schüttelte den Kopf. „Ich weiß nicht, ich glaube, sie fängt an, durchzudrehen. Ich mache mir ein bisschen Sorgen um sie. Vor einer Woche rief sie mich um Mitternacht an und fragte nach einem Kostüm, weil sie dachte, es wäre noch früher Abend."

„Ginny kommt schon klar. Ich helfe ihr bei den Einzelheiten“, sagte Eve kühl. Sie mochten in der Öffentlichkeit so tun, als sei alles prima, dachte Rowenna, doch Eve war nicht glücklich.

Und alle schienen an das Erntedankfest zu denken.

Rowenna sah zur Bar. „Entschuldigt mich, ja? Brad scheint gleich in sein Bier zu fallen. Ich gehe zurück und leiste ihm Gesellschaft.“

„Natürlich“, sagte Eve mitfühlend.

Als Rowenna zu ihrem Barhocker zurückkehrte, war Brad so tief in Gedanken versunken, dass er sie zuerst gar nicht bemerkte.

„Für dich, Ro“, sagte Hugh und stellte ein kühles Bier vor sie hin. „Geht aufs Haus“, fügte er hinzu.

Sie lächelte ihm dankbar zu und tippte Brad auf die Schulter.

Er zuckte zusammen und lächelte sie dann gequält an. „Tut mir leid. Das Warten macht mich fertig. Die Ungewissheit.“

Sie nickte. „Aber Sie sind ein Cop. Sie wissen, wie Ermittlungen laufen, und das muss helfen.“

Er straffte die Schultern und nickte. „Machen Sie sich keine Sorgen. Ich breche nicht zusammen.“ Er drehte sich auf dem Stuhl um und sah zu Jeremy und der Band. „Ich wünschte, ich könnte Gitarre spielen“, sagte er und deutete mit seiner Bierflasche in Richtung Jeremy. „Er bekommt die Dinge aus dem Kopf, wenn er spielt, wussten Sie das?“

„Ich wünschte auch, ich könnte ein Instrument spielen“, sagte sie.

„Sie sind großartig so, wie Sie sind, Rowenna. Sie müssen nichts anderes sein oder können.“

„Danke.“

Er deutete auf den Tisch, an dem Eric, Daniel, Adam und Eve saßen. „Aber“, sagte er, und seine Stimme klang dabei ein bisschen verwaschen, „Sie haben da einige verdammt merkwürdige Freunde. Ich meine, sie sind nett, aber ... sie sind irgendwie merkwürdig und unheimlich." Er drehte sich wieder zur Bar um. „Außer Hugh hier. Hugh ist normal. Er mag ein gutes Bier und ein Footballspiel, und er betet keine Bäume an. Richtig, Hugh?"

Hugh sah Rowenna entschuldigend an. „Äh, ja, richtig, Brad." Er schien sich unbehaglich zu fühlen und entfernte sich.

„Lassen Sie uns einfach Jeremy zuhören", schlug sie vor.

„Einer von ihnen könnte der Teufel sein", flüsterte Brad.

„Brad, ganz im Ernst, das sind alles nur normale Menschen", versicherte sie ihm.

„Es tut mir leid", sagte er.

Danach schwieg er, und sie fragte sich, während sie zum Tisch mit ihren Freunden hinübersah, wofür er sich gerade entschuldigt hatte.

Tat es ihm leid, dass er ihre Freunde beschuldigt hatte?

Oder dass ihre Freunde merkwürdig waren?

Oder dass einer ihrer Freunde der Teufel war?

Innerlich dankte sie Gott, als Jeremy unter dem Beifall des Publikums und den Danksagungen der Band nach der nächsten Nummer wieder zu ihnen stieß. Er erklärte, dass er Hunger habe und für sie etwas zu Essen bestellen wolle.

Brad sollte auch etwas essen, dachte sie. Er trank zu schnell und zu viel, ohne etwas zu essen.

„Ich bin nicht hungrig", protestierte Brad.

„Aber ich", sagte Jeremy. „Also werden wir uns zum Essen hinsetzen."

Sie gingen an einen Tisch, und Jeremy beobachtete die Leute, während sie aßen. Er winkte Ginny zu und bat Rowenna, ihm Dr. MacElroy vorzustellen, was sie auch tat, als die beiden auf dem Weg nach draußen bei ihnen haltmachten. Ginny fand aufmunternde Worte für Brad, während Dr. MacElroy Jeremy ebenso zu mustern schien, wie dieser ihn musterte.

„Hast du es ihm erzählt?“, fragte Ginny Rowenna. „Hast du ihm erzählt, was ich gesehen habe?“

Jeremy blickte Rowenna fragend an.

„Nein, noch nicht“, gab Rowenna zu.

„Lichter“, sagte Ginny bedeutungsschwanger.

„Lichter?“

„In der Nacht – wie von einem Ufo“, erwiderte Ginny. „Nordwestlich von unserem Haus – und von Rowennas. Ich hatte sie völlig vergessen. Bis heute Abend.“

Dr. MacElroy sah unbehaglich drein, als ob er sich für Ginny schämte.

Doch Jeremy dankte ihr ernst und fragte: „Wann haben Sie sie gesehen?“

„Nun, ich bin nicht sicher. Lassen Sie mich nachdenken … Ach je. Es tut mir so leid. Ich glaube, ich habe sie mehrmals bemerkt. Ich weiß nur nicht, wie ich es habe vergessen können.“

„Machen Sie sich keine Sorgen deswegen“, sagte Jeremy aufmunternd. „Und vielen Dank. Falls Sie sie noch einmal sehen, lassen Sie es mich bitte wissen.“

„Natürlich“, versprach Ginny ernst. „Selbstverständlich.“

„Dann gute Nacht“, verabschiedete sich Dr. MacElroy und ging mit Ginny hinaus.

„UFOs?“, fragte Brad resigniert, als sie fort waren. „Verschont mich.“

„Lichter im Nordwesten. Was ist dort draußen, Rowenna?“, fragte Jeremy.

„Nichts. Nur Brachland. Es ist noch nicht einmal geeignet als Farmland“, erwiderte sie. „Und Jeremy …“ Sie zögerte, doch es klang wirklich ein bisschen so, als ob Ginny ein bisschen durchdrehte.

„Was?“, fragte er.

„Ich hasse es, das zu sagen, aber ich glaube, dass Ginny vielleicht ein bisschen senil wird … Insofern solltest du vielleicht nicht allzu viel darauf geben, was sie sagt.“

Jeremy schwieg. Er wirkte gedankenverloren, als er sich wieder seinem Essen widmete.

Als sie ihr Mahl beendet hatten, begleiteten sie Brad zu seinem Bed & Breakfast und gingen dann zu dem Haus, das Jeremy gemietet hatte.

„Was für ein merkwürdiger Abend", sagte Rowenna. „Ich glaube nicht, dass ich jemals so viele Ortsansässige dort gesehen habe …"

„Interessant", stimmte Jeremy zu.

Doch er wirkte nachdenklich und klang abgelenkt.

„Woran denkst du?", fragte sie nach langem Schweigen.

„Nur dass … Ich glaube, dass das Verhör mit diesem Typ morgen nur Zeitverschwendung sein wird."

„Aber er war der Letzte, der mit ihr zusammen war."

„Wenn sein Alibi bestätigt wird, kann er gehen, und ich würde nicht einmal hinfahren", sagte Jeremy. „Allerdings haben sie keinerlei Beweise und können ihn nicht länger als bis morgen festhalten. Insofern ist dies die einzige Gelegenheit, mit dem Kerl zu reden. Und wer weiß? Ich glaube nicht, dass er sie umgebracht hat, aber vielleicht erinnert er sich an etwas, das in die richtige Richtung weist. Die Sache ist die …"

„Was?"

„Ich weiß, dass unser Mörder von hier ist, und ich kann mich des Gefühls nicht erwehren, dass es etwas gibt, das ich sehen sollte und das mir einfach nicht auffällt."

„Du hast Eric heute gegrillt, habe ich gehört."

„Ich bin kein Polizist", sagte er trocken und warf ihr einen Blick zu. „Ich ‚grille' niemanden."

Sie zögerte und sagte dann: „Es ist möglich, dass der Mann gerade die Gegend ausgekundschaftet hat. Ich meine, Boston ist nur dreißig Meilen entfernt. Und der Verkehr ist nicht so schlimm …"

Er lachte. „Wann ist der Verkehr um eine große Stadt jemals *nicht* so schlimm?"

„Um vier Uhr morgens?“, witzelte sie. „Aber im Ernst, vielleicht ist es dieser Kerl.“

Er sann darüber nach und schüttelte dann den Kopf. „Brad ist überzeugt, dass es Damien ist. Der Typ mit der Kristallkugel. Das Problem ist nur, dass er einfach nicht aufzufinden ist. Er hat keine Genehmigung beantragt, sodass es keine Unterlagen gibt. Er kam in die Stadt und verschwand. Weißt du, was das bedeutet?“

„Nein, was?“

„Dass Damien nicht wirklich Damien heißt. Darauf wette ich. Ich habe die ganze Zeit darüber nachgedacht, als ich mit der Band spielte. Ich habe überlegt, was wir wissen, was wir nicht wissen und wo wir in der Sackgasse stecken. Zum einen ist der Typ unglaublich smart. Er kennt die Gegend, weiß, wann alles so belebt sein wird, dass er seine ganze Scharade mit Zelt und allem aufführen kann und niemand es bemerkt. Zum anderen ist er so klug, keine Spuren zu hinterlassen. Dinah Green wurde sexuell belästigt, doch man konnte keinerlei DNS bestimmen, keine Spuren unter ihren Fingernägeln sicherstellen oder irgendeine Faser finden, die weitergeholfen hätte. Dann verschwindet Mary an einem extrem belebten Tag von dem einzigen ruhigen Ort in der Stadt. Er hat sie nicht unter der Erde weggebracht – es gibt von diesem Friedhof aus keine geheimen Gänge zur Straße. Das heißt, dass er weiß, wie verrückt es an Halloween zugeht. Wem wird also ein Kerl im Kostüm mit einer Frau über seiner Schulter auffallen oder mit einer Betrunkenen im Arm oder was auch immer er mit ihr getan hat. Die Sache ist …“ Er hielt inne, atmete tief ein und beendete seinen Gedanken. „Ich habe Angst, dass wenn wir dies nicht rasch lösen, Mary die Zeit wegläuft.“

Sie hatten das Haus erreicht. Er sah sie an und sagte: „Du bist heute nicht nach Hause gefahren, oder?“

„Nein – aber ich muss es irgendwann. Ich habe diese Sachen bei Adam und Eve gekauft, und ich habe noch Ersatz-Unterwäsche für morgen, doch danach muss ich nach Hause."

Er nickte. „Möchtest du mit mir und Joe morgen nach Boston fahren?", fragte er.

Sie schüttelte den Kopf. „Ich weiß, du glaubst, ich suche nach etwas, das es nicht geben kann, doch ich möchte noch weiter nachforschen. Im Museum für Geschichte gibt es Bücher, die ich noch nicht einmal geöffnet habe."

„Ich wünschte, ich könnte Brad mit hinschicken", sagte er.

„Das kannst du", sagte sie. Sie mochte seinen Freund, und nüchtern war er völlig in Ordnung.

„Ich kann es versuchen. Brad ist ein Tatmensch, kein Leser, fürchte ich."

„Sag ihm, er soll mich zum Frühstück abholen, weil du dir Sorgen um mich machst, und dass er mich zum Museum begleiten und ein Auge auf mich haben soll. Das wird ihm das Gefühl geben, etwas Sinnvolles zu tun", schlug Rowenna vor.

„Das gefällt mir", entgegnete Jeremy. „Ich sollte so oder so gegen Mittag wieder zurück sein. Und Zach wird irgendwann auch hier eintreffen."

„Zach?", fragte sie. „Hier?"

Er nickte. „Ach ja, so weit sind wir eben gar nicht mehr gekommen. Nach dem Gespräch mit Joe rief Zach an. Er nimmt den nächsten Flug hierher. Wenn er erst einmal hier ist … nun, dann muss ich mir um dich nicht mehr so viele Sorgen machen."

„Du musst dir um mich sowieso keine Sorgen machen", entgegnete sie. „In meinem Revier brauche ich tagsüber nun wirklich keinen Schutz."

„Sieh mal, vorsichtig zu sein heißt einfach nur … nicht dumm zu sein."

„Ich bin nicht dumm."

„Ich habe auch gar nicht – okay, vergiss es, ja? Ich schätze, ich bin etwas überreizt. Zach wird hier sein, und du magst Zach", sagte er.

Sie glaubte, einen Anflug von Bitterkeit in seiner Stimme zu bemerken.

„Natürlich mag ich deinen Bruder. Er ist ein netter Kerl", sagte sie gelassen und wunderte sich über seinen Ton. Hatte er gedacht, sie würde *ihn* nicht mögen?

Er stieß die Tür auf, und sie folgte ihm hinein.

Sobald sie drinnen waren, wirbelte er herum und zog sie in seine Arme. Zuerst schien sich alles in ihr zusammenzuziehen. Sie war wütend und konnte nicht dagegen an. Sie wollte ihm sagen, dass sie seinen Bruder zwar mochte, aber Fantasien mit *ihm* gehabt hatte. Es war nicht ihre Schuld, dass er sich bis zu jener Nacht in New Orleans so distanziert verhalten hatte.

„Hey", sagte er heiser, als sie sich losmachte und ihn ansah. „Hey."

Es war keine Entschuldigung, aber in seinen Augen standen die Worte, die er offenbar nicht sagen konnte.

Sie schmolz dahin.

Er schloss die Tür, und es war, als ob sie stillschweigend übereinkamen, dass sie die Tür zu jener Welt von Furcht und Traurigkeit schlossen, die sie tagsüber in ihren Strudel gerissen hatte. Ihre Handtasche landete auf dem Boden, ebenso seine Schlüssel und dann beider Jacken. Sie vergaß, dass sie je wütend gewesen war, vergaß, was auch immer zwischen sie gekommen war. Die natürliche Anziehung, die zwischen ihnen bestand, überkam sie wie ein Rausch.

Er nahm sie auf die Arme, um sie die Treppe hochzutragen.

Er stieß gegen die Wand.

Sie stieß sich den Kopf und lachte.

Er entschuldigte sich, und sie lachte nur noch mehr.

Sie schafften es nach oben ins Schlafzimmer. Und zwischen den heißen feuchten Küssen und den Kleidungsstücken, die nach allen Seiten flogen, stieß er auf die knappe Unterwäsche mit den Totenschädeln und fand sie sexy. Er liebkoste sie durch die Seide hindurch, die sie kaum bedeckte, und sein Mund, den sie auf so intime Weise durch das Gewebe hindurch spürte, war unglaublich sinnlich. Sie wollte den erotischen Genuss erwidern und erkundete ihn erst mit ihren Händen und dann mit der Zunge. Dann umfasste er ihre Taille, hob sie über sich, sodass sich ihre Blicke begegneten, und stöhnte auf – ein tiefer, heiserer Laut, der fast so erregend war wie seine Berührung. Mit einer quälenden Langsamkeit, die sie fast um den Verstand brachte, zog er sie auf sich herab, und sie wälzten sich zwischen den Bettlaken. Zuerst war sie oben, dann rollte er sie unter sich und stieß mit einer Intensität in sie hinein, dass alles um sie herum verblasste. Es gab nichts mehr außer seinem Körper, seinem Keuchen, seinen geflüsterten Worten und seiner Kraft in ihr. Die Gewalt ihres Orgasmus' ließ sie aufschreien, und sie lag mit rasendem Herzen unter ihm, als er nur wenige Sekunden nach ihr kam und sie dann mit seinen Armen umfing und sich an sie schmiegte.

Sie genoss das selbstverständliche Schweigen, in dem sie beieinanderlagen. Als ihre schweißfeuchten Körper abkühlten, neckten sie sich und lachten und versuchten die völlig verworrenen Decken zu glätten. Schließlich gelang es ihnen, sich darunter zusammenzukuscheln.

Es war ein langer Tag gewesen, ein sehr langer Tag, und es gab keine Zugabe.

Sie erinnerte sich nicht, dass sie um Schlaf rang, sie schlief einfach, und zuerst war ihr Schlaf tief und angenehm.

Doch dann befand sie sich wieder auf dem Friedhof und lauschte einem Führer, den sie nicht sah und der von den Hexenprozessen erzählte. Er sprach über die Art, wie die Verurteilten auf dem Galgenhügel hingerichtet worden waren, und erklärte, dass keiner von ihnen hier begraben lag, weil dieser Friedhof nur für Menschen war, die in Gottes Gnade gestorben waren.

Doch jeder Friedhof beherbergte die Toten.

Und selbst wenn es geheiligte Erde war, konnte sich der Teufel dennoch einschleichen.

Und er war da.

Das Flüstern, der Schatten, das Böse, das durch die Zeit gekommen war, um sie zu finden.

Es war dunkel, weil Dunkelheit das Reich des Teufels war. Und sie wusste, er würde sich mit seinen blutbesudelten Skelettfingern seinen Weg durch die Erde kratzen, und diese Finger waren nicht von jenem gelblichen Weiß natürlicher Knochen, sondern sie waren schwarz und rot, die Farben des Blutes und des Todes.

Die anderen hörten noch immer dem Führer zu, der von dem bevorstehenden Erntedankfest erzählte und versprach, dass es Verkaufsstände für Äpfel und Cider und Suppe geben würde, für Puppen, die man aus Maishülsen bastelte, und für Keramik als Thanksgiving-Deko.

Noch immer konnte sie den Führer nicht sehen, doch sie musste den Leuten klarmachen, dass sie den Friedhof verlassen mussten. Dass er sie dort hingeführt hatte, weil er Macht von den Toten bezog und diese Macht gegen sie einsetzen würde.

Und dann sah sie ihn, das Böse, die Quelle der Gefahr. Sie konnte sein Gesicht nicht richtig erkennen, doch er war da – eine dunkle Figur voller Bedrohung und Bösartigkeit. Und …

Sie kannte ihn.

Sie kannte ihn, obwohl er sich verkleidet hatte. Mit einem Turban um den Kopf und einem falschen Bart. Schminke betonte seine Augen, und … sie wusste, dass er Kontaktlinsen trug, um ihre Farbe zu verbergen. Aber dennoch, wenn sie nur näher an ihn herankäme, würde sie ihn erkennen …

Sie trat vor und wurde von Gelächter begrüßt, einem Gelächter, das in der Luft anschwoll und jedes andere Geräusch in der Welt erstickte.

Er wollte, dass sie näher kam.

Er hatte sie schon zuvor zum Friedhof getrieben …

Und nun war er in ihren Träumen und lockte sie.

Sie musste ihm widerstehen. Sosehr sie auch wissen wollte, wer er war, sie musste ihm widerstehen.

Ein Gesang erhob sich über das Gelächter:

Fürchte nicht den Sensenmann,
doch fürchte den Schnitter im Herbst,
er raubt die Seelen, lässt sie nie wieder fort.
Drum fürchte nicht den Sensenmann,
doch fürchte den Schnitter im Herbst,
raubt er die Seele einer Frau, wird sie zu Satans Braut.

Die anderen Menschen bewegten sich fort, und er kam auf sie zu. Die anderen ahnten nichts, begriff sie. Sie hielten das alles noch immer für eine Vorstellung, für einen Teil des Erntefests.

„Raus!“, schrie sie. „Bitte, lauft weg!“

Voller Wut über ihre Einmischung hielt er inne. Direkt vor ihr verwandelte er seine Gestalt. Erst war er ein Mann und dann ein Dämon mit Hörnern, das klassische Bild des Teufels – blutrot, mit einer Zunge, die ebenso gespalten war wie sein langer, zuckender Schweif …

Dann war er wieder der Mann mit dem Turban und einem langen, wehenden Cape, obwohl sich um sie herum kein Lüftchen regte.

„Du siehst mich“, sagte er. „Du kannst mich sehen.“

Sie wusste nicht, ob die Worte eine Einladung oder eine Feststellung sein sollten.

„Sieh“, befahl er und deutete nach vorn.

Und dort vor ihr war der Grabstein.

Der Grabstein, der ihren Namen trug.

Grauen überkam sie, doch sie wandte den Blick ab, um ihn wieder anzusehen. „Du bist in meinem Geist. Du bist nur in meinem Geist. Du bist nicht real. Nichts von all dem hier ist real.“

Er lachte, ein hoher, greller Ton, der sie wie eine Waffe traf.

„Du irrst dich. Ich *bin* real. Und ich bin hier."

Der Friedhof löste sich in einem plötzlichen Nebel auf, und dann war sie plötzlich woanders. Sie stand in einem Feld.

Endlose Reihen von Maishalmen dehnten sich vor ihr aus.

Und da waren Vogelscheuchen. Sie wusste, dass sie die am nächsten Stehende erreichen und ansehen musste, und doch war es das Letzte, was sie tun wollte.

„Geh zu ihr", flüsterte es in ihrem Ohr.

Denn auch er war da, in all seiner finsteren Bösartigkeit.

Doch sie konnte nicht hingehen, konnte nicht hinsehen. Sie wusste, was sie sehen würde, wenn sie hinging und den Blick hob: sich selbst. Sie würde sich aufgespießt inmitten des Maisfelds sehen, als Opfer seines Ichs und seiner Verrücktheit.

„Die Königin der Vogelscheuchen, die Königin des Blutes", spottete er.

„Nein!"

Sie musste dagegen ankämpfen. Sie musste gegen *ihn* ankämpfen. Er war real, und zugleich war er es nicht. Um ihn zu besiegen, musste sie ihn sowohl in ihrem Geist als auch in der realen Welt bekämpfen.

„Nein", rief sie erneut.

Sein Lachen wurde tiefer, und sie bemerkte, dass sie gegen ihren Willen immer weiter zur Vogelscheuche ging. In wenigen Momenten würde sie sehen …

Würde sie sich selbst sehen.

Mit leeren Augenhöhlen.

Aus denen das Blut tropfte.

Das die Erntegötter nährte.

15. KAPITEL

„Rowenna!"

Zuerst war Jeremy nur verwirrt, aber nicht besorgt gewesen. Sie hatte Albträume, die sie quälten? Das verstand er. Er hatte seine eigenen.

Als sie sich nur unruhig hin und her warf, weckte er sie nicht auf.

Doch dann wurde ihr Atem flach. Unter den von langen Wimpern bedeckten zarten Lidern rollten ihre Augen wild hin und her.

„Rowenna?" Er schüttelte sie sanft, doch sie reagierte nicht. Als er sie in seine Arme zog, fühlte sie sich leblos an wie eine Lumpenpuppe.

„Rowenna?" Er legte sie zurück, setzte sich rittlings auf sie, nahm sie bei den Schultern und schüttelte sie fest.

Sie keuchte auf, riss die Augen auf und starrte ihn voller Panik an.

„Rowenna, ich bin's. Du hattest einen Albtraum."

Sie blinzelte, nickte und schloss dann einen Moment die Augen. Ihr keuchender Atem beruhigte sich allmählich.

„Ist alles in Ordnung mit dir?", fragte er.

Sie versuchte zu lächeln, doch es blieb ein schwacher Versuch. „Mir geht's gut. Das war ein fürchterlicher Albtraum."

„Worum ging es?", fragte er, während er sich wieder neben sie legte und sie in seine Arme nahm.

Sie schwieg einen Moment, und er war sicher, dass sie ihre Antwort sehr vorsichtig bedachte.

„Um all dies", sagte sie leise.

„All dies bedeutet …? Die Leiche in dem Maisfeld? Marys Verschwinden?", fragte er.

Sie nickte.

Er zog sie enger an sich.

„Nun, du weißt, dass du auch einige furchtbare Träume hast", erklärte sie.

Er rutschte ein wenig zur Seite. „Ja, ich weiß. Wir alle haben Albträume. Jedes Kind hat irgendwann mal Angst vor dem Monster im Kleiderschrank."

„Aber deine Träume handeln nicht von einem Monster im Kleiderschrank, oder?", fragte sie ihn.

„Ich habe viele furchtbare Dinge gesehen", erwiderte er achselzuckend.

Sie löste sich von ihm, stützte sich auf die Ellenbogen und blickte ihn forschend an. „Ich zeige dir meins, und du zeigst mir deins", schlug sie spöttisch vor.

Er lächelte und begriff plötzlich, dass das Eingeständnis ihrer innersten Ängste für sie beide intimer war, als hier verschwitzt und nackt miteinander im Bett zu liegen.

„Du hast mir deins nicht wirklich erzählt", erwiderte er.

„Ich habe dir doch gerade erzählt ..."

„Wovon vermutlich jede Frau in der Gegend derzeit Albträume hat", sagte er tonlos.

„Da bin ich anderer Ansicht", sagte sie ernst. „Nicht jede Frau in der Gegend hat die Leiche als Vogelscheuche aufgespießt im Maisfeld gefunden."

„Nein", stimmte er zu. „Aber du sagst mir nicht alles. Du hattest schon vor der Leiche Albträume, oder?"

Sie atmete tief durch und sah ihn inmitten der nächtlichen Schatten aus großen Augen aufrichtig an. „Ich träume von den Maisfeldern, so wie ich sie sah, als ich jung war. Ich träume, wie sie sich endlos vor mir ausbreiten. Ich sehe die Vogelscheuchen, die Eric Rolfe gebastelt hat – sie waren grausig und so real. Ich verspreche dir, eines Tages wird er den Oscar für Special Effects gewinnen ..."

„Wenn er nicht lebenslang ins Gefängnis kommt", unterbrach Jeremy sie todernst.

Sie warf ihm einen warnenden Blick zu.

„Tut mir leid. Bitte erzähl weiter", drängte er sie.

„Da gibt es nicht viel mehr. Die Vogelscheuchen entpuppen sich plötzlich als reale Frauen. Tot. Einige von ihnen sehen mich an. Und ich höre jemanden reden. Er glaubt, dass er der Teufel ist – doch er ist real."

Sie sprach die Worte fast leichthin aus, als ob die Träume keine Macht über sie hätten. Doch er wusste, dass sie ihm die Wahrheit sagte – und dass die Träume ihr weitaus mehr Angst machten, als sie zugeben wollte.

„Du weißt, dass du Opfer deiner eigenen Einbildungskraft bist", sagte er sanft.

„Du bist dran", erwiderte sie, ohne darauf einzugehen.

Er runzelte die Stirn. „Ich glaube, dass da mehr ist."

Sie schüttelte lächelnd den Kopf. „Ich habe dir so ziemlich alles gesagt. Das ist alles, woran ich mich erinnern kann", sagte sie. „Außer dass ich manchmal auch den Friedhof in meinen Träumen sehe."

„Weil Mary dort zuletzt gesehen wurde, das wird der Grund sein", sagte Jeremy.

„Vermutlich." Er konnte den leisen Zweifel in ihrer Stimme hören, auch wenn sie ihn zu verbergen suchte.

Er zog die Brauen zusammen und verspürte plötzlich einen Schauder des Unbehagens. „Du solltest dich von dem Friedhof fernhalten."

„Mach dir keine Sorgen um mich und den Friedhof. Ich kenne ihn seit Kindertagen. Ich könnte dir mit verbundenen Augen einen Lageplan zeichnen. Aber jetzt bist du dran", drängte sie.

Er legte einen Arm unter seinen Kopf und starrte an die Decke. „Nach dem Tod meiner Eltern hatte ich furchtbare Albträume. Aidan half mir, sie zu überwinden. Er sagte mir immer, dass ich stark sein müsse für Zach. Er war derjenige, der uns zusammenhielt, sodass wir rasch erwachsen wurden. Die einzigen Filme, die mir jemals Angst machten, waren die *Nightmare on Elm Street*-Filme. Vermutlich, weil sie mir bewusst machten, wie hilflos wir sind, wenn wir schlafen."

„Die Filme haben mir auch Angst eingejagt", bestätigte sie. „Ich schätze, dass sie jedem Angst gemacht haben. Was mir keine Angst gemacht hat, waren all diese Filme über dämliche Teenager, die immer genau an jene Orte gingen, wo schon Dutzende anderer dämlicher Teenager ermordet worden waren. Ich würde niemals blöd genug sein, so etwas zu tun."

Ein seltsamer Ausdruck trat in ihre Augen, und sie schaute rasch nach unten. Mit dem Finger fuhr sie über seine Brust und seinen Bauch, was ihn leicht erregte.

Will sie mich ablenken? fragte er sich. Oder sich selbst?

Offensichtlich weder noch, denn sie kam nach der kurzen Pause wieder zum Thema zurück.

„Du hattest letzte Nacht einen Albtraum", sagte sie.

„Hatte ich das?"

„Und du hast mittendrin mit jemandem gesprochen."

„Mit wem?"

„Keine Ahnung. Ich schätze, du weißt es."

Es ärgerte ihn, als er spürte, wie mit einem Mal die Röte in seine Wangen stieg. Immerhin war es dunkel, sodass sie es nicht bemerken würde.

Dennoch fühlte er sich merkwürdig, als er zugab: „Billy."

„Billy?", erwiderte sie fragend.

„Nun, du kennst meine Geschichte ja. Billy war der Junge, der noch lebte, als ich bei ihm ankam. Ich habe ihn an Land gebracht und Erste Hilfe geleistet. Er lebte. Sein Herz schlug, und er hatte Puls. Ich sprach mit ihm. Ich begleitete ihn im Krankenwagen. Ich könnte schwören, dass er mich sah, dass er mir dankte, dass er mich erkannte ... im Krankenhaus wurde er dann für tot erklärt."

„Das tut mir so leid", sagte sie.

„Als Polizeitaucher siehst du furchtbare Dinge. Man fragt sich, wie ein Mensch einem anderen Menschen jemals etwas so Grausames antun kann. Aber mit diesen Kindern war es noch schlimmer ... Sie hatten niemals eine Chance. Sie wanderten von einer Missbrauchsfamilie in die nächste." Er schwieg einen Moment und spürte ihre Anteilnahme. „Herrje, laut den Psychologen wären sie nach allem, was sie durchgemacht hatten, selber zu Monstern herangewachsen."

„Das glaubst du nicht wirklich."

„Ich glaube, dass das geschehen kann. Ich glaube auch, dass wir alle für uns selbst verantwortlich sind. Egal was in unserer Jugend passiert ist, als Erwachsene müssen wir darüber hinwegkommen und zu den Menschen werden, die wir sein möchten."

Sie legte den Kopf auf seine Brust. „Und was ist mit anderen?", fragte sie. „Können wir sie zu den Menschen machen, die wir gerne hätten? *Sollten* wir sie verändern wollen, oder können wir akzeptieren, dass Menschen unterschiedlich sind?"

Er runzelte die Stirn und veränderte seine Position. Er blickte auf sie hinunter, wie sie mit abgewandtem Gesicht auf seiner Brust lag und ihr seidenes schwarzes Haar sich auf eine Weise über ihn ergoss, von der er befürchtete, dass er sich zu sehr an sie gewöhnte. Ihre Stimme hatte sehnsüchtig und tief geklungen, und er wusste, was sie meinte. Sie meinte sie beide, denn sie war nicht dumm und wusste, dass er sie bei ihrer ersten Begegnung für eine Betrügerin oder aber eine höchst labile Person gehalten hatte.

Jeremy strich ihr über das Haar. „Ich glaube, wir wären verrückt, wenn wir nicht lernen, die Welt aus verschiedenen Blickwinkeln zu betrachten", sagte er und war überrascht von dem Beben in seiner Stimme.

Und noch überraschter, dass er seine Worte genau so meinte.

So lag er da, mit der Hand auf ihrem Haar und ihrer Wange auf seiner Brust. Er schloss die Augen und wusste, dass er nicht wieder schlafen würde. Doch er hoffte, dass sie es tat. Und dass ihr Schlaf ohne Träume sein würde.

Doch Träume oder keine Träume – er wäre da für sie.

War das Liebe? Konnte ein Mann von „Geh dieser Frau um jeden Preis aus dem Weg“ kommend eine sexuelle Anziehung und Faszination entwickeln und sich dann verlieben?

Wie zum Teufel konnte es einer von ihnen wissen, wo dies alles doch mit rasender Geschwindigkeit so intensiv geworden war?

Jeremy lag da, ruhte, dachte. Er schlief nicht. Sie tat es. Tief und offenbar traumlos.

Er drehte im Kopf alle Fakten hin und her. Auf dem Weg nach Boston würde er mit Joe sprechen. Auch wenn Joe ebenso wie Rowenna skeptisch sein würde.

Joe wollte nicht glauben, dass ein Einheimischer, jemand den er kannte und vielleicht sogar schon sein ganzes Leben kannte, ein kranker Mörder war.

Aber irgendjemand war genau das.

Jeremy glaubte nicht, dass er schlafen konnte, glaubte nicht, dass er es tat.

Doch dort in den verschwommenen Schatten sah er Billy. Billy, lebend und wohlauf, ein normaler Junge in Jeans und T-Shirt und mit leicht zerzausten Haaren. Er grinste, und Jeremy hatte den Eindruck, dass er Rowenna mochte, dass er sie guthieß. Er wollte leugnen, dass Billy dort war, redete sich ein, dass er Billy nur im Geiste vor sich sah, ihn sich einbildete. Dass, wenn er aufstand, hinüberging und versuchte, Billy anzufassen, er verschwinden würde.

Er schloss die Augen und erinnerte sich an das Gefühl der kleinen Hand in seiner. Es war fast so, als könnte er sie wieder spüren, als wäre sie real. Als ob Billy lebte.

Doch Billy lebte nicht.

Billy war gestorben.

Er öffnete die Augen.

Und Billy war fort. Dämmriges Licht sickerte durch die Vorhänge. Er schob Rowenna vorsichtig von seiner Brust und stand auf.

Als Rowenna aufwachte, streckte sie die Hand nach Jeremys Wärme aus.

Sie berührte ... nichts.

Erschrocken sprang sie auf. Sie erinnerte sich nur zu gut, dass sie in dem Haus nicht allein sein wollte. Jeremys seltsames Verhalten hatte ihr Angst gemacht. Auf Zehenspitzen ging sie zur Tür, schaute in den Flur und lauschte. Das Haus war ruhig.

„Jeremy?"

Keine Antwort.

War er schon nach Boston gefahren? Ohne sie zu wecken, um sich zu verabschieden?

Sie fluchte laut und ging zurück ins Schlafzimmer. Sie atmete tief durch, erinnerte sich, dass ihre Tasche mit der Unterwäsche zum Wechseln unten war, und fluchte erneut. Sie lief ins Badezimmer, wo sie an den Armaturen herumfummelte, um so rasch wie möglich zu duschen, sich anzuziehen ... und zu gehen.

Doch als sie unter das Wasser trat, überkam sie plötzlich eine merkwürdige Ruhe.

Mit der Seife in der Hand lächelte sie.

Billy. Jeremy hatte in seinem Traum mit Billy geredet. Wenn Jeremy einen Geist sah, war es zumindest ein guter Geist. Der Geist eines kleinen Jungen, den er hatte retten wollen, dem er die beste Seite der menschlichen Natur gezeigt hatte.

Sie ermahnte sich, dass sie nicht an die Existenz von Geistern glaubte, nicht wirklich. Und sie gingen nicht in diesem Haus um.

Doch *falls* es sie gab, nicht nur in der Vorstellung und nicht nur in der Erinnerung, dann wäre Billy eindeutig ein guter Geist.

Nachdem sie ihre Tasche von unten geholt hatte und wieder nach oben gelaufen war, hörte sie ein Klopfen an der Tür.

Sie zog sich rasch an und eilte nach unten, wo sie durch den Spion schaute, bevor sie die Tür öffnete.

Es war Brad.

Jeremy hatte ihren Vorschlag von gestern Abend offenbar aufgegriffen und Brad gebeten, heute Morgen ihren Bodyguard zu spielen.

„Hallo“, begrüßte sie ihn und bat ihn herein. „Danke, dass Sie bereit sind, den heutigen Vormittag mit mir zu verbringen.“

„Kein Problem“, sagte er ernst. „Und … es tut mir leid. Ich war gestern ein bisschen betrunken. Ich wollte Sie nicht … verängstigen.“

„Sie haben mich nicht verängstigt“, log sie. Außerdem schienen sich im Morgenlicht alle unheimlichen Dinge in Luft aufzulösen.

„Sind Sie bereit für ein Frühstück?“, fragte er.

„Auf jeden Fall“, versicherte sie.

Sie gingen ins Red’s, wo ebenfalls das Plakat mit den Fotos der beiden Frauen im Fenster hing. Gesprächsfetzen, die sie drinnen mitbekamen, machten deutlich, dass Dinah Green das Thema des Tages war.

Vielleicht hätte sie mit Brad doch nicht herkommen sollen.

Auf der anderen Seite wussten die Menschen inzwischen, wer er war. Wer ihn noch nicht persönlich kennengelernt hatte, hatte ihn in der Stadt gesehen oder in der Zeitung oder wie er in den Nachrichten um Hilfe gebeten hatte.

Mehrere Gäste flüsterten miteinander, als er an ihnen vorbeiging.

Sie setzten sich in eine Nische und bestellten Omelett. Um nicht über das zu sprechen, was ihn am meisten beschäftigte, fragte Rowenna ihn nach seiner Arbeit mit Jeremy.

„Er war der beste Partner, den ich je hatte“, sagte Brad. „Ich vermisse ihn. Verstehen Sie mich nicht falsch. Mit meinem jetzigen Partner ist alles in Ordnung. Er ist gut – das muss man sein, um es in die Einheit zu schaffen. Es ist ja nicht wie beim Tauchurlaub in der Karibik, wo das Wasser klar ist. Aber da war einfach etwas … an der Art, wie Jeremy arbeitete. Er hat es nie so gesehen, doch er schien so etwas wie einen sechsten Sinn zu haben, wissen Sie? Er konnte sich auf etwas einschießen."

„Sie waren dabei, als die Kinder gefunden wurden?"

„Das war ein schlimmer Tag, als wir die kleinen Leichen hochbrachten. Hoffnung ist eine schwierige Sache. Es ist großartig, wenn sie sich auszahlt. Aber wenn man für jemanden hofft und er schafft es nicht, dann wird Hoffnung grausam."

Hoffnung. Er hoffte und betete, dass seine Frau noch lebte.

Sie beendeten das Frühstück und tranken noch einen Kaffee, bevor er sie zum Historischen Museum begleitete. „Kommen Sie nicht mit hinein?", fragte sie.

Er hielt kurz inne, um sich eine Schaufensterauslage anzusehen, die gestern noch nicht da gewesen war. Eine Puppe, die als Schnitter gekleidet war.

„Nein. Jeremy wollte, dass ich bleibe, aber Sie sind bei ihren Freunden gut aufgehoben, oder?" Als sie nickte, fuhr er fort. „Ich glaube, ich werde heute mal in eine andere Richtung gehen. Oder vielleicht gehe ich zurück zum Friedhof. Ich werde nichts Unüberlegtes tun", versprach er. „Wann soll ich Sie wieder abholen?"

„Sagen wir um zwölf? Wir nehmen irgendwo einen Lunch ein oder finden heraus, was Jeremy vorhat, und schließen uns an."

„Klingt gut. Sie haben meine Handynummer, oder?"

„Habe ich. Sie haben Sie mir gerade beim Frühstück gegeben, erinnern Sie sich? Und Sie haben meine."

Er schlug sich mit der Hand gegen die Stirn, winkte dann und ging die Straße hinunter, die Hände in den Taschen seiner Wildlederjacke vergraben.

Rowenna betrat das Museum. Ein älteres Paar zahlte gerade Eintritt, und zwei junge Frauen begannen ihren Rundgang. June Eagle saß am Empfang.

„Hallo", begrüßte sie Rowenna fröhlich, nachdem sie dem Paar den Weg gewiesen hatte.

„Hallo. Kann ich wohl bitte den Schlüssel zur Bibliothek haben?", fragte Rowenna.

June schüttelte grinsend den Kopf. „Den brauchst du nicht. Dan ist schon drin. Er wollte heute früh anfangen."

„Danke, June."

June nickte und wandte sich wieder der neuesten Ausgabe von *People* zu.

Rowenna ging schnell an den Besuchern vorbei in den Bereich, der dem Schnitter gewidmet war. Obwohl sie wusste, dass es sich nur um Puppen handelte, blieb sie vor dem Ausstellungskasten stehen, der den vier Mördern gewidmet war, die nach der Legende ihr Unwesen trieben.

Es waren nur Puppen, doch da war ... etwas Unheimliches an allen vieren ...

Sie waren natürlich von derselben Firma entworfen und hergestellt worden, doch es war mehr als das. Man hatte sie unterschiedlich hergerichtet und in die jeweils passende historische Kleidung gesteckt. Was also war es?

Die Gesichter, dachte sie.

Sie waren alle schmal und hager. Als ob man sie speziell entworfen hätte, um eine möglichst kalte, berechnende Rücksichtslosigkeit auszustrahlen.

Allein beim Ansehen lief ihr ein Schauder über den Rücken, und sie eilte weiter, um möglichst rasch die Bibliothek und einen anderen lebenden und atmenden Menschen zu erreichen.

Daniel saß zurückgelehnt auf seinem Stuhl, die Hände hinter dem Kopf verschränkt und mit den aufgeschlagenen Büchern vor sich auf dem Tisch. Jeder andere, dachte sie, hätte die Beine auf den Tisch gelegt.

„Was hast du herausgefunden?“, fragte sie nach einer raschen Begrüßung.

Er schob ihr eines der Bücher zu. „Lies mal über unseren Hank Brisbin.“

Sie setzte sich ihm gegenüber, blickte auf die aufgeschlagene Seite und blätterte dann zurück. Das Buch war von 1959, sah sie, geschrieben von einem Sam Jackman, Rechtsprofessor an der Harvard University.

„Beeindruckend“, sagte sie.

Daniel beugte sich vor. „Damals war es noch nicht so schwer wie heute, eine Jury dazu zu bringen, über einen berechtigten Zweifel hinwegzusehen. Es gab keinen physischen Beweis, der den Mann mit den Morden in Verbindung gebracht hätte. Sie fanden die Leichen der Mädchen völlig verwest und von den Krähen bis auf die Knochen zerpickt neben Vogelscheuchen in den Maisfeldern. Brisbin wohnte in der Nähe in einem Farmhaus. An dem Abend, an dem er gehängt wurde, brannten die Einwohner der Stadt es nieder.“

Rowenna überflog den Text. Jackman schrieb, dass es schwer gewesen sei, die Geschichte zusammenzusetzen, weil so viele Anhaltspunkte in den Akten vernichtet worden waren. Offenbar hatte man Brisbin verhaftet, weil er mit dem letzten der drei toten Mädchen gesehen worden war und weil er sich „verdächtig verhalten“ hatte. Er wurde angeklagt, und der Fall kam vor eine Jury. Er wurde verurteilt, wobei der Jury-Vorsitzende sagte, dass das Urteil einstimmig gefallen sei.

Und selbst wenn irgendjemand noch Zweifel an seiner Schuld gehegt haben sollte, wurden sie bei seiner Galgenrede zerstreut.

Nachdem sie fertig war, blickte Rowenna zu Daniel hoch.

„Okay“, sagte er und schob ihr zwei weitere Bücher zu. „Und jetzt guck dir diesen Typ an. Victor Milton. Wieder wurden Leichen in einem Maisfeld gefunden. Und sieh dir diesen Hinweis auf die alten Akten an. ‚Sie wurde an jenem Holz-

pflock gefunden, wo eine Vogelscheuche hätte stehen sollen.'"
Er lehnte sich wieder zurück. „Ich glaube, dass diese Kerle den Schnitter imitierten und dass unser Kerl *sie* imitiert."

„Dan, das kann einfach kein Zufall sein – die Polizei muss davon erfahren", sagte Rowenna.

„Ich habe Joe davon erzählt. Er stimmt zu, dass wir es mit jemandem zu tun haben, der die Vergangenheit nachspielt und die Legende zum Leben erwecken will. Ob er sich wirklich für die Reinkarnation dieser Männer, für das Werkzeug des Teufels und den wiedergeborenen Schnitter hält oder ob er einfach nur ein cleverer Irrer ist, der seine wahren Motive hinter einer historischen Maske verbirgt, ist unklar. Wie auch immer, ich habe dir alles markiert, was ich gefunden habe."

„Danke."

Er stand auf. „Ich werde June ablösen, damit sie eine Kaffeepause machen kann. Wenn du mich brauchst, ich bin am Empfang."

„Okay."

Sie fing an zu lesen. Es stellte sich heraus, dass Hank Brisbins Frau ebenfalls auf mysteriöse Weise verschwunden war. In einem der Bücher gab es ein Foto von ihm. Er hatte das hagere, bösartige Antlitz aller vier Puppen. Vielleicht waren die Puppen nach diesem Foto entworfen worden.

Sie nahm das andere Buch. Victor Miltons vermutliche Opfer hatte man ebenfalls in den örtlichen Maisfeldern gefunden. Er war niemals festgenommen oder angeklagt worden, doch die Einheimischen waren von seiner Schuld überzeugt gewesen.

Sie gähnte und reckte sich und wollte gerade nach dem nächsten Buch greifen, als ihr Handy klingelte.

Es war Eve.

„Hallo, Eve", begrüßte Rowenna die Freundin.

„Was machst du gerade?", fragte Eve.

„Ich bin im Museum und lese."

„Kannst du rüberkommen? Sofort?"

Rowenna blickte auf die Uhr. Es war erst halb elf.

„Bist du im Laden?"

„Ja, und du musst dich beeilen. Er ist jetzt weg, doch er wird wiederkommen."

„Wer ist weg? Hast du jemanden gesehen, den du wiedererkennst?"

„Nein! Adam. Ich spreche von Adam. Bitte, Rowenna, bitte!"

„In Ordnung. Ich bin gleich da." Brad würde sie erst in eineinhalb Stunden abholen. Und Jeremy würde auch nicht früher aus Boston zurück sein.

„Beeil dich. *Bitte*."

Sobald sie aufgehängt hatte, schloss Rowenna sorgfältig das Buch, erhob sich und eilte hinaus.

Als sie an den vier Puppen vorbeikam, wandte sie den Blick ab, als würden sie zum Leben erweckt, wenn sie sie anschaute.

Sie machte einen kurzen Halt beim Empfang, um Daniel zu sagen, dass sie in einer Weile zurückkäme. Sie warnte ihn, dass er den Schlüssel hatte, sodass sie nicht hatte abschließen können und jeder Tourist sich in sein Allerheiligstes verirren konnte.

Er grinste und versicherte ihr, dass er sich darum kümmern würde.

Draußen schien die Luft kühler geworden zu sein. Der Himmel war eisengrau, und nicht einmal die Farbenpracht der Blätter konnte die bedrückende Wirkung mildern.

Vielleicht fühlten das auch die Touristen, denn die Straßen waren nicht ansatzweise so belebt wie normalerweise zu dieser Jahreszeit. Vermutlich saß jeder irgendwo drinnen, trank Kaffee oder heiße Schokolade, um sich für die Kälte auf der Straße zu stärken.

Kaum hatte sie den Laden betreten, griff Eve sie am Arm,

verschloss die Tür und hängte ein Schild auf: In fünf Minuten zurück. Versprochen!

„Was zum Teufel ist denn los?“, fragte Rowenna, die aufrichtig besorgt war wegen des Verhaltens ihrer Freundin.

„Du musst das sehen“, sagte Eve und zog sie in den hinteren Teil des Ladens. Neben der Tür zum Lagerraum gab es zwei abgeteilte Nischen, die vom Rest des Ladens mit kobaltfarbenen Samtvorhängen getrennt waren, auf die mit goldenem Faden Sonne, Mond und diverse Planeten aufgestickt waren. Die eine Nische nutzte Eve für ihre Sitzungen, die andere gehörte Adam.

Eve führte sie in Adams Raum.

Ein Dekostoff lag über dem kleinen Tisch, auf dem sich eine Kristallkugel und ein Satz Tarotkarten befanden. Einzige Zierde in dem dunkel gestrichenen Raum war ein großer Kerzenhalter mit Duftkerze, der auf einem schmalen Schreibtisch an der hinteren Wand stand.

Rowenna blickte Eve an. „Okay ... ich sollte hier ... was sehen?“

„Ich zeige es dir.“

Eve ging um den Tisch herum, öffnete die oberste Schublade des Schreibtisches und holte ein Buch hervor.

„Ist es über Alistair Crowley? Über Satanismus?“, fragte Rowenna, die sich noch immer wunderte, warum ihre Freundin so aufgeregt war.

„Nein. Es ist ein Buch mit Zaubersprüchen.“

Rowenna senkte den Kopf, weil sie lächeln musste. Sie würde sich niemals über Eve oder ihren Glauben lustig machen, doch sie konnte einfach nicht glauben, dass ein paar Kräuter und ein Spruch einen Liebes- oder sonst irgendeinen Zauber bewirken konnten.

„Eve, es gibt Tausende von Büchern mit Zaubersprüchen in ...“

„Öffne es an der markierten Stelle“, forderte Eve.

Rowenna folgte ihr, konnte das Geschriebene jedoch kaum lesen. Das Licht in dem Raum war zu schwach, und die altertümliche Schrift machte die Sache nicht besser. Als sich ihre Augen schließlich an das Licht gewöhnt hatten, konnte sie die Buchstaben einigermaßen entziffern.

„‚Sieben'", las Rowenna laut vor. „‚Die Zahl ist sieben. Und wenn das Siebte in der vorgeschriebenen Weise eingenommen wird, wird der Mann zu Gott. Es steht geschrieben, dass der Gott männlich ist und dass die Frau dem Manne dient, und so soll es ein. Doch der, der zum Gott wird, muss das vorgeschriebene Opfer zelebrieren, und die Zahl ist sieben. Die Ernte muss genährt werden, und Nahrung muss der Erde zurückgegeben werden.'" Rowenna blickte Eve an.

„Lies weiter", sagte Eve.

„‚Der Gott muss zuerst ein Mann sein und fleischlich als Mann handeln'", fuhr Rowenna fort.

„Sie wurde vergewaltigt, oder?", wollte Eve wissen.

„Was?"

„Dinah Green. Sie wurde sexuell missbraucht", sagte Eve.

„Ja, aber …"

„Ich habe gelogen. Ich habe gelogen, um Adam zu schützen. Weil ich an ihn glaube. Ihn liebe." Sie hielt inne, und die Verzweiflung, die sich in ihrer Miene spiegelte, brach Rowenna fast das Herz. „Ich habe ihn geliebt. Ich habe an ihn geglaubt. Aber er will diese furchtbaren Bücher nicht aufgeben, Rowenna. Er sagt, er braucht sie. Ach, Ro! An Halloween hat er den Laden verlassen und war lange weg – genau zu der Zeit, als Mary Johnstone verschwand. Er war den ganzen Tag mal da und mal nicht da – doch zu dieser Zeit war er fort. Und dann … davor … diese andere Frau. Dinah Green. Als sie im Laden war, hat er mit ihr geflirtet. Sie hat angefangen – ich nehme an, sie hielt mich für irgendeine Angestellte –, doch er flirtete eindeutig zurück. Und als sie den Laden verließ, ging er ein paar Minuten später auch fort. Oh

Gott, Ro! Ich habe Angst, dass ich mit einem Mörder verheiratet sein könnte!"

Joe ist ein Polizist und muss bei der Durchführung des Verhörs eben ein paar Regeln einhalten, dachte Jeremy, als sie auf dem Weg nach Boston die weitere Vorgehensweise besprachen.

Dieser Mann war die erste konkrete Spur, die sie in dem Fall hatten, und sein Alibi für Halloween war so löchrig wie ein Schweizer Käse. Doch während Jeremy ihm zuhörte, gewann er den Eindruck, dass Joe selbst nicht an seine eigenen Worte glaubte, egal wie logisch alles klang. Sie folgten einem Hinweis, dem alle Cops gefolgt wären, doch Joe schien von diesem Hinweis genauso wenig zu erwarten wie er selbst.

Schließlich blickte Jeremy ihn an und fragte: „Joe, glauben Sie wirklich, dass dieser Mann unser Mörder sein könnte?"

Joe runzelte die Stirn und erwiderte seinen Blick kurz. „Er war der Letzte, der mit dem Opfer gesehen wurde."

„Dinah Green wurde überall in der Stadt gesehen – sie hat eine Menge Leute getroffen. Jeder von ihnen hätte sich für später mit ihr verabreden können. Ich glaube einfach, dass unser Killer jemand aus der näheren Umgebung ist."

Aus der näheren Umgebung. Das war besser, als zu sagen, dass der Mörder ein Einheimischer sein musste, jemand, den Joe vielleicht kannte und mochte. Gleichzeitig wusste er, dass es keine Rolle spielte, wie er es nannte. Falsche Rücksichtnahme würde ihnen bei der Suche nach dem Mörder nicht helfen, und so oder so war Joe nicht dumm. Er wusste, was Jeremy wirklich sagen wollte.

„Es besteht immer noch die Möglichkeit, dass dieser Mann es getan hat. Vielleicht kam es zu einem Beziehungsstreit. Oder er hat sie mitgenommen, weil er mit ihr schlafen wollte, sie wollte aber nicht und er ist ausgerastet. Er hat sie vergewaltigt und umgebracht und stand nun da mit einer Leiche, die er irgendwie loswerden musste."

„Dann soll ein Typ, der ungeplant mit einer Frau in Streit gerät und sie umbringt, zufällig Handschuhe anhaben, damit seine Fingerabdrücke nirgendwo gefunden werden? Zum Beispiel auf dem Holzpflock, den er wunderbarerweise abseits der Straße findet, um sie daran festzubinden?“, fragte Jeremy.

„Ich hätte Sie bei dem trübseligen Ehemann in der Stadt lassen sollen“, murmelte Joe.

„Nein, tut mir leid. Ich weiß, es ist wichtig, mit diesem Typ zu sprechen, und sei es nur, um ihn von unserer Liste der Verdächtigen streichen zu können.“

Die Polizisten in Boston halfen nur zu gern und führten sie direkt in den Verhörraum, wo Tim Richardson auf sie wartete.

Er war ziemlich durchtrainiert, mit nur einem kleinen Bauchansatz. Er wirkte etwas rau und hatte jene Art von sonnengegerbten, einst klassischen Gesichtszügen, die Frauen anzogen.

Als sie den Raum betraten, zeigte er keinerlei Anzeichen von falschem Mut. Er fuhr sich nervös mit den Fingern durchs Haar und legte gleich los. „Ich habe es nicht getan. Ich schwöre. Ich konnte es kaum glauben, als die Cops kamen, um mich zu holen und mich zum Verhör zu bringen. Ich habe diese Frau in einem Laden getroffen, wir gingen in eine Bar, hatten ein paar Drinks. Ich fragte sie, ob sie mit zu mir – also nach Boston – kommen wolle, und sie sagte, sie hätte andere Pläne. Ich habe nicht mit ihr geschlafen, ich war nicht grob zu ihr, nichts. Ich bin direkt nach Hause gefahren“, erklärte er.

„Gibt es irgendjemanden, der das bestätigen kann?“, fragte Joe.

„Meine Katze“, sagte Richardson müde. „Ich habe das arme Vieh gefüttert, als ich heimkam.“

„Okay, erzählen Sie uns von der Bar“, sagte Joe.

Richardson zog verwirrt die Brauen zusammen. „Es gab dort Alkohol.“ Jeremy begriff, dass er nicht naseweis sein wollte. Richardson verstand tatsächlich die Frage nicht.

Unmöglich, dass dieser Typ einen solch ausgefeilten Mord geplant und ausgeführt hatte.

„Erzählen Sie uns von dem Abend in der Bar", erläuterte Joe. „Mit wem haben Sie gesprochen? Was haben Sie gesehen? Schien Dinah noch jemanden zu kennen?"

Richardsons Miene hellte sich auf. „Oh ja, das tat sie. Sie begrüßte viele Leute. Ein paar Studenten – sie sagte mir jedenfalls, sie seien Studenten – und ein paar Leute, die sie im Laufe des Tages kennengelernt hatte. In den Läden, im Museum, wissen Sie?"

„Erinnern Sie sich an etwas Besonderes an jenem Abend?", fragte Jeremy.

Richardson dachte nach, zuckte die Achseln und ließ sich in seinem Stuhl zurückfallen. „Es waren einfach nur Leute in der Bar, die tranken, redeten, lachten, aßen … nichts Spezielles."

Richardson stöhnte auf und vergrub den Kopf in den Händen.

Joe schaltete sich wieder ein. „Hat Dinah Ihnen von ihren Plänen erzählt?"

„Ja, sie wollte weiter in den Norden fahren. Sie hatte Urlaub und wollte die freie Zeit nutzen." Er sah auf. „Wir haben an dem Nachmittag ein paar Spukhäuser besucht. Es war zwar noch nicht Halloween, aber die Vorbereitungen laufen den ganzen Oktober über. Wir haben uns in dem Bereich kennengelernt, wo keine Autos fahren dürfen …"

„In der Fußgängerzone?", fragte Joe.

„Ja, genau. In einem Scherzartikel-Laden. Dinah blätterte gerade in ein paar Büchern."

„Und dann kamen Sie ins Gespräch?", fragte Joe.

„Ja. Es stellte sich heraus, dass wir beide aus Boston kamen. Und beide wegen des Herbstlaubs da waren. Also beschlossen wir, einen Kaffee trinken zu gehen. Ich fand sie süß, und sie sagte, sie fände mich cool", erinnerte er sich wehmütig.

Jeremy hielt es für den richtigen Zeitpunkt, Mary Johnstones Bild hervorzuholen. Er musterte Richardsons Gesicht, als er das Foto vor ihm auf den Tisch legte.

Wenn überhaupt, wirkte der Mann verblüfft. Er runzelte die Stirn und sah sie beide an. „Das ist sie nicht", sagte er. Falls er Mary irgendwie wiedererkannte, verriet er es nicht einmal mit einem Blinzeln.

„Nein, das ist die Frau, nach der wir im Moment suchen", sagte Joe.

„Außer in den Nachrichten habe ich sie nie gesehen", sagte Richardson entschieden.

„Sie ist an Halloween verschwunden", sagte Jeremy.

Richardson stöhnte. „Ich war an Halloween mit einer Nutte zusammen."

„Und wie hieß sie?"

Richardson starrte sie an und schüttelte den Kopf.

„Sugar", antwortete er schließlich.

„Hatte Sugar auch einen Nachnamen?", fragte Joe ihn.

Richardson stöhnte wieder. „Plum."

„Den Klugscheißer zu geben hilft Ihnen auch nicht weiter", sagte Joe.

Richardson lachte trocken. „Ich gebe nicht den Klugscheißer. Diesen Namen nannte sie mir, als sie zu mir in den Wagen gestiegen ist. Sie bat mich sogar, ihr eine Flasche Pflaumenschnaps zu kaufen. Während wir darauf warteten, dass der Typ meine Karte durchzog, sagte sie, sie wäre wie die Zuckerpflaumenfee – sie würde für immer in meinen Träumen bleiben."

„Gab es irgendeinen Grund, warum Sie an Halloween eine Prostituierte aufgabelten?", fragte Joe.

„Ja, ich war scharf", sagte Richardson.

Der Mann ist mürbe, dachte Jeremy. Er war das alles schon mit den Bostoner Polizisten durchgegangen. Es war erstaunlich, dass er noch keinen Anwalt verlangt hatte.

„Warten Sie einen Moment", schaltete sich Jeremy ein. „Haben Sie gerade gesagt, dass Sie Ihre Kreditkarte in einem Spirituosenladen benutzt haben?"

„Ja."

„Haben Sie das vorher schon jemandem gesagt?", fragte Jeremy.

„Nein."

„Warum nicht?", wollte Joe wissen.

„Weil es mir gerade erst wieder eingefallen ist", sagte Richardson genervt.

Wie dämlich ist dieser Typ eigentlich, fragte sich Jeremy. Er schien nicht zu kapieren, dass er sich gerade eben ein wasserfestes Alibi gegeben hatte.

Joe erhob sich und klopfte an die Tür, damit die Wache öffnete. „Ich werde sie gleich darauf ansetzen", sagte er.

Die Tür schloss sich hinter ihm. Richardson sah Jeremy an. „Guter Cop, böser Cop?", fragte er.

„Ich bin überhaupt kein Cop. Ich bin nur ein Privatermittler und versuche, meinem Freund zu helfen. Er ist mit der Frau auf dem Bild verheiratet. Ich freue mich über jeden Hinweis, den Sie mir vielleicht geben können."

Richardson saß da und kaute an seiner Unterlippe. „Ich wünschte, ich könnte Ihnen helfen. Glauben Sie mir – ich wünschte, ich könnte hier endlich weg. Aber ich habe die Frau Ihres Freundes nie kennengelernt. Ich kenne nur Dinah. Wir gingen in ein paar Spukhäuser, einige Läden und in ein Museum. Als sie merkte, dass mich der ganze Geschichtskram langweilt, sind wir wieder gegangen. Danach haben wir in der Bar zu Abend gegessen. Habe ich geglaubt, dass wir im Bett landen? Ja. Habe ich sie umgebracht, als es nicht funktionierte? Zum Teufel, nein. Wozu gibt es schließlich Prostituierte, oder?"

„Was passierte nach dem Essen?", fragte Jeremy.

„Sie sagte, dass sie noch mit jemandem sprechen wolle, den

sie im Lauf des Tages kennengelernt hatte. Ich habe ihr angeboten, zu warten und sie dann später zu ihrem Wagen zu begleiten. Doch sie meinte, ich solle mir keine Mühe machen, ihr Auto stünde nur ein paar Blocks weiter beim Friedhof, und sie würde den Weg auch alleine schaffen."

Der Friedhof, dachte Jeremy. Alles führte zurück zum Friedhof.

Er brauchte eine Liste von allen Personen, die sich an jenem Abend, an dem Dinah Green zum letzten Mal gesehen worden war, in der Bar aufgehalten hatten. Er war jetzt sicher, dass jemand – vielleicht die Person, mit der sie gesprochen hatte, vielleicht jemand anderes – ihr von dort aus gefolgt war, als sie zu ihrem Wagen ging.

Und dann …

Jeremy gab ihm seine Visitenkarte. „Wenn Ihnen noch irgendwas einfällt, egal was, rufen Sie mich an."

„Sicher. Wenn man mich lässt", sagte Richardson.

Jeremy schaute sich wachsam um – nur für den Fall des Falles. „Fordern Sie einen Anwalt", sagte er.

Richardson blickte misstrauisch. „Sie sagten, ich könne einen haben. Aber ich bin nicht schuldig."

„Auch unschuldige Menschen brauchen Anwälte", versicherte Jeremy ihm.

In dem Moment erschien Joe wieder im Raum. Jeremy sah ihn erwartungsvoll an. „Ihre Halloween-Geschichte wurde bestätigt." Joe wandte sich an Jeremy. „Der Typ im Spirituosenladen erinnert sich sogar an die kleine Miss Sugar Plum. Stellen Sie sich das mal vor."

Jeremy zuckte die Achseln. Er reichte Richardson die Hand. Der starrte sie einige Sekunden an, bevor er sie ergriff. „Wenn ich Ihnen helfen könnte, würde ich es tun. Das wissen Sie, oder?"

„Man weiß doch nie, was einem noch so einfällt", erwiderte Jeremy.

Auf dem Weg zum Wagen blickte Joe finster drein.

„Der Mann ist unschuldig", sagte Jeremy ruhig. „Sie werden ihn gehen lassen müssen."

„Ja, ich weiß", sagte Joe. „Der arme Kerl ist viel zu blöd, um es getan zu haben", fügte er angewidert hinzu. „Verschwendete Zeit."

„Nein", widersprach Jeremy. „Er hat gesagt, dass sie nach dem Essen alleine in der Bar geblieben ist, weil sie noch mit jemandem sprechen wollte, den sie tagsüber kennengelernt hatte."

„Ach ja? Vielleicht stimmt das gar nicht."

„Ich glaube schon."

„Wir suchen noch immer nach der Nadel im Heuhaufen."

„Ich glaube, dass der Heuhaufen gerade kleiner geworden ist. Ich habe Hugh gebeten, die Belege des Abends rauszusuchen. Ich hole sie gleich ab, wenn wir zurück sind. Dann können wir anfangen, jeden Einheimischen unter die Lupe zu nehmen, der an jenem Abend in der Bar war."

Joe sah ihn zweifelnd an. „Das können wir tun, aber vielleicht liegen wir trotzdem falsch."

„Vielleicht liegen wir aber auch richtig", sagte Jeremy. „Richardson sagt, dass Dinah Green ihren Wagen am Friedhof geparkt hatte."

„Ich habe es Ihnen doch schon erklärt – es gibt kein Tunnelsystem unter dem Friedhof. Keine Gruften mit geheimen Ausgängen."

„Das ist nicht der Punkt", sagte Jeremy. „Der Friedhof gehört irgendwie zu dieser Sache. Dieser Typ hat sich entschieden, dass er diese ganze Schnitter-Geschichte mag. Angebetet zu werden und so. Er entführt diese Frauen und vergnügt sich mit ihnen. Lässt sich vielleicht von ihnen bewundern, lässt sie um ihr Leben betteln. Und wenn er ihrer müde ist oder sie einen Fluchtversuch wagen oder wenn Mittwoch ist oder es regnet, dann hält er es für an der Zeit, sie zu töten und eine andere zu finden. Und ich sage Ihnen Joe, wer auch immer er ist, er war in jener Nacht in der Bar."

„Vielleicht", sagte Joe.

„Wir engen die Liste ein. Wir finden jemanden, der dort war und der Land besitzt, sodass niemand hört, was dort vor sich geht. Oder einen schalldichten Raum. Irgendwas, wo er Dinah Green versteckt hat, bevor er sie tötete. Irgendwas, wo er Mary Johnstone noch immer festhält."

„Lassen Sie uns hoffen, dass er mit einer Kreditkarte bezahlt hat", brummte Joe.

„Lassen Sie uns einfach hoffen, dass er Mary nicht überhat", erwiderte Jeremy.

„Amen", sagte Joe ernst.

16. KAPITEL

Rowenna hatte keine Ahnung, was sie Eve sagen sollte.

Sie konnte nicht glauben, dass ihre Freundin den eigenen Ehemann verdächtigte, ein Mörder zu sein.

Ein Blick in Eves gequälte Augen verriet ihr, dass Eve es auch nicht glauben wollte. Doch die Dinge hatten sich in ihr angestaut, bis es sie fast umbrachte, und sie brauchte unbedingt jemanden zum Reden. Eine Vertrauensperson.

„Und?“, flüsterte Eve.

„Nun, die Tatsache, dass er nicht im Laden war, macht ihn noch nicht zu einem Mörder. Und selbst wenn er mit ihr geflirtet hat … nun, wir flirten alle mal. Es ist vermutlich eine Möglichkeit sich … geschätzt zu fühlen“, sagte Rowenna.

„Was soll ich tun?“, fragte Eve leise.

„Hast du ihn wegen irgendetwas von all dem zur Rede gestellt?“, fragte Rowenna.

„Wir haben über die Bücher gestritten. Und wir hatten einen Riesenkrach, nachdem er Dinah Green hinterhergelaufen war … Es machte die Sache nicht besser, dass wir sie später noch einmal getroffen haben. In der Bar“, sagte Eve.

Rowenna atmete tief ein und musterte ihre Freundin eingehend, als sie fragte: „War er an dem Abend die ganze Zeit bei dir?“

Eve runzelte die Stirn. „Nein. Er ist vom Tisch aufgestanden, um unsere Drinks an der Bar zu holen. Als er nicht zurückkam, bin ich hinterher, um Hugh zu fragen, wieso zum Teufel unsere Getränke so lange dauerten, aber auch ihn konnte ich nicht finden. Ich war so wütend, dass mir alles egal war und ich ohne die Rechnung zu bezahlen nach Hause gegangen bin.“

„Und dann – kam Adam nach Hause?“

„Natürlich kam er nach Hause. Glaubst du, er würde ein Haus verlassen, für das er zahlt?“, fragte Eve bitter.

„Eve, ich meinte, *wann* kam er nach Hause?“

„Ich weiß es nicht!“, rief Eve elend. „Ich hatte etwas getrunken, und ich war so wütend. Ich hätte es nicht tun sollen, aber ich nahm eine Schlaftablette. Und war sofort weg.“

„Was geschah am Morgen? War er da, als du aufgewacht bist?“

„Ja. Er war da. Ich stand auf, ignorierte ihn und ging ohne ihn in den Laden.“

„Kam er später nach?“

„Oh ja. Er kam nur wenige Minuten nach mir.“

Rowenna musterte Eve und wusste nichts Aufmunterndes zu sagen.

Adam?

Konnte ihre Freundin recht haben? War ihr Mann ein Mörder?

„Was soll ich tun?“, jammerte Eve. „Was soll ich tun?“

Falls Adam der Mann ist, den wir suchen, dachte Rowenna, ist Eve dann sicher bei ihm? Nein, was dachte sie nur? Es konnte nicht Adam sein. Es konnte einfach nicht.

Warum nicht?

Weil es einfach jemand anderes sein musste.

Aber sollte Eve bei ihm bleiben, solange auch nur der Hauch eines Zweifels besteht?

„Ach, Eve …“

„Ich weiß. Wenn ich unrecht habe, habe ich meine Ehe zerstört. Aber wenn ich recht habe, ende ich vielleicht tot in einem Maisfeld“, sagte Eve elend.

„Ich muss mit Jeremy reden“, sagte Rowenna.

„Das darfst du nicht!“, keuchte Eve. „Das darfst du nicht. Er wird dafür sorgen, dass sie Adam bei der Polizei verhören, und dann wird er mich hassen. Er wird mich umbringen!“ Sie begriff, was sie gerade gesagt hatte, und fing an zu lachen, doch es war ein trauriges und bitteres Lachen.

„Eve, ich kann Jeremy bitten, selber mit Adam zu sprechen

und vorsichtig dabei zu sein. Er ist nicht Joe. Er ist kein Polizist mehr. Aber ... du musst vorsichtig sein. Ich meine, ganz ehrlich? Ich glaube es nicht. Ich bin sicher, dass Adam nerven kann – er ist schließlich ein Mann", sagte sie in dem Versuch, die Atmosphäre aufzulockern. „Aber ich muss darüber mit Jeremy sprechen."

Eve schüttelte energisch den Kopf. „Kannst du nicht ... Kannst du nicht deine Sache machen?"

„Wovon sprichst du?"

„Deine Sache – wenn du mit der Erde Kontakt aufnimmst oder mit deinem Geist oder was auch immer du für Joe tust, wenn du die Geister zu dir sprechen lässt."

Innerlich stöhnte Rowenna auf. „Eve, ich bin kein Medium. Ich bin nicht einmal sicher, dass ich an so etwas glaube." Obwohl sie nach dem, was sie kürzlich alles erlebt hatte, immer mehr daran glaubte.

„Das sagst du immer!", klagte Eve. „Aber du belügst dich selbst. Es ist mir egal, wie du es nennst, aber du ... du weißt Dinge. Und wenn du es zulassen würdest, könntest du sehen, was in jener Nacht geschehen ist. Und du könntest auch Mary finden", fügte sie trotzig hinzu.

„Eve, wenn es auch nur irgendeine Möglichkeit für mich gäbe, Mary Johnstone zu finden, meinst du nicht, dass ich es dann schon längst getan hätte?", wollte Rowenna verärgert wissen.

„Adam sagte, er hätte dich gestern Abend auf dem Friedhof gefunden", sagte Eve anklagend.

„Ja, weil ich dachte, ich würde verfolgt."

„Und da hieltest du den Friedhof für ein gutes Versteck?", fragte Eve mit unverhohlener Skepsis.

„Es gab ... eine Reihe von Umständen", erwiderte Rowenna. „Und es war dumm."

„Aber jetzt ist es hell", sagte Eve.

„Und?"

„Bitte, lass uns hingehen. Es ist helllichter Tag, die Menschen sind draußen. Du kannst versuchen zu erspüren, was passiert ist. Du kannst so tun, als sei Halloween, und schauen, was passiert."

„Nichts wird passieren", entgegnete Rowenna angespannt, bevor sie den Kopf senkte und schauderte.

Sie musste zugeben, dass sie selbst daran gedacht hatte, dorthin zu gehen. Nicht nachts, nicht wenn sie glaubte, verfolgt zu werden, und niemand sonst da war. Bei Tageslicht. Mit oder ohne Joe, der sie noch immer dorthin bringen wollte.

Auch wenn dieser Tag mit einem düsteren grauen Himmel verflucht war.

„Bitte. Bevor wir Jeremy etwas von Adam sagen. Du hast gesagt, du würdest alles in deiner Macht Stehende tun, um Mary Johnstone zu finden."

Rowenna seufzte. „In Ordnung."

„Danke", sagte Eve erleichtert. „Dann lass uns jetzt gehen."

Während sie das sagte, klingelte Rowennas Handy. Sie meldete sich sofort.

„Hallo, wo sind Sie?", fragte Brad. „Ich kam schon früher zum Museum, um noch ein wenig herumzustöbern, und Dan sagte mir, dass Sie zu Eve hinübergegangen sind."

Rowenna zögerte und überlegte, dass es keine schlechte Idee wäre, wenn er mit ihnen ging.

„Wer ist das?", flüsterte Eve.

„Brad", gab Rowenna kaum hörbar zurück. „Soll ich …?"

„Mitbringen? Ja. Sag ihm, er soll uns vorm Red's treffen."

„Brad, treffen Sie mich vorm Red's. Ich meine, treffen Sie uns. Eve ist bei mir."

„Okay. Wieso?"

„Kommen Sie einfach", sagte Rowenna.

„Sofort", flehte Eve.

„Sofort", sagte Rowenna.

„Okay, ich bin auf dem Weg“, sagte Brad und legte auf.

„Lass uns gehen!“, drängte Eve.

Entschlossen eilte Eve zur Eingangstür, wo sie kurz innehielt und eines der kleinen Säckchen mit Kräuterzauber neben der Tür mitnahm. „Das ist für ein langes Leben“, sagte sie zu Rowenna.

„Wollen wir’s hoffen“, murmelte die.

Gerade als sie zur Tür hinauswollten, trat Adam ein. Er blickte Eve erstaunt an. „Warum hängt das Geschlossen-Schild in der Tür?“, fragte er gereizt. Dann bemerkte er Rowenna und lächelte.

Großartig, dachte Rowenna. Er glaubt, dass ich seiner Frau gerade erzähle, wie glücklich sie sein kann, mit einem so tollen Mann verheiratet zu sein, der sie so sehr liebt, und tatsächlich bin ich auf dem Weg zum Friedhof, um herauszufinden, ob er ein Mörder ist oder nicht.

„Ro und ich wollten rasch auf einen Kaffee raus, und ich wusste nicht, wann du zurück bist“, log Eve überzeugend.

„Ach so.“ Adam schien das nur zu gerne zu hören. „Nun, viel Spaß. Bring mir einen Becher mit.“

„Sicher“, sagte Eve kurz und schlüpfte an ihm vorbei.

Adam starrte Rowenna verwirrt an. Ihr Lächeln fühlte sich zu breit und verkrampft an, als ob man ihr gerade eine dreifache Dosis Kollagen gespritzt hätte.

Als sie an Adam vorbeischlüpfte, streifte sie ihn kurz und dachte: Adam? Ein Mörder?

Er konnte es nicht sein.

Doch sie konnte nicht vergessen, was Brad am Abend zuvor in der Bar über ihre Freunde gesagt hatte.

„Sie sind irgendwie merkwürdig und unheimlich.“

Und dann: *„Einer von ihnen könnte der Teufel sein.“*

Auf dem Weg zum Red’s kamen sie am Friedhof vorbei, und Rowenna war dankbar, so viele Menschen zu sehen.

Die Touristen-Straßenbahn fuhr vorbei, und sie hörte, wie

der Schaffner den Passagieren fröhlich etwas erklärte.

Draußen vorm Red's warteten sie ein paar Minuten, bis Brad eintraf. „Warum konnte ich Sie nicht einfach beim Laden treffen?", fragte er.

„Sie möchte nicht, dass Adam erfährt, was wir tun", erklärte Rowenna.

„Ach ja?", sagte Brad erstaunt. „Was tun wir denn?"

„Wir gehen zum Friedhof", erwiderte Eve, die dann offenbar begriff, wie schmerzhaft das für ihn sein könnte, und rasch hinzufügte: „Ro wird dort ihre magische Trance-Sache machen, um herauszufinden, was mit Mary geschehen ist."

Verschiedenste Emotionen blitzten in seinen Augen auf. Er hasste den Friedhof, doch gleichzeitig war er begierig auf einen Besuch, wenn dieser auch nur einen Funken Hoffnung versprach. Rowenna sah ihm an, dass er sich sogar Sorgen wegen ihr machte. Vermutlich glaubte er, dass sie und Eve allmählich durchdrehten. Verrückt. Schließlich hatte er kürzlich selbst nicht sehr vernünftig geklungen, als er sich über Visionen in Kristallkugeln ereiferte und den Teufel, der gemeinsam mit den Einheimischen trank.

„Okay, dann sollten wir gehen", stimmte er zu. „Ich bin bereit, alles auszuprobieren", fügte er gepresst hinzu.

Der Friedhof wirkte öde. Die Bäume trugen fast kein Laub mehr, als ob sie ihre farbenprächtige Schönheit über Nacht abgelegt hätten.

Rowenna registrierte, dass sie nicht wirklich hineingehen wollte.

„Komm schon", drängte Eve sie. „Du hast es versprochen. Und Mary könnte noch am Leben sein."

„Sie ist am Leben", sagte Brad. „Sie haben es selber gesagt", fügte er an Rowenna gewandt hinzu.

„Wir versetzen uns zurück nach Halloween", sagte Eve. „Brad kann dir erzählen, was sie gemacht haben."

Als sie den Friedhof betraten, musste Rowenna sich zu jedem Schritt zwingen. Unwillkürlich erinnerte sie sich an den Abend zuvor und daran, wo der Schatten gestanden hatte. Widerwillig starrte sie auf den Grabstein, auf dem sie ihren Namen in dunklem, tropfendem Blut gelesen hatte. Sie hatte fast das Gefühl, erneut ihren Albtraum zu betreten, und fühlte sich verängstigt.

„Okay, konzentrier dich“, sagte Eve. „Es ist Halloween. Überall sind Menschen.“

„Dort draußen auf der Straße sind Verkaufsstände aufgebaut“, übernahm Brad. „Aber es wird allmählich dämmrig. Ich bin auf dem Friedhof. Allein mit Mary. Sie hatte ein Buch dabei über die Symbole auf den Grabsteinen und was sie bedeuten, und sie erzählte mir davon, doch ich wurde müde und ging hier hinüber – zu diesem Sarkophag.“ Er deutete auf den Stein, den er meinte. „Ich legte mich darauf und schloss die Augen.“

Rowenna schloss ebenfalls halb die Augen, sodass ihre Wimpern sie von der Gegenwart abschirmten. Sie stellte sich die Menschen vor, das Gelächter, die kleinen Kinder, die hin und her rannten. Kostüme. Alle in Kostümen …

Und Mary. Die den Friedhof erkundete und dann …

Rowenna spürte den Wind und hatte das überwältigende Gefühl, auf einem Hügel zu stehen, wenn sie die Augen öffnete. Mary hatte über einem Grab gestanden, und irgendwie wusste Rowenna, dass Mary ihren eigenen Namen darauf gesehen hatte. Säuberlich eingraviert, als hätte man die Buchstaben erst am Morgen eingemeißelt.

Dann war *er* gekommen, mächtig und irgendwie ungesehen, und er hatte Mary davon abgehalten, nach Hilfe zu rufen, obwohl sie zu Tode erschrocken war. Nur wenige Meter von der Stelle entfernt, an der sie selbst gestern Abend gestanden hatte, hatte er die vor Angst erstarrte Mary entführt. Und Mary hatte ihn erkannt, hatte ihn wiedererkannt von einer vorherigen Begegnung am Tag, doch er war nicht nur ein

Meister der Effekte, sondern auch der Hypnose und hatte sie paralysiert, sodass sie nicht um Hilfe rief. Dann hatte er sie mit einem äthergetränkten Lumpen ruhiggestellt. Und inmitten der vielen kostümierten Menschen hatte er sie einfach verschwinden lassen. Sie war auf dem Friedhof gewesen, und dann stand sie auf einem Hügel.

Und sah auf die Maisfelder hinab.

„Ro!“ Eve griff sie am Arm und schüttelte sie.

Rowenna öffnete die Augen. Eve und Brad starrten sie beide besorgt an.

Rowenna sah Brad an. „Ihr Buch – haben Sie ihr Buch gefunden? Das, von dem Sie gerade gesprochen haben?“

„Nein. Nur ihre Handtasche und ihr Handy lagen auf dem Grab. Auf dem dort.“ Er deutete in die Richtung. „Sie können nur die Initialen auf dem Stein lesen. Es sind ihre Initialen“, fügte er nachdrücklich hinzu.

„Ro, was hast du gesehen? Es war, als ob du ganz woanders wärst“, sagte Eve.

„Ich sah es vor mir, sah vor mir, wie es gewesen sein muss“, sagte Rowenna. Sie blickte Brad an. „Ich bin sicher, dass Sie recht haben. Dieser Wahrsager Damien ist derjenige, der sie entführt hat.“ Sie sah Brad unverwandt an. Sie wollte nicht hinzufügen: Und er ist einer von uns, einer, der weiß, wie hier alles funktioniert, der die Gewohnheiten und Abläufe in der Gegend kennt, der weiß, wie man sich in einer Menge kostümierter Menschen verbirgt und eine betäubte Frau mit sich zieht, sodass alles wie eine makabre Vorstellung wirkt und niemand Verdacht schöpft.

Brad erwiderte ihren Blick und nickte. Sie zuckten alle zusammen, als sein Handy klingelte. „Jeremy“, sagte er entschuldigend nach einem Blick auf das Display.

Ein Touristenführer, verkleidet als Pilgervater, führte eine Gruppe durch den Friedhof. Plötzlich war er wieder ein ganz normaler Ort, traurig, aber nicht böse.

„Lass uns hier abhauen, ja?“, schlug Eve vor.

„Absolut“, stimmte Rowenna zu. „Sagen Sie Jeremy nicht, wo wir sind“, flüsterte sie Brad noch zu.

Er blickte sie neugierig an, nickte aber. „Ja, sie ist hier bei mir. Wir trinken Kaffee. Wir sehen uns später ... Nein? Okay, dann ... Sicher. Wo willst du dich mit uns treffen?“

Eve nahm Rowennas Arm und zog sie in Richtung Tor. Brad folgte ihnen.

Rowenna wollte Eve sagen, dass sie nach dieser jüngsten Erfahrung mit Jeremy über Eves Verdacht in Bezug auf Adam sprechen müsse. Dann konnte Jeremy der Sache auf den Grund gehen. Doch sie wollte vor Brad nichts sagen, damit er nicht etwas aufschnappte und halb durchdrehte. Dennoch konnte sie nicht glauben, dass Adam schuldig war. Doch solange die geringste Möglichkeit bestand ...

Dann war Eve bei ihrem Mann nicht sicher.

Sie musste einen Weg finden, bald mit ihr zu sprechen, doch ihre Gedanken wurden unterbrochen, als Brad das Gespräch beendete und sich neugierig an sie wandte.

„Wo sollen wir ihn treffen?“, fragte sie ihn rasch, um ihn an der Frage zu hindern, warum Jeremy von ihrem Aufenthaltsort nichts wissen sollte.

„Unten am Fluss in einer halben Stunde“, sagte Brad. Offenbar nicht bereit, sich ablenken zu lassen, fragte er: „Warum dürfen wir ihm nicht sagen, dass wir auf dem Friedhof waren?“

„Ich halte es einfach für keine gute Idee“, erwiderte Rowenna. „Sie kennen Jeremy. Er war Ihr Partner. Er würde wenig davon halten, dass ich ... Marys Erfahrungen nachzuspüren versuche.“

Brad nickte, und sie wusste, dass er Jeremy nichts erzählen würde, obwohl er sein Freund war. Er würde niemals einen Versuch gefährden, Mary zu finden, egal wie verrückt er den anderen erschien. Egal wie verrückt er ihr selbst erschien, hielt sich Rowenna vor Augen.

„Gut – dort drüben auf der anderen Straßenseite ist ein Café. Um keine schamlosen Lügner zu sein, können wir dort rasch einen Kaffee trinken", schlug Eve vor.

„Vergiss nicht, Adam einen mitzubringen", erinnerte Rowenna sie. „Auf dem Weg zu Jeremy begleiten wir dich zurück zum Laden."

Eve nickte mit zusammengepressten Lippen und sah Rowenna beschwörend an.

Sag Jeremy nichts, flehten ihre Augen.

Rowenna versuchte, ihre Antwort ebenfalls wortlos zu geben. *Ich muss.* Doch sie nahm sich vor, ihn davon zu überzeugen, dass er bei dem Gespräch mit Adam geschickt vorgehen musste.

Sie gingen ins Café, bestellten und saßen dort einige Minuten, bevor sie Eve zurück zum Laden brachten.

„Sie ist nett", sagte Brad, nachdem Eve Rowenna zum Abschied umarmt hatte und hineingegangen war.

„Ja, das ist sie."

„Für eine Teufelsanbeterin."

„Sie ist keine Teufelsanbeterin", sagte Rowenna ungeduldig. „Alles andere als das. Sie ist eine Wiccanerin."

Aber ihr Mann könnte ein Satanist sein.

„Lassen Sie uns zum Ufer gehen", schlug sie vor und schlang fröstelnd die Arme um sich.

Das Restaurant, das Jeremy ausgesucht hatte, war recht belebt, und viele der Gäste waren Touristen. Offenbar konnte eine Leiche im Maisfeld die Leute nicht davon abhalten, die Herbstfarben zu bewundern. Die meisten Touristen schienen entweder jung und kinderlos zu sein oder aber in Rente und in ihren goldenen Jahren. Was nur folgerichtig ist, dachte Rowenna, da derzeit keine Ferien sind.

Ihr und Brad wurde ein Tisch zugewiesen, und sie bestellten Kaffee, während sie auf Jeremy und Joe warteten. Brad schlug dazu eine Vorspeise vor, und sie entschieden sich für Calamari.

„Sie haben wirklich eine einzigartige Gabe", sagte Brad, sobald sich die Kellnerin entfernt hatte.

„Nein, habe ich nicht. Nicht wirklich", sagte Rowenna und gab vor, die Karte zu studieren.

„Sie können sie für mich finden. Sie sehen Dinge."

„Brad, ich bin nicht ..." Sie unterbrach sich. Da stand zu viel Hoffnung in seinen Augen. „Brad, ich würde alles in meiner Macht Stehende tun, um Ihnen zu helfen, doch ich habe keinerlei magische Fähigkeiten." *Habe ich nicht*, beharrte sie innerlich. „Ich denke nur nach und spüre den Dingen nach. Das ist alles. Alles, was ich tun *kann*."

„Aber Sie hätten sich auf dem Friedhof sehen sollen. Eine Minute lang ... sahen sie sogar aus wie Mary."

„Ich habe ihr Bild gesehen, Sie haben mir von ihr erzählt. Ich kann sie vor mir sehen. Sie können sie ebenfalls vor sich sehen. Deshalb sah ich so aus wie sie."

Er war nicht überzeugt. „Ich glaube, da ist mehr, was wir tun können. Einen Hypnotiseur engagieren oder ein Medium, jemanden, der Sie führen könnte durch ... durch was auch immer Sie da tun."

Rowenna sah auf. Jeremy und Joe bahnten sich ihren Weg zu ihnen.

„Brad", sagte sie. „Bitte sagen Sie ..."

Er winkte ab. „Kein Wort", versprach er.

Jeremy hielt an ihrem Stuhl und schien sich einen Moment unbehaglich zu fühlen. Dann küsste er sie aufs Haar und setzte sich neben sie. Joe nahm auf dem gegenüberliegenden Stuhl Platz.

Jeremy hatte einen Aktenordner dabei, den er auf den Tisch legte. Er trommelte mit den Fingern. Offenbar konnte er es kaum erwarten, zum Thema zu kommen.

„Habt ihr zwei schon bestellt?", fragte Joe.

„Nur ein paar Calamari", sagte Rowenna. „Wir haben auf euch gewartet."

„Danke", sagte Joe und nahm die Speisekarte. Dann fragte er Rowenna: „Hast du dich schon um dein Kostüm gekümmert?"

Sie sah ihn verblüfft an. Zugegeben, das Leben ging weiter. Doch er und Jeremy hatten gerade einen Mordverdächtigen verhört, und auch wenn er es nicht wissen konnte, spürte sie noch immer die Nachwirkungen des Experiments auf dem Friedhof und machte sich zudem Sorgen, dass ihre Freundin mit einem Mörder verheiratet sein könnte. „Kostüm?"

„Ja, Kostüm. Das Ding, das du tragen sollst, wenn sie dich auf einer Pferdekutsche durch die Stadt fahren", sagte Joe.

„Ach so, richtig. Ginny macht es für mich", sagte Rowenna.

„Was ist in Boston passiert?", fragte Brad gespannt. Seine Ungeduld über das derzeitige Gesprächsthema war nicht zu übersehen.

„Er ist nicht unser Mann", sagte Jeremy.

„Der Typ ist nicht gerade scharfsinnig", sagte Joe müde. „Offen gesagt wäre er nicht imstande, etwas so Komplexes wie Marys Entführung zustande zu bringen. Und ich glaube auch nicht, dass er etwas mit Dinah Greens Tod zu tun hat."

Brad sah die beiden Männer an. „Ich weiß, dass ich hier des Teufels Advokaten spiele …" Er brach ab und errötete, als ihm die eigene Wortwahl bewusst wurde. „Klar, ich glaube, dass es dieser Damian war, aber auf der anderen Seite … manchmal stellen sich Verbrecher absichtlich dumm."

„Nicht dieser Typ", entgegnete Joe voller Überzeugung. „Glauben Sie mir, der hat viele Muskeln und wenig Hirn."

„Und er hat ein Alibi für Halloween", fügte Jeremy hinzu.

„Wasserdicht?", fragte Brad.

„Sugar-Plum-dicht", murmelte Joe.

Rowenna blickte Jeremy fragend an, der die Erklärung lieferte. „Er benutzte in einem Spirituosengeschäft eine Kreditkarte für eine Nutte namens Sugar Plum. Es war genau zu der Zeit, als Mary verschwand. Die Bostoner Cops haben alles überprüft."

„Dann war es also Zeitverschwendung", sagte Brad. „Und Mary ist noch immer irgendwo da draußen."

„Es ist niemals Zeitverschwendung, einen Verdächtigen zu eliminieren", sagte Joe.

Rowenna war begierig darauf, das Essen baldmöglichst zu beenden, um allein mit Jeremy sprechen zu können und ihm von Adam zu erzählen. „Lasst uns bestellen, ja?"

Die Calamari kamen, und sie bestellten ihre Hauptspeisen.

Als die Kellnerin fort war, beugte sich Jeremy zu Brad vor und sagte: „Richardson war mit Dinah Green zusammen und ist dann angeblich allein gegangen. Er behauptete, er hätte ihr angeboten, sie zum Wagen zu begleiten – der beim Friedhof geparkt war –, doch sie hätte abgelehnt, weil sie noch bleiben und mit jemandem sprechen wollte, den sie an dem Tag kennengelernt hatte."

Brad schüttelte den Kopf. „Und?"

„Hugh hat alle Belege jenes Abends gesammelt, sodass wir zumindest einen groben Überblick gewinnen, wer da war", fuhr Jeremy fort.

„Es war Damien", sagte Brad stur.

„Möglich", stimmte Joe zu. „Doch wer zum Teufel er auch wirklich ist – denn ich kann Ihnen fast garantieren, dass Damien nicht sein wahrer Name ist –, er hat sich in Luft aufgelöst … oder ist in sein eigenes Selbst, sein eigenes Leben zurückgekehrt. Wir müssen ihn aufspüren."

Brad wirkte mürrisch. „Es könnte sein, dass er gar nicht die Rechnung bezahlt hat. Oder er hat bar gezahlt. Falls Dinah Green und Mary überhaupt von demselben Mann entführt wurden."

„Es ist zumindest etwas, bei dem wir ansetzen können.

Brad, auf die eine oder andere Art und Weise spüren wir jeden auf, der an diesem Abend in der Bar war, das verspreche ich dir. Und Zach kommt, um uns zu helfen."

„Großartig. Dann kann auch er nach der Nadel im Heuhaufen suchen", erwiderte Brad.

Joe räusperte sich. „Hören Sie auf zu meckern, und seien Sie froh, dass Sie Freunde haben mit Möglichkeiten, die die Cops nicht haben – wie zum Beispiel Verstärkung anzufordern. Sie sollten für jeden ausgebildeten Menschen, der an diesem Fall arbeitet, dankbar sein."

Rowenna senkte den Kopf, um ein Lächeln zu verbergen. Sie war überrascht, dass Joe so schnell zu Jeremys Verteidigung blies.

Als sie wieder aufsah, war Brads Gesicht mit Röte überzogen.

„Sie verstehen nicht", sagte er. „Sie wissen nicht, wie es ist, jemanden zu lieben und verzweifelt zu fürchten, dass diese Person tot aufgefunden wird."

„Doch, das weiß ich", sagte Joe barsch und sah Brad eindringlich an. Der wirkte verlegen.

Rowenna fragte sich, ob er davon wusste, dass Jonathan Brentwood im Militärdienst getötet worden war, oder ob er Joes Worten nur entnahm, dass es da eine Geschichte geben musste.

„Wann kommt Zach an?", fragte sie Jeremy, um die Betretenheit zu überspielen.

„Erst spät am Nachmittag. Es war der erste Flug, den er kriegen konnte."

„Und was hast du jetzt vor?", fragte sie.

„Willst du heute Nachmittag noch weitere Recherchen in der Bibliothek anstellen?", fragte er zurück.

„Ja", erwiderte sie zögernd. Ihr war eine Idee gekommen. Sie dachte schon darüber nach, seit sie in Eves Laden gewesen war und in Adams Buch gelesen hatte. Und sie wollte ihrer

Theorie nachgehen. Doch sie musste unbedingt mit Jeremy allein sprechen, bevor die Dunkelheit hereinbrach und Adam und Eve schließen würden.

„Ich werde zwei Officer beauftragen, die Liste zu überprüfen, die Jeremy von Hugh bekommen hat. Sie werden herausfinden, wer an jenem Abend in der Bar war und wer mit Dinah Green gesprochen hat, bevor sie ging“, sagte Joe.

„Ich werde hinausfahren“, sagte Jeremy.

„Hinausfahren?“, fragte Rowenna überrascht.

Er zuckte die Achseln. „Ich möchte nachschauen, ob dort draußen etwas ist, wo Ginny diese Lichter gesehen hat“, erklärte er.

„Sie … sie wird alt. Dreht ein bisschen durch“, warnte Joe ihn.

„Ich weiß. Rowenna sagte das schon. Aber ich möchte trotzdem nachsehen, ob dort draußen etwas ist.“ Er wandte sich an Rowenna. „Ich hole dich vor der Dämmerung im Museum ab. Versprochen.“

„Ich komme mit dir“, sagte Brad.

„Sicher“, erwiderte Jeremy. „Zwei sehen mehr als einer, das wissen wir ja.“ Er runzelte die Stirn. „Aber Rowenna, warte diesmal auf mich, ja?“

„Das mache ich“, versprach sie.

Als sie gingen, hakte sie sich bei ihm ein. „Ich muss mit dir sprechen“, flüsterte sie.“

„Was ist los?“, fragte er. Sie zögerte. Brad stand nur einen knappen Meter entfernt.

„Kann es nicht bis heute Abend warten?“, fragte er.

„Kannst du gegen halb fünf zurück sein?“

„In Ordnung.“

Sie nickte.

Joe verabschiedete sich und ging Richtung Revier, während Brad und Jeremy Rowenna zum Museum begleiteten. Dieses Mal saß nicht June am Empfang, sondern Lily Valentine, eine Studentin, die Rowenna ebenfalls kannte. Lily gab ihr den Schlüssel für die Bibliothek und erklärte, dass Daniel zum Lunch gegangen sei, aber ihr zweifellos Gesellschaft leisten würde, wenn er wiederkäme.

Rowenna war froh, allein zu sein. Sie begann mit ihrer Lektüre über die vier Mörder, die alle in die Fußstapfen des Schnitters getreten waren. Sie machte sich Notizen und achtete besonders darauf, wie viele Opfer jeder Killer angegeben hatte. Drei in einem Fall, vier in einem weiteren, dann wieder drei.

Hank Brisbin, das jüngste Glied in der mörderischen Kette, war auch der Produktivste gewesen. Fünf Leichen gingen auf sein Konto. Alle wurden in den Maisfeldern gefunden, von einer waren nur noch die bloßen Knochen übrig gewesen. Kurz vor seiner Hinrichtung hatte er einem Zeitungsreporter im Interview gesagt: „Sieben müssen kommen und sieben müssen gehen, dann wird dich Satan für immer sehen."

Sieben.

War es möglich, fragte sie sich, dass in jedem dieser Fälle der Mörder, die Wiedergeburt des Schnitters, versucht hatte, sieben Opfer zu bringen, aber vorher aufgehalten worden war?

Sie sprang auf und eilte zu einem anderen Regal. Sie überflog die Buchtitel über Heidentum und Wicca-Glauben, bis sie ein Buch mit einem lächerlich langen Titel erblickte: *Wenn Welten aufeinanderprallen: Satanismus und die Praktiken der Vorfahren, Germanen, Götter, Göttinnen, Teufel und Dämonen.*

Sie nahm es mit zum Tisch und vertiefte sich darin.

Die Zahl sieben wurde oft mit Magie in Verbindung gebracht, hieß es im Buch. Einige hielten sie für eine Glückszahl, doch in einigen primitiven Kulturen, die in Europa vor dem Christentum angesiedelt gewesen waren, war sieben die Zahl der Opfer, die erbracht werden mussten, um die Gunst der Erntegötter zu erringen. In einigen abgelegenen Dörfern auf dem Kontinent wurden noch immer zu jedem Erntefest sieben Ziegen geschlachtet. Und viele hielten den siebten Sohn eines siebten Sohnes noch immer für einen Magier, einen Gott oder einen Menschen mit gottähnlichen Kräften.

Sie blätterte um und erblickte die grobe, jahrhundertealte Zeichnung eines roten Teufels, der auf einem hohen Thron saß. Er hatte Hörner und strich über seinen ziegenähnlichen Bart. Statt Füßen hatte er gespaltene Hufe, und hinter seinem Körper lugte ein Schwanz mit einer pfeilförmigen Spitze hervor.

Sein anderer Arm war ausgestreckt. Seine Finger mit den lächerlich langen Krallen umfassten den Hals einer Frau, die eine Blätterkrone und einen goldenen Mantel trug, auf dem Wein rankte. Den Kopf hatte der Teufel zurückgeworfen; er erwürgte sie mit nur einer Hand.

Auf einem schwarzen Altar vor ihm lagen in weißen Kleidern und mit weit aufgerissenen Augen und Mündern sechs abgeschlachtete junge Frauen in einer Blutlache. Die Bildunterschrift lautete: *Er muss sie erkennen, und er muss sie lieben. Und so soll er zu neuem Leben erwachen durch das Blut der Sieben, die er genährt und geopfert hat. Sieben, und er wird für alle Zeiten über alles regieren, der Gott der Unzucht.*

Sie stieß das Buch beiseite und fühlte Übelkeit in sich aufsteigen. Dies war die Neuzeit. Dies war das Hier und Jetzt. Doch das spielte keine Rolle.

Sie mochten sie noch nicht gefunden haben, doch es gab noch mehr Leichen dort draußen.

Und es würde weitere geben.

Der Schnitter glaubte, dass er der Erde, der Natur sieben Frauen opfern musste, um die Ernte und seine eigene ewige Macht zu sichern.

Und er musste seine blutige Arbeit vor dem Thanksgiving-Tag beendet haben.

17. KAPITEL

Die Straße, die nordwestlich des MacElroy-Hauses entlangführte, war in schlechtem Zustand und zwang Jeremy, langsam zu fahren. Nicht dass er vorgehabt hatte zu rasen, schließlich wollten er und Brad sich in Ruhe umsehen und nach etwas Verdächtigem Ausschau halten.

Er wusste, wenn der Mörder die entführten Frauen irgendwo festhielt, musste das in einer ruhigen Gegend geschehen. Und wenn Ginny MacElroy Lichter gesehen hatte, wo keine Lichter sein sollten ...

Sie hatten meilenweise Maisfelder passiert, bevor sie schließlich das öde Brachland erreichten, wo der Boden zu trocken und geröllig war, als dass dort Mais oder andere Feldfrüchte hätten gedeihen können. Er bemerkte, dass die Einöde weniger als eine halbe Meile hinter Eric Rolfes Haus begann, das tatsächlich wie der Anfang vom Ende der Welt wirkte. Es gab noch ein kleines Maisfeld und dann meilenweit nichts anderes als mit Farn überwachsenes Brachland mit gelegentlichen Felsformationen.

Er hielt an, als sich die Straße vor ihnen zu einer engen Piste verjüngte, und starrte eine Minute lang in die Ödnis um sie herum.

„Was willst du tun?“, fragte Brad.

Jeremy stieg aus und ging ans Ende des aufgerissenen Pflasters, wo hoher Farn, Büsche und Dickicht begannen. Er beschirmte die Augen mit der Hand und starrte hinaus zu den Feldern und den Häusern im Südwesten. Die Schotterstrecke schlängelte sich durch das Land und verschwand in der Ferne. Er ging los und sah sich dabei links und rechts um.

„Ich gehe den Weg zurück und schaue, ob ich etwas finde, was wir übersehen haben“, sagte Brad.

Jeremy nickte und ging weiter.

Eine Nadel in einem Heuhaufen, dachte Jeremy. Herrje,

das klang sogar leicht im Vergleich zu dem, was er zu finden versuchte.

Es war alles so überwuchert hier, dass jedes Anzeichen eines Körpers, einer Hütte, eines alten Kellers fast unmöglich zu finden war. Dennoch kämpfte er sich hartnäckig vor und untersuchte das Gebüsch neben der Piste nach einem Zeichen, dass es zertrampelt oder sonst irgendwie betreten worden war. Zuerst fand er nicht mehr als ein geknicktes Blatt oder einen abgebrochenen Zweig. Unter seinen Schuhen spürte er den harten, getrockneten Schmutz der Piste. Trotz des bevorstehenden Winters brannte die Sonne. Zwar war sie schon im Absteigen begriffen, doch hier, jenseits der großen Bäume und hohen Gebäude, hatten ihre Strahlen noch Kraft.

„Hey!", rief Brad aufgeregt aus der Ferne.

„Was?", schrie er zurück.

„Komm her!"

Er drehte sich um und rannte zurück zu Brad, der stumm auf etwas deutete.

Brad hatte eine Stelle neben der Straße gefunden, wo ein Busch praktisch komplett niedergewalzt worden war, auch wenn der Schaden schon älter zu sein schien. Der Busch hatte sich schon wieder etwas aufgerichtet, doch er wuchs noch immer schräg – wie eine Palme, die durch den Wind niedergezwungen wurde.

Jegliche Fußabdrücke in der Gegend waren längst verblasst, von Regen und Wind zerstört, sodass Jeremy keinen Gedanken daran verschwendete, während er der Spur zerdrückter Büsche folgte, die aussah, als ob jemand einen Wagen oder eine Schubkarre hier durchgezogen hatte.

Die Spur führte sie weiter zurück.

Zurück zu der Begrenzung des letzten Maisfeldes.

Die Tür zur Bibliothek öffnete sich. Rowenna sah auf, weil sie Daniel erwartete.

Sie war verblüfft, Adam dort stehen zu sehen.

„Adam!“, rief sie, wobei ihre Überraschung schnell von Sorge abgelöst wurde. „Ist etwas passiert? Geht es Eve gut?“

Weder antwortete er, noch rührte er sich. Er starrte nur auf den Tisch, auf die Bücher, mit leeren Augen, als ob er einen Blackout hätte.

„Adam?“

Sie spürte, wie ihre Haut kribbelte, weil so etwas Merkwürdiges in seinen Augen stand. Und die Situation machte die Sache nicht besser. Sie befand sich allein mit ihm in einem Hinterzimmer des Museums, mit einer Reihe von Wachsmördern direkt vor der Tür.

Und Adam – ihr Freund, von dem sie einst gedacht hatte, sie kenne ihn so gut – las Bücher über Satanismus und Zaubersprüche, um den Teufel in seinen Leib zu holen, damit er durch das Blutopfer von Frauen unsterblich wurde.

Die Atmosphäre und Adam verunsicherten sie. Gänsehaut überkam sie.

Sie wollte aufspringen und weglaufen, doch Adam blockierte die Tür.

„Adam?“, fragte sie leise und beruhigend. „Lass uns nach draußen gehen. Ich bin hier sowieso schon zu lange drin – ich brauche eine Pause.“

Sollte sie schreien? Vielleicht würde sie jemand hören und ihr zu Hilfe eilen. Befand sich irgendetwas im Raum, das sie als Waffe benutzen konnte?

Bücher. Alles, was sie hatte, waren Bücher. Sie musste fast lachen bei der Vorstellung, wie sie ihm ein unbezahlbares Werk über satanische Rituale über den Kopf zog. Zumindest läge eine gewisse poetische Gerechtigkeit darin, dachte sie.

Er schien wieder in der Gegenwart anzukommen. Seine Augen klarten auf und richteten sich auf sie. „Ich bin deinetwegen gekommen“, sagte er.

„Was?“, flüsterte sie.

Er schüttelte den Kopf. „Ich meine, ich bin hier, um dich zu sehen. Ich … Ich war nicht ganz ehrlich zu dir."

„Du musst auch nicht immer ganz ehrlich zu allen Menschen sein", sagte sie unbehaglich.

Er schien sie nicht zu hören. „Ich habe dir gesagt, dass ich Eve liebe, und das tue ich. Aber etwas stimmt nicht, stimmt überhaupt nicht. Sie hat Angst vor mir." Er trat weiter in den Raum. Sie wich zurück, und er hielt verärgert inne. „Du hast auch Angst vor mir", sagte er bitter. Dann zog er auf der anderen Seite des Tisches einen Stuhl hervor und ließ sich hineinsinken. Er sah erschöpft und niedergeschlagen aus.

Rowenna begriff, dass er ihr nichts tun würde.

Jedenfalls nicht hier und nicht jetzt.

„Adam, los. Sprich mit mir", sagte sie.

„Blackouts."

„Was?"

Er schüttelte den Kopf und sah sie dann aus trostlosen Augen an. „Rowenna, ich habe Blackouts. Ich finde mich irgendwo stehend wieder und habe keine Idee, wie ich dort hingekommen bin. Und dann ist Eve sauer auf mich, wenn ich fortgehe. Ro, ich habe Angst."

Du hast Angst? dachte sie.

Konnte ein Mensch während eines Blackouts eine Frau entführen, vergewaltigen, quälen und dann ermorden? Oder war das hier nur Schauspielerei?

„Adam, wenn du Blackouts hast, musst du zu einem Arzt", sagte sie.

Er sah sie an und schauderte. „Ich hasse Ärzte", erklärte er.

„Adam, niemand geht gerne zum Arzt, aber wenn du krank bist, hast du keine andere Wahl."

„Was, wenn … was, wenn ich während einem dieser Aussetzer irgendetwas Furchtbares getan habe?", fragte er. Seine Augen und seine Stimme zeugten von seiner Qual. Er holte eine Packung Kaugummi aus seiner Jackentasche, öffnete sie und sah sie dann plötzlich verwirrt an, als ob er völlig vergessen hätte, was er da tat.

„Konzentrieren wir uns auf die Blackouts", sagte Rowenna. „Du brauchst Hilfe. Ich glaube, du solltest sofort zu einer Notaufnahme fahren, bevor du verletzt wirst oder … oder irgendwas anderes." Sie konnte sich einfach nicht überwinden, ihn noch mehr aufzuregen, indem sie sagte „oder du jemanden anderen verletzt". Sie sah ihn vertrauensvoller an, als sie sich fühlte, und sagte: „Komm. Wir gehen und sagen es Eve zusammen."

Adam schwieg eine Minute. „Sie wird mich verlassen", flüsterte er. „Wenn irgendwas ernsthaft nicht stimmt, wird sie mich verlassen."

„Sie liebt dich, Adam. Das hat sie immer, seit wir Kinder waren. Sie wird dich nicht verlassen." Außer du bist ein Mörder, sagte eine Stimme in ihrem Kopf.

Mit nachdenklicher Miene schwieg er lange, bis er sich schließlich erhob.

„Ich gehe, um es ihr selbst zu sagen. Ich muss es ihr selbst sagen. Jetzt. Ich hänge das Geschlossen-Schild in die Tür und sage es ihr. Und wir werden uns um das Notwendige kümmern. Danach rufen wir dich an", sagte er ernst.

„Es wird alles gut", sagte Rowenna und kreuzte innerlich die Finger in der Hoffnung, dass sie recht hatte.

Er flüsterte einen Dank und ging.

Mit zitternden Fingern griff sie nach ihrem Handy. Sie musste Jeremy anrufen. Oder vielleicht sollte sie Joe anrufen, er war der Cop. Nein, sie würde Jeremy anrufen, und er sollte dann Joe anrufen, wenn er es für nötig hielt. Denn wenn mit Adam tatsächlich irgendetwas nicht stimmte, konnte das alles erklären, was Eve beunruhigte, und konnte zeigen, dass er kein Mörder war.

Sie klappte das Handy wieder zu, als sich die Tür öffnete. Dieses Mal *war* es Daniel. Glücklicherweise bemerkte er ihre

Panik nicht, weil er über die Schulter sah, als er hereinkam. „Das war ja nett. Ich habe Adam hier seit … na, seit Ewigkeiten nicht mehr gesehen."

Sie stand auf. „Das ist toll, aber hör zu. Ich muss los … Ich komme später wieder. Bis dann."

Sie eilte an ihm vorüber, begierig, Jeremy anzurufen und ihm alles zu erzählen.

Allein.

„Oh Gott", keuchte Brad und krümmte sich zitternd zusammen.

Die Überreste befanden sich genau in der ersten Reihe des Maisfeldes, so weit im Hinterland, dass der Farmer dort vermutlich nicht oft nach dem Rechten gesehen hatte. Es war fast wie eine Grenzreihe, wo man sowieso einen gewissen Verlust erwartete. Und es war eindeutig eine Reihe, die die Suchtrupps noch nicht erreicht hatten.

Von dem Körper war nicht viel übrig. Dafür hatten die Elemente, Raubtiere und Krähen gesorgt.

Er musste schon eine Zeit lang dort liegen. Mindestens einen Monat, vielleicht zwei, dachte Jeremy. Er war kein Gerichtsmediziner, doch er hatte genug Leichen gesehen. So viel Verwesung fand nicht in einigen Wochen statt. Das Gesicht war fast verschwunden, das Weiß des Schädels leuchtete in der Sonne. Die Leiche war so zerfallen, dass die Kleidung nur noch aus einem dreckigen, verfilzten Gewirr bestand. Die Arm- und Beinknochen standen in merkwürdigen Winkeln ab, vermutlich ausgerenkt von Aasfressern.

Brad kniete auf der Erde und schluchzte.

Jeremy legte ihm eine Hand auf die Schulter. „Es ist nicht Mary, Brad. Es ist nicht Mary", wiederholte er.

Die Vernunft würde wieder siegen, das wusste Jeremy. Brad hatte mindestens ebenso oft wie er mit angesehen, welche Auswirkungen die Zeit und die Elemente auf den menschlichen Körper hatten. Sobald er den Schock ihrer Entdeckung überwunden hatte, würde er begreifen, dass diese traurigen Überreste nicht von seiner Frau stammen konnten.

Brad keuchte auf, atmete lange und tief durch und sah dann Jeremy an.

„Aber sie ist weg. Mary ist weg. Und jetzt haben wir zwei …“

„Wir wissen nicht, ob Mary von diesem Mann entführt wurde“, sagte Jeremy. Doch noch während er sprach, erkannte er, dass seine Worte falsch klangen. Brad war kein Dummkopf. Die Wahrheit wurde immer offensichtlicher. „Mary ist stark und klug. Wenn er sie in seiner Gewalt hat, findet sie einen Weg, um am Leben zu bleiben“, sagte er.

„Aber für wie lange noch?“, flüsterte Brad. „Diese Frau, oh Gott, diese arme Frau! Jemand muss sie vermisst haben. Und sie haben die ganze Zeit gehofft. Und hier ist sie.“

„Vielleicht hat er diesmal einen Fehler gemacht, Brad. Vielleicht findet die Spurensicherung etwas. Und da es jetzt um Serienmord geht, wird sich das FBI einschalten. Wir werden Mary finden, Brad. Wir sollten uns zurückziehen, um am Tatort nicht noch mehr durcheinanderzubringen, als wir das schon getan haben.“

Er nahm Brad am Arm und zog ihn fort. Er glaubte zwar nicht, dass sie an dem Tatort noch mehr anrichten konnten, als es die Natur sowieso schon getan hatte, doch er wollte Brad von hier wegbekommen, und dafür war ihm jede Entschuldigung recht.

Er rief Joe Brentwood an und informierte ihn von ihrem Fund. Joe sagte ihm, sie sollten dableiben, er würde sofort Streifenwagen hinausschicken. Dann sagte er noch etwas, was Jeremy aber nicht verstand, da die Leitung plötzlich tot war.

„Was zum Teufel?“, murmelte Jeremy.

Er sah auf sein Handy. Kein Empfang. Er fluchte.

„Was?“, fragte Brad.

Jeremy zeigte ihm sein Display. „Immerhin bin ich einmal durchgekommen“, sagte er.

Brad holte sein Handy heraus, doch es hatte ebenfalls keinen Empfang.

„Was sollen wir tun, während wir warten?“, fragte er.

„Wir suchen weiter.“

„Wonach?“

„Da bin ich nicht sicher.“

„Nun“, erwiderte Brad. „Wir wissen bereits, dass Ginny recht hatte. Es *waren* Lichter hier draußen. Jemand hat eine Leiche abgelegt“, fügte er bitter hinzu.

„Ja, aber da ist noch mehr“, sagte Jeremy.

„Mehr was?“

„Ich weiß nicht, aber ich habe so ein Gefühl und wir müssen es herausbekommen. Lass uns weitersuchen.“

Brad nickte. Seiner Miene sah man die inneren Kämpfe an. Er versuchte, stark zu sein, doch es war ihm unmöglich, *nicht* zu befürchten, dass sie Marys Leiche dort draußen im Mais finden würden.

Die Sonne stand inzwischen tiefer, und in die zuvor warme Luft mischte sich nun die Kühle des späten Nachmittags. Jeremy stellte den Kragen seiner Jacke hoch und ging mit in den Taschen vergrabenen Händen die Reihen entlang, wobei sein Blick den Boden absuchte.

„Heilige Scheiße“, rief Brad.

Jeremy fluchte, drehte sich um und rannte zurück zu Brad.

Brad war ein Stück von der ersten Leiche weitergegangen. Er war an eine von mehreren Bäumen begrenzte Stelle gelangt, wo die dichten Reihen unordentlich wurden. Der Mais dort war aus Körnern gewachsen, die hinten aus der Sämaschine gefallen waren, und er war durchsetzt mit Buschwerk und Bäumen.

Brad starrte zwischen zwei Bäumen auf einen hohen Pfahl mit einem Strohhut darauf.

Die Leiche, die ihn einst getragen hatte, war so verwest, dass sie heruntergefallen war. Die ausgebleichten Knochen lagen unten auf der Erde.

Dieses Mal wusste Brad, dass die Knochen nicht von Mary stammen konnten, ohne dass Jeremy es ihm sagen musste.

Dennoch stand blanker Horror in seinen Augen.

„Wir haben den Jackpot geknackt", sagte er trostlos. Er zitterte.

Jeremy nahm an, dass Brad vor einer weiteren Suche ebenso viel Angst hatte wie er selbst. Sie hatten bis jetzt zwei Leichen gefunden.

Wie viele würden es noch sein?

Rowenna konnte Jeremy nicht erreichen. Entweder er telefoniert selber, oder er hat keinen Empfang, dachte sie, denn ihr Anruf ging direkt zur Voicemail, was ihr die Entscheidung leicht machte. Jetzt musste sie Joe anrufen. Doch der nahm auch nicht ab, und als sie das Revier anrief, sagte man ihr, dass er einen Notruf erhalten hätte. Sie zögerte, doch sie hatte keine Gewissheit, dass Adam ein Mörder war, weshalb sie das auch schwerlich als Nachricht hinterlassen konnte. Sie bat den Officer, Joe so bald wie möglich auszurichten, dass sie angerufen hatte.

Ratlos ging sie zur nächsten Straßenecke und fragte sich, wie Adam und Eve reagieren würden, wenn sie sie dabei erwischten, dass sie ihnen hinterherspionierte. Sie wollte die Situation keineswegs schlimmer machen.

Wenn Adam ein Mörder war, der Blackouts hatte, sollte er dann mit seiner Frau allein sein?

Sie ging zum Laden, doch das Geschlossen-Schild war nirgendwo zu sehen. Also atmete sie tief durch, öffnete die Tür und ging hinein.

Eve stand hinter dem Tresen und dekorierte eine Schmuckauslage. Als Rowenna hereinkam, sah sie auf. „Hallo", begrüßte sie sie, zögerte dann und musterte Rowenna. „Du siehst aus, als hätte dir jemand deinen Thanksgiving-Truthahn gestohlen."

„Wo ist Adam?", fragte Rowenna.

„Er ist vor fünfzehn Minuten gegangen. Sagte, er hätte eine Besorgung zu machen. Er sollte gleich zurück sein. Warum?" Rowenna erkannte an ihrer erhobenen Stimme, dass sie sich Sorgen machte.

„Ach, ich habe ihn gesehen, das ist alles. Ich dachte, er wäre inzwischen wieder zurück."

„Rowenna, was ist los?"

„Er ... er möchte es dir selber sagen."

Eve runzelte die Stirn und sah verärgert aus. „Warte eine Minute. Da geht etwas vor sich, und mein Mann sagt es dir zuerst?"

„Er hat Angst. Und er liebt dich."

„Er hat Angst wovor? Und Liebe ist nur ein Wort", sagte Eve, die sichtbar angespannt war. „Rowenna, was zum Teufel ist los?"

Rowenna sah nach draußen. Noch immer kein Zeichen von Adam. „Er war bei mir und hat mir erzählt, dass er Blackouts hat. Er befürchtet, es könnte etwas Ernsthaftes mit ihm nicht stimmen, doch er hat Angst, zum Arzt zu gehen, und Angst, dir davon zu erzählen. Er fürchtet, dass er dich verlieren wird."

„Blackouts?", sagte Eve in skeptischem Ton. „Er hat keinen Blackout, wenn er flirtet", sagte sie und klang gekränkt.

Rowenna fühlte sich unbehaglich. Sie wünschte, sie wäre nicht gekommen, hätte nichts gesagt.

Sie wünschte, Adam hätte getan, was er vorgehabt hatte, und es Eve direkt selber erzählt.

„Ich werde ihn suchen. Und wenn ich ihn gefunden habe, solltet ihr zwei miteinander reden. Nicht streiten – reden", sagte Rowenna.

Sie eilte hinaus, bevor Eve irgendetwas entgegnen konnte. Angenommen, Adam hatte ein Nervenleiden? Der Druck, zu ihr gekommen zu sein, konnte etwas … ausgelöst haben. Oder vielleicht hatte er Angst bekommen und wollte sich Mut antrinken, bevor er mit Eve sprach.

Rowenna zögerte, als sie zu der Straße kam, die zum Friedhof führte. Sie hatte das Gefühl, als ob irgendetwas sie dort hinzog, doch dann schalt sie sich innerlich, dass das lächerlich sei.

Sie überlegte, dass Adam vielleicht in diese Richtung gegangen sein könnte.

Sie bog um die Ecke und hatte plötzlich das sichere Gefühl, beobachtet zu werden. Sie hielt an und drehte sich um. Ein paar Schulkinder, die am Nachmittag freihatten, tanzten lachend vor dem Scherzartikelladen herum. Der ältere Wiccaner, dem Lamp, Bell and Candle gehörte, ging in einem langen schwarzen Cape vorbei und lächelte Rowenna zu. „Sei gesegnet, Ro."

„Sei gesegnet", echote Rowenna und rang sich ein Lächeln ab.

Es waren Menschen draußen. Die Straßen waren keineswegs leer. Doch noch immer hatte sie den Eindruck, beobachtet zu werden.

Sie sah die Straße hinauf Richtung Friedhof.

Sie hätte schwören können, dass sie im Hintergrund einen riesigen Schatten aufsteigen sah, doch die Menschen, die auf dem Friedhof waren, schienen nichts Ungewöhnliches zu bemerken.

Zumindest die meisten schienen nichts zu bemerken.

Rowenna erblickte eine attraktive blonde junge Frau, die düster eine Grabplakette studierte, wo mehrere sehr jung gestorbene Kinder einer Familie begraben lagen. Plötzlich blickte die Frau auf, als ob sie gestört worden war.

Der Schatten schien sich auf sie zuzubewegen.

Rowenna hätte schwören können, dass sie den alten Kinderreim in ihrem Kopf hörte.

Fürchte nicht den Sensenmann,
doch fürchte den Schnitter im Herbst,
er raubt die Seelen, lässt sie nie wieder fort.
Drum fürchte nicht den Sensenmann,
doch fürchte den Schnitter im Herbst,
raubt er die Seele einer Frau, wird sie zu Satans Braut.

Sie eilte zum Friedhof und direkt zu der Frau hinüber. „Hallo", sagte sie.

Die Frau schien sie nicht zu hören, obwohl sie direkt vor ihr stand.

„Entschuldigen Sie", versuchte Rowenna es erneut. Sie griff nach ihrem Arm und berührte sie leicht. „Miss?"

Erschrocken drehte sich die blonde Frau um und starrte Rowenna an.

„Oh, es tut mir leid. Sprachen Sie mit mir? Wie seltsam ... Ich hatte gerade ... Ach, nicht so wichtig. Was kann ich für Sie tun?"

„Das mag jetzt albern klingen, aber es wird bald dunkel und ..." Sie brach ab. Es musste eine Lüge her. Sie konnte der Frau nicht gut sagen, dass ein Schatten hinter ihr her war.

„Ich habe einen Mann in einem dunklen Mantel und mit Hut gesehen, der Sie beobachtet hat, und das hat mich beunruhigt. Falls Sie allein sind, dachte ich, wollen Sie vielleicht lieber irgendwohin gehen, wo viele Menschen sind oder ... sogar zu Ihrem Hotel zurückgehen."

Die Frau lächelte. „Keine Sorge. Ich bin mit meinem Mann hier. Er wollte nur eine neue Kamera-Batterie kaufen, bevor wir uns zum Essen treffen."

Rowennas Herz sank. Sie war sicher, dass die Frau beinahe ein Opfer gewesen wäre.

Wovon? Einem Schatten? Im hellen Tageslicht, mit all den Menschen um sie herum?

Doch die Frau hatte sich eindeutig in einer Art Trance befunden, die sie erst hatte abschütteln können, als Rowenna nachdrücklich ihre Aufmerksamkeit verlangte. Sie fragte sich, was die Frau gesehen hatte.

Eine Vision des Hügels und der Maisfelder?

Rowenna war sicher, dass die Blondine sich höflich verabschieden würde, doch das tat sie nicht.

„Ich soll ihn im Clam Shack am Hafen treffen. Können Sie mir sagen, wie ich am besten dort hinkomme?"

„Ich begleite Sie", sagte Rowenna.

„Oh, danke. Das ist sehr nett. Ich kenne mich in den Straßen hier noch nicht so aus."

„Es ist ganz leicht. Ich zeige es Ihnen."

„Aber ich möchte Sie nicht von ihren Dingen abhalten."

„Kein Problem", versicherte Rowenna ihr.

Auf dem Weg stellten sie sich einander vor, und Rowenna erfuhr, dass Sue aus New York kam. Als sie das Restaurant erreichten, stand Sues Mann draußen und erfreute sich am Anblick der Docks. Sie luden Rowenna ein, mit ihnen zu essen, doch sie lehnte ab, winkte zum Abschied und eilte zurück. Adam sollte inzwischen aufgetaucht sein. Und falls nicht, würde Eve vermutlich einen Wutanfall bekommen.

Sie lief zurück zu Eves Laden, wobei sie den Friedhof vermied. Doch das unbehagliche Gefühl, beobachtet zu werden, stellte sich erneut ein. Und sie wusste, dass diese unsichtbaren Augen eindeutig feindlich waren. Sie ging schnell und achtete darauf, immer unter Menschen zu bleiben.

Beim Laden angelangt, stieß sie die Tür auf. „Adam? Eve?" Niemand antwortete. Sie rief weiter ihre Namen, während sie in die kleinen Nischen hinter den Vorhängen lugte und dann in den Lagerraum. Nirgendwo eine Spur von den beiden.

Sie gingen nie fort, ohne die Tür abzuschließen. Nie.

Unruhe erfasste sie. Sie war allein im Laden. Und sie war sicher, dass sie dort draußen jemand beobachtet hatte.

Und ihr gefolgt war.

Sie ging Richtung Tür, weil sie direkt zum Polizeirevier laufen wollte. Und auf dem Weg würde sie noch einmal versuchen, Joe zu erreichen.

Doch als sie den Eingangsbereich des Ladens erreichte, tauchte draußen ein Schatten auf, und die Tür öffnete sich.

Polizeieinheiten aus den angrenzenden Städten waren zu Hilfe gerufen worden. Joe war wütend. Man hatte allen Farmern Warnungen und Verhaltensmaßregeln zukommen lassen. Seiner Meinung nach hätten die Leichen längst entdeckt werden müssen. Kostbare Zeit war verstrichen, kostbare Zeit für Mary Johnstone – wenn sie nicht schon zu den Toten zählte.

Wie Jeremy es erwartet hatte, hatte die Spurensicherung wenig Hoffnung, noch viel zu finden. Doch die Männer waren dankbar, dass er und Brad den Tatort nicht zertrampelt hatten.

Harold kam herausgefahren. Es waren so viele Umstände zu berücksichtigen, dass er keine Vermutung über den Todeszeitpunkt der Frauen anstellen wollte, doch als Joe ihn drängte, schätzte er, dass die erste Frau vermutlich seit sechs bis acht Wochen tot war und die andere wahrscheinlich seit drei Monaten.

Während Joe und Jeremy mit Harold sprachen, war ein Aufschrei zu hören.

Ein dritter Haufen Knochen war gefunden worden.

Harold stöhnte, und sie alle verzogen das Gesicht.

Weil das Licht schwächer wurde und die Knochen verstreut waren, schaltete man Scheinwerfer ein.

Die Polizei suchte weiter, und schließlich fand man sogar Teile eines vierten Opfers. Da der Schädel fehlte, würde es schwer werden, sie zu identifizieren.

„Wem gehört dieses Feld?“, fragte Jeremy.

„Ich weiß es nicht“, erwiderte Joe. „Wir müssen die Akten prüfen. Ich weiß, dass sich Ginnys Land ziemlich weit erstreckt, und den Rolfes gehörte hier ebenfalls Land. Aber ich bin ziemlich sicher, dass Erics Mutter außer dem Haus alles verkauft hat, bevor sie nach Florida zog."

Einer der Männer räusperte sich. „Sir, das hier ist jetzt MacElroy-Land. Sie haben es gekauft, weil es an Ginnys Land grenzt."

„Ergibt Sinn", murmelte Joe kopfschüttelnd. „Ginny verpachtet es zur Bewirtschaftung, und Pächter sind nicht so gründlich wie Eigentümer."

Dr. MacElroy verdient eine nähere Untersuchung, dachte Jeremy. Konnte der freundliche Kinderarzt ein Mörder sein?

Er hatte schon von merkwürdigeren Dingen gehört.

Jeremy sah hinauf zum Himmel. Das letzte Tageslicht verschwand. Er drehte sich um, um über das angrenzende Brachland zu schauen. Die letzten Sonnenstrahlen mussten ihm einen Streich spielen, denn er sah wieder den Jungen. Er stand einfach da und schaute ihn an. Mit seinem zerzausten Haar, dem T-Shirt und den Händen in den Taschen seiner Jeans sah er wie ein realer Junge aus.

Jeremy schüttelte den Kopf, als ob er das Bild abschütteln wollte, und sagte sich, dass die offensichtlichste Erklärung fast immer die richtige war. Zweifellos stand dort draußen tatsächlich ein Junge. Es gab hier Häuser. Irgendwo. Farmen. Und Farmer hatten Söhne.

Aber dann bewegte sich der Junge und deutete gen Himmel, als wollte er Jeremys Aufmerksamkeit auf die einsetzende Dämmerung lenken. Und dann deutete er auf Jeremys Wagen.

Er war ein ganzes Stück weit weg, doch Jeremy hätte schwören können, dass der Junge mit dem Mund zwei Worte formte: *„Beeil dich."*

Und dann verschwand er.

Es war fast dunkel.

Rowenna. Er musste zu Rowenna.

Er legte Brad die Hand auf die Schulter. „Lass uns fahren."

Joe sah ihn an. „Sie wollen nicht bleiben?"

„Ich muss Rowenna abholen", erklärte er.

„Okay", sagte Joe. „Falls wir noch etwas finden, rufe ich Sie später an. Fahren Sie."

Als er mit langen Schritten an der Stelle vorbeikam, an der sie die erste Leiche gefunden hatten, stolperte Jeremy. Er schaute nach unten und bemerkte, dass etwas unter dem Stein hervorschaute, der ihn fast zu Fall gebracht hatte. Er holte ein Taschentuch aus der Tasche und zog es vorsichtig heraus.

Er runzelte die Stirn. Es sah aus wie eine Visitenkarte, doch wie die Leiche war sie durch die Elemente zersetzt. Vermutlich hätte sie sich schon komplett aufgelöst, wenn sie aus Papier bestanden hätte, doch sie war laminiert.

Im schwachen Licht konnte er nur die verschnörkelte Schrift erkennen, ein Pentagramm links oben und eine Zauberin auf der rechten Seite.

Magick Mercantile stand darauf, Adam und Eve Llewellyn, Inhaber. Dann folgten Adresse und Telefonnummer des Ladens.

Jeder hätte die Karte fallen lassen können, dachte er. Doch etwas klebte an der Rückseite.

Es sah aus wie Kaugummi. Altes, getrocknetes Kaugummi.

Und Adam Llewellyn kaute ständig Kaugummi.

Es musste untersucht werden, um zu überprüfen, ob seine Vermutung korrekt war.

Doch obwohl er sich nicht sicher sein konnte, gefror Jeremy das Blut in den Adern.

„Joe!", rief er.

„Hallo, Ro. Arbeitest du jetzt für die Llewellyns?"

Sie erstarrte. Sie hatte gerade nach der Türklinke greifen wollen, als die Tür sich öffnete. Schnell war sie zurückgesprungen, um nicht getroffen zu werden. Doch jetzt konnte sie sich nicht rühren.

Es war Eric Rolfe. Durch das Glas der Tür hatte er wie ein bedrohlicher Riese gewirkt, doch aus der Nähe betrachtet war er einfach nur ein ziemlich großer Mann in einem großen Anorak.

„Ro? Du wirkst durcheinander. Ist alles in Ordnung?", fragte er.

„Ich … ich kann Adam und Eve nicht finden", erwiderte sie.

Eric runzelte die Stirn und blickte auf die Uhr. „Ich hatte hier eine Verabredung mit Eve. Sie wollte mir aus den Karten lesen. Ich glaube nicht, dass sie mich versetzen würde."

„Das glaube ich auch nicht", stimmte Rowenna zu und ging in Richtung Tresen.

„Was willst du tun?", fragte Eric.

„Irgendetwas stimmt nicht. Ich werde die Polizei rufen", sagte sie.

„Warte, Ro. Ich finde nicht, dass du das tun solltest", sagte Eric.

„Eric, eine Frau ist tot, eine andere wird vermisst … und jetzt Eve!" Sie konnte sich nicht überwinden, ihm zu erzählen, dass Eve glaubte, ihr Mann könnte ein Mörder sein, und darauf hinzuweisen, dass Adam ebenfalls fort war.

Eric schüttelte den Kopf. „Rowenna, was, wenn du die Polizei verrückt machst, und dann stellt sich heraus, dass sie nur auf einen Kaffee fortgegangen sind? Oder für einen Quickie? Du könntest ihnen ernsthafte Schwierigkeiten bereiten. Wann hast du Eve das letzte Mal gesehen?", fragte er.

„Vor ungefähr zwanzig Minuten", erwiderte sie.

Er hob die Brauen. „Vor zwanzig Minuten?", echote er.

„Ja, sie war hier. Vor zwanzig Minuten."

„Du willst die Polizei anrufen, dass eine Frau vermisst wird, weil du sie seit zwanzig Minuten nicht gesehen hast?"

Eric näherte sich dem Tresen, und sie bemerkte plötzlich, wie nervös er sie machte, obwohl sie ihn schon so lange kannte.

Er hatte diese schrecklichen Vogelscheuchen hergestellt, als sie noch klein gewesen war, und nun schuf er Filmmonster und Teufelsmasken. Warum konnte Eric nicht der Mörder sein?

Als Kind war er ein Außenseiter gewesen. Er hatte die grausigsten Vogelscheuchen gebastelt, um Preise zu gewinnen und cool zu sein.

Sie starrte ihn an und betete, dass man ihr die Angst nicht ansah.

Zuerst Adam, nun Eric. Sie waren doch beide keine Mörder. Oder?

„Sie hat die Tür nicht abgeschlossen, Eric. Sie schließt immer ab."

„Was vermutlich bedeutet, dass sie ganz in der Nähe ist, vielleicht auf einen Kaffee oder so was."

„Wir brauchen die Polizei." Sie griff nach dem Hörer und schrie fast auf, als sich seine Hand auf die ihre legte.

„Ro, ich sage dir, ruf die Polizei *nicht* an."

Im Wagen versuchte Jeremy, Rowenna zu erreichen. Es klingelte einmal, bevor er wieder keinen Empfang mehr hatte. Er fluchte gereizt.

„Mary wird es gut gehen", sagte Brad, wie um sich selbst zu beruhigen. „Joe hat Männer dort draußen, die nach Adam suchen. Sie werden ihn direkt festnehmen und ihn dazu bringen, ihnen zu sagen, wo Mary ist."

Brad ist wie ein elektrisch geladenes Teilchen, dachte Jeremy.

„Wir *wissen* nicht, ob es Adam war", sagte er. „Jeder hätte die Karte im Laden mitnehmen können." Er hatte nur Joe von dem Kaugummi erzählt, um Brad keinen Grund zum Durchdrehen zu geben, doch das schien vergebene Liebesmüh gewesen zu sein.

„Die Visitenkarte bedeutet, dass er dort draußen war", sagte Brad bestimmt. „Ich wünschte, du hättest sie nicht Joe gezeigt. Ich wünschte, ich würde ihn zuerst in die Finger kriegen. Ich würde ihn dazu bringen, mir zu sagen, wo Mary ist."

„Wir werden sie finden", versprach Jeremy und wünschte, er wäre sich dessen so sicher, wie er klang. Zweifellos würden sie sie finden. Aber in welchem Zustand? Tot oder lebendig?

Warum suchte ihn der Geist des toten Jungen aus seinen Träumen nun auch in seinen wachen Momenten heim? Warum hatte er gen Himmel gedeutet und dann zum Wagen?

Und warum hatte er ihm gesagt, er solle sich beeilen?

Es war diese letzte Frage, die ihn am meisten beunruhigte, weil er versprochen hatte, Rowenna abzuholen – was, wenn er zu spät kam?

„Er ist ein Spinner, das ist er. Ein mörderischer Spinner", sagte Brad. „Ich wette, dieser Mistkerl hat seinen Laden verlassen, ist zu diesem Zelt gelaufen, hat sich ein Kostüm übergeworfen und dann gewartet, dass wir auftauchen. Er ist ein Hypnotiseur oder so etwas. Und er kauft all diesen unheimlichen Kram für seinen Laden. Vielleicht sind ihre Kräuter Drogen. Ich hätte es wissen müssen. Oh Gott, das ist alles mein Fehler."

„Nichts ist dein Fehler", sagte Jeremy, doch er war abgelenkt und antwortete automatisch.

Ein Traktor fuhr vor ihm. Er biss die Zähne zusammen und betete um Geduld. Er hupte, weil er hoffte, der Traktor würde an die Seite fahren, doch er tuckerte weiter.

Herrje, er konnte nicht am Traktor vorbeisehen, doch auf dieser Straße war nie jemand, also trat er aufs Gas und scherte aus.

Glücklicherweise war der entgegenkommende Truck noch ein Stück entfernt, sodass Jeremy gerade noch überholen und wieder auf seine Spur einscheren konnte.

„Verdammt!", fluchte Brad und starrte ihn an.

„Tut mir leid."

„Sie hätten dich öfter bei der Verkehrskontrolle einsetzen sollen“, sagte Brad.

Jeremy griff nach seinem Handy, das endlich Empfang anzeigte, und drückte auf Wahlwiederholung. Rowenna nahm nicht ab. Seine Besorgnis wuchs.

„Gib Vollgas“, sagte Brad.

Das tat er.

„Rowenna“, sagte Eric. Er starrte sie durchdringend an, und plötzlich wurde seine Stimme flehend. „Mach ihnen keine Schwierigkeiten. Sie sind ein nettes Paar. Ich weiß, dass sie ein paar Probleme haben, aber sie arbeiten daran. Wenn du die Polizei mit reinziehst, machst du es ihnen nur schwerer.“

Er löste seine Hand von ihrer.

Sie blickte ihn verwundert an. „Eric, ich glaube, dass wirklich etwas nicht stimmt.“

„Aber … die Polizei?“

Dort draußen lief ein Mörder herum. Und auch wenn Eric seine Hand fortgenommen hatte und so aufrichtig aussah …

Sie fühlte sich noch immer nicht sicher.

„Okay, du bleibst hier. Ich gehe und sehe nach, ob ich sie irgendwo in der Nähe finde“, sagte sie.

Zu ihrer Erleichterung stimmte er zu. „Okay, und wenn sie in einer Stunde nicht auftauchen … nun, ich weiß nicht. Das überlegen wir uns, wenn es so weit ist.“

Sie steuerte Richtung Tür und zwang sich, nicht zu laufen. Sie bemerkte, dass sie ihre Tasche irgendwo in dem Laden vergessen hatte, doch dafür wollte sie nicht zurückgehen. Sie würde nach draußen auf die Straße gehen – wo viele Menschen waren.

Doch wieder öffnete sich die Tür, als sie sich näherte.

Dieses Mal stürmten drei uniformierte Polizisten herein.

„Officer O’Reilly?“, keuchte Rowenna, die den ersten Polizisten erkannte.

„Rowenna, sind Sie in Ordnung?“, fragte er.

„Ja. Was ist los?“, wollte sie wissen.

„Wo ist Adam Llewellyn?“

„Wir wissen es nicht“, antwortete sie. „Warum?“

„Er soll verhört werden wegen des Mordes an Dinah Green und vier unbekannten Frauen sowie des Verschwindens von Mary Johnstone“, sagte O’Reilly.

Sie waren fast am Museum. Jeremy konnte schon die Plakate draußen lesen, die das bevorstehende Erntefest ankündigten, mit Musik, Snacks und allerlei unterhaltsamem Trubel.

Er hielt mit quietschenden Bremsen vor dem Museum und sprang hinaus. Brad folgte ihm, doch Jeremy bemerkte es nicht einmal, während er auf die Eingangstür zueilte.

Sein Herz sank. Sie war abgeschlossen.

Er sah auf die Uhr. Es war halb sechs. Eine Stunde später, als er Rowenna hatte abholen wollen.

Frustriert trat er gegen die Tür.

Wieder zog er sein Handy heraus. Auch wenn er befürchtete, dass es vergebens war, drückte er trotzdem auf Wahlwiederholdung.

Zu seiner Überraschung meldete sich Rowenna dieses Mal.

„Jeremy?" Ihre Stimme klang merkwürdig bebend.

„Rowenna, wo bist du? Warum bist du vorher nicht drangegangen?"

Eine Sekunde Schweigen ließ ihn befürchten, dass er wieder den Empfang verloren hatte.

Dann hörte er sie, und ihre Stimme klang stärker. Abwehrend vielleicht.

Oder empört.

„Ich habe versucht, dich zu erreichen", sagte sie. Ärger. Es war Ärger. Aber das war okay. Hauptsache, es ging ihr gut.

„Wo bist du?"

„Ich sehe dich an", sagte sie trocken.

Er drehte sich um, und da war sie, kam gerade die Straße entlang. Und sie war nicht allein. Zu seiner großen Erleichterung ging Zach an ihrer Seite.

Rowenna steckte sein Handy ein. Rowenna lief ihm die letzten Meter entgegen, und er schloss sie in die Arme. Er sah die amüsierte Miene von Zach, doch das war ihm egal. Er zuckte nur kurz die Achseln und konzentrierte sich dann wieder auf die Umarmung. Als Rowenna sich schließlich von ihm löste, begrüßte er seinen Bruder mit einer nicht minder herzlichen, aber deutlich weniger intimen Umarmung.

Dann trat Brad hinzu, und er und Zach schüttelten sich die Hand.

„Das ist ein ganz schön lebhafter Ort“, sagte Zach.

„Was meinst du damit?“, wollte Jeremy wissen und sah seinen Bruder und Rowenna fragend an.

„Ich ging gerade die Straße entlang, als Rowenna aus einem Laden kam, der von der Polizei durchsucht wurde“, erklärte Zachary. „Sie sagten uns, ihr hättet vier weitere Leichen gefunden.“

Jeremy nickte düster.

„Haben sie Adam Llewellyn?“, fragte Brad unruhig.

„Soweit wir wissen, noch nicht“, sagte Zach.

„Joe wird uns auf dem Laufenden halten“, sagte Jeremy.

„Eve wird auch vermisst“, sagte Rowenna besorgt. Sie schüttelte den Kopf. „Es ist alles meine Schuld“, sagte sie kläglich.

„Deine Schuld?“, fragte Jeremy.

„Vielleicht sollten wir dieses Gespräch nicht hier auf der Straße führen“, schlug Zach vor. „Mein Gepäck ist noch in meinem Mietwagen. Ich hätte nichts dagegen, wenn ich mich etwas frisch machen könnte und wir uns dann irgendwo hinsetzen, damit ihr mich auf den neuesten Stand bringt. Und ich glaube, Rowenna hat euch auch noch ein paar Dinge zu sagen.“ Er blickte über die Schulter und dann wieder zu Rowenna. „Wo ist denn dein anderer Freund hin? Ich dachte, er wäre direkt hinter uns.“

„Als die Polizei uns gehen ließ und du aufgetaucht bist, sagte er, er würde etwas trinken gehen“, erwiderte sie.

„Welcher andere Freund?“, fragte Jeremy scharf.

„Eric. Er war auch im Laden.“

„Warte mal. Du warst im Laden? Und Adam und Eve waren nicht dort?“, wollte Jeremy wissen. Er wusste, dass er anmaßend klang, doch es war ihm egal.

„Ich konnte wohl schwerlich in einem Museum warten, das geschlossen hatte“, entgegnete sie scharf.

„Lass uns zu deinem Haus gehen“, schlug Zach vor.

„Geht nur“, sagte Brad. „Wir sehen uns später.“

„Warte“, sagte Jeremy. „Wo willst du hin?“

„Ich werde nach Adam Llewellyn suchen. Ich muss Mary finden, und er weiß, wo sie ist.“

„Nein, Brad. Wenn du ihm auch nur ein Haar krümmst, landest du im Gefängnis und ruinierst den Cops vermutlich auch noch den Fall“, sagte Jeremy. „Du musst es der Polizei vor Ort überlassen, ihn zu finden. Verdammt, Brad, du kommst mit uns.“

Brad starrte ihn trotzig an. „Falls Rowenna vermisst würde, wärst du auch auf der Suche nach Adam, und erzähl mir nicht das Gegenteil.“

Jeremy erwiderte den Blick seines Freundes, drehte sich dann zu seinem Bruder um und sah ihn bittend an.

„Rowenna, würdest du mich zum Haus bringen?“, fragte Zach. „Die beiden können später nachkommen.“

Sie lächelte kühl und blickte dann Jeremy an. „Ich werde nirgendwohin gehen, bis ich erzählt habe, was ich weiß.“

„Okay, schieß los“, sagte Jeremy.

Sie hörten aufmerksam zu, als sie ihnen von Adams Geständnis bezüglich seiner Blackouts erzählte, von dem Buch, das er las, und von all dem, was Eve berichtet hatte. Jeremy merkte, wie seine Miene immer finsterer wurde, als sie erzählte, dass sie erst zum Laden gegangen war, um dort nur Eve anzutreffen, und der Laden leer war, als sie wenig später ein zweites Mal vorbeikam.

„Dann glaubt sogar seine Frau, dass er ein Mörder ist?“, fragte Brad, als sie fertig war.

„Das bedeutet nicht, dass sie recht hat!", stellte Rowenna klar. „Aber …" Ihre Stimme versiegte, und sie runzelte die Stirn. Mit glühenden Augen wandte sie sich an Jeremy. „Du sagst, dass … dass ihr vier weitere Leichen gefunden habt? Seid ihr sicher, dass es vier sind?"

„Ja, vier. Warum?"

„Dann sind es mit Dinah Green also fünf."

„Ja. Allerdings könnten irgendwo noch mehr liegen. Warum?"

„Er braucht sieben", sagte Rowenna.

„Sieben?"

Sie berichtete, was sie in Adams Buch gelesen hatte, und erzählte von dem Hinweis in dem Buch im Museum, dass der Schnitter sieben Frauen opfern musste, um die Macht des Teufels zu erlangen.

„Mary", sagte Brad schwach. „Mein Gott, wir müssen sie finden."

Da sie nichts anderes tun konnten, als auf neueste Nachrichten von der Polizei zu warten, brachten sie Zachs Gepäck in Jeremys Haus. Danach gingen sie essen, auch wenn keiner von ihnen viel hinunterbrachte. Dabei brachten sie Zach auf den neuesten Stand.

Als sie um zehn alle mit ihren Drinks dasaßen und keine Ahnung hatten, was sie als Nächstes tun sollten, sagte Rowenna plötzlich: „Der Friedhof."

„Was?", fragte Jeremy.

„Er ist zum Friedhof gegangen."

„Der ist nachts geschlossen", entgegnete er.

Sie sah ihn spöttisch an. „Jeremy, ein Pekinese käme da rein!"

Er seufzte. Er wollte nicht, dass sie in die Nähe des Friedhofs ging. Mary war von diesem Friedhof verschwunden.

Doch er war dabei, und Brad und Zach waren auch dabei.

„Okay, wir versuchen es auf dem Friedhof."

Als sie wenige Minuten später dort eintrafen, sah Jeremy verblüfft jemanden mit gekreuzten Beinen auf einem Grabstein sitzen.

„Du Hurensohn", brüllte Brad hinter ihm.

„Brad!" Jeremy stürzte Brad hinterher, der direkt hinter ihm über die niedrige Mauer gesprungen war. Er erreichte ihn zwei Sekunden, nachdem er Adam zu Boden gerissen und ihm einen Kinnhaken verabreicht hatte.

„Du Hurensohn!", brüllte Brad. „Wo ist sie? Wo ist meine Frau?"

Jeremy hielt Brad fest, doch der war muskulös und kräftig und stand zudem unter Adrenalin. Jeremy hatte Mühe, ihn zu bändigen, während Zach versuchte, Adam aufzuhelfen und ihn zu beschützen.

Adam schien alles egal zu sein. Tränen rannen ihm über die Wangen. „Ich weiß es nicht. Oh Gott, ich weiß es nicht. Ich wünschte, ich täte es. Ich würde ja helfen. Ich schwöre, ich würde ja helfen!"

Jeremy, der noch immer versuchte, Brad auf dem Boden zu halten, bemerkte, dass Rowenna telefonierte. Sekunden später hörte er Sirenen. Adam rannte nicht fort; er stand einfach nur da und wirkte düster und gebrochen. Jeremy rollte sich auf Brad und hielt ihn so in Schach.

Dann stürmte die Polizei auf den Friedhof, und Adam wurde fortgebracht.

Erst danach wagte Jeremy es, aufzustehen. Brad lag einfach nur da und keuchte, als Jeremy von ihm abließ. Zachary beobachtete beide wachsam.

Ein weiterer Polizeiwagen fuhr mit Blaulicht vor. Joe Brentwood sprang heraus. Sobald man ihm Zach vorgestellt und ihn über die jüngsten Geschehnisse informiert hatte, nahm er sich Brad vor. „Ich weiß, was Sie durchmachen, Sohn. Aber wir haben nicht den geringsten Beweis gegen den Mann.

Wenn er Ihre Frau entführt hat, werden wir es herausbekommen, und dann finden wir sie. Für heute Nacht halten Sie sich von der Straße fern. Wenn irgendeiner meiner Männer Sie draußen sieht, nehme ich Sie in Arrest und werde einen Weg finden, dass Sie dort bleiben, bis das hier alles vorüber ist. Verstehen Sie mich?"

Brad schien sichtbar in sich zusammenzusinken.

„Rein in den Wagen", sagte Joe etwas freundlicher. „Ich bringe Sie zu Ihrem Bed and Breakfast." Er führte Brad fort.

„Joe", sagte Rowenna und hielt ihn kurz auf. „Ihr habt Eve noch nicht gefunden?"

„Nein", sagte er leise. „Es tut mir leid. Und verlasst um Gottes willen den Friedhof, ja? Dieser Ort fängt an, mir Angst zu machen."

Trotz der späten Stunde fuhren sie hinaus zu Rowennas Haus, damit sie frische Kleidung holen konnte, und kehrten dann zu Jeremys Haus zurück. Als sie an dem Haus der MacElroys vorbeikamen, erwähnte Rowenna, dass sie für die letzte Anprobe des Kostüms bald bei Ginny vorbeischauen müsse.

Jemand muss das Erntefest absagen, dachte Jeremy. Sicherlich würden die Stadtväter angesichts von nunmehr fünf Leichen einschreiten.

„Ich gehe duschen, wenn es euch nichts ausmacht, euch miteinander zu beschäftigen", sagte er zu Rowenna und Zach, kaum dass sie zurück waren.

Er drehte das Wasser so heiß auf wie möglich und hoffte, zusammen mit dem Schmutz auch die Erinnerung an die Leichen abzuwaschen. Er war erstaunt, dass er nicht über die toten Frauen nachgrübelte oder über Adam Llewellyn oder den Jungen, den er gesehen hatte. Aber er war einfach zu müde, während das heiße Wasser über ihn rann.

Als er nach unten ging, saßen Rowenna und Zach in der

Küche und tranken Bier. Er nahm sich ebenfalls eins und setzte sich neben Rowenna.

Ein plötzliches Geräusch im Haus ließ sie alle zusammenfahren. Dann lachte Jeremy. Auf dem viktorianischen Schreibtisch im Wohnzimmer stand ein Faxgerät. Er stand auf und ging hin. Es war eine Liste von Namen, die man anhand der von Hugh zur Verfügung gestellten Kreditkartenbelege zusammengestellt hatte. Gäste, die an dem Abend in der Bar gewesen waren, an dem Dinah Green zum letzten Mal gesehen worden war. Neben den Namen der Einheimischen standen die Telefonnummern; neben den Namen der Touristen dazu noch die Heimatadressen.

Jeremy erklärte Zach die Liste.

„Und was bedeutet das?", fragte Zach. „Ich meine, dass wir jetzt gerade das Fax bekommen. Glaubst du, dass Joe Adam nicht für schuldig hält?"

Jeremy zögerte. „Ich weiß nicht. Ich habe das niemandem sonst gegenüber erwähnt. Brad war schon durchgedreht genug." Er blickte Rowenna an. „Jeder hätte die Visitenkarte dort fallen lassen können. Aber es sah so aus, als ob Kaugummi daran klebte. Und Adam ... Adam hatte immer einen Kaugummi im Mund. Auf der anderen Seite gehört das Land, auf dem die Leichen gefunden wurden, den MacElroys, die Joe sicher erneut befragen wird. Ginny hat nicht die Kraft, jemanden zu verletzen, aber ... Dr. MacElroy ..."

„Er war mein Kinderarzt!", schnappte Rowenna.

„Und Adam ist dein Freund", erinnerte Jeremy sie. Er wandte sich an seinen Bruder. „Um deine Frage so gut wie möglich zu beantworten: Joe ist ein guter Cop, und bislang hat er keinen Beweis, dass Adam schuldig ist, weshalb er jeder Spur folgen wird, bis er sicher sein kann."

Zach wandte sich an Rowenna: „Was meinst du?"

Sie schüttelte beklommen den Kopf. „Ich weiß nicht. Aber ... Eve wird jetzt ebenfalls vermisst und ... der Killer braucht sieben Opfer. Sie haben erst fünf tote Frauen gefunden, aber mit Mary und Eve …"

Zach legte seine Hand auf ihre. „Wir finden sie. Alle beide."

„Der vierte Mörder", sagte Jeremy, dem gerade alles durch den Kopf ging, was sie ihnen vorhin über die vier Mörder erzählt hatte. „Du sagtest, sie hätten das Haus bis auf den Grund niedergebrannt. Rowenna, wo war dieses Haus?"

Sie sah ihn an. „Ich weiß es nicht. Es wurde nicht erwähnt."

„Wie war noch mal sein Name?"

„Brisbin. Hank Brisbin."

„Ich mache mich morgen früh daran", sagte Zach.

„Nein, falls es dir nichts ausmacht, solltet ihr zwei morgen lieber bei den MacElroys vorbeifahren. Unterhaltet euch einfach mit Ginny. Überprüft, ob sie sich noch an etwas anderes erinnern kann. Sie ist diejenige, die uns von den Lichtern erzählt hat, und aus diesem Grund war ich überhaupt dort draußen", sagte Jeremy.

„Ich kann sagen, dass ich zur Anprobe komme", schlug Rowenna vor.

„Das ist gut, das ist ein guter Vorwand, sie zu besuchen", sagte Jeremy. Sein Bruder würde die Dinge aus einer neuen Perspektive sehen. Das konnte helfen.

„Oh", entfuhr es ihr plötzlich.

„Was?"

„Da war ein Buch."

Die Brüder starrten sie verständnislos an.

„Brad … erzählte mir, dass Mary bei ihrem Verschwinden ein Buch bei sich hatte. Über die Symbole auf alten Grabsteinen. Man fand ihre Handtasche und ihr Handy, doch das Buch blieb verschwunden. Es bedeutet vielleicht nichts, aber ich dachte gerade daran."

„Wenn wir das Buch finden …", überlegte Zach.

Rowenna seufzte. „Sie verkaufen dieses Buch zwischen Boston und Maine und Gott weiß wo noch." Sie stand auf.

„Wenn ihr zwei mich entschuldigt, ich gehe duschen und ins Bett", sagte sie.

Jeremy nickte. Sie hatte etwas hölzern geklungen, und er blickte ihr forschend nach. Er wusste, dass sie durcheinander war, weil ein guter Freund durchgedreht war und ihre gute Freundin vermisst wurde – und weil er noch immer jeden in ihrer Heimatstadt verdächtigte. Aber dennoch …

„Dann ist das hier eine Aufstellung all jener Personen, die sich an dem Abend, an dem Dinah Green verschwand, in der Bar aufhielten?", fragte Zach, nachdem Rowenna nach oben gegangen war. „Und einige dieser Leute haben sie gesehen und vielleicht Informationen, mit wem sie die Bar verlassen hat?"

„Ja. Wir haben schon ermittelt, dass der Typ, der dort mit ihr getrunken hat, nichts mit ihrem Verschwinden zu tun hat", erklärte Jeremy. „Ich gehe jede Wette ein, dass er weder Dinah noch eine der anderen Frauen getötet hat." Er erklärte seinem Bruder, aus welchen Gründen er einen Einheimischen für den Mörder hielt.

Zach stimmte ihm zu und las die Liste vor, wobei er mit den Ortsansässigen anfing. Es waren eine Menge Namen, die Jeremy nicht kannte. Doch viele sagten ihm etwas, eingeschlossen Adam Llewellyn, Ginny MacElroy, Eric Rolfe und Daniel Mie.

„Hey!", sagte Zach. „Joe Brentwood war auch da an dem Abend."

„Ach ja?"

Zachary sah sich das Fax näher an. „Er hat um Mitternacht drei Bier bezahlt. Da ist eine Notiz, dass zwei andere Cops mit ihm dort waren, ein Officer O'Reilly und ein Officer MacNamara. Celie Preston – hier steht, sie ist einundsiebzig, lebt allein und betreibt einen Wiccaner-Laden. Falls sich herausstellt, dass Llewellyn es nicht getan hat, hast du eine verdammt lange Liste möglicher Verdächtiger, eingeschlossen drei Cops." Zachary zuckte die Achseln. „Aber ich muss sagen, Llewellyn wirkte nicht allzu normal auf mich."

Jeremy nahm das Blatt Papier. „Ginny MacElroy steht auf der Liste. Das bedeutet, dass Nick MacElroy ebenfalls dort war. Ginny gehört das Land, auf dem wir die erste Leiche fanden, und entweder ihr oder dem Doktor gehört das Land, auf dem wir heute die weiteren Überreste gefunden haben."

„Was ist mit Brad?", fragte Zach. „Was soll er morgen tun?"

Jeremy dachte nach. „Wir lassen ihn Polizeiarbeit machen. Er soll alle Auswärtigen auf der Liste anrufen und befragen. Wir müssen ihn beschäftigt halten, sonst dreht er durch. Und ich will nicht, dass er verhaftet wird, weil er die Polizei wegen Adam belagert."

„Klingt nach einem guten Plan. Und vielleicht erfährt er etwas", sagte Zach.

Jeremy stand auf und bemerkte erst jetzt, wie erschöpft er war. „Mach's dir gemütlich. Ich muss ins Bett."

„Okay. Ich gehe noch mal ins Internet und sehe, was ich über Brisbins Haus herausfinden kann", erwiderte Zach. „Es muss eine Aufzeichnung geben, wo es sich mal befand."

„Nichts wie ran, kleiner Bruder."

Jeremy ging nach oben, wo Rowenna schon schlief.

Sie schmiegte sich in seine Arme, als er ins Bett kam, und in dieser Nacht hielt er sie einfach nur fest. Schnell fielen ihm die Augen zu, und er sank in einen tiefen, festen Schlaf.

Ebenso wie Rowenna.

Rowenna hatte Zach schon immer gemocht. Er sah Jeremy sehr ähnlich, auch wenn dieser graue Augen hatte, wohingegen Zachs mehr an eine karibische Lagune erinnerten. Außerdem hatte er mehr Rot in seinem Haar als seine Brüder.

Ebenso wie Jeremy flüchtete sich Zach gern in die Musik. Während er für die Spurensicherung der Polizei von Miami gearbeitet hatte, investierte er parallel in diverse Musikstudios, um einige der lokalen Bands aus Bars und Kneipen zu produzieren. Seine Entscheidung, die Polizei zu verlassen und sich seinen älteren Geschwistern mit ihrem Detektivbüro anzuschließen, war gefallen, nachdem er in ein Crack House gerufen worden war, in dem ein Vater sich über sein schreiendes Baby aufgeregt und es in die Mikrowelle gesteckt hatte. Im Gegensatz zu Jeremys reserviertem Wesen war Zach immer freundlich und aufgeschlossen im Umgang mit anderen Menschen.

Auf der Fahrt zu Ginny erzählte sie ihm Dinge, die sie Jeremy gegenüber nicht erwähnt hatte, weil sie befürchtete, dass er ihre Träume nicht ernst nehmen würde.

Zach hörte ernst und ohne Kommentar zu, während sie berichtete, wie sie angefangen hatte, von den Kornfeldern zu träumen – und den Leichen. Sie gestand sogar, dass sie auf dem Friedhof gewesen und seitdem überzeugt war, dass der Täter etwas von Hypnose oder Telepathie verstand.

„Mag sein", sagte Zach, „aber wie hätte er deine Gedanken kontrollieren sollen, während du in New Orleans warst?"

„Ich weiß es nicht. Vielleicht konnte er das nicht. Ich verstehe nichts von alldem", erwiderte sie.

Schweigend fuhren sie weiter, bis sie ihn bat, erst bei ihrem Haus vorbeizufahren, weil sie etwas in einem ihrer Bücher überprüfen wollte. Er war einverstanden und wollte die Gelegenheit nutzen, noch einmal schnell was im Internet nachzuschauen.

Rowenna war kalt und außerdem ganz krank vor Sorge um Eve. Doch sie wusste nicht, was sie tun konnte. Die Polizei suchte überall nach ihr. Und Jeremy war auf dem Revier und sprach mit Adam, der die ganze Nacht über beteuert hatte, dass er nicht wisse, wo sie sei. Sogar einen Psychiater hatte man schon hinzugezogen. Sie konnte nichts tun, was nicht bereits getan wurde.

Außer zum Friedhof zu gehen. Weil sie überzeugt war, dass die Antwort irgendwo auf diesem Friedhof zu finden war.

Als sie in ihr Haus ging, erinnerte sie sich, wie überrascht sie bei ihrer ersten Rückkehr gewesen war, das Haus im Dunkeln liegend vorzufinden. Ginny war normalerweise so gewissenhaft, doch offenbar wurde sie alt. Hinzu kam, dass Dr. MacElroy immer noch auf der Verdächtigenliste stand.

Sie ging hinüber zu ihrem Bücherregal und ging die Titel durch. Sie hatte ein Buch über Bestattungsrituale und wollte Brad fragen, ob es das gleiche war, das Mary mit sich geführt hatte.

Es war nicht da.

Sie runzelte die Stirn. Sie war nicht zwanghaft, doch sie liebte Bücher und ging sorgsam mit ihnen um. Es sollte da sein. Sie ging das ganze Regal durch, sah sich jeden einzelnen Titel an und konnte es dennoch nicht finden. Es war fort. Sie spürte tiefes Unbehagen in sich aufsteigen. Sie konnte sich nicht vorstellen, dass Ginny es sich ausgeliehen hatte.

Was bedeutete, dass jemand anderes hier im Haus gewesen sein musste.

Sie hatte lange nicht mehr an das Buch gedacht. Vielleicht trog sie ihre Erinnerung. Vielleicht hatte sie es jemandem geliehen.

Aber sie wusste, dass dem nicht so war …

Sie ging zu Zach, der sie erwartungsvoll ansah. Er deutete auf den Bildschirm des Computers. „Sieh dir mal das hier an", sagte er. „Das ist eine komplette Aufzeichnung von Brisbins Rede am Galgen. Er behauptete, dass er Damien sei, der Diener des Teufels, und sagte, er würde leibhaftig wiederkehren, um Rache an den Erben seiner Mörder zu nehmen, wenn er die Sieben voll hätte und Herrscher der Welt wäre."

„Damien", rief Rowenna. „Wie der Wahrsager."

„Ich weiß", sagte Zach.

„Adam hat sich mit ziemlich unheimlichen Sachen beschäftigt", überlegte Rowenna laut. „Vielleicht hat er die Rede auch gefunden und sich entschieden, den Namen Damien anzunehmen." Sie zögerte. „Eve sagte, dass er den Laden an jenem Tag für eine gewisse Zeit verlassen hat."

„Aber offenbar war Damiens Tarnung ziemlich kunstvoll", wandte Zach ein. „Der Aufbau brauchte ziemlich viel Zeit, mehr Zeit, als ein Kerl, der mit seiner Frau einen Laden betreibt, haben konnte."

„Das ist wahr", stimmte sie zu.

„Lass uns zu den MacElroys hinüberfahren", sagte Zach. „Ich rufe Jeremy an und frage, ob irgendjemand in der Lage ist, den gegenwärtigen Eigentümer von Brisbins Land zu ermitteln. In den Online-Akten fehlt etwas, also muss jemand die Papierunterlagen durchgehen. Bis heute Abend sollten wir etwas darüber in Erfahrung gebracht haben."

„Heute Abend", seufzte Rowenna. „Und morgen beginnt das Erntefest."

„Ist das nicht ein bisschen früh?"

„Es geht bis Thanksgiving. Aber mir ist dieses Jahr weiß Gott nicht nach diesem Feiertag zumute."

Jeremy und Joe saßen in einem Café in der Nähe des Krankenhauses, in dem Adam sich einigen Untersuchungen unterzog. Sie warteten auf eine Aussage zu seinem Geisteszustand und auf die Ergebnisse der Fingerabdruck- und der DNA-Analyse von der Visitenkarte.

Joe wirkte angewidert, als er Jeremy von den neuesten Entwicklungen in der Stadt erzählte. „Es hat gestern Abend eine Sitzung der Organisatoren, des Bürgermeisters und aller am Erntefest Beteiligten gegeben. Man ist zu dem Schluss gekommen, das Fest nicht abzusagen. Schließlich wäre ja ein Verdächtiger verhaftet worden. Außerdem seien die Ponys fürs Kinderreiten, die Elektriker und so weiter schon bezahlt worden. Wir werden also jeden verfügbaren Officer hinausschicken, und auch die angrenzenden Departments wollen uns mit Männern unterstützen. Aber wenn Adam nicht unser Kerl ist und der Killer ein solcher Meister der Tarnung, wie er es zu sein scheint, sehe ich nicht, wie wir ihn erkennen sollen."

Die beiden Männer schwiegen einen Augenblick.

„Außerdem bekommen wir ja bald Unterstützung vom FBI", fuhr Joe verdrießlich fort. „Sie werden einen Agenten aus der Bostoner Zweigstelle schicken, sobald sie jemanden entbehren können."

Mit einem Mal sah er Jeremy fragend an. „Was haben Sie gestern eigentlich da draußen gemacht?"

„Die Lichter."

„Lichter?"

„Ginny MacElroy erzählte mir, sie hätte dort draußen Lichter gesehen – wie von UFOs."

„Aus dem Munde einer ... na ja, nicht gerade jungen Frau?" Er lachte selbstironisch. „Ich hätte gedacht, dass sie ein bisschen senil wird und anfängt, Dinge zu sehen. Ich wäre mit Sicherheit nicht hinausgefahren, um dort Ermittlungen anzustellen", gab er zu.

Der Mann wirkt müde, dachte Jeremy. Kein Wunder. Er hatte keinerlei Ruhe gehabt, seit diese ganze Sache begonnen hatte.

„Joe, das Fax, das Sie mir gestern Abend geschickt haben, das mit der Liste der Gäste in der Bar – Ihr Name und der von zwei Ihrer Männer stand darauf."

„Ja, aber keiner von uns hat Dinah Green an dem Abend bemerkt."

„Aber Sie haben mir Ihren Namen geschickt."

„Ich habe Ihnen *alle* Namen geschickt. Herrje, bin *ich* jetzt ein Verdächtiger?"

Jeremy senkte den Kopf, um sein Grinsen zu verbergen. „Nun, Sie sind ein Einheimischer."

„Touché. Sie hätten mich enttäuscht, wenn Sie nicht ehrlich gewesen wären."

Die beiden saßen einige Minuten in mürrischem Schweigen da, bis Jeremy fragte: „Dann hat keiner Ihrer Männer irgendein Anzeichen von Eve Llewellyn gefunden?"

„Nein", antwortete Joe. „Adam schwört, dass er sie überhaupt nicht gesehen hat und nicht weiß, wo sie ist. Er behauptet, er hätte Rowenna im Historischen Museum besucht und sei dann zurück in Richtung Laden gegangen. Das Nächste, an was er sich erinnert, ist dass wir ihn auf dem Friedhof gefunden haben. Er ist wie Wackelpudding. Er hat wahnsinnige Angst, dass er der Killer sein könnte, und gleichzeitig schwört er, dass er seiner Frau niemals etwas zuleide tun könne, dass er überhaupt niemandem wehtun könne. Aber wie gesagt, dass wir ihn in Haft haben, hat das Festival-Komitee davon überzeugt, dass alle sicher sind."

„Sie glauben nicht, dass es Adam ist, nicht wahr?", fragte Jeremy.

„Herrje, wenn ich darüber nachdenke, weiß ich im Moment gar nichts mehr. Das hier war immer eine nette Stadt, die ihre traurige Geschichte überwunden hat und gut davon leben konnte, dass ein Haufen heutiger Wiccaner die Touristen anzieht ... Ein Serienkiller, der sich für den Teufel hält ..." Er schüttelte den Kopf und wirkte auf Jeremy, als ob er resignieren würde. „Das ist jenseits von allem, womit wir es hier jemals zu tun hatten."

In dem Moment klingelte sein Handy. Als er das Gespräch beendet hatte, wandte er sich an Jeremy und sagte: „Kommen Sie. Die Psychiaterin hat Adam durch einen Neurologen untersuchen lassen. Wollen wir mal sehen, was sie gefunden haben."

„Ist er verrückt?", fragte Joe die Psychiaterin, sobald sie den Raum betraten, in dem sie und der Neurologe warteten.

„Nicht im Mindesten", sagte Dr. Detweiler. „Er macht sich

bittere Vorwürfe, weil er nicht weiß, was passiert ist. Doch er leidet nicht an irgendwelchen Wahnvorstellungen und zeigt auch keine Anzeichen einer gespaltenen Persönlichkeit. Als ich mit ihm sprach, gewann ich den Eindruck, dass der Mann ein physisches Problem hat, weshalb ich Dr. Lauder hinzuzog", sagte sie und nickte in Richtung ihres Kollegen.

„Wir müssen noch einige Untersuchungen durchführen", sagte Dr. Lauder. „Und die Ergebnisse der bisherigen Untersuchungen sind noch nicht alle ausgewertet, doch ich glaube, dass er an einer seltenen Form von Epilepsie leidet. Er hat keine körperlichen Krampfanfälle wie bei der klassischen Form der Krankheit, doch Teile des Gehirns fallen aus, was zu seinen sogenannten Blackouts führt. Es gibt keine Heilung, wohl aber Medikamente. Sie können jetzt mit ihm sprechen, wenn Sie möchten."

Adam war an das Bett gefesselt worden. Sein Zimmer war abgesperrt, und er sah schrecklich aus.

Doch die Augen und seine Stimme waren klar.

„Irgendein Zeichen von meiner Frau?", fragte er kläglich, kaum dass sie eingetreten waren.

„Nein, tut mir leid", sagte Joe.

„Ich würde ihr niemals etwas tun", flüsterte Adam. „Ich liebe sie. Deswegen hatte ich solche Angst."

„Adam, wir haben eine Visitenkarte Ihres Ladens dort draußen gefunden, wo wir vier weitere Leichen entdeckt haben", teilte Jeremy ihm mit.

„Ich kann es nicht getan haben. Ich kann nicht so lange einen Blackout gehabt haben. Oder doch?" Seine entsetzt aufgerissenen Augen blickten flehend. „Oh Gott, wenn ich es getan habe, möchte ich hingerichtet werden."

„In Massachusetts gibt es keine Todesstrafe", entgegnete Joe trocken.

„Eine Karte vom Laden?", fragte Adam. „Aber ... jeder hätte eine dieser Karten haben können."

„Adam, da war etwas dran, das nach Kaugummi aussieht", sagte Joe.

Adam runzelte die Stirn. „Nein. Nein, das hat jemand arrangiert. Jemand, der mitbekommen hat, dass ich Probleme habe. Ich schwöre, ich hätte das nicht tun können. Es muss eine Falle sein." Sein Arm spannte sich an, als er gegen die Gurte ankämpfte. „Ich habe es nicht getan", flehte er Jeremy an. „Sie müssen mir glauben. Und sie müssen da rausgehen und denjenigen finden, der es getan hat. Ich habe mich selber über die Vergangenheit informiert, habe über Satanisten gelesen. Er wird sieben töten. Und er hat meine Frau!"

Ginny begrüßte sie an der Tür. „Oh, mein Gott! Ich habe das von Adam gehört, das ist so furchtbar! Ich hätte niemals gedacht … Aber jetzt, da sie ihn haben, hoffe ich, dass sie die arme Eve finden und sie wohlauf ist. Aber immerhin ist er in Haft, sodass wir uns keine Sorgen mehr machen müssen. Komm rein, Liebes. Oh – Sie sind nicht Jeremy", stutzte sie, als Zach hinter Rowenna eintrat.

„Zachary Flynn, Miss MacElroy", stellte sich Zach höflich vor. „Jeremys Bruder."

„Nett, Sie kennenzulernen", sagte sie, während sie ihn von oben bis unten musterte. „Nun, gehen Sie einfach dort drüben in die Küche, während ich Rowenna herausputze. Ich habe Kekse gebacken, und auf dem Herd steht Kaffee. Oder hätten Sie lieber Tee?"

„Kaffee ist wunderbar", sagte Zach und ging in Richtung Küche.

„Und du – ab nach oben", sagte Ginny.

Während Rowenna dem Kommando gehorsam folgte, bemerkte sie, dass Zach gar nicht in die Küche ging. Er kehrte lautlos in den Flur zurück – von wo aus er Dr. MacElroys Arbeitszimmer ansteuerte.

Oben schnatterte Ginny über alles und nichts. Das Fest

bereite so viel Arbeit, sei aber gut für den Tourismus. Wie furchtbar, einfach furchtbar es doch sei, dass all diese Frauen direkt vor ihrer Nase gestorben seien. Gott sei Dank sei Jeremy so ein netter junger Mann. Er habe ihr zugehört und die Lichter untersucht.

Rowenna ertappte sich bei der Hoffnung, dass es bei dem Fest nicht zu kalt würde. Der Erntemantel selbst – dunkelbrauner Samt mit aus Satin gefertigten Herbstblättern – war warm. Doch darunter trug sie über braunen Strumpfhosen und einem Bodysuit nur das Königinnenkleid aus feiner Gaze, das hier und dort mit weiteren Satinblättern geschmückt war. Immerhin gehörten braune Stiefel mit Pelzrand zum Kostüm sowie braune Handschuhe, die ebenfalls mit Pelz besetzt waren.

Als Rowenna alles anhatte, trat Ginny einen Schritt zurück. „Oh", sagte sie und klatschte entzückt in die Hände. „Das ist perfekt. Absolut perfekt. Lass es uns Mr Flynn zeigen, ja?"

Hatte Zach genug Zeit gehabt, den Schreibtisch des Doktors zu durchsuchen? fragte sich Rowenna.

„Ich finde, wir sollten das Kostüm als Überraschung präsentieren", erwiderte sie.

„Wenn du es sagst", seufzte Ginny. „Wenn ich nur so aussehen könnte. Einst tat ich das natürlich. Ich war ziemlich schön in meiner Jugend."

„Du bist noch immer schön", versicherte Rowenna ihr.

Sie ließ sich Zeit beim Umziehen.

Als sie nach unten gingen, wartete Zach am Fuß der Treppe. „Ginny, Ihre Hintertür wurde aufgebrochen", sagte er. „Wussten Sie das?"

„Oh, mein Gott!", rief Ginny. „Jemand ist eingebrochen!"

„Ich habe die Polizei gerufen – und einen Schlosser", sagte Zach. „Wenn Sie es erlauben, gehe ich durchs ganze Haus, um zu kontrollieren, ob die anderen Schlösser alle intakt sind."

Ginny nickte nachdrücklich. „Glauben Sie, dass sich jemand hier drin versteckt?“, fragte sie und griff nach Rowennas Arm.

„Zach wird sich darum kümmern, dass dir nichts geschieht“, versicherte Rowenna ihr. „Aber ich bin sicher, dass der Einbrecher schon lange fort ist.“

Sie konnte nicht glauben, dass Zach das Schloss aufgebrochen hatte, um das ganze Haus untersuchen zu können. Das ging ein bisschen zu weit. Aber sie verriet ihn nicht.

Sie blieb bei Ginny, und nachdem Zach seine Inspektion des Hauses beendet hatte, stand auch schon ein Polizist vor der Tür. Zach erklärte die Situation, und sie überließen Ginny dem Officer. Auf ihrem Weg nach draußen sahen sie den Schlosser ankommen.

„Das war aber ein gefährlicher Trick“, sagte sie. „Was, wenn sie deine Fingerabdrücke auf dem Schloss finden?“

Er blickte sie überrascht an. Er zog die Brauen auf dieselbe Art zusammen, wie Jeremy es auch oft tat. „Das war kein Trick, und sie werden meine Fingerabdrücke nicht finden. In ihr Haus wurde wirklich eingebrochen.“

„Was?“

„Es ist sehr wahrscheinlich letzte Nacht geschehen, vermutlich um das hier zu platzieren. Ich habe es auf dem Schreibtisch des Doktors gefunden.“

Er warf ihr etwas in den Schoß. Es war ein Buch über Beerdigungsrituale in New England, eben jenes Buch, das ihr gehörte und das sie nicht hatte finden können. Sie sah ihn verblüfft an. War dies wirklich ihr Exemplar? Und wenn, warum sollte jemand es aus ihrem Haus stehlen und auf dem Schreibtisch von Dr. MacElroy platzieren?

Oder gehörte das Buch Mary Johnstone? Hatte Doc MacElroy es wirklich in seinem Besitz gehabt, oder wollte irgendjemand da draußen sowohl Adam als auch den Doktor reinlegen?

19. KAPITEL

Nachdem er Joe und das Krankenhaus verlassen hatte, wollte Jeremy gerade Zach anrufen, als sein Handy klingelte.

Er kannte die Nummer nicht, wohl aber die Vorwahl. Handyanbieter aus Südkalifornien.

„Eric Rolfe?“, fragte er, statt sich zu melden.

„Ja“, bestätigte Eric überrascht. „Äh, ja … Hören Sie“, sagte er. „Können wir uns treffen? Jetzt? Sofort? Es ist dringend.“

„Wo sind Sie?“

„Treffen Sie mich beim Laden – dem Laden von Adam und Eve.“

„Die Polizei hat ihn gestern Abend versiegelt.“

„Nein, Sie müssen zum Hintereingang kommen. Durch die Gasse neben dem Theater.“

Da er von Adams Unschuld überzeugt war und Eric Rolfe auf seiner Liste der Verdächtigen ziemlich weit oben stand, entschied Jeremy, dass ein Treffen mit dem Mann sinnvoll wäre. Doch er würde vorsichtig sein. Sehr vorsichtig.

Er folgte Erics Richtungsangaben. Ihm war niemals aufgefallen, wie viele Abkürzungen und Verstecke es in der Gegend gab. Als er die Rückseite jenes Gebäudes erreichte, das das Richtige sein musste, war niemand da. Doch dann öffnete sich die Hintertür.

Eric Rolfe steckte den Kopf heraus. „Kommen Sie rein“, flüsterte er. „Rasch.“

Jeremys Waffe steckte im Holster unter seinem Jackett. Wachsam und auf alles vorbereitet, ging er hinein.

Sie befanden sich in einem Lagerraum. Überall standen Kisten herum, dazu gab es ein altes viktorianisches Sofa und einen winzigen Kühlschrank. Plötzlich kam jemand aus einer mit einem Vorhang verhängten Nische. Jeremy wollte gerade nach seiner Waffe greifen, als er verblüfft innehielt.

Es war Eve.

„Eve, was zum Teufel tun Sie hier?“, fragte Jeremy. „Die Polizei sucht Sie überall.“

„Ich weiß. Und es tut mir leid. Aber … das alles ist meine Schuld. Ich muss meinen Mann entlasten. Irgendwie.“

Er sah sie an und wartete auf eine Erklärung.

„Ich habe Rowenna erzählt, dass er vielleicht der … Oh Gott, wie schrecklich von mir. Und dann hat sie es Ihnen erzählt und Sie der Polizei und …“ Ihre Stimme versiegte jämmerlich.

„Nein, Eve. Wir haben die Visitenkarte Ihres Ladens mit etwas Kaugummi daran bei den Überresten einer anderen toten Frau gefunden“, klärte Jeremy sie auf. „Warum haben Sie Ihre Meinung über Adam plötzlich geändert, und warum verstecken Sie sich?“

„Bevor Adam zu Rowenna ging, hatten wir einen weiteren Streit. Er erzählte mir, dass er sich zwar über Satanismus informierte und gerne Bücher darüber in unser Angebot aufnehmen würde, er aber nicht wisse, woher das Buch mit den Zaubersprüchen käme – er habe es niemals zuvor gesehen. Ich habe ihm zuerst nicht geglaubt, aber als Rowenna kam und Adam nicht da war und sie wieder ging … Als er immer noch nicht zurückkam, habe ich mir solche Sorgen gemacht, dass ich mich auf die Suche nach ihm begeben habe. Dabei war ich vermutlich so aufgebracht, dass ich vergessen habe, die Tür abzuschließen. Bei meiner Rückkehr wimmelte es nur so vor Polizisten, und ich habe es mit der Angst zu tun bekommen und mich versteckt. Heute Morgen wollte ich meine Suche nach ihm fortsetzen, doch dann habe ich in der Zeitung gelesen, dass man ihn gefunden hat. Aber er ist nicht schuldig. Jeremy, Sie müssen beweisen, dass er nicht schuldig ist. Und Sie müssen weiter nach dieser Frau suchen, der Frau von Ihrem Freund.“

„Ich habe das Buch mit den Zaubersprüchen ebenfalls gelesen“, sagte Eric mit einem Räuspern. „Eve hat mich heute Morgen angerufen. Tut mir leid. Ich sagte ihr, sie solle Sie anrufen. Aber Sie müssen es selber lesen. Es geht die ganze Zeit darum, sieben Frauen zu opfern, um Satan zu werden. Und es gibt Zauberformeln für Illusionen und Hypnose, um die Frauen in seine Gewalt zu bringen.“ Eric reichte ihm das Buch.

„Da gibt es eine geheime Seite“, sagte er. „Hinten.“

Jeremy fand die Seite. Sie zeigte eine künstlerische Darstellung des Teufels mit sechs toten Frauen, die vor ihm an Pflöcke gebunden waren. Sie waren mit Blättern geschmückt, und man hatte ihnen das Genick gebrochen. Hinter dem Teufel stand eine Frau, die seine Magd zu sein schien. Die eine Hälfte ihres Gesichts war alt und hinfällig; die andere schien an Jugend und Schönheit zu gewinnen, je mehr Macht der Teufel gewann.

Eine weitere Frau stand vor dem Teufel. Sie trug eine Krone und einen Mantel aus Blättern. Sie blickte gen Himmel, als flehe sie um Erlösung.

Doch der Teufel streckte die Hand nach ihr aus.

Das siebte Opfer war schön. Eine besondere Unschuld und Reinheit umgab sie, wie sie gen Himmel schaute.

Sie war mit Blättern geschmückt und trug eine Krone.

Sie war die Erntekönigin.

Voller Panik griff Jeremy nach seinem Handy.

Zachs Telefon klingelte. Er sah aufs Display.

„Jeremy?“, fragte Rowenna.

„Nein, unser ältester Bruder Aidan“, erwiderte Zach. „Ich spreche hier draußen mit ihm. Geh du schon mal rein, ich bin gleich bei dir. Ich werde Jeremy ebenfalls anrufen und ihm sagen, wo wir sind und was wir vorhaben.“

Sie nickte und betrat das Museum.

June Eagle saß am Empfang. „Ein Freund von mir kommt gleich nach. Schick ihn bitte nach hinten, ja?“, bat Rowenna, als June ihr den Schlüssel reichte.

„Sicher. Dan ist auch irgendwo", sagte June. „Wenn ich ihn sehe, sage ich ihm, dass ihr zwei hinten in der Bibliothek seid. Du weißt ja, wie genau er es damit nimmt."

Rowenna nickte und bahnte sich ihren Weg durch die Exponate zum hinteren Ende des Museums.

Sie wollte den Schnitter und die Mörder, die nach ihm kamen, gar nicht erst anschauen. Allein den Raum zu betreten, wo die Nachbildungen standen, jagte ihr nun einen Schauer über den Rücken. Doch sie musste an ihnen vorbei, um die Bibliothek zu erreichen.

Als sie vorbeieilte, hatte sie das Gefühl, dass die Figur von Andrew Cunningham in seinem Kostüm aus dem 18. Jahrhundert sich bewegte, als wolle sie die Besucher beobachten. Sie schauderte und vermied es, näher hinzusehen. Stattdessen beschleunigte sie ihre Schritte und beruhigte sich damit, dass Zach gleich nachkommen würde und Dan vielleicht schon in der Bibliothek saß.

Die Tür war offen.

Sie war froh, dass die Bücher, die sie gestern gelesen hatte, noch auf dem Tisch lagen. So wäre es einfacher, Zach das Gefundene zu zeigen. Sie ging hinüber zum Regal und hielt nach etwas Ähnlichem Ausschau wie dem Buch mit den Zauberformeln, das Adam gelesen hatte. Während sie die Titel überflog, keuchte sie plötzlich auf.

Ihr Herzschlag beschleunigte sich, als sie das Buch über die örtlichen Beerdigungsrituale herauszog.

Ihr Handy klingelte, und sie suchte noch in ihrer Tasche danach, als sie ein Geräusch hörte, sich umdrehte … und aufschrie.

Die Wachsfigur von Andrew Cunningham hatte sich nicht nur bewegt, sie war zum Leben erwacht.

Sie stand direkt hinter ihr, aber mit einem Gesicht, das sie kannte.

Sie wollte schreien, doch es war zu spät.

Bevor sie auch nur einen Laut von sich geben konnte, schlug Cunningham sie mit dem Kolben seiner Flinte aus dem achtzehnten Jahrhundert nieder.

Sie fiel zu Boden, und völlige Finsternis umschloss sie.

Rowenna ging nicht ans Telefon. Gerade als Jeremy Zachs Nummer wählen wollte, klingelte sein Handy. Brad.

„Brad, was ist los? Beeil dich bitte. Ich muss meinen Bruder anrufen."

„Du wirst es nicht glauben, aber ich habe in Memphis tatsächlich eine Frau gefunden, die nicht nur gesehen hat, mit wem Dinah Green an der Bar gesprochen hat, sondern auch, mit wem sie an jenem Abend draußen war", sagte Brad.

„Mit wem?"

„Adam und Eve Llewellyn, Eric Rolfe, Dan Mie und Dr. MacElroy."

Jeremys Herz krampfte sich zusammen. Fünf Leute.

Adam stand unter Arrest. Eve und Eric standen neben ihm und starrten ihn erwartungsvoll an.

Blieben noch zwei Leute.

„Gute Arbeit, Brad. Ich rufe dich zurück, sobald ich kann. Ich muss Zach anrufen."

Er legte ohne ein weiteres Wort auf und wollte gerade wieder Zachs Nummer wählen, als sein Handy erneut klingelte. Sein Bruder war ihm zuvorgekommen.

„Zach, wo bist du?"

„Am Historischen Museum. Hör zu, Joe hat mich gerade angerufen, weil er bei dir nur die Voicemail erreichte. Lange Geschichte, aber Brisbins Buschland gehört Ginny MacElroy."

„Ginny?", fragte Jeremy verblüfft. Das bedeutete, dass Nick MacElroy ebenfalls Zugang dazu hatte. Und er war ein Einheimischer. Er musste die Geschichte des Ortes kennen.

Das Haus war bis auf den Grund niedergebrannt worden.

Doch Häuser hatten Keller.

„Zach, wir müssen dort hin. Wo bist du jetzt?"

„Vorm Historischen Museum. Wo bist du?"

„Um die Ecke. Ich treffe dich dort."

„Ich gehe rein und hole Rowenna", sagte Zach.

Eric und Eve sahen ihn erwartungsvoll an, als er auflegte. „Ich muss los, um mich mit meinem Bruder und Rowenna zu treffen", sagte Jeremy. „Rowenna ... sie ist die Erntekönigin. Wir dachten, er hätte sieben – die fünf, die er bereits getötet hat, Mary Johnstone ... und Sie, Eve."

„Oh, mein Gott", entfuhr es Eve.

„Tut mir leid", sagte er rasch. „Aber es ist Rowenna, die er für sein Finale haben will. Die Erntekönigin."

„Und wem gehört das Grundstück?"

„Ginny MacElroy."

„Ginny? Sie glauben, Ginny hat es getan?" Eric sah aus, als wollte er gleich losprusten.

„Nein, ich glaube, es ist der Doktor", sagte Jeremy.

„Nein, das kann nicht sein", protestierte Eric.

„Warum nicht?"

„Ich sagte Ihnen ja, die Augen ... Ich sah Damien. Und es war nicht Dr. MacElroy. MacElroy ist zu alt. Ich weiß, dass er es nicht wahr."

Eve keuchte auf. „Es ist Dan", rief sie. „Dan Mie."

„Dan Mie", wiederholte Jeremy, der die Buchstaben des Namens hin und her schob, bis sie den Namen Damien formten.

„Oh, mein Gott", fluchte er. „Ich muss raus zum alten Brisbin-Grundstück. Sie zwei bleiben hier. Eric, rufen Sie Joe an und sagen Sie ihm, dass es Eve gut geht und dass das alte Brisbin-Grundstück irgendwie mit der Sache zu tun hat."

Wieder klingelte sein Handy. Zach.

„Was ist los, Zach? Ich bin so gut wie unterwegs."

„Es geht um Rowenna. Sie ist verschwunden. Ich weiß

nicht, wie – niemand hat den Notausgang benutzt, und das Mädchen am Empfang schwört, dass es keinen anderen Weg nach draußen gibt. Aber sie ist fort. Die Polizei ist auf dem Weg, aber du musst so schnell wie möglich herkommen!"

Die Dunkelheit zog sich allmählich zurück, und sie glaubte, Menschen reden zu hören. Sie sah auf und erblickte den späten Herbsthimmel, ein weiches Graublau mit einzelnen Wolken, und sie spürte den sanften Hauch einer Brise.

Sie lag auf etwas Weichem und doch Festem, das stark nach Pflanzen roch.

Die Erde.

Sie lag mit über der Brust gefalteten Händen da und hatte das Gefühl, sich auf dem Friedhof zu befinden, in einem Grab. Sie blinzelte und begriff, dass es nicht real war, und doch fühlte sie das Gras unter sich, roch die gerösteten Kastanien von einem nicht weit entfernten Stand.

Sie spürte den Schatten eher, als dass sie ihn sah.

„Du bist nicht real", sagte sie. Ihre Stimme war schwach, und ihr Kopf pochte.

Dann war er da. Sie kannte ihn, auch wenn er einen Turban trug, Make-up und einen wunderschönen Mantel. Er sah so anders aus. Attraktiv, was sie innerlich hysterisch kichern ließ, denn sie hatte ihn nie gut aussehend gefunden. „Dan", flüsterte sie.

„Nicht Dan", erwiderte er mit wölfischem Grinsen. „Damien, der Schnitter, und ich werde die Welt beherrschen. Ich werde Satan nicht nur anbeten, ich werde sein Leib sein."

Erstaunt hörte sie sich lachen, doch die ganze Zeit rasten ihre Gedanken hin und her. Sie musste sich Zeit verschaffen, musste ihn reden lassen, musste einen Weg finden, ihn aus der Balance zu bringen. „Damien. Dan Mie. Ein Anagramm. War es das, was dich glauben ließ, du seist der Erbe Satans? Als du herausbekamst, dass du deinen Namen so umwandeln kannst?

Oder war es eher der Umstand, dass du immer ein Niemand warst? Brauchtest du etwas, was dir das Gefühl von Wichtigkeit gibt, und hast du dich deshalb entschieden, der Teufel zu sein?"

Sie sah es seiner Miene an, dass sie seinen wunden Punkt getroffen hatte. Sie machte ihn wütend. Gut. Wütende Menschen wurden unvorsichtig. Sie machten Fehler.

Richtig. Als ob es für sie jetzt irgendeine Rettung gäbe. Sie wusste nicht, wo sie sich befand. Sie konnte nicht wirklich auf dem Friedhof liegen, weil dann Menschen um sie herum wären. Also musste er eine Illusion erschaffen haben.

Also, wo *war* sie?

Sie kämpfte gegen ihr eigenes Bewusstsein an und versuchte, die Illusion zu zerstören, die er erschaffen hatte, um die dahinterliegende Realität wahrzunehmen.

Rowenna spürte eine Brise, und plötzlich lag sie nicht mehr. Sie rannte. Sie befand sich in einem Maisfeld und rannte um ihr Leben. Die Halme knickten ab, als sie sich hindurchzwängte. Der Himmel über ihr war stahlgrau, und überall schien es zu rumpeln und zu röhren.

Krähen kreischten, schossen auf sie hinunter, und ihre Schreie machten sie taub, während sie sie umkreisten, sie jagten.

Sie zu dem Pflock führten, an dem ihr Leben enden würde.

Nein!

Das war eine weitere Illusion. Sie musste dagegen ankämpfen.

Sie schloss die Augen, ignorierte alles außer ihrem Tastsinn. Sie spürte die Seile, mit denen ihre Arme gefesselt waren. Sie fühlte Kälte und spürte die Feuchtigkeit der Luft. Spürte die harte, festgeklopfte Erde unter sich.

Sie war irgendwo … unter der Erde. In einem Grab?

War sie lebendig begraben worden?

Nein, das war nicht die Art des Schnitters. Sie öffnete die Augen und sah sich um.

Damien war fort. Doch sie konnte ihn hören. Er war nicht weit weg. Er sprach mit jemandem. Sie hörte eine leise, gedämpfte Stimme, die ihm antwortete. Eine weibliche Stimme.

Mary Johnstone?

Doch dann vernahm sie ein leises, schluchzendes Stöhnen. Es kam von sehr nah, lag jedoch außerhalb ihres Gesichtsfeldes.

Sie strengte sich an, um dennoch das Gespräch zwischen Dan und der Frau zu hören.

„Du wirst alles ruinieren", sagte die Frau. „Du musst die Erste jetzt töten – und zwar rasch. Oder sie finden dich, bevor du es beendet hast. Du kannst nicht der wahre König der Könige, Satan auf Erden, sein, wenn du das Ritual nicht völlig befolgst."

Diese Stimme …

Als Rowenna versuchte, sich in eine etwas angenehmere Position zu bringen, bemerkte sie, dass sie in ihrem Erntekönigin-Kostüm steckte.

Und sie erkannte die weibliche Stimme.

Ginny MacElroy.

Ihr Verstand wollte den absurden Gedanken nicht wahrhaben, doch sie kannte Ginnys Stimme zu gut, um sie zu verwechseln. Und sie wusste, was sie anhatte und dass das Schluchzen und Stöhnen von Mary Johnstone kommen musste.

Sie testete den Strick, mit dem sie festgebunden war. Wie viel Zeit hatte sie? Minuten?

Nein, länger. Denn Mary …

Mary musste zuerst sterben.

Verzweiflung und Hoffnungslosigkeit drohten sie zu übermannen, als sie feststellte, dass der Strick zu fest gezurrt war, um sich zu befreien.

Dann erstarrte sie plötzlich, voller Angst und in der Überzeugung, dass sie den Verstand verlor.

Ein kleiner Junge stand vor ihr. Ein ganz normaler kleiner

Junge in Jeans und einem T-Shirt, der sie traurig ansah.

Sie wollte etwas sagen, doch er hielt den Finger vor den Mund, um sie zu warnen, dass sie ruhig sein sollte.

Und dann verschwand er.

Es gab nirgendwo eine Spur von Rowenna. Joe und die Polizei hatten das ganze Museum auf den Kopf gestellt, während eine tränenreiche June ihnen auf Schritt und Tritt folge und zu helfen versuchte.

Schließlich hatte Jeremy die Bibliothek untersucht und das Regal entdeckt, das tatsächlich als falsche Tür zu einem Tunnel fungierte.

Er wusste nicht, wie Eve es geschafft hatte, ihm zu folgen und an Joe und den anderen Cops vorbeizukommen, doch sie war direkt hinter ihm. „Gehen Sie zurück und sagen Sie Joe, dass ich das hier untersuche", wies er sie an.

Zach war bereits los, um Brad abzuholen und dann zu dem alten Brisbin-Grundstück hinauszufahren. Eric war bei ihm, weil er die Gegend kannte und deshalb am ehesten das Fundament des alten Hauses finden würde.

„Ich gehe mit Ihnen", insistierte Eve.

„Nein! Gehen Sie zurück, und erzählen Sie Joe davon."

Sie nickte unglücklich und ging zurück, während er sich bückte und dem Tunnel folgte. Joe hatte ihm gesagt, dass sie den Friedhof untersucht und keine verborgenen Tunnel gefunden hätten.

Und tatsächlich führte dieser Tunnel nicht zum Friedhof. Er führt zu einem Abwasserkanal.

Und der Abwasserkanal führte zu der Straße neben dem Friedhof.

Er stieg die Leiter empor und starrte zum Friedhof hinüber.

Als kurz danach Eve neben ihm auftauchte, zuckte er zusammen. „Ich habe Joe Bescheid gesagt", sagte sie rasch, bevor er sich aufregen konnte. „Aber dort drüben ist etwas", flüsterte sie, als sie seinem Blick folgte und zum alten Friedhof hinübersah.

„Gehen Sie zurück. Sagen Sie Joe, dass Dan sie durch diesen Tunnel hinausgeschafft hat und vermutlich schon bei dem Grundstück ist. Zach ist auf dem Weg, doch sie müssen sofort die Polizei hinschicken."

„In Ordnung. Aber denken Sie daran: Liebe ist stärker als das Böse, und es gibt auf dieser Welt mehr, als wir wissen ..."

Sie verschwand wieder im Tunnel, und er lief zu seinem Wagen.

Doch dann hielt er inne.

Der Junge stand auf dem Friedhof. Billy. Und er winkte ihn heran.

Trotz seiner Angst um Rowenna ging Jeremy auf den Friedhof. Er konnte nicht anders. Es waren Leute um ihn herum, doch er machte sich nicht die Mühe, sie zu befragen, ob sie einen Mann mit einer Frau gesehen hätten. Er ging direkt zu Billy.

Und diesmal verschwand Billy nicht.

Der Junge nahm seine Hand und bildete lautlos die gleichen Worte wie schon auf dem Brachland, wo man die vier Frauen gefunden hatte.

Beeil dich.

Jeremy spürte den Wind in seinem Gesicht. Er war nicht länger auf dem Friedhof. Er stand auf einem Hügel. Um ihn herum standen Galgen, von denen Leichen hingen, und ein spöttisches Gelächter drang an sein Ohr. Irgendwie wusste er, dass die im Wind baumelnden Leichen Unschuldige waren, die hatten sterben müssen, damit das Böse herrschen konnte.

Der Hügel verblasste, und plötzlich stand er in Maisfeldern, die sich endlos zu erstrecken schienen.

Er fing an zu rennen, seine Füße trommelten auf die Erde. Er kämpfte sich durch die dichten Halme, bis er schließlich das Feld verließ und das Brachland betrat.

Billy war noch immer bei ihm und hielt ihn an der Hand. Und nun zog er ihn, bis er wieder anfing zu rennen.

Denn Billy wusste, wo sie hinmussten.

Rowenna gelang es, einen scharfen Stein zu ertasten und damit den Strick zu bearbeiten, der ihre Hände hinten zusammenhielt. Schließlich hatte sie ihn durchtrennt. Kaum hatte sie ihre Hände befreit, entfernte sie den Strick, mit dem sie an den Knöcheln gefesselt war. So geräuschlos wie möglich erhob sie sich und tastete sich an der Mauer Schritt für Schritt durch die Dunkelheit. Der Boden schien voller Abfall, Schmutz aus Jahrhunderten, und das einzige Licht drang aus der Richtung, aus der auch die Stimmen gekommen waren. Auf der anderen Seite des Raumes sah Rowenna eine andere Frau liegen, an Händen und Füßen ebenso gefesselt, wie sie es gewesen war.

Ginnys Stimme. Weil Ginny Teil des Ganzen war. Sie konnte es noch immer nicht glauben. *Warum?*

„Mary?", flüsterte sie.

Einen Moment lang herrschte Schweigen. Dann ein Wimmern, als ob Mary versuchte, still zu bleiben, aber ihre Furcht nicht unterdrücken konnte.

Sie hat vermutlich Angst zu sprechen, überlegte Rowenna. Zweifellos hatte sie schon lange begriffen, dass Ginny keine freundliche alte Dame war, die sie retten wollte, und fürchtete sich nun vor allen neuen Stimmen.

Rowenna tastete sich weiter an der Mauer entlang, die feucht und mit Algen bewachsen war. Vorsichtig vermied sie jedes Geräusch, das Dan und Ginny alarmieren könnte.

Sie kam an einem Riss in der steinernen Mauer vorbei, die sie als Fundament eines alten Hauses identifizierte. Der fahle Lichtschein, der durch den Riss drang, fiel auf ein Tablett mit Essen, an dem sich gerade eine große Ratte labte.

Schließlich erreichte sie Mary und erkannte, dass der Strick um ihre Füße an einem eisernen Ring endete, der oben an einem Deckenbalken befestigt war. Sie fluchte unterdrückt und betete, dass Mary nicht aufschreien würde.

„Mary, bitte, schreien Sie nicht“, flüsterte sie. „Ich bin eine Freundin von Jeremy Flynn. Ich heiße Rowenna.“

Sie hörte ein leises Aufkeuchen und kam näher. Mary war blass und ausgemergelt. Ihr Gesicht verschmutzt und der Ausdruck in ihren Augen gequält. Man hatte sie wie eine Puppe herausgeputzt – oder wie eine Vogelscheuche. Aus den Aufschlägen ihrer Baumwollhose ragten sogar Strohbüschel. Unter dem Schmutz in ihrem Gesicht war sie bemalt wie ein Harlekin.

Mary starrte sie nur aus riesigen schreckgeweiteten Augen an, als hätte sie keine Kraft mehr in sich.

Rowenna spürte ihre Nägel abbrechen, als sie versuchte, die Knoten von Marys Fesseln zu lösen. Sie waren extrem fest und hatten sich durch Marys Bemühungen, sich loszumachen, nur noch fester zugezogen. Schließlich konnte sie sie aber doch befreien.

Doch sie mussten hier noch rauskommen.

Und sie wusste nicht einmal, wie sie hereingekommen war.

Außerdem sah es so aus, als ob sie Mary, die sogar zum Stehen zu schwach war, würde tragen müssen. Und auch wenn sie kaum etwas zu wiegen schien, würde sie auf Dauer doch eine schwere Last sein.

Sie hatte die bewegungslose Frau gerade über die Schulter genommen, als sie Schritte hörte.

Ginny und Dan kamen.

Das grelle Licht einer Sturmlaterne erhellte plötzlich den Raum.

„Rowenna Cavanaugh!“, rief Ginny betrübt. „Was tust du da? Du wirst dir dein hübsches Kostüm ruinieren.“

„Lass sie runter, Rowenna. Sie ist sowieso schon halb tot“, sagte Dan geduldig. „Lass sie runter, oder ich zwinge dich dazu.“

Sie schüttelte den Kopf. „Nein, Dan. Du kannst mich zu nichts zwingen."

„Natürlich kann ich das. Ich kann dich sehen und tun lassen, was immer mir in den Sinn kommt."

„Ich sehe und tue, was ich sehen und tun will", erwiderte sie mit deutlich mehr Selbstvertrauen, als sie tatsächlich verspürte. „Schließlich habe ich auch deine Verbrechen gesehen, bevor ich sie sehen sollte", gab sie zu bedenken.

Er starrte sie an und runzelte allmählich die Stirn, als sie seinen Blick ohne Zucken oder Blinzeln erwiderte. Sie begriff, dass er sie irgendetwas sehen lassen wollte. Er wollte sie sehen lassen, wie sie Mary absetzte. Doch sie wusste, was er vorhatte, und würde es nicht tun.

Er fluchte und trat vor, sodass sie Mary doch loslassen musste, um sich zu verteidigen. Sie wehrte sich kräftig und setzte alles ein, was sie je über Selbstverteidigung gehört hatte – das Knie in den Schritt, den Ellbogen in die Rippen. Sie schleuderte ihn zu Boden, doch da fiel Ginny über sie her.

Zu ihrem eigenen Erstaunen hatte sie keinerlei Hemmungen, die alte Frau, die sie ihr ganzes Leben mit Keksen gefüttert hatte, quer durch den Raum zu stoßen.

Dann griff Dan sie erneut an. Sie wehrte sich hartnäckig, bis …

Sie spürte das Messer an ihrem Hals.

„Du hast noch ein paar Minuten. Ein paar Minuten kostbares Leben. Nutze sie weise", flüsterte er, während er die kalte scharfe Klinge an ihren Hals hielt.

Es waren keine Autos zu sehen, doch Jeremy erkannte schwache Reifenspuren in der Erde, als Billy ihn vorwärts zog.

Ohne Billys Hilfe hätte er niemals die Falltür gesehen, die vermutlich zu einem Sturmkeller führte und nun mit Blättern und Unrat bedeckt war. Er zog die Tür auf und starrte hinunter in die Dunkelheit.

Als seine Augen sich daran gewöhnt hatten, erkannte er eine Leiter, die nach unten führte. Er wandte sich zu Billy um, doch der Junge war verschwunden. Schritt für Schritt stieg er die Leiter hinunter …

Und hörte Stimmen.

„Du kannst mir auch gleich die Kehle durchschneiden, Dan Mie, denn ich werde hier niemals ruhig stehen bleiben, während du die Frau erwürgst. Außerdem wird er es nicht zulassen."

Gott sei Dank! Es war Rowennas Stimme. Sie lebte.

„Wer? Etwa dein Detektiv-Freund, der so gut schießen kann?", höhnte Dan. „Er wird ewig brauchen, bis er hier ist – falls er diesen Ort überhaupt jemals entdeckt. Er sollte im Moment eigentlich den guten Doktor MacElroy jagen."

Jeremy schlich sich dichter heran, bis er die Szenerie im Blick hatte und sehen konnte, dass Dan Rowenna ein Messer an den Hals hielt.

„Nein, eigentlich meine ich nicht Jeremy. Ich spreche von dem kleinen Jungen dort drüben", sagte Rowenna.

Mein Gott, dachte Jeremy. Billy war tatsächlich dort – und Rowenna konnte ihn ebenfalls sehen.

„Da ist kein kleiner Junge", sagte Dan.

Er hörte das schwache Aufkeuchen einer Frau. Irgendjemand war noch da. Mary?"

„Dort … *ist* etwas …"

Es war Ginny. Ginny MacElroy. Sie klang schwach und verletzt.

„Ich glaube, er ist hier, um Mary und mich zu beschützen", sagte Rowenna. „Siehst du, wie er leuchtet? Er kommt von einem sehr guten Ort, glaube ich. Und er ist hier, um dich in die ewige Hölle zu schicken. Ist es nicht das, was du möchtest? Bei Satan zu sein?"

„Ich werde Satan sein. Ich werde meine sieben Opfer bekommen!", röhrte Dan Mie.

Genug ist genug, dachte Jeremy und trat vor. Es war ihm egal, ob man ihn hörte. Er hatte seine Waffe gezogen und zielte auf Mie.

„Billy kann Sie nicht erschießen, Dan. Aber ich kann es“, versprach er grimmig.

Das Messer lag noch immer an Rowennas Kehle. Er war ein Meisterschütze, aber …

Alles, was er brauchte, war eine winzige Drehung.

Ihr Blick traf den seinen. Ihre Augen glühten golden und verströmten Stärke, so viel Stärke.

„Dan, Vorsicht vor Billy“, sagte sie. „Siehst du ihn nicht? Er ist direkt neben dir.“

Dan machte eine leichte Drehung, doch Jeremy wollte das Risiko nicht eingehen. Stattdessen stürzte er sich auf den Mann und riss ihn von Rowenna fort, sodass sie zusammen zu Boden fielen.

Das Messer blitzte auf, als Dan es in Jeremys Brust stoßen wollte, doch Jeremy setzte sich auf und gab Mie eine Kopfnuss.

Das Messer flog Dan aus der Hand, und Jeremy hörte einen schrillen Schrei, wie das Krächzen einer Krähe. Er blickte hoch und sah Ginny MacElroy auf sich zukommen.

Rowenna brachte sie zu Fall, während er Mie mit einem Faustschlag zurück gegen die Wand schleuderte.

Plötzlich ertönten Schüsse, die sie alle erstarren ließen.

Sein Bruder war eingetroffen. Direkt hinter ihm befand sich Brad, dem sich ein tiefes Aufstöhnen entrang, als er an allen vorbei zu Mary stürzte.

„Mary, Mary“, schluchzte er, während er sie in seinen Armen wiegte.

„Hast ganz schön lange gebraucht“, sagte Jeremy grinsend zu seinem Bruder.

„Ich habe gegen jede Geschwindigkeitsbeschränkung verstoßen“, sagte Zach. „Wie zum Teufel bist du so schnell hierhergekommen?“

„Du würdest es mir sowieso nicht glauben, wenn ich es dir erzähle", erwiderte Jeremy. Dann half er Rowenna auf die Füße.

„Es war Billy", sagte sie weich, bevor sie sich bebend in seine Arme fallen ließ.

„Ich schwöre, ich werde es nie verstehen", sagte Joe kopfschüttelnd. „Warum?"

„Nun", sagte Jeremy, der sich noch ein Stück Truthahn nahm. „Ginny hatte ihr ganzes Leben von diesen Legenden gehört. Sie glaubte, dass, wenn sie Satan als Magd diente, dieser sie dafür mit Jugend und Schönheit belohnen und sie für immer leben würde. Also half sie Mie nur zu gern, Satan zu werden. Sie war diejenige, die ihn überhaupt erst auf die Idee brachte.

Vermutlich fing das schon vor Jahren an – als er noch Kekse mit Milch in ihrer Küche gegessen hat. Sie sind beide natürlich völlig verrückt, doch ihre Wahnvorstellungen beflügelten sich gegenseitig – und haben dazu geführt, dass fünf Frauen sterben mussten." Und zwei weitere wären beinahe gestorben, dachte er, wobei er dankbar zu der Frau an seiner Seite sah.

„Es ist einfach zu gruselig, zu wissen, dass Menschen, die wir unser ganzes Leben lang kennen, Mörder sind", sagte Eve und lächelte zögernd ihren Mann an. Seit er Medikamente nahm, hatte er keinen weiteren Blackout gehabt, sodass sie beide an diesem Thanksgiving tatsächlich Grund zur Dankbarkeit hatten.

Er erwiderte ihr Lächeln. „Ich versuche noch immer, das alles zusammenzukriegen."

„Ich habe eine ziemlich genaue Vorstellung", sagte Rowenna. „Dan nahm Touristinnen ins Visier, Frauen, die nur auf der Durchreise waren. Er traf sie in Bars oder im Museum. Er wählte Frauen aus, die nicht so schnell vermisst werden würden. Bis Halloween näher kam. Da musste er sich beeilen, weshalb er die Gelegenheit ergriff und Mary entführte, obwohl Brad dabei war und die Polizei verständigen würde. Er wusste von Adams Blackouts – er hat dich beobachtet", sagte sie zu Adam. „Also hat er eine deiner Karten genommen, etwas von deinem Kaugummi darauf geklebt und sie bei einer der Leichen platziert. Sollte die Leiche jemals gefunden werden, würde alles auf dich hinweisen. Ginny hat versucht, den Doc als den Schuldigen hinzustellen. Armer Kerl. Er steht noch immer unter Schock."

„Okay, das alles verstehe ich", sagte Joe. „Und mir ist klar, dass Dan das Museum durch den Tunnel nach Belieben betreten oder verlassen konnte. Und jeder am Empfang hätte geschworen, dass er nie weg gewesen war, weil er ja nie an ihnen vorbeimusste. Aber ... Mary sagte, sie hätte auf einem Hügel gestanden und dann in einem Maisfeld, und danach hätte sie gefesselt in dem Keller gelegen – und sie wusste nicht, wie sie an einen dieser Plätze gelangt oder ob sie überhaupt wirklich dort gewesen war.

„Dan beherrscht Hypnose", erklärte Jeremy.

„Aber kann jemand so gut sein?", wollte Joe wissen.

„Er war sehr gut", sagte Rowenna leise. „Er konnte Bilder in deinem Bewusstsein entstehen lassen. Mary und ich haben sogar unsere Namen auf einem Grabstein gesehen. Aber ... es gibt einige Dinge, die wir vermutlich nie erfahren oder verstehen werden. Vielleicht geht es bei Leben und Tod genau darum."

Jeremy wusste, dass sie an ihre Träume dachte. Und an Billy. Wie konnte jemand diese Dinge erklären?

Auch er hatte noch Fragen. Fragen, die er niemals stellen konnte, weil die meisten Menschen ihn für verrückt halten würden.

Aber nicht Rowenna. Sie lächelte ihn an, und er erinnerte sich an ihre Streitgespräche über die Möglichkeit paranormaler Phänomene. Er war überzeugt gewesen, dass die Welt aus dem bestand, was man sehen und berühren, hören, schmecken und riechen konnte. Erde und Himmel und Meer. Das Böse war aus Fleisch und Blut. Dasselbe galt für das Gute.

Und das stimmte so weit. Dan und Ginny waren eindeutig aus Fleisch und Blut. Doch gleichzeitig konnte er sich des Gefühls nicht erwehren, dass etwas Böses aus der Vergangenheit ihre Seelen ergriffen hatte. Der Teufel? Vielleicht.

Und machte das Billy zu einem Engel? Er wusste es nicht, und es war ihm auch egal. Er war einfach nur dankbar, dass der Junge ihm geholfen hatte, die einzige Frau zu retten, die er jemals lieben würde.

Existierte das Paranormale? Er konnte es nicht beweisen, nicht so, wie ein Polizist Dinge beweisen musste. Doch ausschließen konnte er die Möglichkeit keineswegs mehr.

Rowenna hatte es natürlich immer gewusst.

„Da ist noch eine Frage", sagte Joe. „Wie zum Teufel bist du so schnell dort hingekommen? Du warst im Museum und dann im Tunnel. Wie hast du uns da nur überholen können?"

„Und das ohne Auto", murmelte Zach, der Jeremy ansah und die Achseln zuckte.

„Ich weiß es nicht", sagte Jeremy. „Ich weiß es ehrlich nicht."

„Ich weiß es", sagte Eve, die Adams Hand nahm. „Es war die Macht der Liebe. Das Böse kann mächtig sein, doch die Liebe ist stärker als jede andere Macht auf der Welt."

Jeremy war ziemlich sicher, dass er rot wurde.

„Wie sieht es also aus?", wollte Joe wissen.

„Wie bitte?"

„Sie ist mehr oder weniger mein Kind", sagte Joe. „Also glaube ich ein Recht zu haben, das zu wissen."

„Er möchte wissen, was du für Absichten hast, Bruderherz", sagte Zach lachend.

Jeremy blickte Rowenna tief in die Augen. Magisch. Der Verstand und das Herz des Menschen hatten so viele Facetten, und sie hatte bei ihm jede einzelne berührt. Sie war ihm wichtiger als sein Leben. Sie glaubte daran, dass sie das Unbekannte berühren konnten.

Und sie hatte recht. Das konnten sie.

Wenn sie plötzlich lange grüne Kleider tragen und die Meeresgötter anbeten würde, wäre es ihm auch egal.

„Meine Absichten – wenn sie mich denn haben will natürlich – bestehen darin, sie zu lieben und zu ehren, bis dass der Tod uns scheidet … und darüber hinaus“, sagte er weich.

Er sah, wie ihre bernsteinfarbenen Augen golden aufleuchteten. Dann beugte sie sich vor und küsste ihn.

Er war ziemlich sicher, dass er seine Antwort hatte.

– ENDE –

An einem kalten Dezembertag nimmt Eddie Ray im Hafen von Newport, Rhode Island, einen seltsamen Passagier an Bord der *Sea Maiden* – und wird danach nie wieder gesehen. Zach Flynn soll im Auftrag des reichen alten Sean O'Riley herausfinden, was mit seinem Geschäftspartner geschehen ist. Doch dessen Familie macht es Zach nicht leicht. Da wären zum einen die Streitigkeiten zwischen O'Rileys blutjunger Frau und seiner paranoiden Tochter. Zum anderen die exzentrische Tante, die in der Dachwohnung lebt und behauptet, im Haus würde eine Todesfee wohnen. Einzig die schüchterne irische Krankenschwester Caer versucht alles, um Zach bei seinen Recherchen zu helfen. Doch irgendwie wird er das Gefühl nicht los, dass sie auch etwas zu verbergen hat. Gerade als Caer ihm gestehen will, wer sie wirklich ist, kündigen die Raben einen neuen Tod an.

LESEPROBE

Narragansett Bay, Rhode Island

Die See war wunderschön und er fühlte sich hier wie im Himmel.

Eddie Ray spürte die frische Luft an den Wangen, die vom Wind bald gerötet sein würden. Es war Winter, aber hier draußen vor der Küste von Newport in Rhode Island blieb das Wasser trügerisch ruhig. Er liebte das Meer zu dieser Jahreszeit, wenn es so schnell seine Stimmungen wechselte. Dumm war er nicht. Er würde sich nie vorsätzlich in einen gefährlichen Sturm begeben. Aber er hatte sein Boot bereits mehr als einmal durch einen heftigen Nordostwind gebracht, und er liebte die aufgewühlten Wellen, den Wind und selbst die Kälte, die mit dem strömenden Regen kam und sich in alle Knochen fraß.

Aber heute war es so friedlich! Klare, kühle Luft – es herrschte eine Temperatur um die fünf Grad. Eine leichte Brise wehte, gerade genug, um die Segel zu blähen und die „Sea Maiden" voranzutreiben. Sie streifte durchs Wasser, als würde sie durch die Lüfte segeln. Dies war sein Lieblingsboot. Er hatte sich dessen Namen sogar auf den Arm tätowiert.

Natürlich hätte er die Sea Maiden nicht nehmen müssen. Sie war ein ziemlich großes Schiff. Diese neureichen Jünglinge aus der Stadt, die in Rhode Island gern mit diesem Schmuckstück protzten, hätten es für einen einzigen Passagier sicher nicht ins Wasser gelassen.

Für einen sehr merkwürdigen Passagier.

Eddie saß am Steuer und blickte sich um. Er hatte den Mann um Punkt zwölf an Bord genommen, so wie er es gewünscht hatte. Um halb drei würden sie wieder im Hafen zurück sein, denn sein Partner Sean O'Riley wollte um vier mit seiner Frau nach Irland aufbrechen. Eddie hatte fest vor, rechtzeitig von Bord zu kommen, um sich von ihnen zu verabschieden. Es war alles ziemlich aufregend. Sean hatte sein Geburtsland schon seit Jahren nicht mehr besucht.

Und seit seinen Flitterwochen mit Amanda in die Karibik war er auch nicht mehr gereist.

Seine neue Frau. Die „Trophäe“, wie Kat, Seans Tochter, sie nannte. Nun, wenn ein Mann eine Frau heiratete, die nur halb so alt war wie er, dann musste er schon mit so einer Reaktion rechnen. Andererseits hatte Sean O'Riley ihn immer an einen Piraten erinnert, wie man sie von früher kannte. Kein richtiger Pirat. Eher die Sorte, die man aus den Filmen kannte. Captain Blood. Heldenhaft, forsch und entschlossen. Sean würde schon dafür sorgen, dass in seinem Haus Frieden herrschte. Eddie sah ihn förmlich vor sich, wenn er sich den Reibereien dort genauso entgegenstellte wie dem Nordwind: beide Beine fest auf dem Boden, immer die Balance haltend, Hände entschlossen in die Hüften gestemmt.

In letzter Zeit war Kat nicht oft zu Hause, da sie aufgrund ihrer Musikkarriere viel reiste. Sie hatte wirklich Talent, und alle waren unheimlich stolz auf sie. Sean konnte eben einfach nicht allein leben, er brauchte Gesellschaft. Eine Frau, die sich um all diese häuslichen Dinge kümmerte, mit denen er sich nicht so gern beschäftigte. Kats Mutter war vor langer Zeit gestorben, und jetzt, wo Kat kaum noch da war, vermisste Sean die familiäre Gemeinschaft. Jemand anders noch als seine altjüngferliche Tante, so entzückend Bridey auch sein mochte. Clara und Tom, die sich um das große alte Haus kümmerten, reichten ihm nicht. Marni, die mit Eddies und Seans neuem jungen Geschäftspartner Cal verheiratet war, fungierte immer wieder gern als Gastgeberin für die von ihnen veranstalteten Geschäftsessen. Aber Sean hatte eben etwas anderes gebraucht. Deshalb Amanda.

Eddie fand, was immer Sean glücklich machte, war gut. Und wenn Amanda Sean guttat, dann war auch Eddie zufrieden – obwohl allein der Himmel wusste, *warum* sie Sean so guttat. Eddie konnte sich nur vorstellen, dass sie wohl im Bett abging wie eine Rakete. Denn im Kopf schien sie nicht besonders viel zu haben. Außerdem versuchte sie auch nicht wenigstens ansatzweise, mit Kat klarzukommen. Für Sean blieb seine Tochter jedoch sein Sonnenschein. Sean war nicht nur Eddies Partner, sondern auch sein bester Freund. Sie hatten zusammen die raue See des Lebens durchschifft, in heftigen und friedlichen Zeiten. Sie hatten Gutes wie Schlechtes, Glück und Tragik gemeinsam erlebt. Wenn Sean also Freude an seinem gegenwärtigen Trip hatte, dann konnte Eddie nur zufrieden sein.

Für dieses Weihnachtsfest hatte Eddie sich für seinen Freund was ganz Besonderes ausgedacht. Er wollte Sean etwas geben, auf das er schon immer scharf gewesen war.

Sie hatten alle Bücher über die Geschichte der amerikanischen Unabhängigkeitsbewegung und den Revolutionskrieg durchgearbeitet, die sie finden konnten. Sämtliche Seekarten studiert, Internetseiten durchforstet und die historischen Stätten aufgesucht. Das alles neben ihrer alltäglichen Arbeit für das Bootschartergeschäft. Gemeinsam hatten sie die Firma von Anfang an aufgebaut und zum Erfolg geführt. Sean hatte damals noch ziemlich hart arbeiten müssen, um das alte von seinem Großvater erbaute Haus unterhalten zu können.

Eddie lächelte vor sich hin. Ja, sie waren gute langjährige Freunde.

Und er freute sich so wahnsinnig, wenn er an dieses Weihnachtsgeschenk für Sean dachte. Das beste Weihnachtsgeschenk, das es überhaupt geben konnte.

Aber jetzt erst mal …

Er schwelgte erst mal in den Gedanken daran. In wenigen Wochen wäre es so weit, dann war Weihnachten.

Jetzt wollte er noch diesen Ausflug genießen. Er war ganz froh, dass er diesen Auftrag angenommen hatte. Obwohl ihm sein Passagier doch etwas mehr als nur ein bisschen merkwürdig vorkam. Er verschwand fast unter seinem dicken Pullover und dem viel zu großen Trenchcoat, den er darüber trug. Als John Alden hatte er sich ohne zu lächeln und absolut wortkarg vorgestellt. Das war ja ein verdammt guter Name für einen Neuengländer. Eddie fragte sich, ob der Mann vielleicht von seinem Namensvetter, dem John Alden von der Mayflower, abstammte. So wie er aussah, hätte man das allerdings kaum vermuten können. Ziemlich klein, mit einem komischen Schnurrbart, einer riesigen Brille mit breitem Rahmen und dieser heiseren Flüsterstimme erinnerte er Eddie irgendwie an einen Terrier. Diese lebhaften kleinen Hunde, die sich ungeachtet ihrer nicht gerade eindrucksvollen Größe auch mit einer Bulldogge anlegen würden. Aber sein Geld war so gut wie das jedes anderen. Alden hatte einen zweistündigen Trip um die kleinen Inseln draußen vor der Meerenge und in die Bucht gewünscht. Kein Problem.

Eddie kannte diese kleinen Inseln wie seine Westentasche.

Wusste von den Geheimnissen um diese Inseln.

Er fragte sich, ob dieser merkwürdige kleine Mann diese Geschichten auch kannte. Ob er von den alten Familiensagen über die wagemutigen Revolutionäre von Rhode Island gehört hatte.

Von Segelschiffen schien er jedenfalls nicht viel zu verstehen. Ein Boot wie die Sea Maiden charterte man, wenn man ein echter Liebhaber dieser schnittig dahingleitenden Augenweide war. Weil man an einem Tag wie heute mit dieser wunderbaren Brise die Segel hissen und dann damit dahinfliegen konnte.

Und was zum Teufel hatte dieser Typ gewollt?

Dass Eddie die Segel einholte und den Motor anstellte.

Na gut. Auf dieser Welt gab es eben diese und jene.

Eddie warf einen Blick auf seine Uhr. Er hatte die Inseln eine ganze Weile in gemächlichem Tempo umrundet, und nun war es Zeit umzukehren. Er wollte Sean eine gute Reise wünschen und sich ein bisschen auf der Abschiedsparty amüsieren. Kat war bereits zu Hause, um die Weihnachtsfeier mit vorzubereiten. Er stellte sich ihre Freude vor, wenn sie von seinem Weihnachtsgeschenk für Sean erfuhr. Kat würde zur Gitarre greifen und ein altes Weihnachtslied singen, dazu ein paar Songs, die sie selbst komponiert hatte. Sie würden alle mitsingen, er mit seinem eingerosteten Bariton und Sean mit seinem Tenor. Dazu dann Bridey, die trotz ihres hohen Alters einen klaren Sopran aufzuweisen hatte. Sie würden heißen Irish Coffee mit Schlagsahne zubereiten, und Sean und seine Trophäenfrau Amanda würden alle mit ihren Erlebnissen auf der Irlandreise unterhalten.

Aber erst mal kam die große Abschiedsfeier. Deshalb war es Zeit, an Land zu gehen.

Wo war der Typ geblieben? Eddie beschloss, einfach umzukehren. Sein Passagier war offensichtlich nach vorn gegangen, um die Aussicht zu genießen. Das Steuer befand sich achtern. In der Kabine hielt sich der Mann nicht auf, das wusste er. Er selbst hatte nämlich die vordere Luke abgeschlossen. Er war zwar mit der Sea Maiden allein losgefahren, aber ein Idiot war er nicht. In die Kabine ließ er keine Fremden. Da lagen zu viele Geschäftspapiere und persönliche Gegenstände herum. Schließlich war die Sea Maiden von allen das Lieblingsschiff.

„Ich fahre jetzt zurück!“, rief Eddie in der Hoffnung, dass John Alden ihn hörte. „Wie ich Ihnen schon sagte, habe ich heute noch eine Verabredung!“ Er musste vorher noch duschen. Das sollte eine richtige Abschiedsparty werden, und er wollte dieser hochnäsigen Trophäenfrau zeigen, dass auch er vorzeigbar sein konnte.

„Hallo! Haben Sie mich verstanden?“

Nichts.

Er kniff die Augen zusammen. Der Himmel färbte sich bereits dunkel. In Neuengland kam die Nacht im Winter sehr früh. Die Schatten sanken schnell und leise über das Land, als würde ein riesiger Vogel unter dem Himmel seine Flügel ausbreiten.

Eddie wollte sich gerade aufrichten, dann sank er in den Sitz zurück und runzelte verständnislos die Stirn.

„Was zum Teufel …?“, murmelte er.

Zuerst war er lediglich überrascht.

Verdammt, der Typ war schon merkwürdig, aber …

„Was …?“ Erneut versuchte er aufzustehen.

Eddie war nicht klein. Ein Muskelpaket stellte er zwar nicht gerade dar, aber nachdem er sein Leben lang auf See gearbeitet hatte, konnte man ihn nicht unbedingt als Schwächling bezeichnen. Er besaß sogar eine kleine Pistole.

Die er in der Kabine aufbewahrte.

Und nie, wirklich niemals, hätte er so etwas erwartet.

Er hatte den Luftzug von der Bewegung gespürt. Doch ihm blieb nicht einmal der Bruchteil einer Sekunde, um sich gegen den Angriff zu wehren. Kaum hatte er sich ein Stück aufgerichtet, da stürzte er schon wieder.

Das Wasser empfing ihn mit eisiger Kälte, die den stechenden Schmerz betäubte. Er sank, sank in die Dunkelheit des Ozeans. Vor ihm aber stieg etwas nach oben. Etwas Rotes …

Es war sein Blut. Mit einer sonderbaren Gelassenheit stellte er fest, dass der rote Schwall aus seiner Brust schoss wie ein Geysir.

Er fühlte sich benommen, starr vor Kälte und Schock. Doch sein Gehirn funktionierte noch immer. Traurigkeit überkam ihn, als ihm klar wurde, dass er gleich sterben würde.

Was für ein Dummkopf er doch gewesen war. Er hätte es kommen sehen müssen.

Aber so was war ihm nicht in den Sinn gekommen, und nun war es zu spät.

Ja, sein Leben ging zu Ende. Er konnte seine Hände und Füße gar nicht mehr fühlen. Seine Lungen brannten, und noch immer sprudelte das Blut aus ihm heraus, verteilte sich im Wasser und trübte ihm die Sicht. Wahrscheinlich hatte er ein Loch in der Lunge. Nicht dass er sich in Anatomie jemals besonders gut ausgekannt hätte.

Aber das brauchte er auch nicht, um zu kapieren, dass er gerade starb.

Auf dem Wasser zu sein war wie der Himmel auf Erden. War ihm dieser Gedanke nicht gerade vorhin noch durch den Kopf gegangen? Was wartete nun *unter* Wasser auf ihn? Er konnte nur beten, dass es auch wie im Himmel sein würde, wenn die Dunkelheit und die Taubheit und dieser rote Fluss von Blut ihn ganz verließen.

Ich hatte noch so viel vor, wollte noch so viel sehen in meinem Leben, dachte er. Zu spät.

Was für ein Idiot er doch gewesen war.

Heather Graham
Ahnentanz
Band-Nr. 25498
8,95 € (D)
ISBN: 978-3-89941-811-8
384 Seiten

Heather Graham
Die Séance
Band-Nr. 25437
8,95 € (D)
ISBN: 978-3-89941-720-3
352 Seiten

Heather Gudenkauf
Das Flüstern der Stille
Band-Nr. 25531
8,95 € (D)
ISBN: 978-3-89941-868-2
eBook: 978-3-86278-064-8
368 Seiten
Auch als eBook erhältlich!

J. T. Ellison
Der Schneewittchenmörder
Band-Nr. 25524
8,95 € (D)
ISBN: 978-3-89941-857-6
eBook: 978-3-86278-056-3
432 Seiten
Auch als eBook erhältlich!

Erica Spindler
Blume des Satans
Band-Nr. 25507
7,95 € (D)
ISBN: 978-3-89941-808-8
480 Seiten

Erica Spindler
Im Schatten des Mörders
Band-Nr. 25508
7,95 € (D)
ISBN: 978-3-89941-827-9
480 Seiten

Erica Spindler
Stadt des Schweigens
Band-Nr. 25525
7,95 € (D)
ISBN: 978-3-89941-858-3
eBook: 978-3-86278-058-7
448 Seiten
Auch als eBook erhältlich!

Erica Spindler
Der Albtraum
Band-Nr. 25534
7,95 € (D)
ISBN: 978-3-89941-874-3
eBook: 978-3-86278-074-7
480 Seiten
Auch als eBook erhältlich!

Brenda Novak
Trust Me – Blutiges Grauen
Band-Nr. 25478
8,95 € (D)
ISBN: 978-3-89941-784-5
448 Seiten

Brenda Novak
Stop Me – Blutige Botschaft
Band-Nr. 25509
8,95 € (D)
ISBN: 978-3-89941-828-6
eBook: 978-3-86278-044-0
464 Seiten
Auch als eBook erhältlich!

Alex Kava
Knochenpfade
Band-Nr. 25515
8,95 € (D)
ISBN: 978-3-89941-834-7
eBook: 978-3-86278-032-7
304 Seiten
Auch als eBook erhältlich!

Rick Mofina
Geächtet
Band-Nr. 25520
8,95 € (D)
ISBN: 978-3-89941-847-7
eBook: 978-3-86278-046-4
528 Seiten
Auch als eBook erhältlich!